Fantasy

Herausgegeben von Friedel Wahren

ECHO DER VIERTEN MAGIE

**Erste Chronik
von Ynis Aielle**

Roman

Deutsche Erstausgabe

WILHELM HEYNE VERLAG
MÜNCHEN

HEYNE SCIENCE FICTION & FANTASY
Band 06/9093

Titel der Originalausgabe
ECHOES OF THE FOURTH MAGIC
Übersetzung aus dem amerikanischen Englisch
von Michael Morgental
Das Umschlagbild malte Eric Peterson

Umwelthinweis:
Dieses Buch wurde auf chlor- und
säurefreiem Papier gedruckt.

Deutsche Erstausgabe 9/2000
Redaktion: E. Senftbauer
Copyright © 1990, 1998 by R. A. Salvatore
Erstausgabe bei The Ballantine Publishing Group
(A Del Rey® Book)
Copyright © 2000 der deutschen Ausgabe und der Übersetzung
by Wilhelm Heyne Verlag GmbH & Co. KG, München
http://www.heyne.de
Printed in Germany 2000
Umschlaggestaltung: Nele Schütz Design, München
Technische Betreuung: M. Spinola
Satz: Schaber Satz- und Datentechnik, Wels
Druck und Bindung: Elsnerdruck, Berlin

ISBN 3-453-17234-5

INHALT

VORSPIEL

Jeff DelGiudice erwachte in der Stille der Nacht. Vielleicht hatte ihn gerade das Fehlen von Geräuschen aus seinem friedlichen Schlummer geweckt. Denn dieses verzauberte Tal, das Tal von Illuma, die Heimat der Elfen von Ynis Aielle, war selten still – von Natur aus war es erfüllt von Liedern und Musik: Der Wind, der vom Großen Kristallgebirge herabwehte, sang zwischen den Bäumen und Baumhäusern; ein Bergbach sprang tanzend über Steine und rief Abschied nehmend, während er durch das Tal floss.

Del glitt aus dem Bett und trat ans Fenster. Eine stille Schneedecke lag tief über dem ganzen Tal, obwohl der Winter sich schon seinem Ende näherte. Selbst von dieser Stelle aus spürte er im trüben Licht der Nacht den Zauber dieses Ortes und die Magie der Elfen, und obwohl er beunruhigt war, drang diese Magie doch in einen winzigen Winkel seines Herzens und brachte ihm etwas Trost und Wärme.

Er wusste, in dieser Nacht würde er keinen Schlaf mehr finden. Jede Nacht wachte er auf oder konnte überhaupt nicht schlafen, da seine Angst wuchs, während die Herrschaft des Winters abnahm. Bald würden die Bergpfade wieder offen sein, zurück nach Avalon.

Avalon.

Wie viele Monate waren vergangen, seit er auf den wunderbaren Pfaden jenes gesegneten Waldes gewandelt war? Seit er das Lied der Smaragd-Zauberin gehört hatte und die Mysterien ihres Gesanges ihn wie die Schleier eines Gewandes aus hauchdünnem Stoff durchwehten? Nach der Schlacht von Bergtor, dem schlimmsten Tag seines Lebens, hatte er vergeblich versucht, den Weg zurück zum verzauberten Wald zu finden, und er war dabei sogar so weit gegangen, dass er um das südliche Kristallgebirge herumreiste, um eine andere Route zu suchen.

Aber mit ihrer verwirrenden Magie hatte Brielle ihn ausgeschlossen.

Del hatte die Waldwächter aufgesucht und angefleht, sie sollten ihn in den Wald hineinführen. Doch leider wussten sie keine Antwort für ihn.

Der Sommer ging in den Herbst, der Herbst in den Winter über. Und der Schnee hatte Del von Bergtor ins Illuma-Tal zurückgetrieben und nun die Pfade hinter ihm verschlossen.

Doch Del hätte diese Zeit genießen sollen. Die Narben aus der Schlacht vergingen, und die Elfen waren zu ihrem Tanz und ihrer Fröhlichkeit zurückgekehrt. Der raue Winter konnte ihr immerwährendes Spiel nicht entmutigen, und nun, da die Jahreszeit wieder wechselte und der Tag der Krönung des neuen Königs von Pallendara schnell näher kam, schien ihre Freude zehnmal so groß zu sein.

Aber eine unangenehme Empfindung, das Gefühl, in einem Land gefangen zu sein, in das er nicht gehörte, wuchs in ihm wie ein Krebsgeschwür. Er konnte die Tatsache nicht verdrängen, dass er aus einer anderen Welt kam, aus einer längst untergegangenen Welt, einer Welt voller Ehrgeiz und Verantwortung, und obwohl er immer gegen diese Aspekte seiner Gesellschaft rebelliert hatte, waren die Tendenzen seines einstigen Lebens unauslöschlich seinem Denken eingeprägt. Sosehr er auch den Elfen im Grunde zustimmen mochte, befriedigte ihre triviale Ausgelassenheit seine Bedürfnisse doch nicht.

Und er befürchtete, seine Ruhelosigkeit könnte bewirken, dass sein gefährliches Wissen in diese unschuldige Welt eindringen könnte.

Der Winter hatte seine Niedergeschlagenheit nur verstärkt. Ein Bart zierte jetzt sein Gesicht; Del machte sich nicht mehr die Mühe, sich zu rasieren, und er verließ selten sein Zimmer, denn der Umgang mit den Elfen erinnerte ihn nur daran, dass er nicht von dieser Insel stammte, die Aielle genannt wurde, und dass er trotz seines großen Verlangens kein Geistesverwandter dieser neuen Welt war, die er und seine Begleiter nach dem Auftauchen aus dem Meer vorgefunden hatten.

Er kleidete sich an und ging in Billy Shanks Zimmer hinüber. Als er das zufriedene Schnarchen seines Freundes hörte, musste er lächeln. Billy hatte sich daran gewöhnt, sich hier wie zu Hause zu fühlen. Seine Freundschaft mit der Tochter des Herrschers des Elfenvolks war zu etwas Größerem, zu etwas Wunderbarem aufgeblüht.

Del dachte an die bevorstehende Krönung im Südland und an die Bindung, die zwischen Menschen und Elfen stärker werden würde, und er lächelte wieder. Er und seine Begleiter hatten diese neue Welt in Aufruhr vorgefunden und trotz allem wirklich etwas Gutes getan. »Gib Zeugnis von mir«, flüsterte er in Billys Ohr und verließ das große Haus.

Am Rande der Verzweiflung suchte er vorsichtig seinen Weg auf der unsichtbaren Treppe hinauf nach Brisen-ballas, um Ardaz zu suchen, den einzigen Menschen, der seine Schwierigkeiten verstünde.

Aber der Zauberer war nirgends zu finden.

So wanderte Del unter dem frischen, sternenklaren Himmel der letzten Winternacht dahin. Er konnte die Wahrheit seiner Ängste und seiner Gefühle nicht leugnen, aber er konnte auch nicht verdrängen, wer er war und wie sein Herz und seine Seele durch die Jugend in einer ganz anderen Welt geprägt worden waren.

Seine Gedanken schweiften über diese Jahrhunderte hinweg zurück, als er jetzt ziellos im Elfental herumstreifte, und er dachte wieder über den erstaunlichen Weg nach, der ihn an diesen besonderen Ort gebracht hatte, über den vielfach gewundenen Pfad, der von Technik zu Magie, von nüchternem Denken zu Mystizismus und von rationalem Humanismus zu Spiritualität geführt hatte.

Welch wundersame Reise! Del wünschte sich nur, dass sie ihn an einen besseren Ort in seinem eigenen Innern geführt hätte...

KAPITEL 1

Die Fahrt der *Unicorn*

Die *Unicorn* fuhr tief, fuhr ruhig, glitt leicht dahin wie ein Adler auf seinen Schwingen. Doch sie war nicht auf der Jagd, sie war ein Schiff des Friedens, der Stolz des Nationalen Untersee-Erforschungsteams, NUSET, eines submarinen Gegenstücks der NASA, das gleich nach dem Beginn des dritten Jahrtausends umfangreichere Regierungsmittel zugeteilt bekommen hatte. Die Katastrophe auf der Weltraumstation – sieben Astronauten waren ums Leben gekommen sowie ein Shuttle und die zig Milliarden Dollar teure Weltraumstation zerstört worden – hatte eine beträchtliche Kürzung des Budgets der NASA zu Folge gehabt und die Begeisterung der Nation für die Erforschung des Weltraums gedämpft.

Doch die Wissenschaftler hatten entdeckt, dass es leichter war, die Öffentlichkeit für die Erforschung der Meere zu erwärmen, für die Erkundung der letzten großen, noch unerforschten Bereiche des Planeten. Besonders nach einem weiteren katastrophalen El-Niño-Jahr, in dem das warme Wasser des Pazifiks eine lange Serie katastrophaler Stürme ausgebrütet hatte, die dann über die USA dahinfegten, bevorzugte die öffentliche Meinung das neugegründete NUSET.

Und die *Unicorn* war das Ergebnis davon. Jedes Mitglied des NUSET betrachtete sie mit Befriedigung und tiefem Respekt, denn dieses Unterseeboot war der Inbegriff des technischen Fortschritts. Mehr noch: In Übereinstimmung mit dem Mythos des Einhorns, des Sagentiers, nach dem man sie benannt hatte, war die *Unicorn* für die Menschheit, die sich ständig von technischer Vernichtung bedroht sah, zu einem Symbol der Hoffnung auf die Zukunft geworden. Denn beim NUSET handelte es sich um eine Organisation, die sich offen und ehrlich der friedlichen Nutzung der Wissenschaft widmete. Jede Nation, ob Freund oder Feind, konnte gegen einen bescheidenen Beitrag an der Fülle an Informationen teilhaben, die das Projekt zusammentragen sollte. Jede Nation! Und das war – mehr als alles andere – der wahre Sieg der *Unicorn.*

Mehr als achttausend Meter Wassertiefe trennten jetzt dieses großartige Exemplar einer neuen Generation von U-Booten von der sonnenbeschienenen Oberfläche. Hier war alles dunkel und still, abgesehen vom sanften Summen der Schiffsmaschinen und dem *pingpock* des hydraulischen Systems zur Isolierung des Rumpfes, das den immensen Druck des Ozeans zurückdrängte. Mächtige Suchscheinwerfer schnitten einen Streifen Helligkeit in die lichtlosen Wasser, während dieser einsame Außenposten der Zivilisation durch die Tiefen des Atlantiks pirschte.

An der Meeresoberfläche hatte das Schiff nervös herumgetanzt, und jede Dünung hatte es umzukippen gedroht, aber hier unten, tief im Wasser, schwamm es geschwind und mühelos dahin. Hier war es seiner Bestimmung gemäß zu Hause, anmutig und flink, und doch blieb es hier trotz seiner bis ins Detail ausgetüftelten und fast perfekten Konstruktion ein Fremdkörper.

Auf der spiegelglatten Meeresfläche spiegelte sich funkelnd der Morgen, doch in diesen Tiefen herrschte nur Nacht. So begann der zweiunddreißigste Tag der *Unicorn* seit der Abfahrt von Woods Hole, der erste Tag ohne Morgendämmerung. Denn sie war hinabgetaucht. Abgetaucht vor dem neugierigen russischen

Trawler, vor dem summenden Propeller eines Privatflugzeugs – vermutlich eines Spionagefliegers aus Kuba – und auch vor dem Dröhnen der gigantischen Rotorblätter des Marinehubschraubers. Abgetaucht vor dem Lärm einer mechanischen Welt, tiefer, als jede Andeutung von Sonnenlicht dringen konnte, tiefer sogar, als die Fische zu schwimmen wagten.

Jeff DelGiudice legte sich auf eine Gewichthebebank nieder und fasste die Metallstange. »Achttausend Meter über uns und tausendsechshundert Kilometer hinter uns«, murmelte er. Dabei schweiften seine Gedanken zwangsläufig zurück nach Woods Hole und Cape Cod und zu der Frau, die er zurückgelassen hatte. Wieder ertappte er sich – wie immer – dabei, dass er seine Beziehung zu Debby prüfend betrachtete und dabei versuchte, Antworten auf seine ungelösten emotionalen Probleme zu finden. Er hatte sie gern – sehr gern –, und das konnte er sich offen eingestehen. Doch – und das fürchtete er zuzugeben – ihre Liebe war nicht das leidenschaftliche Verlangen, das er sich in seiner Phantasie ausgemalt hatte. Dieser besondere Funke, die prickelnde Erregung, die selbst die düstersten Stimmungen aufhellte, war einfach nicht da. Allerdings war sich Del – stets ein Pragmatiker, der sich mit den Dingen abfand – nicht sicher, ob es dieses besondere Etwas überhaupt gab. Er und Debby waren so zufrieden, wie sie nur sein konnten, vermutete er; denn die Realitäten seiner Welt, die ständigen kleinen Zwänge und leichten Kopfschmerzen hatten seine Fähigkeit zu hoffen gedämpft. In Wahrheit bezweifelte Del, dass es die ideale romantische Liebe gab. Die gehörte zu den Ergüssen eines Dichters, nicht in die Realität der Welt.

Und doch war er trotz dieser pragmatischen Zufriedenheit wieder davongelaufen.

Aber selbst diese Flucht war eine Lüge und schützte

ihn nur wenig vor der tiefen Traurigkeit in seinem Innern. Er hatte nie die Daseinsfreude kennengelernt, die einfachen Freuden der Wahrnehmung und des Erlebens; und das war – mehr als die Sache mit Debby – die wahre Ursache seiner Frustration. Instinktiv spürte Del eine Leere, ein Vakuum in seinem Innern, das nach Erfüllung verlangte, doch seine materialistische und auf heftiger Konkurrenz beruhende Welt gewährte ihm keinen Trost.

»Heben, heben«, wiederholte Del immer wieder. Es nützte nichts. Immer, wenn das *ping-pock* des hydraulischen Systems ertönte, brach seine Konzentration zusammen und er erinnerte sich an Debby und diese Fragen, die ihm nicht aus dem Kopf gingen. Enttäuscht ließ er die Hände von der Stange gleiten.

Auf der vorderen Brücke betrachtete Navigator Billy Shank aufmerksam seine Instrumente. »Jeden Augenblick kann es soweit sein, Kapitän«, sagte er, und seine Stimme klang aufgeregt.

»Übertragen Sie das Signal vom Schirm auf die übrigen Monitore auf dem Schiff«, erwiderte Kapitän Mitchell, ein riesiger Mann mit finsterem Blick. Seine Stimme und seine Miene wirkten unerschütterlich, doch das Glühen in seinen Augen strafte seine ruhige Fassade Lügen.

Der Alarm ertönte genau in dem Augenblick, als Del endlich mit dem Gewichtheben begann. Die Gewichte krachten wieder auf das Gestell. Del sprang auf. In seinem Kopf wirbelten die Gedanken durcheinander. Er stürzte auf den Gang hinaus und stieß mit einem anderen Mann von der Besatzung zusammen. Seine Aufregung wandelte sich in Verlegenheit, als er den Bierkühler sah.

»Weitermachen«, sagte Del und winkte ungeduldig mit der Hand, als wüsste er schon längst Bescheid.

»Schau dir nur diese Beine an!«, ertönte eine Stimme

von hinten. Sie gehörte Ray Corbin, dem stellvertretenden Kommandanten der *Unicorn*.

»Hallo, Ray«, erwiderte Del und beobachtete, wie sein Freund gemächlich herangeschlendert kam. Corbin war der einzige Mann, den Mitchell persönlich für seine Mannschaft angefordert hatte.

Die Ironie dieser Tatsache verfehlte nie ihre Wirkung auf Del, denn Mitchell und Corbin waren völlig verschieden. Heftigkeit, Mitchells Kennzeichen, war gewiss keiner von Ray Corbins hervorstechenden Charakterzügen – die Mannschaft hatte ihm sogar den Spitznamen Lay-back-Ray – ›Liegesitz-Ray‹ – verpasst. Doch alle Besatzungsmitglieder verstanden, warum Mitchell ihn gewählt hatte. Ein ruhiger, bescheidener Erster Offizier garantierte dem dominierenden Kapitän praktisch eine unangefochtene Herrschaft über das Schiff.

Wirklich? fragte sich Del oft. Tatsächlich opponierte Ray Corbin nie offen gegen Mitchell; die Neigung zu Streitereien gehörte nicht zu seiner Persönlichkeit. Doch Corbin war ein Offizier, der Mitgefühl für die Bedürfnisse der Leute um ihn herum hatte, und er erkannte, welchen Druck ein Tyrann wie Mitchell auf eine Mannschaft ausüben konnte. Del sah in ihm den ›Mister Roberts‹ der *Unicorn*, der (wie Henry Fonda in dem gleichnamigen Film) die harten Kanten von Jimmy Cagney abpolsterte. Und was war Dels Rolle in diesem Drehbuch? Er wusste es nur zu gut, er wusste, warum Ray Corbin allerhand Fäden gezogen hatte, um ihn für das Projekt zu bekommen. Corbin brauchte einen Kontrast zu Mitchells Dominanz, ein Ventil für die unvermeidlichen Spannungen, und das fand er in einem Mann, den ihm einer seiner früheren Kapitäne empfohlen hatte. Corbins Geheimwaffe war Jeff Del-Giudice, quasi als Leutnant Pulver für Corbins Mr. Roberts.

»Gehst du nach vorn?«, fragte Corbin.

»Glaubst du etwa, ich ließe mir das entgehen?«, erwiderte Del. »Vermutlich die einzig aufregende Sache, die wir während der nächsten acht Monate an Bord dieses Potts zu sehen bekommen.«

»Du möchtest etwas Aufregendes erleben?«, bemerkte Corbin mit einem breiten Lächeln. »Warte nur, bis Mitchell seinen Zweiten Offizier in Turnhosen auf der Brücke erblickt.«

Del verstand dieses Lächeln sehr gut, denn auch er konnte sich leicht die Szene auf der Brücke vorstellen, wenn das Gesicht des Kapitäns vor Wut gerötet wäre.

»Aber du hast hübsche Beine«, schloss Ray Corbin.

»Dieses eine Mal wird es ihm nichts ausmachen«, sagte Del nicht sehr überzeugend. »Außerdem stammen sie von der Marine.«

»Die Beine?«, versetzte Corbin und eilte den Korridor hinab.

Beide bekamen einen Plastikbecher mit Bier überreicht, als sie den Steuerraum betraten. Der größte Teil des Stabes und einige Besatzungsmitglieder waren dort versammelt. Alle hielten schaumgekrönte Becher und starrten angestrengt auf den Bildschirm. Mitchell saß kerzengerade in seinem Sessel, in der einen Pranke ein Mikrofon, in der anderen ein Bier.

»Ein Kühlschrank mit einem Kopf«, murmelte Del, als er den stämmig gebauten Kapitän erblickte. Mitchell warf seinen beiden Offizieren einen schnellen Blick zu, doch dann richtete er seine Aufmerksamkeit sofort wieder auf den Schirm.

Del atmete auf: Seine Kleidung war anscheinend nicht aufgefallen.

Plötzlich wurde der Schirm hell, als das Licht des Suchscheinwerfers vom Meeresboden reflektiert wurde. Seit unzähligen Jahrhunderten unter einem unvorstellbaren Gewicht von Wasser begraben, bot der zusammengepresste Streifen aus Schlamm und Fels wenig künstlerische Inspiration, aber für die Männer der *Unicorn* bedeutete er doch einen großartigen Anblick.

Mitchell lächelte – was bei ihm selten vorkam –, als er den Bordlautsprecher einschaltete. »Die tiefste Stelle des Atlantiks, meine Herren«, sagte er und hob prostend sein Glas mit Old-Milwaukee-Bier. »Der Grund der Milwaukee-Tiefe.«

Einen winzigen Schluck später kehrte Mitchells üblicher finsterer Gesichtsausdruck wieder. »Das Schiff gehört jetzt ganz Ihnen, Mr. Corbin«, sagte er und ging zur Tür. »Und schaffen Sie das Bier weg. Alles.«

Der enttäuschten Mannschaft zugewandt, zuckte Corbin hilflos mit den Achseln und winkte einem der Matrosen, er solle die Becher einsammeln.

Wie jedermann an Bord erregte auch Del die Erkenntnis, dass sie endlich das Ziel ihrer monatelangen Vorbereitungen erreicht hatten, aber ein Prost von nur fünf Sekunden und ein Nippen am Bier entsprachen nicht ganz seiner Vorstellung von einer Feier. »Na, das war ja großartig«, brummte er in dem irrigen Glauben, der Kapitän sei schon außer Hörweite.

Im Raum wurde es sofort totenstill, als Mitchell den Kopf mit dem Bürstenschnitt wieder durch die Tür steckte. Der stämmige Kapitän beäugte Del sehr lange.

»Mr. DelGiudice«, begann er mit aufreizend ruhiger Stimme. »Da Sie diese Feier für unangemessen empfunden haben, sind Sie eingeladen, sich mir in zehn Minuten in meinem Quartier zu einer privaten Party anzuschließen.« Sein Grinsen wurde zu einer hässlichen Grimasse. »Und zwar in Uniform!«

Del seufzte nur hilflos, als Corbin zu ihm trat und ihn auf die Schulter klopfte. »Vielleicht haben ihm deine Beine nicht gefallen.«

Billy Shank biss sich auf die Lippe und bemühte sich, nicht zu lachen.

Zwei ereignislose Tage vergingen, während die *Unicorn* über den Boden des Atlantiks dahinkroch. In den achtundvierzig Stunden gab es nichts anderes zu sehen als Felspfeiler und flachen Meeresboden, die unaufhörlich auf dem Monitor des Schiffs erschienen. Del kam sich dabei vor wie eine Figur aus einem Zeichentrickfilm, die immer wieder vor demselben Hintergrund vorbeirannte. Er befand sich die meiste Zeit auf der Brücke und schob auf persönliche Anforderung von Kapitän Mitchell Extradienst.

Vermutlich Belohnung für gutes Betragen, dachte er.

Drei andere Männer, die Matrosen Jonson, Camarillo und Billy Shank, arbeiteten mit ihm zusammen, aber sie gingen ihren Pflichten mit disziplinierter Zielstrebigkeit nach und trugen wenig dazu bei, die Langeweile dieser langen und besonders ereignislosen Schicht aufzulockern.

Schließlich unterbrach gnädigerweise eine Stimme das Schweigen.

»Unglaublich«, murmelte Billy Shank. »Kommt und schaut euch das einmal an.«

Doch noch während Del sich von seinem Sitz erhob, ertönte ein lauter Glockenton aus Camarillos Echolot, und die anderen machten überrascht auf dem Absatz kehrt.

Das Gesicht von Schock und Schrecken verzerrt, war Camarillo nicht in der Lage, auf ihre fragenden Blicke zu antworten. Ohne mit der Wimper zu zucken, fiel er mit dem Gesicht voran auf den Boden und streckte dabei nicht einmal die Arme aus, um den Sturz abzufedern.

Die drei anderen stürzten auf ihn zu. »Zurück auf deinen Platz!«, sagte Del zu Billy. »Und Maschine halt! Holt den Kapitän und den Doktor!«

Del rollte Camarillo auf den Rücken. Die Augen des Matrosen starrten ihn blicklos an. Del nahm ihm den

Kopfhörer ab und entdeckte, dass die Tuchabdeckung der Hörmuschel aufgerissen und von dem Blut durchnässt war, das immer noch aus Camarillos Ohren sickerte. Er und Jonson machten sich sofort an die Arbeit. Jonson drückte rhythmisch auf Camarillos Brust, Del versuchte durch Mund-zu-Mund-Beatmung wieder Leben in den Mann einzuhauchen.

Einen Moment später stürzten Ray Corbin und Doc Brady herein, dicht gefolgt von Mitchell und Martin Reinheiser, dem zivilen Physiker, der sich die zweifelhafte Auszeichnung errungen hatte, Mitchells rechte Hand zu werden. Sie rannten zu DelGiudice, der jetzt den Körper heftig bearbeitete.

»Lassen Sie mich ran«, sagte Doc Brady zu Del.

»Er ist tot«, flüsterte Del, als er aufstand. Er spürte, wie sein Puls pochte, während er hilflos zuschaute.

»Was ist geschehen?«, wollte Mitchell wissen.

»Die Anzeiger auf meinem Instrumentenfeld sprangen über den Messbereich hinaus«, antwortete Billy Shank quer durch den Raum, »und dieser Messbereich geht schon weit über die Grenzen dessen hinaus, was wir jemals zu messen erwartet haben. So etwas habe ich noch nicht gesehen. Und dann gab es ein lautes Geräusch, und Camarillo fiel einfach hin.«

Mitchell starrte wütend Del an, der seinen anklagenden Blick nicht erwidern konnte, denn diesmal war er zu verletzlich, um sich mit dem Kapitän zu streiten. Obwohl Del keine Schuld traf, blieb doch die Tatsache bestehen, dass er zu diesem Zeitpunkt das Kommando gehabt hatte.

Als Del den Kopf sinken ließ, wandte sich Mitchell, seines Sieges sicher, an Reinheiser. »Was könnte das sein?«

Reinheiser beantwortete die absurde Frage mit einem Schnauben. »Ich glaube, ich sollte erst einmal die Daten prüfen, bevor ich Vermutungen anstelle.«

Doc Brady schüttelte den Kopf und schloss Camarillo die Augen.

Ein totes Besatzungsmitglied! Mitchell schäumte bei dem Gedanken, was dies für seinen Bericht bedeutete. »Versetzen Sie das Schiff in Alarmzustand!«, brüllte er. »Und bringen Sie mir einen Schadensbericht!« Er stürmte hinüber zur Sicherheit seines Kommandosessels und war umso wütender, da ihm ein Objekt für seinen Zorn fehlte.

Binnen weniger Augenblicke ertönte der Alarm, und die Mannschaft lief zusammen, doch selbst dies konnte Mitchells Ungeduld nicht mildern.

»Das übrige Schiff meldet keinen Schaden und keine Verluste, Sir!«, rief Jonson.

Mitchell blickte Del an.

»Nur ein Lautsprecher«, erklärte der Zweite Offizier. »Er lässt sich reparieren.«

»Hier auch nur geringer Schaden!«, rief Billy Shank.

Martin Reinheiser, der an einem Terminal an der Seitenwand des Raumes saß, überlagerte Dateiinhalte mit dem Diagramm eines Gitternetzes. »Ich glaube, die Störung kam direkt von hier«, sagte er, bewegte seinen Mauszeiger zu einer Stelle auf dem Gitternetz und klickte einmal, so dass der gekennzeichnete Bereich sich ausdehnte und den ganzen Schirm füllte. »Etwa achthundert Meter direkt voraus.«

»Fahren wir dorthin, aber langsam!«, rief Mitchell Billy zu. »Ich möchte wissen, wodurch mein Besatzungsmitglied getötet wurde.«

Del blickte auf den Sichtschirm und empfand jetzt den Strahl des Suchscheinwerfers als unwillkommenen Eindringling in dieser geheimnisvollen und plötzlich feindlichen Finsternis. Wir fahren direkt auf etwas zu, das Camarillo aus der Entfernung von achthundert Metern getötet hat, dachte er, und er war nicht der einzige im Raum, den diese Tatsache beunruhigte.

Billy Shanks Anzeigernadeln zitterten warnend.

»Kapitän…«, begann Billy, aber er verstummte, als er den überraschten Ausdruck auf den Gesichtern um sich herum bemerkte. Er blickte auf den Schirm; einer befehlenden Geste Mitchells folgend, brachte er das U-Boot zu einem Halt.

Schwärze. Der Strahl des Suchscheinwerfers knickte nach unten ab und verschwand plötzlich. Er reflektierte nicht, sondern hörte einfach auf.

»Was ist das?«, fragte Mitchell.

»Eine Höhle?«, Reinheisers Frage klang rhetorisch; sicher erwartete er keine Antwort von den Männern um ihn herum.

»Meine Anzeiger tanzen wieder«, bemerkte Billy laut, aber die anderen schienen ihn nicht zu bemerken.

»Das müssen wir uns genauer anschauen«, erklärte Reinheiser und beugte sich unbewusst in Richtung auf den Schirm.

»Fahren Sie näher«, befahl Mitchell.

»Aber, Sir«, erwiderte Billy, »meine Instrumente funktionieren nicht mehr. Ich muss uns manuell steuern.«

»Dann machen Sie es hübsch langsam«, erwiderte Mitchell. »DelGiudice, haben Sie diesen Lautsprecher schon repariert?«

»Jawohl, Sir.«

»Holen Sie einen Ersatzmann für Camarillo.«

»Ich kann das übernehmen«, bot Del an. Er meinte, diese mutige Tat könnte ihm vielleicht einen widerwilligen Respekt bei Mitchell eintragen. Doch dem war nicht so. Vorsichtig und sich plötzlich seines Angebots nicht mehr so sicher, setzte er sich die Kopfhörer auf.

Das U-Boot glitt zentimeterweise hinab. Immer noch konnte das Licht die Leere vor ihnen nicht durchdringen. Das Echolot schickte seine Signale vom Schiff aus, aber auch sie wurden von der Schwärze aufgesaugt und nicht zurückgeworfen.

»Wir müssen jetzt schon auf sechs Meter heran sein«, bemerkte Billy nervös. »Ich weiß nicht, wie viel näher ich noch kommen kann.«

»Dann halten Sie das Schiff an«, verlangte Mitchell. Er wandte sich an Del. »Haben Sie etwas aufgefangen?«

»Nichts«, erwiderte Del. »Die Geräte scheinen zu arbeiten, aber ich bekomme überhaupt keine Signale.«

»Verdammt!«, knurrte Mitchell leise.

»Wir sollten zurückstoßen und die Situation untersuchen«, schlug Ray Corbin vor. »Wir wissen nicht, womit wir es zu tun haben.«

»Das erscheint mir klug«, pflichtete Reinheiser ihm bei, denn ihm war klar, wie vergeblich eine optische Untersuchung ohne unterstützende Informationen ihrer Instrumente war. Während er sprach, drückte er die Maustaste seines Computers, aber das System bekam nicht genug Informationen von den Außensensoren, um irgendwelche Antworten anzubieten.

Mitchell schloss die Augen und fuhr sich mit den Händen über das Gesicht. »Dreißig Meter aufwärts.«

Del stieß einen hörbaren Seufzer der Erleichterung aus.

»Mr. Corbin«, fuhr Mitchell fort, »lassen Sie alles untersuchen und bringen Sie mir so schnell wie möglich einen kompletten Statusbericht.« Dann wandte er sich an Reinheiser. »Ich hätte gern Ihre Einschätzung, sobald Sie die Gelegenheit hatten, alle Daten zu studieren.«

Und so schwebte die *Unicorn* in der ewigen Düsternis, nur vierzig Meter über der unerklärlichen Leere. Über der Meeresoberfläche tobte ein mächtiger elektrischer Sturm seine Wut in ungebändigter Wildheit aus, doch das konnten die Männer der *Unicorn* nicht wissen.

Noch nicht.

Bevor eine Stunde vergangen war, wurde der Alarmzustand wieder aufgehoben. Del hatte wieder das Kommando, während Mitchell und Corbin sich mit den Wissenschaftlern besprachen. Die meisten Mannschaftsangehörigen gingen in ihre Unterkünfte, tauschten Mutmaßungen aus und versuchten sich etwas auszuruhen, denn vermutlich würden sie dazu für einige Zeit keine Gelegenheit mehr haben.

»Diese Anzeiger benehmen sich schon wieder seltsam«, sagte Billy etwas später zu Del in dem zwanglosen Ton, der ihre Freundschaft kennzeichnete. Als einziger Schwarzer an Bord der Unicorn war Billy etwas zurückhaltend, was verhinderte, dass er viele Freunde auf dem Schiff hatte. Er hatte einmal in aller Ruhe jemanden erwähnen hören, er sei der ›Quotenschwarze des NUSET‹, ein hinterhältiger Gedanke, der oft in seinem Hinterkopf auftauchte. Del wusste es allerdings besser, und seine Aufrichtigkeit gegenüber Billy war für diesen ein großer Trost gewesen.

»Es sieht so aus, als ginge unmittelbar über uns etwas vor«, erklärte Billy Del, als dieser näher trat. Die Nadeln hüpften und auf dem Gitternetz erschien nur eine Sekunde lang ein Echosignal, das gleich wieder verschwunden war. »Siehst du? Da ist es schon wieder!«

»Können wir einmal nach oben schauen?«

»Wir können es versuchen.« Billy klickte auf das Kamerasymbol, dann zog er den Mauszeiger auf den angegebenen Punkt auf dem Gitternetz. Der Schirm mit dem Blick nach vorn verdunkelte sich, während seine Kamera sich vom Schein des nach vorn gerichteten Scheinwerfers entfernte.

»Das dürfte ungefähr stimmen«, sagte Billy und bewegte den Zeiger auf ein anderes Symbol, das für die Flutlichter stand. »Also, wenn ich dort oben etwas Licht bekommen kann…« Als er den Mauszeiger zog, schnitt ein heller Lichtbogen eine blendende Linie über den Schirm. Matrose McKinney, der in der Echolotkabine arbeitete, stieß einen Schrei aus und warf die knisternden Kopfhörer auf den Boden. Wieder blitzte etwas auf dem Schirm auf.

»Du lieber Gott, das sieht ja wie ein Gewitter aus!«, rief Jonson.

»Hört sich auch so an«, fügte McKinney hinzu und rieb sich das Ohr.

»Ja, aber unter Wasser?«, fragte Billy. Er blickte Del verständnislos an. »Ich glaube, du solltest lieber den Kapitän holen.«

Doch noch bevor sich Del in Bewegung setzen konnte, erloschen die Lichter und der Schirm, ja sogar das Summen des Reaktors verstummte. Mit dem Schweigen und der Schwärze sickerte Furcht ins Boot und erfüllte alle an Bord, da sie wussten, dass sie völlig hilflos waren. Sie erstarrten in der Gewissheit, dass etwas Schreckliches geschehen würde.

Dann schlug der Sturm zu.

Er traf sie mittschiffs, bei den Quartieren der Mannschaft, und griff sie mit einer rohen Gewalt an, die der technischen Raffinesse der *Unicorn* spottete. Stahlträger und Hydrauliken, die den Druck von zehntausend Meter Wassertiefe zurückgehalten hatten, bogen sich vor seiner Wucht wie Gummi. Ein Lichtstrahl nach dem anderen schlug in dem U-Boot ein und versengte seine Seitenwände. Wilde, mächtige Strömungen zerrten erbarmungslos am Rumpf, rissen Metall auseinander und schlitzten mit unbarmherziger Wut Schweißnähte auf.

Und durch die Löcher strömte Tod herein, ohne Rücksicht auf die Schreie und Rufe der dem Untergang geweihten Mannschaft.

Arg mitgenommen, aber immer noch bei Bewusstsein, klammerte Del sich verzweifelt an seinen angeschraubten Stuhl. Seine Gedanken wirbelten mit den Drehungen des U-Bootes herum, das sich immer wieder seitwärts und kopfüber um die eigene Achse drehte. Sein Schrecken nahm noch zu, als er spürte, dass sie fielen, unkontrolliert auf den Grund des Ozeans hinabstürzten, hinein in den Schlund der perversen Schwärze, die dem Eindringen von Licht oder Geräusch widerstanden hatte. Del verstärkte den Griff seiner Hand um die Armlehne des Stuhls. Dieses greifbare Material war sein einziger Kontakt mit der Realität. Metall stöhnte protestierend unter der stauchenden Wucht, als das U-Boot in die schwarze Barriere hinein- und dann durch sie hindurchstürzte.

Und dann verlor DelGiudice das Bewusstsein.

KAPITEL 2

Rätsel jenseits der Finsternis

Als Billy Shank die Augen öffnete, bot sich ihm eine surrealistische Szene der Zerstörung. Der Schein der Notfallbeleuchtung rötete den nebligen Schleier aus Dampf und Rauch, der durch die Luft wehte und seine Wahrnehmung vertrauter Bilder verzerrte. Er erkannte Del, der ausgestreckt mit dem Gesicht nach unten auf dem Boden lag. Irgendwie war es ihm noch gelungen, seinen Arm um den Träger des Kapitänssitzes zu haken. Billy beobachtete gebannt, wie eine dunkle Flüssigkeit unter Del hervorsickerte und sich den Weg zur Wand suchte.

»Hat sie Schlagseite?«, hörte er sich flüstern, dann schaute er wieder auf die Flüssigkeit. War deren schwärzliche Färbung nur ein weiterer Trick des Lichts?

Vielleicht war sie rot – rot wie Blut.

Die Erkenntnis, dass Del vor seinen Augen im Sterben lag, vertrieb Billys Benommenheit, doch als er versuchte sich aufzusetzen, entdeckte er, dass eine Stützstange direkt über ihm zusammengeknickt war und seine Schultern niederdrückte. Er wand sich mit aller Kraft, doch er hatte keine Hebelwirkung, um die Stange wegzuschieben. »Verdammt!«, schrie er und hob die Augen zu einem unbarmherzigen Gott. »Willst du, dass ich zuschaue, wie er stirbt?« Er achtete nicht auf den Schmerz, als das Metall eine tiefe Linie in seinen Oberrücken schnitt, während er sich heftig drehte und ruckte.

Dann drang ein widerwärtig süßer Geruch in seine

Nase und forderte seine Aufmerksamkeit. Er drehte sich wieder und sah aus den Augenwinkeln einen verkohlten Körper, der auf einer defekten elektrischen Instrumententafel lag.

McKinney.

»Jonson!«, rief Billy verzweifelt.

Es kam keine Antwort. Billy suchte den Raum nach Hinweisen auf die übrigen Mannschaftsmitglieder ab und kniff dabei die Augen zusammen, damit sein Blick durch den Dampf und den Rauch und die Tränen drang, die ihm aus den dunklen Augen quollen. Er sah etwas, vielleicht war es ein Fuß, der unter einem umgestürzten Computerschrank hervorragte. Ja, es war ein Fuß. Ein Stöhnen kam über Billys Lippen, als er sich vorstellte, wie Jonsons Körper zerquetscht unter dem schweren Kasten lag.

»Und so geht es zu Ende«, sagte er leise und ergab sich dem Schmerz und der Müdigkeit, die dumpf an seine Sinne pochten. Er legte den Kopf nieder und schloss die Augen.

Und fragte sich, wie der Tod sein würde.

In seinem benommenen Zustand verlor Billy sein Zeitgefühl für die Minuten, die verstrichen. Verwirrtheit überkam ihn, und er war nicht in der Lage zu reagieren, als die Tür aufgesprengt wurde und vier gespensterhafte Gestalten hereindrängten. Waren es Kuriere, die ihn zum Land der Toten begleiten sollten?

Nie zuvor hätte er sich vorgestellt, dass Mitchells Stimme für ihn einmal tröstlich klänge.

»Was zum Teufel ist passiert?«, schrie der Kapitän. Er stürmte durch den gekippten Raum auf die Bordsprechanlage zu und nahm dabei anscheinend keine Notiz von seinen verletzten Mannschaftsangehörigen.

Doc Brady zögerte nicht einen Moment, als er Dels Blutverlust sah. Er riss sich einen Stoffstreifen aus dem

Hemd und beugte sich nieder, um mit dem provisorischen Verband die Blutung aufzuhalten.

»Der hier ist tot«, erklärte Reinheiser, als er unter den Computerschrank auf Jonsons zerschmetterten Körper blickte. »Und ich glaube, für den da gibt es nicht mehr viel Hoffnung«, fügte er gefühllos hinzu und zeigte auf McKinneys verkohlte Leiche.

»Eine böse Schnittwunde«, stellte Brady fest. Er zwinkerte Del zu und lächelte beruhigend. Dabei drückte das Hemd fest gegen Dels Hals und half dem Verletzten, sich aufzusetzen. »Da braucht es vielleicht eine Aderpresse.«

Doch Del hörte den Doktor kaum; seine Augen waren auf Billy gerichtet.

Ray Corbin beantwortete gleichmütig den besorgten Blick. »Dem geht es gleich wieder gut«, versicherte er Del und drehte die verbogene Stütze zur Seite. Billy schickte sich an aufzustehen, doch Corbin hielt ihn zurück. »Entspannen Sie sich einfach. Der Doktor kommt gleich zu Ihnen.«

Mitchell starrte verständnislos auf die tote Anzeigetafel und auf den leeren Schirm, auf dem nicht einmal ein Cursor blinkte. »Etwas sehr Großes hat uns gerammt«, knurrte er. »Und wir haben nicht reagiert. Wir sind einfach dagegengeknallt!« Er stieß mit dem Fuß gegen ein Wrackteil. »Jemand hier oben, der den Befehl auf der Brücke hatte, hat nichts getan!«, schäumte er. »Nicht einmal eine gottverdammte Warnung abgegeben!« Natürlich musste Mitchell wie alle anderen einsehen, dass das Ereignis unvermeidbar gewesen und so schnell über sie gekommen war, dass niemand den Kurs hätte ändern können.

Aber Del, der Mitchell so gut kannte, war klar, dass dieser ein Ventil brauchte, einen Sündenbock, jemanden, den er tadeln konnte, damit er seine persönlichen Gefühle der Verletzbarkeit los wurde. Wenn das hier niemandes Schuld war, dann hätte es genauso gut Mitchell passieren können, aber wenn Del irgendwie versagt hatte…

Mitchell drehte sich um und ging auf Del los. Doch Corbin und Brady sahen es wie Del schon im voraus kommen und fingen den Kapitän mühelos ab.

»Sie haben nichts unternommen!«, schrie Mitchell, dem die beiden den Weg versperrten. »Nicht das geringste, gottverdammt!«

»Da konnte man nichts machen«, erwiderte Del, doch er musste diese Worte einige Male wiederholen, als Litanei gegen die Schuld, die Mitchell gerade auf seine Schultern geladen hatte.

»Schluss damit! Horchen Sie doch mal!«, rief Reinheiser. Überrascht von dem untypischen Ausbruch des Physikers, verstummten die anderen. »Horchen Sie doch!«, sagte er.

Ein paar Sekunden vergingen. Das einzige Geräusch war das gelegentliche Knirschen von Metall, das sich senkte.

»Ich höre nichts«, sagte Doc Brady.

»Nichts, überhaupt nichts«, betonte Reinheiser. »Nicht einmal das hydraulische System.« Es dauerte ein paar Sekunden, bis Reinheisers Worte wirkten. Alle erschraken. Sie rechneten damit, im nächsten Augenblick zerquetscht zu werden, als hätte der Tod – in einem letzten Akt der Grausamkeit – geduldig gewartet, bis sie ihr Schicksal in vollem Ausmaß begriffen.

Es war Reinheiser, der das Schweigen brach.

»Warum sind wir nicht tot?«, fragte er und sprach damit den Gedanken aus, der allen durch den Kopf ging.

Sie schwiegen und versuchten eine vernünftige Antwort auf die Frage zu finden. Und als wären sie nicht schon verwirrt genug gewesen, ging plötzlich die

29

Hauptbeleuchtung wieder an, die Anzeigernadeln fingen wieder an zu zittern, ein paar Computer piepsten und begannen ihr Betriebssystem zu laden und – am überraschendsten von allem – es ertönte wieder das vertraute Summen der mächtigen Turbinen der *Unicorn*. Die Männer schraken zusammen, als eine zittrige Stimme aus der Bordsprechanlage krächzte.

»Hallo… ist da jemand?« Es klang einer Hysterie gefährlich nahe. »Hier spricht Thompson. Kann mich jemand hören? O Gott, bitte mach, dass ich nicht allein bin!«

Mitchell rannte zur Sprechanlage. »Was ist denn da hinten los?«

»Kapitän?«, rief Thompson.

»Wo sind Sie?«

»Beim Notstromaggregat, mit Sinclair«, lautete die Antwort. »Er ist ziemlich schlimm dran. Ich glaube nicht, dass er noch…« Die Stimme verstummte wieder.

»Bin schon unterwegs!«, rief Bradly und lief zur Tür.

»Nein!«, erwiderte Thompson kreischend. »Das können Sie nicht!« Doc drehte sich zu seinen Kameraden um. Die schiere Verzweiflung dieses Schreis hatte sie alle erstarren lassen.

Der Gedanke, einer seiner Männer, Mitglied der besten Mannschaft, die man je zusammengestellt hatte, könnte die Beherrschung verlieren, versetzte Mitchell in Rage. »Sie sollten lieber erklären, was los ist!«, bellte er in das Mikrofon.

»Eine Überflutung, Sir«, antwortete Thompson ruhig. »Alles zwischen dem Gymnastikraum und dem Notstromaggregat steht unter Wasser. Wenn Sie die Luken zu den vorderen Quartieren öffnen, fluten Sie auch den Vorderteil des Schiffes.«

»Die Mannschaft!«, schrie Mitchell. »Was ist mit meiner Mannschaft?«

Thompsons unvermeidliche Antwort bohrte sich wie ein Dolch in Mitchells Herz. »Sie sind tot, Sir. Alle tot – sie müssen tot sein – außer mir und Sinclair und euch im Vorderschiff.«

Erneut wurde den Überlebenden die Hoffnungslosigkeit ihrer Situation vor Augen geführt. Acht Mann, sechs auf der Brücke oben vorn, zwei im Heck, und dazwischen fünfzehn Meter überflutete Räume.

»Es sieht so aus, als hätten wir Probleme«, bemerkte Corbin.

Doch Mitchell konnte die Dinge nicht so sehen. Für ihn war diese Situation eine weitere Herausforderung, vielleicht die größte, der er sich jemals gegenüber sehen würde. Sein ganzes Leben war – von den Straßen der Großstadt angefangen über die Handelsflotte bis hin zu seinem Offiziersdienst bei der Marine – ein ständiger Kampf gewesen. Er hatte mehr getan, als nur zu überleben. Er war ein Führer geworden. »Hören Sie auf damit, Corbin!«, knurrte er. »Wir haben einen Job zu erledigen.« Er wies auf Billy und Del. »Ich möchte, dass die beiden morgen wieder arbeitsfähig sind.«

»Das ist unmög…«, begann Doc Brady.

»Morgen!«, bellte Mitchell. »Machen Sie den Besprechungsraum zur Krankenstation.« Dann wandte er sich Reinheiser zu. »Schauen Sie, was Sie tun können, um hier die Luft zu reinigen.« Er blickte Corbin an. »Sie und ich werden diesen Raum wieder in Ordnung bringen. Ich möchte, dass die Schirme für den Ausblick nach vorn so schnell wie möglich wieder funktionieren.«

Mitchell drosselte sein Tempo nicht. »Thompson«, rief er, »wie ist Ihre Situation?«

»Ich habe mich ein bisschen gestoßen, Sir. Ich habe mir das Handgelenk ziemlich schlimm verstaucht, aber ich kann arbeiten.« Er klang ein wenig gefasster.

»Dann bringen Sie den verdammten Maschinenraum wieder in Ordnung und geben Sie mir so viel Power, wie Sie können!«, befahl Mitchell und ließ dabei genau das richtige Maß Ärger in seiner Stimme anklingen, um zwei Botschaften zu übermitteln: dass er Vertrauen in Thompsons Fähigkeiten hatte und dass er Thompson allein dafür verantwortlich hielt, dass diese Arbeit erledigt wurde.

»Aye, aye, Sir!«, lautete Thompsons begeisterte Antwort.

Del starrte ungläubig auf den Kapitän. Er hasste den Mann, doch er konnte nicht leugnen, dass Mitchell als Anführer erfolgreich war. Unter Mitchells Befehl wagte niemand aufzugeben. Sie alle hatten Jobs zu erledigen, und angesichts der Forderungen des Kapitäns hatten sie keine Zeit, sich über die Auswirkungen der Situation Sorgen zu machen.

Ein paar Stunden später warf sich Del unbehaglich auf einem provisorischen Feldbett hin und her. Seine Träume trauerten der Sicherheit nach, die er hinter sich gelassen hatte.

In jener fernen Welt feierte Debby gerade ihren siebzigsten Geburtstag, mit ihren Enkelkindern an einem scheinbar sicheren Ort zusammengekauert, der sich Luftschutzraum nannte.

»Doc sagt, ich kann wieder arbeiten«, verkündete Billy Del am nächsten Tag. »Ich bin jetzt unterwegs zur Brücke. Wie steht es mit dir?«

»Ich muss mich mindestens noch einen Tag ausruhen«, erwiderte Del mit einem verschmitzten Lächeln und verschränkte die Hände hinter dem Kopf.

»Ich komme wieder und besuche dich«, versprach Billy. Obwohl Del so tat, als sei er zufrieden, beneidete er den Freund. Wenn man müßig herumsaß, hatte man zu viel Zeit, um sich Sorgen zu machen.

»Ich weiß nicht, was ich Ihnen erzählen soll«, sagte Corbin und zuckte mit den Achseln, denn in Wahrheit hatte er keine Antwort auf Mitchells offensichtliche Zweifel. »Das Schiff scheint fahrbereit zu sein.«

»Wie kann es sein, dass wir nur dreißig Meter tief sind?«, versetzte Mitchell. Trotz seines Gebrumms klang in seiner Stimme eine Spur Hoffnung an.

»Dieses Manometer funktioniert, indem es den Druck auf einen 2,5 cm langen Stab misst, der aus der Seite des Rumpfes herausragt«, erklärte Martin Reinheiser mechanisch, als läse er aus einem Buch vor. »Es ist eine Neuentwicklung, in Wirklichkeit noch nicht getestet. Vielleicht wurde der Stab abgerissen und das Gerät wird in die Irre geführt, indem es den totalen Druck auf das verbliebene Stück nimmt und ihn über die ganze ursprüngliche Länge hinweg berechnet. – Oder vielleicht befinden wir uns an einem Ort, der gegen den Druck der Meerestiefe geschützt ist«, fügte er hinzu, denn sein analytisch arbeitender Geist suchte nach jeder denkbaren Möglichkeit.

»Das ist nicht möglich«, erwiderte Corbin.

»Wie tief könnten wir ohne hydraulisches System sein?«, fragte Mitchell und beachtete die Worte seines Ersten Offiziers.

»Etwa zweitausendeinhundert Meter«, antwortete Billy von der Tür her. Die Männer wandten sich ihm zu. »Ich melde mich zum Dienst, Sir.«

»Wo ist DelGiudice?«, wollte Mitchell mit einem säuerlichen Gesichtsausdruck wissen, als hinterließe schon die bloße Nennung von Dels Namen einen schlechten Geschmack in seinem Mund.

»Doc möchte, dass er sich noch einen weiteren Tag ausruht«, erklärte Billy.

»Mit diesem Trottel werde ich mich später noch befassen«, flüsterte Mitchell. »Jetzt machen Sie sich an diesen Sichtschirm, Shank.«

Billy trat zur Bordsprechanlage, da er wusste, er würde etwas Hilfe vom Maschinenraum brauchen, um die Stromversorgung seiner Anzeigetafeln zu testen. »Thompson.«

Es antwortete ihm Schweigen.

»Maschinenraum, melden Sie sich.«

Immer noch keine Antwort. Mitchell wurde unruhig und reagierte mit typischer Verärgerung. Er schnappte Billy das Mikrofon weg. »Thompson!«, rief er.

»Hier, Sir«, meldete sich die unsichere Stimme, die fast so klang wie am Tag zuvor.

»Was ist los?«, fragte Mitchell.

»Sinclair ist tot«, murmelte Thompson. Die Männer nahmen die Nachricht stoisch auf. Corbin fuhr sich über das Gesicht, um jedes aufkommende Gefühl wegzuwischen. Billy stieß einen resignierten Seufzer aus.

Plötzlich war Thompsons Stimme voller Entschlossenheit. »Wie tief sind wir?«

Mitchell hatte selten Mitleid mit jemandem, aber jetzt tat ihm der Mann am anderen Ende der Bordsprechanlage leid. »Wir sind uns nicht sicher«, erwiderte er ruhig. »Das Manometer sagt dreißig Meter, aber wir meinen, es ist kaputt.«

»Dann muss das meine auch kaputt sein«, erwiderte Thompson, diesmal wieder eigensinnig. »Ich gehe hinaus. Ich bin bald vorn bei Ihnen.«

»Seien Sie kein Narr!«, rief Mitchell. »Wenn dieses Manometer falsch anzeigt…«

»Dann sterbe ich«, unterbrach ihn Thompson mit einem resignierten, fast gelassenen Lachen. »Was soll's?«

Mitchell setzte zu einer Antwort an, aber er schüttelte lediglich den Kopf, denn es schien nichts mehr zu sagen zu geben, kein Argument, mit dem er die Entscheidung des Mannes zurückweisen konnte.

»Ich bin allein hier hinten, ohne Essen und Wasser«,

fuhr Thompson fort. »Da bin ich sowieso bald tot.« Er setzte jedem weiteren Disput ein Ende, indem er sein Mikrofon abschaltete.

Es hätte sowieso keinen Disput mehr gegeben. »Er hat das Recht zu wählen, wie er stirbt«, bemerkte Ray Corbin.

»Er schafft das nie«, murmelte Reinheiser.

»Es sei denn, das Manometer hat Recht«, versetzte Billy. Er mochte es nicht, dass der Physiker sich in einer schon verzweifelten Situation so sicher pessimistisch gab.

Halbherzig gingen sie wieder an ihre Arbeit, unfähig, sich auf ihre Aufgaben zu konzentrieren, während jeder von ihnen, auch Reinheiser, wartete und hoffte, dass Thompson es irgendwie zu ihnen schaffen würde und dass das Manometer tatsächlich Recht hätte. Doch während die Minuten verstrichen, erschien das Wunder immer unwahrscheinlicher und schließlich nahm es Reinheiser auf sich, die Spannung zu entschärfen.

»Meine Herren«, sagte er mit seiner gewohnten Förmlichkeit, »da Matrose Thompson noch nicht eingetroffen ist, müssen wir annehmen, dass er tot ist. Also wollen wir uns auf die uns zugewiesenen Pflichten konzentrieren und dieses Schiff wieder funktionstüchtig machen.«

Corbin und Billy tauschten hilflose Blicke aus. Der Verlust eines weiteren Kameraden tat ihnen weh, aber aufs Neue mussten sie ihre Gefühle tief in ihrem Innern verbergen und sich weigern, den Schmerz anzuerkennen.

»Wie wird das mit dem Sichtschirm?«, versetzte Mitchell und versuchte damit, alle wieder zu den anstehenden Aufgaben zurückzubringen.

»Gut, Sir«, erwiderte Billy. »In ein paar Minuten dürften Sie etwas sehen.« Er konzentrierte sich auf seine Arbeit und versuchte zu vergessen, dass soeben einer seiner Freunde gestorben war und möglicherweise ihre letzte Hoffnung mit sich genommen hatte.

»Ohne die äußeren Suchscheinwerfer werden wir nicht viel sehen«, bemerkte Reinheiser. »Hoffen wir, dass sie noch funktionieren.«

»Selbst wenn sie funktionieren, dann werden wir nichts anderes sehen als dunkles Wasser und grauen Fels«, brummte Billy bei sich, zu leise, als dass ein anderer es hätte hören können. Aber auch er hoffte, dass die Geräte funktionierten. Zumindest wäre damit etwas erreicht.

Billy machte mit seinem Computer einen Neustart, dann klickte er die entsprechenden Symbole an. Der Schirm knisterte und füllte sich mit weißem Geflimmer. Billy stand brummend auf, griff nach der Rückseite der Instrumententafel und rüttelte an dem Stecker hinter seinem persönlichen Monitor. Für einen Sekundenbruchteil gab es ein klares Bild, dann füllte den Schirm wieder weißes Geflimmer.

»Haben Sie das gesehen?«, schrie Corbin.

»Ich bin mir nicht sicher, was ich gesehen habe«, erwiderte Mitchell. »Shank, holen Sie das verdammte Bild zurück!«

»Ich versuch's«, erwiderte Billy, verdutzt darüber, dass sie so aufgeregt waren. Er hatte nichts gesehen.

»Der Rumpf eines alten Kriegsschiffs«, erklärte Reinheiser.

»Aber haben Sie seinen Zustand gesehen?«, rief Corbin. »Es sah aus, als wäre es gerade eben gesunken!«

Der Bildschirm flackerte ein paarmal, das Bild wurde wieder klar, und die vier Männer starrten mit offenem Mund auf den unheimlichen Anblick. Auf einem Felsenriff weniger als zwanzig Meter vor ihnen lag eine alte Fregatte, die Lettern an ihrer Seite nannten den Namen: *USS Wasp*.

»Erklären Sie mir das«, forderte Mitchell Reinheiser auf.

»Wir sollten Del holen – ich meine Mr. DelGiudice, Sir«, schlug Billy vor. »Er liest ständig Bücher über Marinegeschichte.«

»Dann gehen Sie«, sagte Mitchell. Billy eilte davon. Kurz darauf kehrte er mit Del und Doc Brady zurück.

»Nun, Mister, was halten Sie davon?«, fragte Mitchell.

Del brauchte eine Minute, um seine Stimme wiederzufinden. »Die *Wasp?*«, sagte er laut und versuchte dabei seinem Gedächtnis nachzuhelfen. »Der Name kommt mir bekannt vor.«

»Spätes achtzehntes Jahrhundert, so wie sie aussieht«, sagte Reinheiser.

»Frühes neunzehntes Jahrhundert, glaube ich«, korrigierte ihn Del. »Ich könnte Ihnen mehr sagen, wenn ich in mein Quartier gelangen könnte. Ich habe ein paar Bücher über alte Schiffe und…«

Über ihnen ertönte ein dröhnender Schlag.

»Das ist an der Außenluke«, bemerkte Corbin. »Ist das Thompson?«

Die Männer drängten sich um die Leiter, die in den Kommandoturm des U-Bootes führte. Mitchell rief über die Bordsprechanlage zur Luftschleuse. »Thompson, sind Sie das?«, fragte er in das starke statische Rauschen hinein.

Der Griff der inneren Luke drehte sich.

»Das sollte lieber mal Thompson sein«, murmelte Billy grimmig, warf einen misstrauischen Blick auf das alte Schiff und packte einen schweren Schraubenschlüssel.

Wasser strömte herein, als sich die innere Luke öffnete und ein Paar schwarzer Lederstiefel durch das Loch kamen.

»Ich hab's doch gewusst!«, schrie Billy und schlug auf die Beine ein.

»He!«, rief es erschrocken von oben.

Mitchell erkannte die Stimme und packte Billy, während die Beine sich wieder in die Luftschleuse zurückzogen. Man hörte ein Scharren, dann steckte Thompson den Kopf durch die Lukenöffnung.

»Seid ihr alle verrückt geworden oder was?«, fragte er die erstaunten Gesichter unter sich. Als er Doc Brady erblickte, fügte er hinzu: »Für Sie habe ich etwas! Sie werden es nicht glauben!« Und er verschwand wieder durch das Loch.

Nach weiterem Scharren steckte er wieder die Beine hindurch. »Helft mir bei diesem Burschen, er ist voller Wasser«, sagte Thompson. Verwundert halfen Mitchell und Brady mechanisch den Toten herunterzuholen. Es handelte sich um einen Mann in den Dreißigern, der in einen grauen Anzug gekleidet war, komplett mit Frack und goldener Taschenuhr.

»Ihm fehlt nur ein Zylinderhut und ein Spazierstock«, bemerkte Corbin lachend, zu überwältigt von der Unwirklichkeit des Ganzen und zu erleichtert, um zu sehen, dass Thompson ängstlich war.

»Die habe ich auch«, erwiderte Thompson. Er glitt die Leiter herab, einen Spazierstock in der Hand und einen grauen Zylinderhut auf dem Kopf. »Na? Was meinen Sie?«

»Er sieht aus, als sei er eben erst gestorben«, sagte Corbin.

»Noch gut erhalten«, stimmte ihm Doc Brady zu, doch seine Aufmerksamkeit war auf Thompson und dessen aufgeregtes Verhalten gerichtet.

»Wie dieser Schiffsrumpf«, bemerkte Reinheiser.

»Sie sind alle so«, sagte Thompson.

»Was sind alle so?«, wollte Mitchell wissen, der keine Geduld für Thompsons Possen hatte. »Und warum zum Teufel haben Sie so lange gebraucht?«

»Alle Schiffe dort draußen sind so, Sir«, erwiderte

Thompson. »Sie werden verstehen, dass ich mich umschauen musste.«

»Natürlich«, sagte Doc Brady beruhigend.

»Ich schloss die Augen, als ich das Schiff verließ«, erklärte Thompson. »Ich erwartete wirklich, ich würde sterben. Aber die Manometer haben Recht, und der Druck war gar nicht so schlimm. Als ich die Augen wieder öffnete, sah ich als Erstes einen alten Schoner, der direkt neben unserem Heck lag. Dieser Kerl hier war ganz in ein Seil an der Ankerwinde verwickelt. Ich konnte es nicht glauben. Ich schwamm zu ihm hin und stellte fest, dass ringsum alle diese anderen Schiffe waren!«

»Wie ist es mit der Sichtweite?«, unterbrach ihn Reinheiser.

»Nicht so schlecht. Mindestens sechzig, siebzig Meter«, erwiderte Thompson. »Und zuerst konnte ich das auch nicht verstehen. Nach meiner Berechnung ist es oben gerade Nacht, und selbst wenn über der Meeresfläche heller Tag wäre, wie viel Licht würde denn durch die dreißig Meter Wasser herabsickern? Also, woher kommt das Licht?«

»Ja, woher denn?«, fragte Reinheiser.

Thompson wusste die Antwort. »Ich habe diese unheimlichen Blitze über uns gesehen und ich bin auf die Oberfläche zugeschwommen. Aber als ich näher herankam, erkannte ich, dass über uns massiver Fels ist.«

»Was?«, fragten Mitchell und Corbin gleichzeitig.

»Massiver Fels«, wiederholte Thompson. »Wir befinden uns in einer riesigen Höhle. Ein paar hundert Meter weiter hinten geht ein Trichter in die Wand hinauf – dort ist das Licht intensiver. Ich hätte ihn näher untersucht, um zu sehen, ob er bis zur Oberfläche führt, aber ich konnte nicht näher herankommen; ich bekam dauernd Schocks. Statische Elektrizität oder so etwas. Auf dem Rückweg habe ich diesen Kerl hier aufgesammelt. Den musste ich doch Ihnen zeigen.«

»Wie sieht die *Unicorn* von dort draußen aus?«, fragte Mitchell.

»Schlimm«, erwiderte Thompson. »Wirklich schlimm, Sir. Es gibt einige Löcher mittschiffs, aber das ist noch das Geringste. Hier oben neigt sie sich nach Backbord, aber am Heck nach Steuerbord.«

»Das ist doch unmöglich!«, versetzte Reinheiser.

»Die Mitte des Schiffs ist verbogen«, fuhr Thompson ernsthaft fort, setzte seine Fäuste übereinander und drehte sie in entgegengesetzte Richtungen. »Ich schätze, dass es mindestens dreißig Grad Abweichung zwischen beiden Enden gibt.«

»Dann ist es ein Wunder, dass wir noch am Leben sind«, bemerkte Reinheiser.

Mitchell hörte ihn nicht. Er starrte nur ausdruckslos vor sich hin, entsetzt über die nun unleugbare Tatsache, dass für sein Schiff keine Hoffnung auf Reparatur mehr bestand.

Doch auch nach dem brutalen Schadensbericht verzagten die anderen nicht. Hier war etwas sehr Seltsames im Gange und es faszinierte sie, besonders Martin Reinheiser. Zumindest zu diesem Zeitpunkt überwog Neugier die Besorgnis.

»Ich muss dort hinaus«, bat Reinheiser Mitchell in einem fast quengelnden Ton.

»Ich ginge auch gern wieder hinaus, Sir«, fügte Thompson hinzu. »Ich möchte mir den Schaden genauer anschauen.«

»Und ich möchte an diese Bücher in meiner Kabine herankommen«, sagte Del. Er wollte aus der ganzen Aufregung nicht ausgeschlossen werden.

»Nein, das werden Sie nicht«, mischte sich Doc Brady ein, der immer noch die Leiche untersuchte. »Thompson wird sie für Sie holen. Sie bleiben hier und werden wieder gesund!« Del hätte widersprochen, aber Mitchells Ausbruch schnitt ihm das Wort ab.

»Tun Sie doch, was Sie wollen!«, brüllte der Kapitän mit finsterem, verzerrtem Gesicht. Jetzt war es an Mitchell, sich hoffnungslos zu fühlen, weil er glaubte, dass nichts, was er in dieser Situation tat, einen Unterschied ausmachen würde. Er wusste, die düstere Stimmung würde vergehen. Seit seiner Kindheit hatte er mit seinem Ungestüm alles wegschieben können, was ihn seelisch verletzte, aber einstweilen musste er sich einfach von allen anderen zurückziehen. Er machte auf dem Absatz kehrt und stürmte aus dem Raum.

Die anderen beobachteten mit verständnisloser Miene, wie er sich entfernte. Die plötzliche Verzweiflung ihres so robusten Kapitäns verwirrte sie.

»Er hat sein Schiff verloren«, bemerkte Reinheiser. Er beobachtete, wie verkrampft die Schritte des Kapitäns wirkten, und registrierte diese neueste Offenbarung von Mitchells Stimmung.

»Helfen Sie mir, diese Leiche in den Besprechungsraum zu bringen«, bat Brady Del, der ein enttäuschtes Gesicht machte. »Schon gut«, gab Brady nach. »Vielleicht lasse ich Sie später hinaustauchen.«

Del lächelte. »Gestatten Sie, dass ich Thompson sage, wo die Bücher sind.« Er hüpfte schier durch den Raum, fasziniert von dem möglichen Abenteuer, das ihn außerhalb der *Unicorn* erwartete. Wenigstens für den Augenblick konnte er die toten Kameraden vergessen – und die Unausweichlichkeit des Schicksals, das ihm selbst bevorstand.

KAPITEL 3

Nach dem Maß
einer anderen Uhr

»Wozu haben Sie das mitgebracht?«, brummte Mitchell.

Reinheiser funkelte ihn über den Tisch hinweg an. »Von der *Wasp*«, erklärte er und hielt die fleckenlose Gürtelschnalle hoch, damit auch die übrigen Männer sie sehen konnten. Er zeigte auf die obere linke Ecke, wo deutlich die Initialen JB zu sehen waren.

Dann wandte sich der Physiker betont von Mitchell ab. »Nach der Uniform der Leiche zu schließen, habe ich das dem Kapitän des Schiffes abgenommen«, sagte er. »Falls wir irgendwelche Aufzeichnungen der *Wasp* finden können, könnte sich das als nützlich erweisen.«

»Sie sind immerzu am Denken, nicht wahr?«, bemerkte Mitchell.

Reinheiser überhörte den Kommentar, da er sich nicht sicher war, ob es sich dabei um eine Beleidigung oder ein Kompliment handeln sollte. »Ich habe auch unter der Öffnung in der Höhlendecke ein Mikrofon angebracht. Der Trichter wird bedeutend enger, aber er bleibt, glaube ich, groß genug, um das U-Boot durchzulassen. Der schwarze Bereich an seinem oberen Ende scheint dem zu ähneln, den wir beobachtet haben, bevor der Sturm zuschlug.«

»Sie nehmen also an, dass wir durch den Sturm hinabgedrückt wurden, und zwar durch dieses Loch«, sagte Corbin.

»Wir sind gesunken«, beharrte Del und ballte unbewusst die Faust, als hielte er noch den Kommandosessel gepackt. »Und wir wurden direkt durch dieses Loch gestoßen.«

»Wir müssen alle Möglichkeiten in Betracht ziehen«, erklärte Reinheiser. »Aber ob wir nun durch dieses Loch passiert sind oder nicht, ob diese Öffnung in der Decke tatsächlich dieses Loch ist oder nicht, sie verdient unsere Aufmerksamkeit. Dieser Trichter erzeugt eine Art elektrischer Störung – Impulse, wenn Sie so wollen –, die sich als bedeutsam herausstellen kann. Mit dem Echolot sollten wir eigentlich in der Lage sein, ein Muster in der Intensität der Impulse zu entdecken.«

»Und dann?«, fragte Mitchell. Seine Stimme klang immer noch entmutigt und triefte vor Sarkasmus.

»Gibt es verschiedene Möglichkeiten«, war alles, was Reinheiser zu antworten für nötig hielt. Dann wandte er sich Thompson zu, der ihn beim letzten Tauchgang begleitet hatte. »Wissen Sie mehr über den Zustand unseres Bootes?«

»Es wird nie mehr schwimmen, so viel ist sicher«, erwiderte Thompson. »Unsere Schiffsschrauben sind völlig zerstört und das Schiff ist in der Mitte verbogen und verdreht. Und wir haben mindestens drei ziemlich große Löcher abbekommen. Es mag auch noch andere, kleinere geben – ich bin mir sicher, dass es solche gibt. Die Maschinen sind allerdings in ziemlich gutem Zustand, wenn man bedenkt, was sie mitgemacht haben.«

»Könnten Sie das Schiff hochbekommen?«, fragte Reinheiser.

»An die Oberfläche?«, Thompson stutzte bei dem Gedanken. Er begann zu kichern, als halte er die Frage für einen Scherz, aber die strenge Miene des Physiker belehrte ihn eines Besseren. Er räusperte sich verlegen und fuhr fort. »Nun ja, einige dieser Löcher kann ich flicken, und ich glaube, wir können den Strom hervorbringen, um unsere Ballasttanks zu leeren. Aber das

43

halbe U-Boot ist voller Wasser und wir haben keine Pumpen, um damit fertig zu werden. Diese zusätzliche Last schaffen wir auf keinen Fall.«

»Diese Sorge überlassen Sie mir«, sagte Reinheiser in einem herablassenden Ton, der Thompson und allen anderen die Botschaft übermittelte, ihre Rolle sei es, Befehlen zu gehorchen und das Denken ihm zu überlassen. »Wie lange brauchen Sie, um den Rumpf zu flicken?«

»Ein paar Tage, und ich werde jemanden brauchen, der mir hilft.«

Reinheiser nickte und strich sich über seinen Spitzbart. Mit einem Blick bedeutete er Mitchell, dass er von Thompson genug gehört hatte. Als nächster sollte Billy Shank sprechen.

»Über die Brücke gibt es nicht sehr viel mehr zu sagen«, begann er mutlos. Offensichtlich gefiel ihm seine Rolle als Prophet des Schicksals nicht. »Die Bildschirme funktionieren, die Bordsprechanlage funktioniert und ein paar der PCs reagieren tatsächlich, allerdings ist der Hauptcomputer off-line und das wird er auch bleiben. Zumindest das Echolot ist okay; hier ist der letzte Ausdruck.« Er reichte Reinheiser die Papiere. »Anscheinend funktioniert der Tiefenmesser auch, aber das ist schon alles. Alles andere ist tot und ich sehe wirklich keine Möglichkeit, wie wir etwas davon reparieren können.«

»Nach Ihren Worten können wir demnach alles sehen und hören, was sich in unserem Gebiet befindet«, bemerkte Corbin grimmig. »Und das ist alles, was wir tun können.«

Selbst Mitchell schien von der offensichtlichen Endgültigkeit von Corbins Feststellung beeindruckt zu sein. Ein Gefühl persönlicher Sterblichkeit kam über die Männer; es war so schwer, dass sie die Köpfe hängen ließen.

Doch nicht so Reinheiser. Er studierte die Ausdrucke des Echolots und schien die Verzweiflung der anderen nicht wahrzunehmen. »Wie steht es mit dem Proviant, Mr. Corbin?«, fragte er in seinem sachlichen Ton.

»Es gibt genug Lebensmittel in den Speicherabteilen unter der Kombüse, die könnten einige Jahre reichen«, erwiderte Corbin. »Wasser könnte allerdings zu einem Problem werden. Soweit ich sagen kann, haben wir bei strikter Rationierung noch einen Vorrat für etwa zwei Wochen, und es sieht nicht so aus, als würden wir noch mehr bekommen. Unsere Wasserreinigungsanlagen sind beide völlig zerstört.«

Mitchell beobachtete mit unterdrückter Wut, wie Reinheiser weitere Notizen auf seinen kleinen Block kritzelte. Der Physiker übernahm das Kommando.

»Sie scheinen sich diese ganze Sache schon überlegt zu haben«, versetzte der Kapitän. »Warum weihen Sie uns nicht ein?«

»Zu gebührender Zeit, Kapitän«, erwiderte Reinheiser kühl. Mit einem selbstgefälligen Lächeln wandte er sich von Mitchell ab. »Sagen Sie mir, Doktor, wie lange hat sich diese Leiche Ihrer Untersuchung zufolge im Wasser befunden?«

»Ich weiß es nicht.« Brady zuckte mit den Achseln. »In dem Wasser muss es eine Art Konservierungsmittel geben, oder es müssen dort gewisse Bakterien fehlen. Ich erinnere mich an eine Geschichte, wo man in großer Tiefe in einem der westlichen Seen Leichen fand – in Nevada, glaube ich. Die Leute und ihre Planwagen waren ein Jahrhundert zuvor hineingefallen, aber sie sahen aus, als wären sie erst kürzlich versunken.«

Reinheisers Nicken bedeutete Höflichkeit, aber nicht Zustimmung.

»Aber angenommen, es ginge mit normalen Dingen

zu«, fuhr Brady fort, »angenommen, wir hätten die Leiche in einem Dorfteich gefunden, dann würde ich sagen, dass sie sich etwa einen Tag im Wasser befunden hat.« Die anderen Männer wussten schon, dass die Leiche in einem guten Zustand war, aber die Bestätigung durch Brady bestürzte sie dennoch.

»Könnten Sie sich etwas genauer ausdrücken?«, drängte ihn Reinheiser, dessen Erregung zeigte, dass Bradys Schätzungen irgendwie in den Rahmen seines Rettungsplans passten.

»Zweiundzwanzig bis fünfundzwanzig Stunden«, erwiderte Bradly.

Reinheiser strich sich wieder über den Spitzbart und betrachtete geistesabwesend die Echolot-Ausdrucke. »Interessant«, murmelte er.

Del musste fast loslachen, als er sich vorstellte, wie hinter den Augen des Physikers Schalter ein- und ausklickten. Er konnte sein Glucksen noch mit einem Hüsteln tarnen, doch eine Sekunde später schaute ihn Reinheiser mit seinen wissbegierigen Augen ins Gesicht, und Del war sich sicher, dass der Wissenschaftler seine Gedanken gelesen hatte. »Mr. DelGiudice, haben Sie uns etwas zu sagen?«

Del räusperte sich, um seine Fassung wiederzugewinnen. »Wenn das Schiff auf dem Bildschirm wirklich die *Wasp* war, dann ist sie schon über einhundertachtzig Jahre alt. Sie ist im Frühjahr 1814 spurlos verschwunden und stand damals unter dem Befehl von Johnston Blakely.«

»Das passt zu den Initialen JB auf der Gürtelschnalle«, bemerkte Billy.

»Konnten Sie noch etwas über den Schoner an unserem Heck herausfinden, wo Thompson die Leiche gefunden hat?«, drängte ihn Reinheiser.

Del blickte auf die Notizen, die Thompson ihm gegeben hatte. Darin waren die verschiedenen Wracks aufgeführt, die sie umgaben. »Das ist die *Bella*«, erwiderte er. »Die ging 1854 verloren.«

»Verdammt real«, murmelte Doc Brady und schüttelte den Kopf.

Reinheiser nickte zustimmend und lächelte selbstgefällig.

»Da gibt es noch mehr zu sagen«, fuhr Del fort. Er hielt ein altes Buch hoch, einen der vielen Titel, die in den späten 1970er Jahren über die fast magischen Geheimnisse des Bermuda-Dreiecks geschrieben worden waren. »Alle Schiffe, die Thompson dort draußen gesehen hat, sind hierin aufgelistet. Sie sind seit zwanzig, fünfzig und sogar zweihundert Jahren auf hoher See verschollen.« Del machte eine Pause, um seine Worte wirken zu lassen, denn er wusste, dass seine nächste Enthüllung die anderen noch mehr verwundern würde.

»Und die Flugzeuge…«, begann er.

»Flugzeuge?«, wiederholte Corbin.

»Kampfflugzeuge aus dem Zweiten Weltkrieg«, erklärte Del. »Oder Schulflugzeuge, genau genommen. Fünf davon, und ein größeres Rettungsflugzeug.«

»Flug Neunzehn«, stöhnte Doc Brady.

Del nickte. »Ist von Florida zu einem Übungsflug gestartet und dann einfach verschwunden«, sagte er, obwohl die legendäre Tragödie der um den Tisch versammelten Gruppe nicht erklärt werden musste.

»Also haben wir das Geheimnis des Bermuda-Dreiecks gelöst«, bemerkte Corbin grimmig »Oder zumindest wissen wir, wohin alles verschwunden ist.«

»Um dann nie mehr an die Oberfläche aufzutauchen«, hörte sich Billy sagen. Er verstummte und sank zusammen.

Mitchell schlug mit den Händen gegen den Tischrand und sprang von seinem Stuhl auf. Dann beugte er sich drohend über seine Männer. »Sie bleiben mit

Ihren Gedanken bei Ihrer Arbeit! Haben Sie verstanden?« Er wandte sich ungeduldig an Reinheiser. »Sind Sie schon bereit zu reden? In Ihrem Gehirn tickt doch schon die ganze Zeit etwas.«

Martin Reinheiser blickte eindringlich auf die Männer, die um den Tisch saßen, und versuchte den besten Weg zu herauszufinden, wie er seine Theorien präsentieren könnte. Er heftete seinen Blick auf Doc Brady.

»Zu allererst versichere ich Ihnen, dass die Bedingungen hier normal sind und sich im Rahmen unserer Naturgesetze und Berechnungen bewegen. Es gibt keine Konservierungsmittel im Wasser, keinen besonderen Sauerstoff oder ein chemisches Gleichgewicht, um eine Leiche frisch zu halten und meine eigene Untersuchung einer Wasserprobe zeigt, dass die zu erwartenden Bakterien darin nur so wimmeln.« Brady schüttelte nachdrücklich den Kopf. Reinheiser hob die Hand, um jede Unterbrechung abzublocken. »Ich verstehe Ihre Zweifel, Doktor, aber es gibt eine andere Erklärung. Ich glaube, der Schlüssel zu diesem Rätsel liegt nicht in abnormen physiologischen Bedingungen, sondern in der vierten Dimension, der Zeit.«

»Wollen Sie sagen, wir seien in der Zeit zurückgeworfen worden?«, fragte Doc Brady. Sein Ton passte zu den ungläubigen Blicken, die von allen Seiten auf Reinheiser gerichtet waren.

Idioten, dachte Reinheiser. Ich wusste doch, dass dies über ihren Horizont geht. »Nein«, konterte er ruhig, doch seine schrille Stimme nahm Messerschärfe an. »Nicht zurückgeworfen, sondern in einen anderen Bezugsrahmen geschoben.«

Sie schienen ihn nicht zu verstehen.

»Unsere Konzepte betrachten Zeit als relativ«, erklärte er. »Was für einen Menschen auf einer Rakete, die sich der Lichtgeschwindigkeit nähert, eine Stunde ist, wären Tage, Wochen, sogar Jahre für einen Menschen auf der Erde.«

»Ich bin in letzter Zeit auf keiner Rakete gewesen«, bemerkte Mitchell mit offenkundigen Zweifeln.

»Doch dies illustriert, was meiner Meinung nach mit uns geschehen ist«, fuhr Reinheiser fort. »Wir sind in einen Zeitrahmen gestoßen worden, wo hundertfünfzig Jahre unserer Geschichte zu zwölf bis fünfzehn Stunden zusammengepresst wurden – dem Bericht des Doktors über die Leiche von der *Bella* zufolge.«

»Ich sagte, die Leiche habe etwa vierundzwanzig Stunden im Wasser gelegen«, korrigierte Doc Brady.

»Ja, Doktor, aber wir waren in diesem Rahmen etwa zehn Stunden, bevor die Leiche entdeckt wurde.«

»Warten Sie mal einen Moment«, mischte sich Del ein und blickte den Physiker scharf an. »Wenn Ihre Worte stimmen, und wir sind etwa fünfzehn Stunden schon hier unten, dann…«

»Dann sind einhundertfünfzig Jahre auf der Oberfläche vergangen«, schloss Reinheiser. »Und alle Menschen, die wir jemals gekannt haben, sind tot und schon begraben.«

Angesichts der Unwirklichkeit all dessen, was mit ihnen schon geschehen war, fanden sie es schwer, Reinheisers Schlussfolgerungen pauschal abzutun. Sie schüttelten den Kopf und murmelten verneinend, schauten einander an und suchten beim jeweils anderen nach einer Bestätigung für die Absurdität der Erklärung. Das verärgerte Reinheiser noch mehr, nicht weil sie ihm nicht glaubten – er hatte nicht erwartet, dass sie ihm glauben würden –, sondern weil sie mit offener Angst, ja mit Schrecken auf seinen Gedanken reagierten. Konnten sie so einfältig sein, dass sie die unglaublichen Folgerungen verdrängten?

»Denken Sie daran, meine Herren!«, rief der Physiker aus. »Eine neue Welt erwartet uns. Denken Sie an die Fortschritte in der Wissenschaft! In der Medizin, Doktor!« Er flehte sie fast an und hoffte, dass sie nicht so engstirnig wären, wie sie zu sein schienen.

»Quatsch!«, platzte Mitchell heraus. Er baute sich neben dem sitzenden Physiker auf und versuchte nicht einmal seine Enttäuschung zu verbergen. »Ist dies das Beste, was Sie mir anzubieten haben?«

»Ich versichere Ihnen, ich habe vor, meine Theorie zu beweisen«, erwiderte Reinheiser, der sehr gut wusste, was Mitchell von ihm haben wollte.

»Und wie können Sie das tun, während wir noch hier unten sitzen?«

»Das dürfte nicht schwer sein«, erwiderte Del. Verdutzt blickten Reinheiser und Mitchell zu ihm hinüber. »Morgen früh schicken wir Taucher aus, die zwei Leichen bergen sollen, eine von unserem eigenen Schiff und eine weitere von der *Bella*. Wenn die Theorie stimmt, dann müsste Docs Autopsie zeigen, dass unser Kamerad etwa vierunddreißig Stunden tot im Wasser lag – und die Leiche von der *Bella* sechsundvierzig bis neunundvierzig Stunden.«

Reinheisers verblüffter Blick wurde eisig. Er war überrascht, dass Del zu solchen Schlussfolgerungen gelangte, aber vor allem war er verärgert, weil er selbst es vorzog, seine Theorien ohne Hilfe eines Laien zu erklären. »Genau«, knurrte er Del mit zusammengekniffenen Augen an.

»Ob meine Theorie nun stimmt oder nicht, so glaube ich doch, dass wir von hier entkommen können«, fuhr der Physiker fort. »Wenn wir die Löcher flicken und das U-Boot hochbekommen können, dann dürften magnetische Einflüsse uns zu dem Trichter ziehen. Ein Sturm könnte uns hinausstoßen, genauso wie uns einer hineingestoßen hat.«

»Das wird nicht gelingen«, sagte Thompson und

dämpfte damit sofort die hoffnungsvollen Blicke der anderen. »Keinesfalls kann ich die ausgebesserten Stellen so stark machen, dass sie den Druck aushalten, der auf der anderen Seite des Loches herrscht.«

»Unser Rumpf könnte diesen Druck auch dann nicht aushalten, wenn er noch intakt wäre«, gab Reinheiser zurück. »Das hydraulische System wurde zerstört.«

»Wie soll es dann gehen?«, fragte Corbin.

»Ich wette, dass wir uns um den Druck keine Sorgen zu machen brauchen.«

Mitchell schnaubte sarkastisch, und schon sein Ton wies Reinheisers Erklärungen zurück.

»Schauen Sie sich um!«, knurrte Reinheiser, der genug davon hatte, von Leuten geringerer Sachkenntnis lächerlich gemacht zu werden. »Muss ich es einzeln buchstabieren? Warum ist denn der Rumpf der *Wasp* nicht unter dem Druck von achttausend Meter Wassertiefe zerquetscht worden? Diese Leiche besaß noch ihren Zylinderhut und ihren Spazierstock!« Seine Stimme wurde milder, als er in den verblüfften Gesichtern der anderen kein Anzeichen von Protest mehr sah, nur noch Faszination. »Die einzige mögliche Erklärung besteht darin, dass die elektromagnetischen Stürme, die diese Schiffe und Flugzeuge hier hergebracht haben, sie auch irgendwie vor dem Meeresdruck abgeschirmt haben.«

»Aber uns hat nichts abgeschirmt, als wir durch dieses Loch passierten«, brachte Del vor.

»Wir wurden nicht vom Sturm erfasst«, erklärte Reinheiser. »Wir wurden vom Sturm außerhalb seiner Sphäre getroffen, und da wirkte er lediglich als Werkzeug der Zerstörung.«

Die Männer schauten einander an und zuckten hoffnungsvoll mit den Schultern. Vielleicht glaubten sie auf einer rationalen Ebene Reinheiser nicht, aber sie hatten ein verzweifeltes Bedürfnis nach einem Fetzen Hoffnung.

»Aber wir haben nicht genügend Vorräte, um einfach nur herumzuschwimmen und auf einen Sturm zu warten«, sagte Del. Seine Stimme klang nicht feindselig, er fragte nur und widersprach nicht.

»Wir müssen nicht lange warten«, erwiderte Reinheiser. »Diese Öffnung ist die Schwelle zwischen zwei sehr verschiedenartigen magnetischen Feldern. Die Interaktion dieser Felder erzeugt ständig heftige elektrische Stürme.«

»Aber wie oft?«, gab Mitchell zu bedenken, den der zweite offensichtliche schwache Punkt in Reinheisers Plänen verstimmte. »Alle paar Monate? Alle paar Jahre? Wir haben nicht so viel Zeit.«

»Wieder betrachten Sie die Dinge von einem falschen Standpunkt aus, Kapitän«, erwiderte der Physiker mit einem überlegenen Lächeln. Er genoss es wirklich, dass er auf jeden Zweifel eine Antwort hatte. »Auf der anderen Seite der Schwelle, im anderen Bezugsrahmen, treten die Stürme alle paar Wochen oder so auf. Für hier unten bedeutet das Stunden oder sogar Minuten.«

Der Physiker schaute alle in der Runde an und bemerkte den leichten, zögernden Hoffnungsschimmer auf ihren Gesichtern. Gib ihnen, was sie hören müssen, sagte er sich und schaute jedem von ihnen in die flehenden Augen.

»Wir können entkommen.«

KAPITEL 4

Nachruf

Staunen überwältigte ihn. Jede seiner eskapistischen Neigungen sagte Del, er solle von der *Unicorn* wegschwimmen und sich in der Geschichte verlieren. Er war mitten in ein unberührtes Erbe geraten. Viel mehr noch als ein Museum enthielt dieser Ort unverfälschte und vorurteilsfreie Zeugnisse über die Vergangenheit der Welt, und dies auf eine Weise und in einer Reinheit, denen Bücher, Modelle und selbst genaue Rekonstruktionen auch nicht annähernd gleichkamen. Er konnte ein ganzes Leben damit zubringen, zwischen diesen Schnappschüssen aus verschiedenen Zeiten umherzuschwimmen; er dachte an die vielen Geschichtsstunden, die er am College gehabt hatte, an die trockenen Vorlesungen, oder auch an die guten, welche die wenigen inspirierten Professoren gehalten hatten, die eine Leidenschaft für ihren Stoff gepackt hielt. Doch selbst diese überragenden Lehrer und ihre anregenden Nacherzählungen kamen nicht annähernd der Empfindung wunderbarer Wirklichkeit nahe, die Del hier draußen hatte. Er wollte bleiben und schwimmen und lernen.

Sein erster Arbeitsauftrag war allerdings etwas bitterer. Er sollte die Leichen seiner im U-Boot ertrunkenen Kameraden herausholen und eine davon für Bradys Überprüfung von Reinheisers Zeittheorie auswählen. Er bewegte sich zu dem gezackten Riss im Rumpf der *Unicorn* und guckte hinein.

Die Zerstörung war total. Zersplitterte Kojen, zerrissene Bettdecken und eingedrückte Spinde schwammen herum oder lagen in wirren Haufen durcheinander.

Und darüber verstreut und von Trümmern umgeben lagen Dels Kameraden.

Del machte eine entschlossene Miene und quetschte sich durch das Loch hinein. Er arbeitete methodisch und mit so viel Distanziertheit, wie er nur aufbieten konnte; so holte er jeden Mann heraus und überließ ihn dem feuchten Grab. Die letzte Leiche sparte er für das Experiment auf und brachte sie zur Luftschleuse zurück, wo die Männer, die im U-Boot zurückgeblieben waren, sie aufnehmen konnten.

Dels zweite Aufgabe bestand darin, eine Leiche von der *Bella* zu holen. Diese Aufgabe jagte ihm Furcht ein und faszinierte ihn gleichzeitig. Seine Phantasie lief bei dieser unheimlichen Szene auf Hochtouren und brachte schon einige vielversprechende Plots für Horrorfilme hervor. Doch gleichzeitig konnte Del seine Neugier auf die Wunder, die ihn umgaben, nicht unterdrücken.

Als er an Bord der *Bella* ging, bewegte er sich dort vorsichtig wie ein Archäologe, der Sand von einem alten Fundstück abbürstet, oder wie ein Historiker, der ein vergilbtes mittelalterliches Manuskript durchblättert. Binnen kurzem wurde ihm jedoch klar, dass dieses Schiff keineswegs vor Alter brüchig war. Sein Boden hatte sich nicht verbogen, seine Masten standen aufrecht und fest. Del war überzeugt, dass die *Bella* wieder stolz dahinsegeln könnte, wenn sie gehoben und ihr Rumpf ausgebessert wäre.

Ohne Zögern bewegte er sich zu der Tür, die zum Unterdeck führte, und fand dort eine für Brady geeignete Leiche, sobald er die Tür geöffnet hatte. Doch das würde warten müssen, denn er schob sich an der Leiche vorbei, entschlossen, alle Relikte, die drunten lagen, eingehender zu betrachten.

Der Anblick übertraf alles, was seine Phantasie erhofft haben mochte. Alles, was nicht festgeschraubt gewesen war, war durcheinander geschleudert worden, aber das bezog sich nur auf einen kleinen Teil der Einrichtung des Raums. Wie gut hatten sich die Leute dieser Epoche gegen schweren Seegang gewappnet! Del hatte immer gewusst, dass der Seegang für die Existenz eines Matrosen im 19. Jahrhundert eine sehr reale Gefahr dargestellt hatte, aber ihm war nie ganz klar gewesen, wie gewaltig sich die nicht voraussagbare Wildheit der Elemente auf die tapfere Mannschaft der *Bella* ausgewirkt hatte, und auf alle Seeleute, die den Meereswogen trotzten, als der Vorteil noch so einseitig auf Seiten der Natur lag. Als zollte er diesen mutigen Seefahrern Tribut, räumte er den Raum auf.

Und die Schätze, die er fand! Schmuckstücke und Gebrauchsgegenstände, die meisterhaft von menschlicher Hand gefertigt waren. Er wollte alles aufheben und mit sich nehmen, aber natürlich hätte Mitchell ihm den Kopf abgerissen, wenn er das getan hätte. Es gab jedoch einen Gegenstand, dem er nicht widerstehen konnte; eine kleine Silberdose, die versiegelt und verschlossen war, vielleicht ein Schmuckkästchen. Sie trug seine Initialen: JD.

Nach anstrengender Arbeit begab sich an diesem Abend die Mannschaft in die Betten im Besprechungsraum. Da er ungestört bleiben wollte, blieb Del auf der Brücke zurück und versicherte Doc Brady, er schlafe allein besser. Brady hatte den Verdacht, dass etwas im Busche war, denn der erregte Blick in Dels Gesicht machte es offenkundig, dass er nicht die Absicht hatte zu schlafen.

Als er schließlich allein war, brach Del die Silberdose auf und fand darin eine kleine Pistole, eine Derringer, in die wieder seine Initialen eingraviert waren, dazu eine massive silberne Pistolenkugel und einen Brief:

Meine liebste Judith,
du meine Güte, wie schwierig es ist, für dich ein
konventionelles Geburtstagsgeschenk zu kaufen! Ich
habe jedoch aufs Neue bewiesen, wie findig ich bin.
In aller Bescheidenheit schenke ich dir, liebe Judith,
den Prototyp meiner neuen Pistole. Du wirst sehen,
dass diese Feuerwaffe für eine Dame gut geeignet ist,
da sie klein, leicht und problemlos zu verstecken ist.
Andere Menschen werden sie irgendwann nächstes Jahr
in den Schaufenstern entdecken, aber du kannst immer
sagen, dass du die deine als Erste bekommen hast!
Dein dich liebender Cousin
Henry.

»Die werde ich behalten«, flüsterte Del. Er überlegte, wie die anderen – besonders Mitchell – reagieren würden, dann schob er Pistole und Kugel in die Innentasche seines Hemds.

Am sechsten Tag waren alle Löcher geflickt, und Reinheiser war bereit zu dem Versuch, das Wasser aus dem U-Boot zu entfernen. Ihre einzige Chance bestand darin, dass sie die Luftdruck-Steuerungseinheit benutzten, um große Mengen von Luft in die überfluteten Abschnitte zu zwingen, wobei dann das Wasser durch eine offene Taucherluke entweichen sollte. Dies erwies sich als eine langwierige und gefährliche Arbeit, denn der Physiker konnte nicht genug Strom erzeugen, um das gesamte Schiff auf einmal ganz zu entleeren. Del und Thompson mussten in den überfluteten Abschnitten zurückbleiben und jeden Raum abschließen, sobald er leer war.

Der Vorgang musste einige Male wiederholt werden; zweimal waren Del und Thompson bei der Sicherung eines Raums nicht schnell genug und der Ozean drang wieder herein, während die Druckluft in einer großen Blase durch eine Luke entwich. Aber die geflickten Löcher hielten alle und gegen Ende des Tages schloss Del die Außenluke und das Innere der *Unicorn* war wieder ziemlich trocken.

Nach ein paar Stunden des endgültigen Aufräumens, bei dem sie alles über Bord warfen, was nicht festgenagelt war, waren alle zu ihrem verzweifelten Versuch bereit. Niemand hielt Ansprachen oder gab beruhigende Erklärungen ab; sie alle wussten, welcher Übermacht sie sich gegenüber sahen.

Thompson blieb im Maschinenraum an der Steuerung zur Leerung der Ballasttanks, während die anderen sechs Männer sich mit Gürteln an die Brücke schnallten. Jeder von ihnen hielt irgendwelche Vorräte in Händen – Lebensmittel, Wasser, Kleider. Corbin hielt ein aufblasbares Rettungsfloß umklammert, ein Abschiedsgeschenk seines Vaters an jenem Tag, als die *Unicorn* von Miami aufgebrochen war – in Wirklichkeit ein Scherz, denn welchen Nutzen mochte ein Rettungsfloß an Bord eines Schiffes haben, das dazu bestimmt war, in einer Tiefe von neuntausend Metern dahinzugleiten?

Mitchell trug das schwerste Bündel: vier Gewehre, die in einem Plastiksack zusammengegurtet waren. Del sah keine Notwendigkeit für die Schusswaffen, und der Anblick des launischen Kapitäns mit den Gewehren im Arm beunruhigte ihn zutiefst. Er schüttelte ungläubig den Kopf – Gewehre würden sie nicht vor dem Ertrinken retten. Angesichts der Ironie des Gedankens erschien ein schiefes Grinsen auf seinem Gesicht, denn käme es im Wasser zu einer Rauferei, so ginge Mitchell mit diesem schweren Bündel wahrscheinlich als erster unter.

Doch die Gewehre bedeuteten tatsächlich für Kapitän Mitchell einen Trost. Er konnte es hinnehmen, dass bei dem Versuch zu entkommen vielleicht alle Mann umkommen würden; das war Reinheisers Sache, und der sollte sich darüber den Kopf zerbrechen. Mitchell beschäftigte sich mehr mit Situationen, die er beherrschen konnte – mit Situationen, die er und seine Gewehre beherrschen konnten.

»Fangen wir an«, sagte Reinheiser, als alle ihre Plätze eingenommen hatten.

Mitchell nahm das Mikrofon der Bordsprechanlage und rief in den Maschinenraum: »Thompson?«

Es kam keine Antwort.

»Thompson« knurrte Mitchell lauter.

»Hier, Sir.«

Es klang so gepresst, dass Del und die anderen zusammenzuckten.

»Liegt unser Leben in seinen Händen?«, bemerkte Billy Shank.

»Leeren Sie die Tanks!«, befahl Mitchell ruhig, aber mit Nachdruck.

Doch wieder kam keine Antwort.

Nach ein paar weiteren Sekunden Schweigen war Mitchells Geduld am Ende. »Leeren Sie diese gottverdammten Tanks, Mister!«, brüllte er. »Jetzt sofort!«

Das U-Boot erzitterte, als das Wasser ausgestoßen wurde. Mitchell schaltete die Bordsprechanlage aus und knallte das Mikrofon auf den Halter.

Die *Unicorn* zitterte erneut und begann sich zu heben.

Jetzt war der Augenblick ihrer Hoffnung gekommen. Wie auf ein Kommando klammerten sie sich an ihre Gurte. Keiner sagte etwas, jeder war zu sehr von der Wahrscheinlichkeit des bevorstehenden Todes umfangen, um an etwas anderes zu denken, und diese Gefühle erwiesen sich als zu persönlich und verworren, als dass sie mit anderen zu teilen waren. Da sie während der letzten paar Tage völlig in ihre Arbeit vertieft gewesen waren, hatten sie nicht die Zeit gefunden, diesen kritischen Augenblick zu bewältigen. Jeder von ihnen begrüßte das nachdenkliche Schweigen.

Es dauerte nicht an. Plötzlich sprang die Tür auf und Thompson stürzte erschrocken herein. Tränen rannen ihm über das Gesicht.

»O nein«, stöhnte Doc Brady.

»Ich habe ihn!«, rief Del. Er strampelte sich aus seinen Riemen frei, ging auf Thompson los und zog den Zitternden auf den freien Sitz.

»Schließen Sie die Luke!«, schrie Mitchell.

Del rannte zur Tür. Ihm stockte vor Entsetzen der Atem, als er ankam. »Die übrigen Luken sind alle offen«, rief er, »bis nach hinten hin!«

Mit einem dumpfen Knall kam die *Unicorn* zum Halt. Der Ruck warf Del auf die Knie. Er erstarrte, Angst packte ihn und er versuchte nicht aufzustehen.

»Wir sind an der Decke der Höhle angestoßen«, erklärte Reinheiser.

»Keine Zeit, Mann!«, rief Brady Del zu. »Kommen Sie zurück.«

Del sicherte hastig die Luke, dann sprang er hinunter und versuchte zusammen mit Thompson in die Gurte zu schlüpfen, als die *Unicorn* sich wieder bewegte.

Mitchell blickte Reinheiser an. »Strömungen?«

»Magnetkraft«, antwortete der Physiker. »Sie zieht uns in das Zentrum der Wechselwirkung zwischen den Feldern.« Da er eine Vermutung hegte, was geschehen würde, warnte er: »Halten Sie sich fest!«

Gerade als Reinheiser geendet hatte, wurde das U-Boot gepackt. Wie ein großes ungezähmtes Tier sprang der neu entstandene Sturm auf die *Unicorn* los und suchte nach einem Betätigungsfeld für seine zügellose Energie. Er wütete zuerst ziellos, doch dann fand er plötzlich eine Richtung. Seine Energie wurde zu zielgerichtetem Zorn, als lenke ihn Rachsucht zu der schwarzen Öffnung und als wäre er ein fühlendes Wesen, das ihr die Schuld für die eigene Qual gab. Der Sturm raste heran, riss das hilflose U-Boot mit sich und schleuderte es durch die Barriere.

Die Männer klammerten sich erschrocken fest, bis ihre Fingerknöchel weiß hervortraten. Immer weiter hinauf ging es, und das Boot wirbelte um die eigene Achse. Hinauf in eine Welt, die einmal ihre Heimat gewesen war.

Doch nun war sie nicht mehr ihre Heimat.

KAPITEL 5

Der Zorn eines aufgebrachten Gottes

Die Minuten verstrichen langsam, während die *Unicorn* wirbelnd und hüpfend die achttausend Meter lange Reise zur Meeresoberfläche zurücklegte. Immer weiter hinauf trieb sie und dann hörte das heftige Hin und Her so plötzlich auf, wie es begonnen hatte.

Die *Unicorn* richtete sich auf und schwamm ruhig, doch die sieben Männer ließen ihre Gurte nicht los. »Der Aufstieg ist zu Ende«, wagte schließlich Del zu flüstern.

»Die Oberfläche ist erreicht«, fügte Corbin hinzu. »Und wir müssen uns von dem Sturm abgesetzt haben.« Er lächelte breit.

Doch noch während sie sich aus den Gurten befreiten, gingen die Lichter aus. Und in der Finsternis war ein unheilverkündendes Geräusch zu hören, ein Geräusch, das jeder seefahrende Mann in seinen schlimmsten Alpträumen hört. Irgendwo am Heck der *Unicorn* hatte der Ozean wieder seinen Weg in das Schiff gefunden.

»Wir nehmen Wasser auf!«, schrie Billy. Als wolle sie seine Worte bestätigen, neigte sich die *Unicorn* nach Steuerbord.

»Sie gerät ins Rollen!«, rief Mitchell. »Hinaus!«

Mit seinem kühlen Kopf erwies sich diesmal Ray Corbin als der Held. Beim ersten Anzeichen von Gefahr, als die Lichter ausgingen, hatte er sich klugerweise seinen Weg zum Sockel des Kommandoturms gebahnt. »Ich bin an der Leiter«, sagte er ruhig. »Folgt meiner Stimme.«

Mitchell fand ihn als Erster und mit dem Kapitän in Position, um die anderen zu führen, erklärte Corbin laut genug, dass es alle hören konnten: »Ich gehe mit dem Rettungsfloß nach draußen.«

Als der Erste Offizier die Außenluke öffnete, drang nur wenig Licht herein; der Himmel über ihnen war sternenlos und pechschwarz. Unverzagt warf er das Floß hinaus, das für zwanzig Mann gebaut war, und kletterte hinauf, ohne etwas zu sehen, während es sich aufblies.

Reinheiser war der nächste auf der Leiter, dann Doc Brady.

»Schnell hinauf!«, drängte Mitchell, als das U-Boot weiter nach Steuerbord kippte.

Doch Del hatte ein Problem: Thompson war vor Schrecken erstarrt und weigerte sich zu gehen, obwohl Del auf ihn einredete. Doch als die Zeit verstrich, löste Zorn die Diplomatie ab und schließlich packte Del Thompson am Hemd und zog den Mann über die Schräge hoch.

»Helfen Sie mir!«, schrie er Mitchell zu. Der Kapitän griff nach dem Hemd des verängstigten Matrosen und hievte ihn auf die Leiter hoch, wo Billy Shank wartete.

Doch gerade als sie Thompson sicher auf das Floß gebracht hatten, neigte sich die *Unicorn* aufs Neue. Mitchell hielt sich an der Leiter fest, doch Del verlor den festen Boden unter den Füßen und schlitterte in die Dunkelheit davon.

»DelGiudice!«, schrie Mitchell.

»Ich bin okay«, erwiderte Del und rieb sich eine neue Prellung an der Schulter. Unbarmherzigerweise neigte sich die *Unicorn* in einen noch steileren Winkel. »Ich schaffe es schon«, versicherte Del Mitchell. »Gehen Sie zuerst hoch!«

Mitchell schüttelte den Kopf. Er war sich nicht so sicher, ob Del zur Leiter zurückkehren konnte. Doch der Kapitän verfügte über kein Mittel, ihm zu helfen: Keine Seile, nicht einmal Drähte waren zur Hand, die er dem Mann hätte zuwerfen können. Der Kapitän verließ das U-Boot.

Del hörte seine Kameraden nach ihm rufen, während er auf allen vieren herumtastete. Selbst als es ihm gelang, mit der Schräge fertig zu werden, konnte er die Leiter nicht finden. Dann rollte das U-Boot noch mehr, bis es praktisch auf der Seite lag, und durch die offene Luke strömte das Meer herein und griff nach seiner Beute.

»Das Boot hat sich auf die Seite gelegt!«, hörte Del Billy rufen, während das Floß davontrieb. »Es kippt um! Del!«

Del sackte wieder gegen den jetzt senkrechten Boden und ergab sich in sein Schicksal. Er bemerkte nicht einmal, dass das hereinströmende Wasser seltsam warm war.

Plötzlich fühlte er, wie er angehoben wurde, und das kam nicht vom Wasser, denn es war nicht tief genug, um ihn zu tragen. Seine Blicke huschten herum. Welches Delirium hatte ihn gepackt? Er schwebte in der Luft! Und dann befand er sich wunderbarerweise an der Leiter.

»Wie ist das gegangen?«, fragte Del laut, aber er wartete nicht auf eine Antwort. Er erkämpfte sich seinen Weg zur Luke, tauchte in den warmen Ozean und schwamm auf die dunkle Silhouette des Floßes mit seinen sechs Passagieren zu.

Sie zogen Del schweigend an Bord und versammelten sich am Rand des großen Floßes.

Abgesehen vom Rascheln nasser Kleidung und dem gelegentlichen Stöhnen weicher Schuhsohlen auf dem Gummifloß war alles still. Hinter ihnen, weit weg jetzt, wütete der wilde Sturm und raste davon, aber die Männer nahmen davon keine Notiz. Sie standen feierlich da und äugten in die Finsternis. Sie warteten darauf, dass ein Teil ihres Lebens zu einem Ende kam. Und dann verschlang der weite, unbesiegbare Ozean die *Unicorn* mit einem bloßen Gurgeln.

»Tja, jetzt ist es weg«, sagte Corbin und starrte blicklos in die schwarze Leere.

Was gab es noch mehr zu sagen?

Sie ließen sich für die Nacht am Rand des Floßes nieder und lagen ruhig da, in der Finsternis den Erinnerungen und Überlegungen hingegeben, während die leeren Stunden verstrichen. Die Krise und der große Verlust der letzten Tage zwangen Del zu einer Betrachtung seiner eigenen Sterblichkeit. Trotz all seiner Bemühungen blieb der Tod unwiderlegbar und unumkehrbar – ein enttäuschender und erschreckender Gedanke, weil Del ihn einfach nicht kennen konnte.

Vielleicht zum ersten Mal in seinem Leben erlebte Jeff DelGiudice die Leere seiner geistigen Unfähigkeit, einen Glauben anzunehmen.

Ein paar Stunden später barst ohne Vorwarnung der Tagesanbruch über dem östlichen Horizont, zerschlug die schwarze Stille der Nacht und die Ruhe, die die Männer gehabt haben mochten. Sie schraken aus ihren Träumen und Gedanken hoch und wandten sich dem überraschenden, blendenden Licht zu.

Gerade eben noch hatte der Sonne den Horizont durchbrochen, da brannte sie schon wütend in ihren Augen, und als sie emporstieg und voll sichtbar wurde, nahm der Himmel ein helles Rot an und die Temperatur nahm zu. Wogen von Wärme fluteten durch die Luft. Der Ozean glitzerte blutrot, als kabbelige Wellen das Himmelsfeuer leuchtend spiegelten. Es war, als klatschten Feuermassen gegen die Seiten des Floßes.

»Was zum Teufel geht da vor sich?«, rief Mitchell und wich rexflexartig einem Spritzer roten Wassers aus. Der Himmel über ihn wirkte wie zerschlagen und zerrissen.

»Sie müssen es getan haben«, erkannte Corbin und erhob sich unsicher. »Sie haben es am Ende doch getan!«

»Ein Krieg?«, keuchte Mitchell. Er wandte sich Reinheiser zu, der ausdruckslos auf die unbarmherzige Sonne starrte. »Ein Atomkrieg?«

Reinheiser zuckte matt mit den Achseln. »Es könnte andere Erklärungen dafür geben«, murmelte er wenig überzeugend, überwältigt von dem scheinbaren Verrat seiner geliebten Wissenschaft. Was hatten die Narren mit den wunderbaren Werkzeugen und Erfindungen getan – oder zu tun unterlassen?

»Was auch immer geschehen ist, wir müssen uns etwas Schutz vor der Sonne verschaffen, bevor sie uns die Haut wegbrennt«, sagte Doc Brady.

»Holt die Abdeckung heraus«, ordnete Mitchell geistesabwesend an. Seine Stimme klang gedämpft. Dieser Schrecken überstieg seinen Ärger und ließ nichts als Leere zurück.

»Wir sind zu einem äußerst feierlichen Anlass versammelt«, erklärte Ray Corbin, der noch stand. Die Männer beobachteten ohne eine Veränderung in ihrem Gesichtsausdruck, wie er absichtlich nach unten langte und eines von Mitchells Gewehren aufhob. »Wir stehen hier allein als Zeugen der äußersten Dummheit der Menschheit. Wir sind gekommen, um die Toten zu begraben.« Er hob das Gewehr hoch über den Kopf, dann schleuderte er seine Opfergabe in das rote Wasser.

Die Sitzenden ließen sichtbar die Schultern sinken. Mitchell wollte hinüberstürzen und Corbin würgen – eher dafür, dass er den kleinen Rest an Moral zerstörte, der noch übrig geblieben war, als dafür, dass er das

Gewehr wegwarf. Aber der wütende Kapitän merkte, dass er den Mann nicht einmal anschreien konnte. Corbins Sarkasmus hatte ihn getroffen und ihn zu der Erkenntnis gebracht, wie hilflos er angesichts der sehr realen Möglichkeit war, dass ihre Rettung sie auf eine verödete Erde zurückgebracht hatte.

Billy Shank übernahm viel mehr Schichten außerhalb des Zeltes der Floßabdeckung als die anderen, und er blieb stundenlang draußen, bis ihm die Augen brannten vom blendenden Licht und er – der Austrocknung nahe – in einer Lache von Schweiß dalag. Dabei handelte es sich um keine Form von Selbstschikane; Billy war einfach entschlossen, die letzten paar Tage seines Lebens dem Schrecken zu trotzen.

Schwarze Gedanken und leeres Schweigen beherrschten die Atmosphäre unter dem Zeltdach. Die Männer blickten jeder für sich der bitteren Wirklichkeit ins Auge, einsamer, als sie jemals zuvor gewesen waren. Bei Del jedoch kämpfte ein Hoffnungsschimmer gegen die Verzweiflung an. Die vernunftmäßige Seite seines Wesens, die sich weigerte, blindes Vertrauen zuzulassen, wurde von der Vorstellung heimgesucht, auf der Brücke der sinkenden *Unicorn* habe ihn ein Wunder gerettet. Und auf einer tieferen, noch unergründlichen Ebene brachte der Gedanke, ein engelgleicher Wächter habe da interveniert, eine Empfindung von Trost, die über alles hinausging, was Del bisher erlebt hatte.

Die Tage waren grausame Feuerproben der Ausdauer in der drückenden Hitze von fast 50° C. Selbst außerhalb des stickigen Zeltes bekam man kaum einen guten Atemzug ab. Lungen und Kehlen schmerzten feurig in der dörrenden Trockenheit, die Lippen wurden rissig und platzten auf. Die angestrengten Augen waren von der unheimlichen Helligkeit blutunterlaufen und stachen unbarmherzig, selbst wenn man sie schloss.

Die Nächte waren besser. Wenn die Temperatur auf ein erträglicheres Niveau sank, wagten sich einige Männer hinaus und schlossen sich Billy an. Sie hofften auf einen nostalgischen Blick auf die Normalität, auf eine Erleichterung von dem ständigen Druck. Und doch wurden sie immer enttäuscht, denn der Nachthimmel war immer gleich: fleckenloses Schwarz. Kein einziger Stern schmückte das Firmament mit seinem die Phantasie beflügelnden Licht, und auch der Mond zeigte sich nicht mit seinem verlockenden Schein. Für Del wurde dies zur größten Tragödie. Er wollte unbedingt noch einmal einen Stern sehen, bevor er starb.

Am Nachmittag des fünften Tages, als ihr Wasservorrat nahezu erschöpft war, lag Billy allein außerhalb des Zeltes. Das Meer war an diesem Tag ruhiger, von einem glatten, stumpfen Karminrot unter dem dünnen Dunst, der die Meeresfläche überzog. Billy streckte sich über den Rand des Floßes aus, seine Hand zeichnete Figuren in das Wasser. In dieser Stellung schlief er ein und wurde nicht gewahr, dass das Floß von einer starken Strömung aufgenommen worden war und stetig schneller wurde. Einige Stunden und viele Kilometer später erwachte Billy und blickte überrascht auf. Direkt geradeaus zeigte sich seinen schweißgefüllten Augen ein herrlicher Anblick.

»Eine Fata Morgana«, keuchte er, schloss die Augen fest und rieb sich den Schlaf aus den Augenwinkeln.

Doch als er wieder schaute, blieb die Vision bestehen.

Ihr Weg wurde von einer Mauer aus goldenem Licht blockiert, die sich vom Meer bis zum Himmel und meilenweit in beide Richtungen erstreckte.

Billys Atem ging nur noch stoßweise. Welche Barriere war dies? Das Tor zum Tod? Zum Himmel? Oder hatte die Hitze ihn in ein Delirium versetzt?

Das Floß setzte seine Fahrt auf die goldene Mauer zu fort und Billys Unruhe nahm zu. Er brauchte jetzt jemanden – Del oder irgendwen. »He«, schrie er keuchend, »kommt und seht euch das an!«

Die Männer unter dem Zelt reagierten auf den Ruf nur langsam. Einige schliefen, andere waren in Tagträume oder ferne Erinnerungen versunken.

»He!«, schrie Billy erneut. Schließlich erschienen einige Köpfe am Zeltrand. Fragen und ungläubige Ausrufe ertönten und die sechs Männer krochen zum Bug des Floßes.

»Ein gigantischer Sonnenstrahl«, bemerkte Del.

»Was könnte das sein?«, fragte Mitchell Reinheiser. In seiner Stimme klang eine Spur Panik an, da er aufs Neue etwas Unbekanntem gegenüberstand, das sich so offensichtlich seinem Zugriff entzog.

Reinheiser zuckte nur mit den Achseln und schüttelte den Kopf. In letzter Zeit redete er nicht viel. Er hatte eine zukünftige Welt voller wunderbarer Maschinen und großer Entdeckungen erwartet, aber anscheinend war etwas völlig schiefgegangen. Irgendjemand hatte den falschen Knopf gedrückt oder in einem Anfall ökonomischer Ängstlichkeit fortgesetzt die Anzeichen einer bevorstehenden Katastrophe missachtet und einfach seinen technologischen Traum weggefegt. Die bittere Wirklichkeit, die ihn umgab, hatte Reinheiser gezwungen, den Wert der Wissenschaft und somit den Wert seiner gesamten Existenz in Frage zu stellen.

»Jetzt geht's los!«, sagte Del, als sie in das Licht hineintrieben.

Sofort fiel die Temperatur auf ein erträgliches Niveau. Ihre Sicht verschwamm gelb-golden, aller individualisierenden Schatten und Nuancen von Tiefe beraubt. Alles, das orangefarbene Floß, ihre blauen Kleider, Billys schwarze Haut, verschmolz in der einheitlichen Farbtönung des Hintergrundes.

Das Floß trat ohne Vorwarnung wieder aus der goldenen Wand hinaus; eine kühle Brise, blauer Himmel und das blaueste Wasser, das sie jemals gesehen hatten, begrüßten die überraschten Männer. Nach einem Augenblick der Verblüffung stießen sie – selbst Mitchell und Reinheiser – Freudenschreie aus und Thompson schluchzte vor Freude. Es schien, dass ein Teil der Welt der Vernichtung entgangen war.

Wieder wandte sich Mitchell dem Physiker zu, und wieder zuckte Reinheiser nur mit den Achseln und schüttelte den Kopf.

»Jetzt müssen wir um etwas Regen oder einen Landeplatz beten«, rief ihnen Ray Corbin ins Bewusstsein. »Der blaue Himmel wird unsere Wasserflaschen nicht füllen.«

Doch die Männer achteten wenig auf Corbins Worte. Ihre Rettung war nahe und sie wollten nichts mehr vom Tod hören. Nicht jetzt.

Den Rest des Nachmittags trieb das Floß weiter in östlicher Richtung dahin, auf einen schönen karmesinroten Sonnenuntergang zu. Und in der klaren und kühlen Nacht kamen die Sterne heraus, zu Milliarden, wie es schien, und Del war überfroh, zum ersten Mal seit Wochen ihr Funkeln zu sehen. Das war wirklich eine Nacht, um sich hinzulegen und das sanfte Schwanken des Ozeans und die Weite des Himmels zu genießen, die weit über irdisches Verständnis hinausgingen und doch die Seele im Innersten erfreuten. Die Männer lagen entspannt am Rande des Flosses und vereinbarten, wer vor Tagesanbruch erwachen würde, sollte die anderen wecken, damit auch sie den ersten wunderbar normalen Sonnenaufgang genießen konnten. Einer nach dem anderen sanken sie in den Trost sorgloser Träume.

Del öffnete die Augen knapp vor Tagesanbruch. Der Himmel war von einem tiefen Blau, da die noch verborgene Sonne den unausweichlichen Übergang vom Schwarz der Nacht bewirkte. Er weckte die anderen und auf dem Floß ertönten ein Scharren und Gähnen, als sie sich alle für das kommende Ereignis in Stellung begaben und vorbereiteten.

Sie redeten und scherzten und stöhnten zufrieden, doch als der wässerige Rand des östlichen Horizonts plötzliche funkelte und schimmerte und der Himmel darüber eine rosenfarbige Tönung annahm, verstummten die Männer einmütig.

Es erschien die sichtbare Musik des Kosmos, die zeitlose Vollkommenheit; der erste Strahl der Sonne erreichte sie über das spiegelglatte Wasser. Das Tagesgestirn, die Spenderin des Lichts, stieg auf den unsichtbaren, unermüdlichen Rädern der sphärischen Ordnung empor. Sieben Männer standen da und klatschten einmütig Beifall und jeder von ihnen erkannte flüchtig in seinem Herzen, dass dies ein Augenblick spiritueller Bewusstheit war, den sie zu oft für selbstverständlich genommen hatten. Bei den meisten verging dieser Gedanke so schnell wie die Morgendämmerung und er wurde viel zu selten wieder entzündet, um einen Einfluss auf ihren Charakter zu hinterlassen. Aber für Jeffrey DelGiudice erwies sich dieses Erlebnis als fortdauernd. Niemals wieder würde er auf die schöne Welt, die ihn umgab, auf genau dieselbe Art und Weise schauen.

Als aus der Dämmerung Tag wurde, entdeckten die Männer ein neues Problem. Das Floß schwamm ruhig im Wasser und so weit das Auge reichte, gab es nichts als den reglosen blauen Ozean. Corbins Warnungen bezüglich des Wasservorrats brachten sich drohend in

Erinnerung. Sie hatten geglaubt, die Strömungen, die sie aus dem Bereich der Zerstörung gezogen hatten, würden auch ihren Weg zur Rettung darstellen.

Dieses neueste Dilemma war mehr, als Thompson vertragen konnte. Er sprang auf die Beine und boxte gegen den Himmel. »Wirst du endlich Schluss damit machen?«, schrie er zu Gott empor. »Du Mistkerl! Wenn du uns tot sehen möchtest, dann bring uns jetzt um und treib keine Spielchen mehr mit uns!« Er blickte plötzlich um sich, als sei ihm eine Erleuchtung gekommen, und er begegnete den ungläubigen Gesichtern seiner sitzenden Kameraden mit einem aufrichtigen Blick des Verstehens. »Das ist es! Versteht ihr es nicht?«, heulte er mit offensichtlichem Vergnügen. »Es ist alles ein Spiel!«

Mitchell warf Brady und Corbin einen drohenden Blick zu und warnte in vollem Ernst: »Bringt diesen Narren zum Schweigen, oder er geht über Bord!«

Doch noch während der Kapitän sprach, ließ sich Thompson auf das Floß fallen und verfiel abwechselnd in wildes Gelächter und in Schluchzen. Tränen strömten ihm über das Gesicht und er flüsterte immerzu »Nur ein verdammtes Spiel« und bettelte verzweifelt alle an, sie sollten ihm zustimmen.

Später am Morgen tranken sie das letzte Wasser und dann saßen sie hilflos, ruhig und verraten da. Wie lange würde es dauern? fragte sich jetzt ein jeder.

In diese Überlegungen tönte ein lautes Platschen, dann noch eins.

»Delphine!«, rief Doc Brady, als ein großer Tümmler durch die Meeresoberfläche brach und in die Luft schnellte. Sekunden später brodelte das Wasser um das Floß, als Dutzende von Delphinen um sie herum tanzten und in die Luft stiegen, silbern flitzende Nadeln, die verschlungene Muster in den azurblauen Stoffe des Meeres woben.

»Unglaublich!«, flüsterte Del, der diese Darbietung im Licht der Inspiration sah. Noch vor einer Woche hätte er vielleicht den Tanz als eine angenehme Ablenkung betrachtet, doch nun ging sein Blick viel tiefer. In ihrer Evolution hatten sich die Delphine vollendet an ihre Welt angepasst und sie waren die Verkörperung der Fähigkeit der Natur zur Vollkommenheit. Sie waren die fleischgewordene Musik des universalen Gesetzes und der göttlichen Ordnung. Del wollte seine Erleuchtung den anderen mitteilen und schauen, ob auch sie die wahre Schönheit des Ganzen sahen, aber es fielen ihm keine passenden Worte ein.

Das Ballett der Tümmler dauerte einige Minuten an.

Dann richtete sich ein Delphin im Wasser auf; sein blaugrauer Körper ragte mühelos ein paar Fuß vor dem Floß in die Luft. Er blickte mit klugen Augen in sieben verdutzte Gesichter und begann zu schnalzen und zu winseln und heftig die lange Nase zu schwenken.

»Er spricht zu uns«, sagte Billy lachend.

»Das ist doch dummes Zeug«, entgegnete Mitchell scharf.

Doch Del erkannte, dass Billy Recht hatte, und mehr noch, er spürte irgendwie, dass er die Botschaft des Delphins verstand. Er sauste unter das Zelt und riss etwas von der Kordel ab, die das Segeltuch säumte. Schnell befestigte er das eine Ende am Floß, dann lief er zurück zum Bug und warf das andere Ende dem Delphin zu.

»Was tun Sie denn da?«, wollte Mitchell wissen. Aber noch bevor Del antworten konnte, gab es einen kräftigen Ruck und das Floß bewegte sich, während einige Delphine das Seil packten und ins Schlepptau nahmen.

»Unglaublich«, war alles, was Doc Brady murmeln konnte.

»Ich hatte einfach so ein Gefühl«, erklärte Del und zuckte verlegen mit den Achseln.

Die Delphine zogen genau nach Osten. Immer weiter, Stunden um Stunden, und als die am Seil müde wurden, wurden sie durch ausgeruhte Gefährten ersetzt. Aufs Neue fassten die Männer Vertrauen in ihre Rettung, und als der Nachmittag halb um war, wurden ihre Gebete erhört.

»Land in Sicht!«, schrie Billy. Am östlichen Horizont hob sich die schwarze Silhouette ferner Berge ab.

»Hat jemand eine Ahnung, wo wir sind?«, fragte Mitchell.

»Nein«, antwortete Billy. »Wir sind von Florida abgefahren. Das könnte Haiti sein.«

»Wir werden es bald genug wissen«, sagte Corbin. Die Delphine setzten ihr unglaubliches Tempo fort, und weniger als eine Stunde später war das Floß kaum dreißig Meter von der Küste entfernt.

Die Delphine ließen das Seil los und vollführten vor den Menschen einen letzten Tanz. Vielleicht war es ein Abschiedsgruß, die Art der Delphine, adieu zu sagen; oder vielleicht tanzten sie einfach aus purer Freude. Geschmeidig pfeilten sie durch das Wasser und sprangen Pirouetten und Saltos. Dann bildeten sie so exakt wie ein ausgebildetes Team eine Reihe und machten sich wieder auf den Weg ins Meer hinaus. In majestätischen Sprüngen glitten sie über die Meeresfläche dahin. Del hing über dem Rand des Floßes und rief ihnen ein Lebewohl hinterher.

Nicht einmal Mitchell schalt ihn.

»Die Flut trägt uns jetzt an Land«, bemerkte Corbin.

Einige Minuten später landete das Floß auf dem Sand einer neuen Welt.

KAPITEL 6

Ynis Aielle

Der Strand war so trübselig und grau wie der Himmel. Feuchte Klumpen Seegras, ausgespiener Abfall des Ozeans, säumte die Hochwassermarke wie Denkmäler der Verwahrlosung. Tote Fische und Krabben verfaulten, von Aasfressern und Parasiten unbehelligt, im Sand. Hier war irgendetwas schrecklich falsch. Was ein Ort belebender, reinigender Gezeiten hätte sein sollen, beleidigte die Sinne wie ein stinkender Sumpf. Anscheinend hatte die Natur diesen Landstrich aufgegeben oder war aus ihm verjagt worden und hatte ihn in völligem Verfall zurückgelassen. Doch die Männer waren unverzagt, denn dieses Land, wie wenig einladend es auch aussehen mochte, war ihre Rettung, ihre Befreiung aus den Feuern der Hölle.

Nach ein paar Augenblicken stummen Danks – keiner von ihnen war bis jetzt vom Floß gestiegen – erinnerte sich Mitchell an seine Verantwortung. »Wir müssen Wasser suchen«, sagte er. »Und ich möchte wissen, wo wir sind.«

»Und wann wir sind«, versetzte Reinheiser. Bradys Test mit den Leichen war genau so ausgegangen, wie der Physiker es vorhergesagt hatte. Allerdings hatten Reinheiser und der Doktor beschlossen, ihre Ergebnisse vertraulich zu behandeln, bis die ernsteren Probleme gelöst waren.

Doch keinem der anderen war Reinheisers Bemerkung entgangen und zum ersten Mal überdachte Del ernsthaft die Möglichkeiten. Die Verwüstung jenseits der goldenen Wand hatte ihn davon überzeugt, dass ein Holocaust stattgefunden hatte, wahrscheinlich ein Atomkrieg, aber da er mit anderen dringenden Aufgaben beschäftigt gewesen war, hatte er kaum daran gedacht, dass die Verwüstung vielleicht fünfzig oder sogar hundert Jahre nach der Abreise der *Unicorn* von Woods Hole stattgefunden hatte. Jetzt faszinierte Del die Aussicht auf eine neue Welt und auf eine Begegnung mit einem Menschen aus der Zukunft; zu einem sehr großen Teil hoffte er, dass Reinheisers Theorie sich als richtig erweisen würde.

»Wir teilen uns in drei Gruppen auf«, schlug Mitchell vor und blickte auf die drei verbliebenen Gewehre. Er musterte die Landschaft. Im Norden, nur schwach sichtbar durch den leichten Nebel, bildeten riesige Findlingsblöcke ein felsiges Vorspiel zu großen dunklen Bergen. Im Süden blieb der Strand grau, so weit das Auge reichte. Direkt im Osten, im Landesinnern, lag eine sumpfige Ebene, flach und neblig; hässliche schwarze Lachen aus salzigem Brackwasser zogen sich wie Kleckse über einen graugrünen Grund.

»Ziehen Sie das Floß über die Gezeitenmarke«, befahl Mitchell Del und Billy. »Dann gehen Sie nach Norden. Corbin, nehmen Sie Thompson und gehen Sie nach Süden.«

»Danke vielmals«, brummte Corbin.

»Wir Übrigen brechen ins Landesinnere auf«, fuhr Mitchell fort. »Und jede Gruppe nimmt ein Gewehr mit. Wir haben etwa vier Stunden bis Sonnenuntergang, und ich möchte, dass alle vorher zurück sind.«

Del und Billy gingen in schnellem Schritt, erregt und begierig, den Ort und – wie Del sich ausdrückte – das ›Zeitalter‹ ihres Aufenthalts zu erkunden. Zwei Stunden und etliche Kilometer später stapften sie auf dem einzigen gewundenen Pfad dahin, dem sie zwischen den riesigen Felsbrocken und steilen

Felswänden folgen konnten. Er stieg und fiel, mehr hinauf als hinab, während sie ständig immer höher kletterten. Ein paar hundert Meter seitwärts drang von unten das unaufhörliche Branden der Wogen herauf, die vergeblich gegen die unüberwindlichen Klippen peitschten.

»Diese Felsen hören überhaupt nicht auf«, murmelte Del. Mit gesenktem Kopf achtete er auf seine Schritte; schon einige Male hatte er sich die Zehen an den harten Steinen angestoßen. An dieser Stelle war der Pfad kaum einen Meter breit, praktisch nur ein Spalt in einem riesigen Block aus massivem Fels, und sehr steil. Als Del sich endlich dem Gipfel der schwierigen Steigung näherte, blickte er auf und gewahrte einen großartigen Anblick.

»Eine Burg!«, keuchte er und stürmte den Pfad hinauf. Billy zuckte die Achseln und wollte gerade fragen, wovon sein Freund wohl rede, doch als er sah, wie offensichtlich fasziniert Del war, folgte er einfach seiner Führung. Einen Moment später lichtete ein Windstoß den Nebel und jetzt sah auch Billy in der Ferne die schwarzen Mauern und gewaltigen Türme einer gewaltigen Festung, die auf einer Klippe über dem Meer aufragte.

Del stand am Rand eines Felssimses und schirmte mit der Hand die Augen ab, während er versuchte, durch die abwechselnd dichteren und dünneren Nebelfetzen einen besseren Ausblick auf die Burg zu gewinnen. Er hatte immer noch nicht in den Abgrund geschaut, der sich vor ihm auftat.

Doch Billy blickte dort hinunter, als er Del erreichte.

»Duck dich!«, flüsterte er rauh. Er packte Del am Hemdkragen und zog ihn vom Felssims zurück und auf den Boden.

»Was tust du...«, begann Del, doch er verstummte, als er sah, wie Billy zitternd die M-16 bereitmachte.

Ray Corbin trug sein Gewehr lässig mit nach unten gerichtetem Lauf über dem rechten Arm. Vorhin am Floß hatte Thompson zuerst nach der Waffe gegriffen, aber Corbin hatte zuviel erlebt, um den labilen Matrosen an das Gewehr zu lassen. Die beiden kamen nur langsam voran, denn obwohl Thompson aufgeregt war, bestand Corbin darauf, sie sollten die Dinge entspannt angehen.

Sie marschierten vom Strand aus ein kleines Stück landeinwärts und folgten dann einem ausgedörrten Steilufer, das mit dürrem braunen Gras bedeckt war. Corbins langsamer Schritt dämpfte Thompson ein wenig. Beide schritten stumm dahin, tief in Gedanken versunken. Corbin machte sich Sorgen um das Schicksal seiner Familie in Neuengland, Thompson, der schon zu der Überzeugung gelangt war, er habe die *Unicorn* eigenhändig gerettet, erging sich in Phantasien über die Verleihung einer Verdienstmedaille.

Als sie sich einer hohen Klippe näherten, riss sie der Klang von Stimmen jäh aus ihren Tagträumen. Die beiden schauten einander an, und Thompson war schon drauf und dran, mit etwas herauszuplatzen, da schlug Corbin dem Seemann mit der Hand auf den Mund. Er machte ihm ein Zeichen, er solle ihm folgen, und kroch den Hang des kleinen Hügels hinauf. Als sie sich dem Gipfel näherten, wurden die krächzenden Stimmen deutlicher; sie klangen guttural, irgendwie nicht menschlich, aber sie sprachen gebrochenes Englisch. Nach einer Weile nahm Corbin allen Mut zusammen, robbte sich bis zum Gipfel hinauf und schaute von dort auf die Sprechenden hinab. Ihre Erscheinung überwältigte ihn so sehr, dass er nicht einmal bemerkte, wie Thompson hinter ihm hochgekrochen kam.

Grässlich sahen sie aus, mutiert, als hätte die Natur selbst gegen ihre bloße Existenz rebelliert. Neun dieser Wesen standen da, nackt bis auf spärliche Lendenschurze aus Echsenhaut, die sie sich um die Hüften gebunden hatten, und Schwerter, die sie in Scheiden an der Seite gegürtet trugen. Sie waren kleiner als Menschen, aber stämmig; krumme, mächtige Beine trugen ihre sehnigen Leiber, die blassgrüne Haut war übersät mit Büscheln verfilzten, schmutzigen Haars. Ihre Gesichter waren noch schlimmer: lippenlose dünne Münder, die nur mühsam grausam spitze, gelbgefleckte Zähne verbargen; krumme, mit Beulen übersäte Knollennasen und böse, wüstengelbe, blutunterlaufene Augen. An den Seiten hingen krumme Arme, die fast den Boden erreichten.

Als Thompson sie sah, erbleichte er und zu Corbins Entsetzen stieß er einen grässlichen Schrei aus. Die Kreaturen fuhren sofort herum und zogen ihre Schwerter. Corbin barg den Kopf in den Händen.

»Tja, Thompson, ich glaube, es ist an der Zeit, dass wir unseren neuen Nachbarn begegnen«, sagte er mit so viel Ruhe, wie er nur aufbieten konnte.

Wütend über die Einmischung, stürmten die Kreaturen auf die Klippe los. Corbin reagierte schnell, sprang auf die Beine, hielt sein Gewehr in die Luft und feuerte eine Salve ab, worauf die Fremden überrascht stehenblieben.

Die Spannung hielt für einen langen Augenblick an, doch dann trat das größte Mitglied der Gruppe, ein breitschultriges Scheusal, aus der Reihe seiner erschrockenen Kameraden hervor.

Der Rohling beäugte Corbin mit kühler Verachtung, und seine Grimasse zeigte, dass er nicht beeindruckt war, nicht einmal von den Gewehrschüssen. Corbin erwiderte den Blick, aber er spürte, wie ihm Schweißperlen über die Schläfen rannen. Thompson blieb zusammengekauert im Gras hocken und wagte sich nicht zu bewegen.

»Freunde?«, fragte Corbin zögernd. Dann fügte er

leiser hinzu, so dass nur Thompson es hören konnte: »Ich glaube, sie haben Sie nicht gesehen. Ducken Sie sich und gehen Sie zum Floß zurück und warnen Sie die anderen.«

Doch Thompson rührte sich nicht.

»Los!«, sagte Corbin so laut, wie er es wagte, und stieß Thompson in die Rippen. Immer noch zitternd rutschte Thompson den Hügel hinunter.

»War das Gewehrfeuer?« Mitchell stutzte.

»Wahrscheinlich machen DelGiudice und der andere Trottel irgendwelche Spielchen«, versetzte Reinheiser und erhob sich von dem Tümpel, den er gerade untersucht hatte. »So etwas gefällt solchen jungen Kerlen doch immer.«

»Del täte das nicht«, erwiderte Brady verärgert. »Er spielt nicht mit Gewehren herum. Außerdem kamen diese Schüsse aus dem Süden.«

Mitchell stimmte ihm zu. »Packen Sie alles zusammen«, ordnete er an. »Wir kehren zurück.«

»Wir sind meilenweit gegangen!«, protestierte Reinheiser. »Und haben immer noch nichts gefunden, was trinkbar wäre.« Er warf ein Büschel Kräuter in den fauligen Tümpel. »Wir brauchen Wasser, Kapitän!«

Mitchells Zögern war für Brady ein weiteres Anzeichen für die wachsende Beziehung zwischen dem Kapitän und Reinheiser. In letzter Zeit kam es Brady so vor, als hätten Reinheisers Empfehlungen Befehlston angenommen.

»In Ordnung«, gab Mitchell nach. »Wir gehen noch ein bisschen weiter. Aber halten Sie die Ohren offen!«

Brady verbarg sein Missfallen hinter einem Lächeln.

Corbin stand da und beäugte den Anführer.

Die Kreatur knurrte einen Befehl an seinen Trupp, ein Wort, das Corbin nicht verstand, und dann rückten sie langsam näher, die Waffen in den Händen und nur allzu sehr zum Kampf bereit.

»Die Schwerter weg!«, warnte Corbin und ballerte eine zweite Salve in den Sand vor ihren Füßen. Thompson, der jetzt den Fuß des Hügels erreicht hatte, rannte daraufhin verzweifelt los. Entsetzt sprintete er über die Dünen und hielt erst an, als er meinte, er sei in sicherer Entfernung. Als er vom Gipfel eines anderen kleinen Hügels zurückschaute, sah er, wie die Kreaturen ausschwärmten und Corbin einkreisten.

Die zweite Salve hatte ihnen wieder Angst eingejagt, aber ihr Anführer blieb ruhig, und seine Stärke hielt die anderen davon ab, in Panik zu verfallen. Wieder folgte eine lange, gespannte Pause, und dann begann der Anführer einen unheilverkündenden Gesang: »Menschen sterben! Menschen sterben! Menschen sterben!«

Die Falle hatte sich fest um Corbin geschlossen. Jetzt fielen auch die anderen ein. »Menschen sterben! Menschen sterben!« Mit jeder Wiederholung wuchs ihre Raserei.

Corbin erkannte die selbstmörderische Gewalttätigkeit, die sich wie die schwarzen Wolken eines Hurrikans um ihn sammelte. »Mein Gott, ich muss töten«, sagte er laut zu sich. Er musste die Worte hören, musste sich offen der Erkenntnis stellen. Sein Magen protestierte, ein Schrei der Abscheu stieg aus seiner Kehle auf.

Morden!

Zitternd – seine Muskeln widersetzten sich bei jeder Bewegung – hob er das Gewehr an die Schulter. »Ich möchte euch nicht töten«, erklärte er.

Der Anführer erkannte die Schwäche des Menschen. Er hob den Arm und gab einen Befehl. Die anderen blieben sofort stehen.

Corbin fragte sich, ob seine Drohung gewirkt hatte. Er hoffte es.

Doch das böse Grinsen des Anführers machte seine Hoffnungen zunichte. Er hatte die anderen anhalten lassen, so erkannte Corbin, weil er in seiner Blutgier allein töten wollte. Das Scheusal blies die Brust auf und trat herausfordernd auf seinen Gegner zu. Anscheinend glaubte er nicht, dass dieser Mensch den Mut zum Töten fände.

Doch die Bestie hatte sich verrechnet. Während sie näher kam und ihr krummes Grinsen bei jedem Schritt breiter wurde, spürte Corbin eine bösartige Aura; tatsächlich war er fast überwältigt von der Empfindung des absolut Bösen, die von der Bestie ausging. Plötzlich löste sich Corbins innerer Konflikt auf, denn in diesem Augenblick begriff er, dass es sich hier nicht um eine unglückliche, unwissende Kreatur handelte. Dies war ein Monster, ein Dämon, der geradewegs aus den Folterkammern der Hölle gekommen war. Er presste den Kolben des Gewehrs an die Schulter. »Ich will dich nicht töten«, wiederholte er und er wollte es wirklich nicht, denn es war nicht seine Art, ein Urteil über einen anderen zu vollstrecken, nicht einmal wenn das Urteil offensichtlich war. Die Bestie verlangsamte ihren Schritt nicht, und Corbin knurrte, den Geschmack der Rechtschaffenheit auf der Zunge. »Aber ich werde es tun!« Und er drückte wütend den Abzug. Überrascht und plötzlich erschrocken zuckte die Kreatur zusammen.

Klick.

Das Gewehr blockierte.

Das Monster, das versuchte, wieder Mut zu fassen, erkannte, dass Corbin ein Problem hatte. Nicht bereit, dem Menschen eine Chance zu geben, stürmte es auf ihn los und schwang heftig sein Schwert. Geschickt fing Corbin den Hieb mit dem Gewehr ab.

»Ich will nicht kämpfen!«, bat er. Doch die Bestie war, von Wut gepackt, nicht mehr für Vernunft zugänglich und hörte auch die Worte des Menschen nicht mehr. Sie drosch heftig auf den Mann ein und jeder Hieb war wilder als der vorhergehende. Corbin wurde zum Auslöser einer Wut und Enttäuschung, die zu gemein und zu böse war, als dass er sie hätte begreifen können.

In hoffnungsloser Verzweiflung parierte er einige weitere Angriffe. Doch dann gewann die Kreatur ihre Beherrschung lang genug zurück, um eine kleine Finte anzubringen, und unterlief seine Verteidigung. Sie heulte vor Vergnügen auf, als die grausame Klinge in Fleisch und Muskeln schnitt und Corbins Schlüsselbein genau links von seinem Kopf zerschmetterte. Corbin bemerkte, dass er, von der Wucht des Hiebes zu Boden geschleudert, auf der Erde saß. Erst jetzt spürte er den sengenden Schmerz.

Dann beobachtete er nur allzu bewusst, wie die Bestie langsam, quälend langsam, die schartige Klinge zurückzog, die mit seinem Blut dunkel befleckt war. Die ganze Zeit behielt die Kreatur Corbin im Auge und genoss lachend die Qual des Menschen.

Doch dann spürte er aus einem ihm nicht verständlichen Grund keinen Schmerz mehr und auch seine Angst war verflogen. Er empfing eine plötzliche, mystische Einsicht in das Es der bösen Bestie und bekam Mitleid mit dem Ding, da es nie die Freude der Güte oder des Erbarmens kennen würde – eine wahrhaft verdammte Seele. »Warum?«, fragte Corbin ruhig, als die Kreatur das Schwert hob. Er leistete keinen Widerstand, sondern saß nur da und wiederholte: »Warum?«

Das Vergnügen der Kreatur wandelte sich in Verwirrung. Keine Schmerzensschreie? Keine Spur von Angst? Sie schaute zu ihren Gefährten, die – unbeeindruckt von Corbins passiver Reaktion – vor Schadenfreude johlten, wild herumhüpften und Sand in die Luft warfen. Von ihrer Raserei angesteckt, schaute die Kreatur wieder auf Corbin.

Corbin saß schwankend da, fast bezwungen von der scheußlichen Wunde. Dunkelheit rahmte sein Blickfeld ein, doch er sah, wie das Schwert langsam und bedächtig über ihm hochstieg, und er hörte die Kreatur zischen: »Menschen sterben!« Dann fuhr der tödliche Hieb auf seinen Schädel nieder.

Thompson hatte von ferne genug gesehen – hatte viel zu viel gesehen. Sein Blick verschwamm vor Tränen; er lief am Strand entlang nach Norden, zurück zum Floß.

Mitchells Gruppe hatte sich gerade wieder in Bewegung gesetzt, als Corbins zweite Salve die Luft zerriss.

»Das sind ganz bestimmt Gewehrschüsse«, sagte Doc Brady.

»Das reicht«, verkündete Mitchell mit einer Sicherheit, die schon länger nicht mehr in seiner Stimme angeklungen hatte. »Wir gehen zurück.« Er drehte sich um, bevor es Widerspruch geben konnte, und schlug die Richtung zum Strand ein. Doc Brady folgte ihm mit schnellem Schritt. Reinheiser hielt inne und seufzte verzweifelt. Zwangsläufig, wenn auch widerstrebend folgte er ihnen.

»Weshalb hast du das getan?«, flüsterte Del und rieb seinen geprellten Ellbogen.

»Hast du nach unten geschaut?«

»Nein, ich habe auf die…«

»Nun, dann schau!«, forderte ihn Billy auf und schob Del auf den Felssims. Del äugte in den dichten Nebel hinüber.

»Ich kann nichts sehen!«

»Warte eine Minute. Es wird sich lichten«, flüsterte Billy, jetzt ein wenig ruhiger. »Und sprich leise.«

Ein Windstoß zog für einen Augenblick den dichten Schleier beiseite.

»Eidechsen!«, rief Del aus. Und da waren tatsächlich Eidechsen. Riesige Eidechsen. Dutzende, gefangen in einer breiten Grube, krochen übereinander her. Ihre miteinander verflochtenen Leiber bildeten eine groteske Orgie aus Schuppen und Klauen.

»Ich glaube nicht, dass sie herauskönnen«, sagte Del. Während er noch sprach, hüpfte ein dunkles Tier, nicht weniger als vier bis fünf Meter lang, zum Fuß der Felswand direkt unter ihnen und setzte zu einem Sprung auf Del an.

»Das will ich doch hoffen«, sagte Billy und packte die M-16. Doch es wurde rasch deutlich, dass die Eidechse in der Falle saß. Sie erhob sich auf die Hinterbeine, und ihr aufgerichteter Kopf war nur noch etwa drei Meter von den beiden Männern entfernt. Enttäuscht, dass ihre Beute unerreichbar war, zischte die Eidechse geifernd, öffnete ihr riesiges Maul und entblößte Reihen zahlreicher zackiger Zähne. Sie behielt diese Stellung einen Moment lang bei, so dass Billy und Del wirklich klar wurde, wie gefährlich sie war. Dann klappte sie blitzschnell die mächtigen Kiefer zu.

Billy stieß einen Pfiff aus. »Du ließest dich nicht gern von ihr schnappen, was?«, fragte er, doch als er den Kopf wandte, sah er, dass Del schon fort war. Erschrocken warf er sich herum. Del eilte den Pfad hinab.

»He!«, rief Billy.

»Ja, Billy, ich glaube, wir haben genug gesehen«, quiekte Del und ging weiter, während er sprach. »Es wird auf jeden Fall spät. Es ist Zeit für den Rückweg.«

»Du Feigling!« Billy lachte.

Die Eidechse in der Grube brüllte. Billy hatte Del überholt, bevor er überhaupt merkte, dass er sich schon bewegte. Er schaute nicht zurück.

Als Mitchell, Brady und Reinheiser am Strand ankamen, fanden sie Thompson vor, der eilig das Floß in die Brandung zog. Brady rief ihn an, doch dies bewirkte nur, dass der Matrose noch heftiger zog, um wegzukommen.

»Dieser Mistkerl!«, knurrte Mitchell, stürzte sich ins Wasser und begrub Thompson unter sich.

»Was zum Teufel treiben Sie da bloß?«, brüllte der Kapitän, packte Thompson am Hemdkragen und zog ihn und das Floß grob zum Wasserrand. Instinktiv lief Brady zu Thompson, doch Mitchell schob dem Doktor das Floß zu und befahl ihm, er solle es mit Reinheisers Hilfe an den Strand ziehen.

Thompson leistete keinen Widerstand. Genau genommen musste Mitchell den schlaffen Körper des Matrosen aufrecht halten und dies erzürnte den Kapitän nur noch mehr.

»Nun?«, bellte Mitchell. Thompson fiel auf den schlammigen Strand, setzte sich auf, kreuzte die Beine und senkte den Kopf.

»Ich rede mit Ihnen!«, brüllte Mitchell. Als keine Antwort kam, packte er Thompsons sandblondes Haar und riss den Kopf des Mannes grob nach hinten. »Wo ist Corbin? Und was hat es mit diesen Schüssen auf sich?«

Thompson starrte ausdruckslos vor sich hin und Mitchell zog die Hand zurück, wobei er ein Büschel Haare mitriss. Dann schlug er Thompson ins Gesicht.

Doc Brady hatte genug gesehen. Er trat zwischen die beiden Männer und versuchte, Mitchell zurückzuhalten.

»Das hat keinen Sinn, Kapitän«, gab Brady zu bedenken. »Sie jagen ihm nur noch größeren Schrecken ein!«

»Ich möchte wissen, was da vor sich geht!«

»Lassen Sie mich es einmal versuchen«, bat Brady. Mitchell wandte sich mit einer angewiderten Handbewegung ab und stürmte davon. Brady half Thompson – den er halb tragen musste – zum Strand hinauf und setzte ihn auf dem Rand des Floßes nieder.

Er brauchte viel Überredungskunst und sanfte Worte, aber schließlich hatte er Thompson so weit, dass er sprach. Mitchell und Reinheiser traten zu den beiden, und der Seemann lieferte einen verworrenen Bericht von Ray Corbins Tod.

Als Billy und Del in Sichtweite der Gruppe gelangten, hatte Thompson seine Geschichte beendet und erlebte gerade einen weiteren Nervenzusammenbruch. Doc Brady nahm ihn am Arm und führte ihn weg.

»Was ist los?«, fragte Del.

»Corbin ist tot«, erwiderte Mitchell.

»Was?!«, riefen Del und Billy wie aus einem Mund.

»Er wurde von einem Monster getötet – von einem Kobold«, erklärte Reinheiser verächtlich. »Das heißt, falls man unserem nicht ganz normalen Freund hier glauben darf.«

»Der Mistkerl erzählt doch nur Lügen«, brummte Mitchell.

»Phantasievorstellungen ist ein besseres Wort dafür«, erwidert Reinheiser. »Ich glaube, unser von Halluzinationen geplagter Freund hat Mr. Corbin erschossen – wahrscheinlich aus Versehen«, fügte er schnell hinzu, als er sah, dass Del und Billy sich anschickten, gegen die Beschuldigung zu protestieren. »Sein verschrobener kleiner Geist hat sich dann diese Kreaturen ausgedacht, um sich nicht der Realität seiner Tat stellen zu müssen.«

»Sie haben unrecht«, widersprach Brady, der gerade zu der Gruppe zurückkehrte. Er hatte Thompson im Sand liegen lassen. »Ich glaube ihm.« Mitchell schnaubte verwundert, als Brady erklärte: »In seiner Schilderung gab es zu viele Einzelheiten, als dass er sich die Kreaturen bloß hätte vorstellen können.«

»Natürlich gab es Einzelheiten«, gab Reinheiser zurück. »Diese Monster existieren tatsächlich in seinem Geist. Wahrscheinlich geistern sie dort schon seit seiner Kindheit herum, der Stoff zahlloser Albträume.«

»Auf keinen Fall.«

»Ach bitte, Doktor.« Reinheiser seufzte. »Können wir einmal versuchen, logisch und rational zu bleib…«

»Logisch!« Brady lachte, wies anklagend auf Reinheiser und schaute die anderen einen nach dem anderen an. »Hören Sie doch, dieser Zeitreisende hier sagt zu mir, ich solle logisch bleiben!«

»Genug!«, brüllte Mitchell heftig. Die Muskeln an seinem Arm zuckten gefährlich. Selbst Reinheiser enthielt sich angesichts des zornigen Blicks jeglicher weiterer Kommentare. Da man ihm auf der Stelle Respekt zeigte, beruhigte sich Mitchell wieder ein bisschen. »Mir fehlt ein Offizier, der wahrscheinlich tot ist, und alles, was ich dazu erfahre, ist eine Quatschgeschichte dieses Narren!«

Thompson hörte zu.

Mitchell wetterte weiter, und die anderen, die ihn anschauten, sahen nicht, wie Thompson aufstand und über den Strand heranstürmte. Er warf sich auf den Kapitän, umklammerte dessen Hals und kreischte hysterisch. »Sie sind der Idiot!«, schrie er. »Sie bringen uns noch alle um!«

Binnen einer Sekunde gewann Mitchell sein Gleichgewicht wieder und riss sich mit Leichtigkeit aus Thompsons Griff los. Er setzte an, sich zu rächen. Billy, Del und Brady wollten dazwischen treten, doch da hörte Thompson plötzlich zu kämpfen auf.

»Aber vielleicht ist ja das die Erklärung!«, rief Thompson erregt aus, als er sich vom Kapitän wegdrehte, anscheinend ohne sich wegen seiner Wehrlosigkeit Sorgen zu machen. Sein abrupter Stimmungswechsel verwirrte die anderen ebenso wie bei seinem

Anfall auf dem in die Flaute geratenen Floß am Morgen. Mitchell zog sich zurück und wartete neugierig auf Thompsons nächsten Schritt.

»Seht ihr es nicht?«, fragte Thompson und schaute von Mann zu Mann. »Wir gehören nicht hierher. Ich wollte auf dem Floß fliehen, aber das nützt nichts. Es gibt keine Fluchtmöglichkeit. Seht ihr es nicht? Wir gehören nicht hierher. Dies ist nicht unsere Welt…« Er blickte Mitchell direkt ins Auge. »Corbin hat den einzigen Ausweg gefunden!«

Doc Brady schickte sich an, ihn zu beruhigen, aber Mitchell erledigte dies auf seine Weise, indem er Thompson einen weit ausholenden linken Kinnhaken versetzte. Der Matrose fiel auf das Floß und blieb erschlafft liegen. Del wollte protestieren und die Burg erwähnen, da er hoffte, dass dies Thompsons Geschichte Glaubwürdigkeit verleihen würde, aber das widerhallende *Bummbumm* einer Trommel ließ ihn innehalten.

Die überraschten Männer drehten sich um und erblickten im erlöschenden Tageslicht das Verhängnis, das ihnen drohte.

Fünfzig Meter entfernt säumten Reihen fremdartiger Kreaturen den Strand. Die meisten standen, aber einige ritten gesattelte Eidechsen. Die Berittenen schwenkten lange Speere, die anderen trugen primitive, aber tückische Schwerter und schwarze Schilde. Vor den Rotten stand ein Standartenträger; das gelbe Banner zeigte den roten Fuß eines Raubvogels, von dessen Klauen Blut tropfte.

»Welches Wort haben Sie benutzt, Reinheiser? Kobold?«, fragte Billy mit offensichtlicher Verachtung für den Physiker. »Eine gute Bezeichnung.«

»Dieser Thompson muss einen riesigen Geist haben, wenn er darin eine ganze Armee unterbringen kann«, bemerkte Del.

»Regen Sie sich ab«, sagte Mitchell mit leiser, ruhiger Stimme. Anders als bei den unkontrollierbaren Elementen des Sturms kannte sich Mitchell bei einer solchen Krise aus und wusste, dass er hier etwas ausrichten konnte. »Wir sind noch nicht tot – nicht damit.« Er tätschelte seine M-16.

Bumm! Bumm! dröhnten die Trommeln, als sich ein riesiger Kobold vor dem Standartenträger aufbaute. Er präsentierte den Männern Corbins zerschmettertes Gewehr, dann entblößte er seine Zähne, warf die Waffe zu Boden und spuckte darauf.

Mitchell befahl seiner Mannschaft mit einem Handzeichen, Ruhe zu bewahren, und trat einige Schritte vor.

»Versteht ihr, was Schmerz bedeutet?«, drohte er und richtete sein Gewehr auf die Kreatur. Er war überrascht, dass die Bestie ihm antworten konnte.

»Wir kennen Schmerz«, krächzte der Kobold. »Menschen haben uns vor langer Zeit Schmerz gelehrt.« Abrupt hob er die Stimme. »Wir geben Menschen Schmerz zurück!« Mit wildem Blick wandte er sich seinem Heer zu und brüllte einen Befehl: »Bringt Menschen Tod!«

Die Trommeln nahmen donnernd ihren Rhythmus wieder auf, und die versammelten Kreaturen begannen einen Singsang, die Litanei ihrer Rasse: »Menschen sterben! Menschen sterben!«

Da sie spürten, dass der Angriff unmittelbar bevorstand, entfernten sich die Männer einige Meter voneinander und bildeten eine Linie, Billy und Mitchell mit den beiden verbliebenen Gewehren an den entgegengesetzten Enden. Bei all dem, was vor ihren Augen geschah, bemerkten sie nicht, dass Thompson vom Floß geklettert war und einen großen Stein gefunden hatte. Er schlich sich hinter Billy Shank an und ließ den Stein – während eine Trommel dröhnte – auf Billys Kopf niedersausen. Lautlos fiel Billy zu Boden.

Jetzt hatte Thompson ein Gewehr.

Plötzlich verstummten die Trommeln. Ihr letzter Ton vibrierte in der Luft wie eine Einladung des Todes. Der Anführer drehte sich langsam wieder zu Mitchell und grinste ihn böse an. Dann hob er den Arm und befahl: »*Marguluk!*«

Zwei der Kreaturen traten aus der Menge hervor, die Sargträger von Ray Corbin. Sein ›Sarg‹ war eine Stange, die sie waagrecht auf den Schultern trugen; seine verstümmelte Leiche hing daran, festgebunden am linken Handgelenk und am rechten Fußknöchel.

Del drehte sich entsetzt weg und schluckte die Galle hinunter, die ihm hochkam. Brady und Reinheiser wandten gleicherweise die Augen ab. Doch Mitchell reagierte anders; er war jetzt mehr als bereit für einen Kampf. »Mistkerle!«, brüllte er. »Mörderische Mistkerle!« Und er feuerte eine Salve auf die Träger. Sie fielen zu Boden, wie auch einige ihrer Genossen hinter ihnen, durchsiebt von den bleiernen Boten von Mitchells Zorn.

Der Anführer heulte wütend auf.

Mitchell ahmte das anmaßende Grinsen nach, das sein Gegner ihm zuvor gezeigt hatte, und feuerte es ihm aus dem Gesicht.

Von Schrecken erfüllt, gerieten die Kreaturen in Panik. Viele von ihnen flohen, besonders die in den hintersten Reihen; andere duckten sich zitternd hinter ihren Schilden; einige verbeugten sich sogar vor Mitchell.

»Schaut sie euch an!«, rief Mitchell, dessen Zorn sich durch das Aphrodisiakum der unmittelbaren Macht in Ekstase verwandelte. »Schaut, wie sie rennen und sich verstecken!« Er feuerte eine Salve in die Luft; Dutzende der Kreaturen verkrochen sich.

»Wisst ihr, was das bedeutet?« Mitchell lachte und wandte sich seinen Männern zu, einen zufriedenen Ausdruck im Blick. »Wir sind Götter!«, verkündete er. »Wir werden sie beherrschen!«

»Ich glaube nicht«, erklang Thompsons Stimme, der jetzt ruhig an der Seite stand. Mitchell riss überrascht die Augen auf, wandte sich dem Matrosen zu und blickte in die Mündung einer M-16.

»Wir haben kein Recht sie zu töten«, erklärte Thompson. »Das ist ihre Welt, nicht die unsrige.«

»Was zum Teufel tun Sie da?«

»Halten Sie die Klappe!«, versetzte Thompson. Mitchell erstarrte angesichts der bloßen Heftigkeit des Ausbruchs und erwartete, dass Thompson feuerte. Plötzlich wirkte Thompson jedoch wieder ruhig. »Sehen Sie es nicht ein?«, bat er eindringlich um Zustimmung. »Wir sind diejenigen, die nicht hierher gehören. Wir müssen fliehen. Wie Corbin.« Er ließ verzweifelt den Kopf sinken. Mitchell, der eine Gelegenheit gekommen sah, richtete Zentimeter um Zentimeter den Lauf seines Gewehrs auf den Matrosen. Thompson war jedoch auf der Hut und blickte den Kapitän wieder an.

Mitchell schwang sich verzweifelt zur Seite, da er in Thompsons fiebrigem Blick deutlich seinen Tod sah.

Doch Thompsons Gewehr krachte zuerst. Mitchell spürte feurige Explosionen, als ihm Kugeln in den Leib drangen.

Doc Brady stürzte auf den wahnsinnigen Matrosen los, blieb aber abrupt stehen, als Thompson sich umdrehte, das Gewehr noch im Anschlag.

Del erblickte Billy, der mit einer offenen Kopfwunde dalag, aus der Blut floß. Er wollte zu seinem verletzten Freund eilen, aber Furcht und Verwirrung hielten ihn an Ort und Stelle gebannt. Er wandte sich Reinheiser zu und bemerkte, wie dessen Augen umherhuschten.

Der Physiker suchte offensichtlich verzweifelt nach einem Ausweg. Und als sich ihre Blicke trafen, erkannte Del, dass der egoistische Schuft hoffte, Del oder Brady würden Thompson ablenken, damit er flüchten konnte.

»Thompson, bitte!«, sagte Brady, der sich vergeblich darum bemühte, ruhig zu wirken. Im Hintergrund gruppierten sich die Kreaturen aufs Neue und versuchten ebenfalls, in Thompsons verrücktem Verhalten einen Sinn zu erkennen. »Um Himmels willen, Mann!«

Die drei Männer standen immer noch in einer Linie, Del erstarrt am einen Ende, Reinheiser in der Mitte und Brady am anderen Ende. Der Doktor beugte sich zu Thompson vor und griff mit bittenden Händen nach dem Gewehr.

»Warum hat man mich dafür ausgewählt?«, murmelte Thompson. Durch den Sand auf seinem Gesicht liefen Tränen. Er schaute Brady an, der noch einige Fuß entfernt stand. »Warum bin ich der einzige, der es begreift?« Mit einem hilflosen Seufzer, als hätte er keine andere Wahl, packte er entschlossen das Gewehr, und die anderen wussten – wie Mitchell –, was das bedeutete.

Reinheiser rannte auf das Floß zu, Brady griff nach dem Lauf des Gewehrs, Del bewegte sich nicht.

Doch das spielte keine Rolle.

Thompson, der hemmungslos schluchzte, jedoch sicher zu wissen wähnte, was seine Pflicht war, beschrieb mit der todbringenden Waffe einen schwungvollen Bogen. Es krachte.

Und alle drei spürten die feurigen Explosionen.

KAPITEL 7

In den Hallen der Colonnae

Leere. Reine Leere. Das Bewusstsein blieb, aber es war etwas Stagnierendes, bar äußerer Anreize und zwingender Gedanken. Existenz und sonst nichts.

Die Zeit verging... bedeutungslos.

Del öffnete die Augen. Oder vielleicht waren sie die ganze Zeit offen gewesen und sein Geist hatte sie erst jetzt eingeholt. Instinktiv griff er nach seiner Leibesmitte. Zu spät, wusste er: Die Kugeln hatten schon seinen Bauch aufgerissen.

Er lag auf der Seite, von einem dichten grauen Nebel umhüllt. Seltsam, er spürte keinen Schmerz. Er hob die Hände vors Gesicht.

Kein Blut. War es nur ein Traum gewesen? Zitternd blickte er an sich hinab, sein Atem ging nur noch stoßweise, als er die Fetzen seines Hemdes zur Seite schob. Eine gezackte Linie von Narben zog sich über seinen Bauch, die runden Narben von Kugeln.

Er brauchte viele Minuten, bis er seinen Atem wieder beruhigt hatte.

Als er die Selbstbeherrschung wiedergewonnen hatte, erkannte er, dass er sich nicht am Strand befand und dass der Boden unter ihm glatt und kühl wie Marmor war. Gegen seine Desorientierung ankämpfend und der Panik nahe, zwang er sich aufzustehen, doch als sein Kopf aus dem hüfttiefen Nebel auftauchte, nahm seine Verwirrung nur zu, denn er stand in einer weiten dunklen Halle, die nur von Reflexionen des dünnen, grauen, flüchtigen Nebels beleuchtet wurde. Eine scheinbar unendliche Reihe riesiger Pfeiler, die blauweiß leuchteten, reichte zu seiner Linken bis in die Ferne. Del sah keine Wände, keine Decke, nur die massiven Säulen, deren jede unterhalb des niedrig schwebenden Nebels verwurzelt war und sich nach oben ausdehnte, so weit das Auge reichte, in die Dunkelheit hinein und darüber hinaus. Unirdisch, schön, doch quälend irreal.

»Ich muss tot sein«, murmelte er und starrte verständnislos auf den übernatürlichen Anblick.

»Wohl kaum«, ertönte eine Stimme hinter ihm. Er drehte sich um und blickte Martin Reinheiser ins Gesicht.

»Del? Was ist passiert?«, rief eine andere Stimme. Del erkannte sie sofort, und dann sah er, wie sich zur seiner Rechten Billy aus dem Nebel erhob. »Als Letztes erinnere ich mich an diese Kobolde am Strand und daran, dass mir jemand auf den Kopf schlug.«

»Das war Thompson«, erklärte Del.

»Das wundert mich gar nicht«, erwiderte Billy und schüttelte den Kopf. »Dieser Kerl hat echte Schwierigkeiten.«

»Er hat deine Waffe genommen und dann das Feuer auf uns übrige eröffnet«, fuhr Del fort.

»Aber ihr beide seid davongekommen.«

»Nein, ich wurde niedergeschossen. Und Reinheiser ebenfalls, vermute ich.«

»Mindestens ein Dutzend Kugeln«, bestätigte der Physiker.

Billy verschränkte die Arme vor der Brust und warf den beiden einen ärgerlichen Blick zu. »Was heißt das?«, wollte er wissen. Seine Stimme klang lauter als zuvor.

Del verstand die Ungeduld des Freundes. Er hielt Billys Blick mit festem, aber mitfühlendem Gesichtsausdruck stand und zog langsam die Fetzen seines Hemdes vor dem Unterleib beiseite. Selbst aus einigen Schritten Entfernung waren die üblen Narben unverkennbar.

Billy ließ die Arme fallen und machte große, ungläubige Augen. »Sind wir tot?«, hauchte er.

»Sie beide scheinen sich mit diesem Thema zu beschäftigen«, sagte Reinheiser. »Dies sind nicht die Körper geistiger Wesen; wir bleiben Menschen aus Fleisch und Blut. Wir sind nicht tot!«

»Aber Sie haben gerade gesagt, dass Sie niedergeschossen wurden«, wandte Billy ein. »Erzählen Sie mir bloß nicht, dass diese Kobolde etwas von Medizin verstehen.«

»Anscheinend…«, begann Reinheiser, doch Del fiel ihm ins Wort.

»Ssh!«, zischte er und erstarrte. Billy und Reinheiser wurden ebenfalls wachsam und strengten Augen und Ohren an, um die Bedrohung wahrzunehmen, die Del gespürt hatte.

Ein leises, knurrendes Geräusch ertönte von irgendwo unter dem Nebel in der Nähe.

»Ein Bär?«, flüsterte Billy atemlos. Er rückte zu Del heran und erwartete fast, eine grässliche Bestie werde sie aus dem Nebel heraus anspringen.

Eine Sekunde später jedoch klang das Knurren mehr wie ein Schnarchen, und Billy und Del schauten einander an und lächelten. »Das ist Mitchell!«

»Also der Kapitän auch«, sagte Reinheiser und strich sich über den Spitzbart. Er wusste, dass er niedergeschossen worden war, aber da er sich danach an nichts mehr erinnerte, war er sich über das Ausmaß seiner Verletzungen nicht im Klaren. Unmittelbare Erste Hilfe mochte ihn gerettet haben. Der Kapitän – das war eine andere Geschichte. Reinheiser hatte gesehen, wie Mitchell von einem Kugelhagel zerfetzt worden war. Schon als er zu Boden fiel, war er gewiss tot gewesen. Niemand konnte diese Salve überlebt haben.

Die drei Männer folgten dem donnernden Schnarchen und fanden mühelos den schlafenden Riesen. Ihn aufzuwecken war jedoch etwas schwieriger, denn Mitchell war tief in seinen Träumen versunken und schätzte es nicht, gestört zu werden. Er drosch und stieß um sich, boxte und versuchte sogar zu beißen. Schließlich gelang es ihnen doch, ihn halbwegs zu wecken, aber der Kapitän blieb benommen und hatte wenig Erinnerung an die Ereignisse am Strand. Die anderen erzählten ihm die ganze Geschichte, und obwohl Mitchell knurrte, sie könne nicht stimmen, zumindest zu diesem Zeitpunkt nicht, blieb ihm keine andere Wahl, als sie zur Kenntnis zu nehmen.

»Suchen wir weiter«, schlug Reinheiser vor. »Vielleicht ist der Doktor ebenfalls hier.«

Fast gleich darauf stolperte Billy über Doc Brady, der unter der grauen Decke friedlich schlief. Bevor sie ihn noch weckten, drängte Del, weiterzusuchen. »Das sind jetzt fünf«, sagte er. »Machen wir weiter.« Und er lief los.

»Wollen wir wirklich diesen Idioten Thompson aufspüren?«, widersprach Reinheiser.

»Wir müssen weitersuchen«, bat Del. Er hielt gar nicht nach Thompson Ausschau, sondern hoffte insgeheim, dass Ray Corbin da sei und irgendwie gerettet worden sei.

»Del hat Recht«, stimmte Billy zu. »Wenn Thompson dort draußen ist und dieses Gewehr hat, dann müssen wir ihn erwischen, bevor er aufwacht.«

»Dann setzen wir uns in Bewegung«, knurrte Mitchell und nickte mit seinem großen Schädel, während er sich nach und nach an den Schmerz und den Schock der Gewehrkugeln erinnerte. »Ich möchte, dass Thompson gefunden wird, und dann gehört sein

Arsch mir.« Der Kapitän grinste bösartig bei der Vorstellung. Es kam nicht oft vor, dass ein Toter die Chance hatte, es seinem Mörder heimzuzahlen, und er fand den Gedanken, Thompson den Hals umzudrehen, höchst befriedigend.

Sie durchsuchten die unmittelbare Umgebung, aber der Nebel blieb undurchdringlich und Thompson schien nicht in der Nähe zu sein. Dies beunruhigte Mitchell außerordentlich – vielleicht beobachtete Thompson sie aus der Entfernung, während sie nach ihm suchten, ein wahnsinniges Lächeln auf dem Gesicht und eine schussbereite M-16 im Anschlag – und es verlangte ihn nach einem Show-down. »Thompson!«, schrie er und die anderen schlossen sich ihm an, Reinheiser ausgenommen.

»Wunderbar«, murmelte Reinheiser und kauerte sich in die Sicherheit des undurchsichtigen Schleiers. »Dieser Wahnsinnige richtet wahrscheinlich in diesem Augenblick sein Gewehr auf ihre Stimmen.«

Eine prickelnde Brise, ein sanfter Windstoß, wehte über sie hinweg und verwirbelte den Nebel zu schwankenden Minaretten. Und die Brise trug Worte mit sich, Worte in dem reinsten Ton und Klang, den sie je gehört hatten, deutlich wie eine makellose Glocke und – wie die große Halle, die sie umgab – von übernatürlicher Schönheit. »Euer Mr. Thompson ist nicht hier.«

Mit offenen Mündern und weit aufgerissenen Augen wandten sich die Männer wie auf ein Kommando der Stimme zu.

Auf halbem Weg zwischen den fünf Männern und den Säulen stand ein großer Mann in einem wallenden weißen Gewand aus feiner Seide. Eine goldene Krone schmückte sein Haupt, und in der Hand hielt ein mit vielen Juwelen besetztes goldenes Zepter. Haare von reinstem Weiß, jedoch dicht und lebensprühend, hingen offen über seine Schultern, und obwohl seine Haut unglaublich blass, fast durchscheinend war, wirkte seine Anwesenheit unleugbar dicht und mächtig.

Selbst aus der Entfernung linderte die ruhige Haltung dieses Wesens Dels Furcht, denn in seinen Augen flackerte eine blaue Flamme, die von unbegrenztem Wissen und grenzenloser Gelassenheit kündete.

Mitchell nahm gegenüber dem wundersamen Gespenst eine feste Haltung ein. Sein Zorn war hinreichend Beweis, dass er keine Gefühle der Ehrfurcht empfand. »Wo ist er dann?«, wollte er wissen. »Und wer bist du?«

Das Wesen bewegte sich nicht, doch eine Brise wehte von ihm her. Es bewegte die Lippen nicht, doch die Brise trug Worte mit sich. Genau genommen mehr als Worte. Mit diesem sanften Wind kamen Gefühle und Empfindungen, die über das Spektrum des Hörens hinausgingen, eine Ausstrahlung, die die fünf Männer mit dem ganzen Körper und in der Seele spürten. »Es ist am besten, wenn ich nur sage, dass Michael Thompsons Schicksal einem anderen Pfad gefolgt ist als das eure. Was deine zweite Frage angeht, ich bin Calae, der Fürst der Colonnae.« Dann wandte sich der Geist von Mitchell zu Del und es wehte ein noch sanfterer Windstoß heran. »Es tut mir wirklich leid, Jeffrey DelGiudice, aber dein Freund, Ray Corbin, ist wirklich aus dieser Welt geschieden.«

Dels Augen weiteten sich. Das Wesen hatte soeben seine Gedanken gelesen und seine unausgesprochene Frage beantwortet.

»Sie glauben immer noch, dass wir nicht tot sind?«, flüsterte Billy Reinheiser zu. Der Wissenschaftler, der keinerlei Erklärung wusste, tat diesmal die Möglichkeit nicht so schnell ab, aber bevor er ernsthaft diese Theorie erwägen konnte, wehte wieder die Brise heran.

»Sei getröstet, Billy Shank. Ich versichere dir, dass

du nicht tot bist. Durch die Macht der Colonnae hast du das dunkle Reich durchschritten und bist geheilt. Wir konnten nicht zulassen, dass ihr sterbt, denn auf euer Kommen hat man lange gewartet und es liegt ein großes Abenteuer vor euch. Eure Taten können durchaus das Schicksal einer neuen Welt bestimmen.«

Einen Augenblick später wussten die Männer, dass man ihre verständlichen Zweifel vorhergesehen hatte. Calae hob sein Zepter und erlaubte den Männern einen Blick auf ihre jüngste Vergangenheit, ein Bild, das gnädigerweise aus ihrem Gedächtnis gelöscht worden war. Jeder für sich allein, in einer Gestalt, die nicht ganz körperlich, aber doch irgendwie greifbar und eindeutig war, wanderten sie unter unbekannten Sternen zwischen Wällen aus schwarzer Erde und Grabhügeln aus zerbrochenem Schiefer umher und schauten auf die Schatten des Totenreiches. Eine einsame Reise, ein endloser Treck, denn auf der unendlichen Ebene rührte sich kein anderes Lebewesen, und jeder Horizont versprach nichts anderes als fortgesetzte Finsternis. Selbst Martin Reinheiser hatte es die Sprache verschlagen. Diese Episode ging viel zu weit über jede menschliche Erfahrung hinaus, um glaubhaft zu sein. Aus Mitempfinden für ihre Verwirrung und ihre Qual entließ Calae sie aus Erinnerungen, die sie nicht verstehen konnten. »Kommt«, sagte er und öffnete seine Arme wie ein Vater gegenüber seinen Kindern. »Setzt euch zu mir und ich werde euch eine wunderbare Geschichte erzählen, die viele eurer Fragen beantworten und viele neue auslösen wird.«

Von diesem überlegenen Willen genötigt, konnten sich die Sterblichen ihm nur fügen. Sich kaum bewusst, dass sie sich bewegten, näherten sie sich Calae und setzten sich vor ihm auf den kühlen Boden und der Nebel in diesem Bereich wehte davon.

Calae schloss die Augen und sann darüber nach,

was er erzählen würde. Er wollte die schwachen Sterblichen nicht mit mehr überhäufen, als notwendig war. Wieder kam die Brise. »Lasst mich damit beginnen«, flüsterte sie ihnen zu, »was ihr als das Ende ansehen mögt, obwohl es tatsächlich ein Beginn war. Ihr seid sehr scharfsichtig gewesen und habt schon viel erraten.« Calaes Augen wurden vor Mitgefühl und Traurigkeit sanft. »Der Krieg, den eure Spezies lange gefürchtet hatte, kam, schnell und schrecklich, bloße fünfzig Jahre nachdem ihr die sonnenbeschienene Welt verlassen hattet. Winzige Feinde, die man für längst ausgerottet hielt, wurden erneut als Waffen zum Leben erweckt und in der Eskalation, die bald darauf folgte, brachte die schreckliche Zerstörungsmaschinerie der Menschheit Verwüstung über diese schöne Welt. Nichts konnte der Raserei widerstehen, selbst die Steine schrien vor Qual auf! Nation um Nation feuerte ihre Waffen ab, und das in vollem Wissen, dass die giftigen Folgewirkungen nichts als eine öde, unbewohnbare Erde zurücklassen würden.

Und doch haben sie ihre Waffen losgeschickt!«, heulte ein mächtiger Wind. Die Männer zuckten zusammen, als Calae vor ihnen plötzlich groß und schrecklich erschien.

Doch dann beruhigte sich Calae wieder, Tränen blitzten in seinen Augen auf und er fuhr fort: »Denn am Ende war es die Torheit des Menschen, das eigene Land über das Gewissen zu stellen und Stolz vor Erbarmen, Macht vor Gnade zu setzen. Eure Spezies war durch eigene Hand dem Untergang geweiht und das war die Tragödie.

Doch erfahrt, ihr Sterblichen, und wisst, da ich der Beweis dafür bin: In diesem Universum gibt es Mächte, die weit größer sind als der Mensch und weit über die Schöpfungen des Menschen hinausweisen. Und die Wesen, die auf die verwüstete Erde blickten, waren von Trauer erfüllt, denn obwohl das Böse im Reich des Menschen wohnt, so ist es doch keine angeborene Eigenschaft der Spezies. Selbst Er, der Höchste, war zu Erbarmen gerührt. Deshalb wurde bestimmt, dass der Mensch noch eine weitere Chance des Überlebens bekäme, um sich über diese fatale Schwäche seines Stolzes hinaus zu entwickeln. Inmitten der Verwüstung stieg Ynis Aielle, die Insel der Hoffnung, aus dem Meer empor, abgeschirmt vor den Feuern durch eine goldene Barriere, die Seine Gnade war. Und Er rief die Colonnae herbei.

Zur Zeit des Verhängnisses fuhren große Schiffe auf diesen Wassern. Von den Hunderten, die damals an Bord waren, wurden nur die Kinder und vier der Erwachsenen verschont. Die anderen waren vom tötenden Feuer getroffen worden und – noch wichtiger – hatten von der mächtigen Magie gekostet, der Technik, die dieses Feuer hervorgebracht hatte. Dieses Wissen forderte ihren Tod, falls die Welt tatsächlich neu beginnen sollte.

So wurden die Colonnae zu den Vormündern eines verwaisten Volkes. Wir führten die Schiffe zu diesem Land und setzten sie auf einen südlichen Strand. Und die vier erwählten Erwachsenen kamen mit uns fort, um die höheren Ebenen des Bewusstseins zu erlernen, damit sie eines Tages zurückkehren und helfen könnten, das neue Menschengeschlecht auf einen richtigeren Weg zu führen. Unter unserem Schutz und mit unserem Segen gediehen die Kinder. Bald war auf Calva, den südlichen Ebenen von Aielle, eine große Ansiedlung gewachsen, eine Stadt namens Pallendara. Es war eine schöne Stadt, ein Ort der Kunst, der Poesie und wahrer Bruderschaft, eine Gemeinschaft, die von Gier unbefleckt war und von Philosophen regiert wurde, die unbeirrbar dem Willen des Volkes folgten. Gelehrsamkeit war das gemeinsame Ziel, Wissen, das nur dazu erworben wurde, damit man es mit anderen teilte, und die Erde erlebte ihren größten Frieden seit der Zeit vor dem Fall von Jericho in eurer Geschichte, vor vielen Tausenden von Jahren.

Die Gnade des Einen ist grenzenlos, doch sie wird nur denen zuteil, die sich ihrer würdig erweisen. So wurde in der siebten Generation von Pallendara eine Prüfung offenbart. Aus verstrahltem und erkranktem Erbgut, dem nachklingenden Fluch der Technik, wurden den Unschuldigen mutierte Kinder geboren.

Ja«, antwortete Calae der Frage, die alle Männer in ihren Gedanken stellten, »jene waren in der Tat die Vorväter der Kreaturen, denen ihr am Strand begegnet seid.

Als das erste mit dem Fluch behaftete Kind Aielles klare Luft in seine Lungen atmete, war unsere Zeit als Wächter zu Ende. So verließen die Colonnae die glänzenden Hallen von Pallendara. Die Prüfungen des Einen hatten begonnen, es war die Zeit für eure Spezies gekommen zu beweisen, dass sie fähig und würdig war.« Calae blickte in den Nebel jenseits seiner Zuhörerschaft und lächelte liebevoll bei den fernen Erinnerungen an die frühen Tage. Wieder traten ihm Tränen in die Augen. »Es war schwer für uns, sie zu verlassen«, erklärte er den Männern. »Wir hatten euer Geschlecht liebgewonnen, hatten es zu lieben begonnen, wie Eltern ihre Kinder lieben. Doch wir wussten, dass diese Kinder unserer Fürsorge entwachsen waren; es war die Zeit für sie gekommen, auf eigenen Beinen zu stehen. Die vier, die wir unterrichtet hatten, kehrten zu ihrem Volk zurück, aber wir, die wir immer neugierig waren, blieben in der Nähe, um sie weiter zu beobachten.

Der Fluch dauerte zehn Jahre. Jede Frau, die schwanger war, betete zu uns um die Gesundheit ihres zukünftigen Kindes, aber wir konnten nur hilflos zuschauen. Schreie der Verzweiflung in der Nacht verrieten oft den Nachbarn, dass ein neuer Mutant bei ihnen angelangt war. Während dieses Jahrzehnts des Schreckens kam es hundertmal vor, dass eine junge Mutter ihr Kind erblickte und verzweifelte.

Doch die Calvaner liebten die missgestalteten Kinder und sorgten für sie, denn sie kannten nichts als Liebe. In ihrer Unschuld waren sie unfähig wahrzunehmen, dass diese Kreaturen die vollkommene Inkarnation all dessen waren, das in eurer Spezies schlecht ist, ein fleischgewordener Spiegel der finstersten Irrtümer aus der Vergangenheit des Menschen.

Zuerst verursachten die Mutanten nur kleinere Probleme, aber im Lauf der Jahre wurden sie stark. Sie fanden einander und schmiedeten eine Bruderschaft des Bösen, verbunden durch einen gemeinsamen Zweck der Zerstörung. Sie trafen sich im Dunkeln und planten sorgfältig jeden Angriff. Sie waren wirklich verschlagen, denn sie blieben mit ihren Vergehen innerhalb der Grenzen dessen, was die Calvaner noch verziehen. Und die Leute, die ihnen ständig vertrauten und vergaben, wurden zu einer leichten Beute.

Die Verbrechen wurden schlimmer, während die Mutanten an Selbstbewusstsein gewannen; bald durchstreiften sie offen die Straßen bei Nacht und bahnten sich einen Weg der Zerstörung durch die Stadt. Voller Kummer und Enttäuschung mussten die Calvaner zugeben, dass Liebe und Mitempfinden keinen Schutz gegen das wahrhaft Böse bieten. Drei unserer Schüler – die vierte hatte seit langem schon die Stadt und die Gefilde der Menschen verlassen – berieten sich mit den Herren von Calva in der Zitadelle der Gerechtigkeit, um über das Schicksal der Mutanten zu entscheiden.

Draußen versammelte sich eine wütende Menge, die Gewalt androhte für den Fall, dass die Herren keine bessere Lösung anboten. In der Ratskammer wogte eine ähnliche Szene der Enttäuschung und Wut, denn in Wahrheit wussten die freundlichen Calvaner nicht, wie sie auf das Böse reagieren sollten, das ihnen widerfahren war. Nachdem man stundenlang gestritten und zornig debattiert hatte, bot einer unserer Schüler, Thomas Morgan mit Namen, der sich Morgan Thalasi nannte, eine Lösung an. ›Ich werde diese üblen Bestien aus unseren schönen Stadt wegführen‹, sagte er, ›weit über die Ebenen hinweg an einen Ort, wo sie Calva keine Schwierigkeiten mehr bereiten. Und ich, Thalasi, werde über sie wachen, damit ihre Bosheit gebändigt werde.‹

Jedoch – er log. Es war unsere größte Furcht gewesen, dass einer der vier Zauberer, die wir ausgebildet hatten, Opfer der Machtgier werden würde, die der schlimmste Fluch in eurer Geschichte gewesen war und schließlich zur Vernichtung der ursprünglichen Menschheit geführt hatte. Und es bereitete uns äußersten Kummer, dass ausgerechnet Morgan Thalasi, der mächtigste der Vier, auf böse Wege geriet. Die Calvaner glaubten ihm. Sie nahmen sein Angebot mit großer Freude an und priesen ihn für sein Opfer.

So ging Thalasi mit den verfluchten Hundert fort. Er nannte sie nach sich selbst ›Talons‹, ein anmaßender Akt, der einige der Ereignisse andeutete, die noch kommen sollten. Sie marschierten nach Norden und dann nach Westen ans Meer, und dort erbaute der Zauberer Talas-dun, das Bollwerk der Finsternis.«

Del erinnerte sich an die Burg, die er in den Bergen gesehen hatte. Irgendwie war sein Blick jetzt klarer, als er im Nebel gewesen war, als hätte Calaes Einfühlungsvermögen das Bild bis zu einem Punkt verbessert, wo es deutlicher war als die Wirklichkeit. Er sah vor seinem geistigen Auge schwarze Zinnen, stark wie Eisen, und schreckliche Türme, die sich spiralförmig in den Himmel erhoben, Auswüchse der Macht des Felsens, aus dem sie emporwuchsen. Und Del spürte am stärksten das beherrschende Böse, das den Ort zusammenhielt, eine Kraft, die noch höchst lebendig war. Mit einem Schaudern schüttelte er die Vision ab.

»Dort brütete Thalasi seine Armee aus, und die Talons vermehren sich in der Tat schnell und reifen ebenso schnell«, fuhr Calae fort. »Und die Zeit spielte eine geringe Rolle, denn die Colonnae hatten den Vier die Gabe der Langlebigkeit verliehen. Thalasi hätte Jahrhunderte damit zubringen können, ein Heer vorzubereiten, das alles davongefegt hätte, aber seine Machtgier siegte über seine Geduld. Ein bloßes Jahrhundert nach der Errichtung von Talas-dun führte Thalasi, der Schwarze Hexer, die Mutanten zurück nach Calva.

Die Talons konnten nicht darauf hoffen, die zahlreicheren Calvaner in offener Schlacht zu besiegen, aber Thalasi baute auf den Überraschungseffekt, der ihn nach Pallendara bringen sollte. Er wusste, wenn er in die Stadt gelangte und den Oberherrn schnell überwältigte, dann würden die über die Ebenen verstreuten Siedlungen sich nicht gegen ihn zusammentun. Und in seinem Übermut glaubte Thalasi, die beiden verbliebenen Zauberer seien ihm nicht gewachsen. Doch die Calvaner wurden nicht überrumpelt. Der zweite der Vier, der gütige Rudy Glendower, hatte insgeheim Thalasis Motive in Frage gestellt, als die Mutanten fortgeführt worden waren. Immer ein umsichtiger Wächter des Friedens, hatte Glendower vorausgeahnt, dass Thalasi schließlich zurückkehren würde, und er hatte immer ein Auge auf Talas-dun gehabt. Aufgrund seiner Warnungen hatten daher die Calvaner Zeit, eine große Streitmacht zu versammeln. Sie stürmten westwärts über die Felder und begegneten den Eindringlingen am großen Fluss Nimmerend. Als

Thalasi Armee heranrückte, fand sie die vier Brücken, die sich über den Fluss spannten, von der Streitmacht der Calvaner blockiert. Immer noch gütig, boten die Calvaner Frieden an, befahlen den Talons, sie sollten in ihre gebirgige Heimat zurückkehren, und verlangten Thalasi als Gefangenen. Doch die jahrelange Marter, die Thalasi auf die ihm Anvertrauten ausgeübt hatte, hatte sich schlimm auf sie ausgewirkt und der selbsternannte Schwarze Hexer hielt sich für wirklich unbesiegbar. Obwohl seine Pläne einer überraschenden Attacke zunichte gemacht worden waren, griff er an. Sein Heer kämpfte sehr wild und stieß zunächst tief in die Reihen der Calvaner vor, doch Glendower und Perrault, dem dritten Zauberer, gelang es, Thalasis Zauber in Schach zu halten, während die calvanische Streitmacht den Gegenangriff führte und die Feinde vernichtend schlug und zerstreute.«

Ein zweites Bild erschien vor Dels geistigem Auge, als Calae ihm die Szenen jener wilden Schlacht mitteilte. Auf vier bogenförmigen Steinbrücken, die sich über einen silbern glänzenden Fluss spannten, prallten die Heere aufeinander und das Wasser rötete sich vom Blut der gefallenen Krieger.

Die ungezügelte Wildheit der Talons erschreckte Del. Unter völliger Missachtung ihres eigenen Lebens stürzten sie sich auf die calvanischen Speerkämpfer, droschen wild mit ihren kurzen Schwertern um sich, bissen und stachen. Sie fegten durch die ersten Reihen, überwältigten mit dämonischer Grausamkeit die zivilisierten Menschen und stießen ihre Gegner zurück ans Ende der Brücken. Doch als die Monster daherkamen und dabei nicht nur töteten, sondern auch die Männer, die bei ihrem wilden Sturm gefangen genommen wurden, durchbohrten und verstümmelten, da verloren auch die Calvaner Zurückhaltung. Mit wütend verzerrten Gesichtern stürmten sie ins Gewimmel der Mutanten und erwiesen sich Hieb um Hieb der Grausamkeit der Talons ebenbürtig. Die klaren Frontlinien verschwanden, die Schlacht wurde zu einem wirren Durcheinander hauender Schwerter und zustoßender Speere und bald übertönten Schmerzensschreie das Wutgeheul. Immer wieder stürzten Menschen und Mutanten in tödlichem Zweikampf von einer der Brücken in den mächtigen Fluss. Selbst dann setzten sie noch ihren wahnwitzigen Kampf fort, obwohl dies bedeutete, dass keiner von beiden dem nassen Tod in der mächtigen Strömung entkam.

Allmählich wurde die kleinere Streitmacht der Mutanten aufgerieben und ausgedünnt und als der Ausgang der Schlacht offensichtlich wurde, verschwand die Vision vor Dels innerem Blick. Schweiß rann ihm in die Augen. Er schaute seine Gefährten an und deren bestürzter Gesichtsausdruck verriet ihm, dass auch sie Zeugen des schrecklichen Kampfes geworden waren.

»An jenem Tag wurde Thalasi niedergeworfen und man glaubte, er sei getötet worden«, fuhr Calae fort, als die Männer ihre Fassung wiedergewonnen hatten. »Aber das Böse stirbt nicht so leicht und der Geist des Morgan Thalasi lauert noch immer auf Aielle, mit einer Geduld, die er bitter erlernt hat, und wartet auf eine zweite Chance.

Der Verrat des Thalasi forderte einen schweren Blutzoll von den Calvanern. Viele Menschen starben in der Schlacht der Vier Brücken, und die Überlebenden brachten ihren Kindern Narben des Verdachts und der Angst mit nach Hause und gaben sie an sie weiter. So verlor das neue Menschengeschlecht seine Unschuld und sein Vertrauen. Und so ist es bis heute geblieben.« Calae hielt inne, die Augen gesenkt. Offensichtlich hatte Thalasis Betrug auch auf ihm schwer gelastet.

»Dies ist nicht das Ende meiner Geschichte«, fuhr er

nach einigen Sekunden fort. »Die Schlacht der Vier Brücken fand vor langer, langer Zeit statt. Zehn Jahre nach der Schlacht wurde in Pallendara eine zweite Mutation der Menschen geboren. Anders als die Talons, waren diese Kinder sehr schön und ihr freudiges Lächeln trug keinen Makel des Bösen. Doch die misstrauischen Calvaner waren ständig wachsam und bekamen es mit der Angst zu tun, als weitere mutierte Säuglinge geboren wurden. Obwohl diese Kinder kein Unrecht begangen hatten, kam eine Zeit des Vorurteils und des unberechtigten Zorns über die Stadt. Wieder kam der Rat der Herren von Pallendara mit den beiden verbliebenen Zauberern zusammen.

Fortdauernd sind die Narben von Thalasis Betrug und fortdauernd sind die Prüfungen des Einen. Mit der zweiten Mutation wurde der Charakter der Menschen erneut auf die Probe gestellt.

Niemals zuvor hatte die Zitadelle der Gerechtigkeit einen solchen Hohn erlebt«, erklärte Calae. »Lord Umpleby, ein niederträchtiger, unersättlicher Mensch, der durch Betrug an die Macht gekommen war, widersetzte sich jeder Veränderung, da er fürchtete, sie könnte seine unrechtmäßig erworbene Stellung gefährden. Er verlangte den Tod der unschuldigen Kinder und seine verqueren Überzeugungen blieben nicht ohne Unterstützung unter den wirklich ängstlichen Leuten.

Doch Ben-rin, der Oberherr der Stadt, war ein gütigerer Mensch. ›Wir töten keine Kinder‹, befahl er. ›Wir haben uns über das Vermächtnis unseres Erbes erhoben und sind keine Mörder. Man wird die Kinder beobachten, aber es soll ihnen kein Leid geschehen!‹ Und er war so fest entschlossen in seiner Überzeugung, dass er keine Debatte zuließ.

Ben-rins Mitempfinden war bewundernswert und seine Motive waren echt, aber von dem Gedanken an

Mord angewidert und empört, hatte er sich über das calvanische Recht hinweggesetzt und die Grenzen seines Amtes überschritten. Kein einziger Mann durfte allein über Pallendara herrschen, wie berechtigt seine Taten auch sein mochten. In der Stadt entstand eine große Verwirrung, denn jetzt stand mehr auf dem Spiel als nur das Schicksal der Kinder. Lord Umpleby konterte schnell, seine Stimme drang über die Unruhe hinweg. ›Unser Oberherr‹, zischte er, ›hat sich selbst zum Kaiser erklärt!‹ Ben-rins zorniger Blick blieb kühl und unbeirrt, aber er wusste sofort, dass er in seinem Zorn einen Irrtum begangen hatte, und er wagte es nicht, Umpleby zu gebieten, er solle schweigen.

Umpleby setzte seinen Angriff auf die Gerechtigkeit fort. Sein Gerede weckte die Erinnerungen an Wut und Angst, die Thalasi und die erste Mutation hinterlassen hatten. Er wusste, dass seine einzige Siegeshoffnung darin bestand, die anderen auf eine Ebene zu locken, wo man aus unbesonnener Gefühlsaufwallung Gnade verweigert. ›Muss ich euch an eure Vergangenheit erinnern?‹, schrie er seinen Zuhörern zu. ›Kann es sein, dass ihr den Schrecken, der in unseren eigenen Straßen tobte, vergessen habt?‹ Zornige Rufe der Zustimmung um ihn herum wurden laut. ›Meine Lords‹, flehte er mit gespielter Sorge, ›können wir jemals die Blutflecken von den Steinen der Vier Brücken waschen? Diese unberechenbaren Kreaturen könnten vielleicht noch schlimmer sein! All dem zuliebe, was wir für gut erachten, fordere ich ihren Tod!‹

Umpleby erreichte das von ihm gewünschte Ausmaß an Chaos. Der Aufruhr spaltete den Rat und bald standen sich in einer zornig erregten Debatte, die an Gewalttätigkeit grenzte, die Lords feindlich gegenüber. Obwohl eine Flut von Gefühlen gegen seine Sache hochbrandete, blieb Ben-rin ruhig und beherzt. ›Wir werden keine unschuldigen Kinder töten‹, wiederholte er. Aber Umpleby hatte zu viele beeinflusst und die Edikte des Oberherrn würden nicht ausreichen.

Von der gegenüberliegenden Seite des Raums, von einer vergessenen Ecke des Ratstisches, kam eine unerwartete Reaktion. ›Dann werde ich sie töten.‹ Alle schwiegen bestürzt und Ben-rin brach fast zusammen, denn der Sprecher war kein anderer als der sanfte Zauberer Rudy Glendower. Der andere anwesende Zauberer, Perrault, verstand dessen Absicht und nickte zustimmend.

Vielleicht verstand ihn auch Umpleby, der niemals jemandem traute, denn er trat Glendower gegenüber. ›Du?‹ Er lachte. ›Wir haben schon einmal auf einen Zauberer vertraut und wir haben mit unserem Blut dafür gezahlt. Doch dir sollen wir glauben?‹

Glendower erhob sich, so dass er den Lord überragte. ›Auch ich habe den schmerzhaften Schlag des Thalasi gespürt‹, flüsterte er mit überzeugendem Zorn und sein Blick war so todernst, dass Umpleby keinen Einwand wagte. ›Morgen ziehe ich mit den Kindern nach Norden, damit in der Stadt kein Blut vergossen wird, und ich werde sie gnädig töten.‹ Unter dem zornigen Blick des mächtigen Zauberers wurde Umplebys Gesicht kalkweiß. ›Und du allein sollst mich begleiten!‹

Glendower wandte sich um und blickte Ben-rin tief in die Augen und der Oberherr verstand und stimmte offen zu, wobei er sein erleichtertes Lächeln verbarg. So ging die Sitzung des Rates zu Ende.

Der feierliche Zug verließ Pallendara und reiste, von ängstlichen Bauern gemieden, über die sanft gewellte Ebene. Am siebten Tag gelangten sie bei Einbruch der Nacht am Nordrand der Felder von Calva zu den Ausläufern des Südlichen Kristallgebirges. ›Wir werden zuerst schlafen‹, sagte Glendower. ›Und in der Finsternis der Nacht soll unsere üble Tat geschehen, damit sie ohne Zeugen bleibt.‹ Umpleby fand leicht Schlaf, denn seine Tat bereitete ihm keinerlei Gewissensbisse. Und Glendower trat zu dem Schlafenden und wirkte einen Zauber über ihn. In seinen Träumen wurde Umpleby Zeuge, wie der Zauberer auf einem breiten, flachen Felsen die Mutanten einen nach dem anderen tötete und ihre Leichen in einem nicht gekennzeichneten Grab verscharrte. In Wahrheit stahl sich Glendower in jener Nacht mit den Kindern davon und verbarg sie in den Bergen, wo er mit einer geheimen Vertrauten schon für sie vorgesorgt hatte. Glendower und der getäuschte Umpleby kehrten nach Pallendara zurück und überbrachten die Nachricht, die Tat sei vollbracht worden. Viele Male fuhr Glendower während der Jahre der zweiten Mutation einen Karren mit neuen Mutanten nach Norden, angeblich zum Stein der Gerechtigkeit, wie Umpleby den flachen Felsen genannt hatte, doch in Wirklichkeit zu dem geheimen Zufluchtsort.

Bei Tag blieben die Kinder aus Furcht vor Entdeckung verborgen, doch unter dem schützenden Schleier der Nacht tanzten sie voller Freude. Glendower nannte sie Illumaner, Kinder des Mondes, und ihre neue Heimstatt Illuma, Lochsilinilume in der Sprache der Zauberer. Und damit ihre Zahl gering blieb und sie sich leicht verbergen konnten, vereinten er, Perrault und ihre geheime Freundin ihre Kräfte und verzauberten die Kinder mit der Gabe eines langen Lebens.

Dörfler aus den nördlichen Gebieten erzählten Geschichten von den nächtlichen Tänzern im Kristallgebirge und Sagen von den Illumanern verbreiteten sich in ganz Calva. Doch Ben-rin und später seine Erben hatten – mit der Hilfe der Zauberer – wenig Schwierigkeiten, die Gerüchte als phantastische Kindermärchen abzutun. Auf diese Weise herrschte auf Aielle viele Jahre hindurch Frieden.

Aber«, fuhr Calae fort, und seine Stimme nahm plötzlich einen grimmigen Klang an, »vor dreißig Jahren stürzte Ungden der Usurpator, ein Nachkomme von Lord Umpleby, das Haus des Ben-rin und erklärte sich selbst zum Oberherrn von Pallendara. Er verbannte Glendower, denn irgendwie hatte er die Wahrheit über die Täuschung am Stein der Gerechtigkeit erraten. Als der edle Erbe aus der Nachkommenschaft des Ben-rin und seine Anhänger getötet und Glendower ins Exil verbannt waren, blieb in Pallendara als einzige Hoffnung des Friedens Perrault zurück, der den Namen Istaahl der Weiße erhalten hatte. Aber unglaublicherweise unterstützte Istaahl den neuen Oberherrn und ein Krieg ist bislang nur durch Ungdens Unvermögen, die geheime Zuflucht in den Bergen zu finden, abgewendet worden.«

»Du sprichst von Generationen und Hunderten von Jahren«, unterbrach ihn Reinheiser. »Wie lange hat es gedauert?«

»Mehr als zwölf Jahrhunderte sind vergangen, seit ihr in das Meer hinabgetaucht seid«, antwortete Calae.

Mitchell schnaubte.

»Glaubt, was ihr wollt«, erwiderte Calae. »Aber verweilt nicht in der Vergangenheit. Nicht dort liegt eure Bestimmung, sondern hier in Aielle. Bald wird ein Krieg ausgefochten. Nicht ein Konflikt zwischen Gut und Böse wie in der Schlacht der Vier Brücken, sondern ein Krieg einer Nation gegen eine andere. Aielle ist drauf und dran, sein Jericho durchzukämpfen, seinen ersten unnötigen Krieg, und wenn dies geschieht, kann sich das neue Menschengeschlecht durchaus auf den gleichen Pfad begeben, der schon eure frühere Menschheit zu ihrer Vernichtung geführt hat. Die Lektionen der Vergangenheit mögen diese Welt vielleicht noch retten und deshalb haben die Colonnae euch hierher geführt.«

»Uns geführt?«, rief Mitchell aus.

Calae blieb stumm und überließ es den Menschen, selbst die Dinge zu klären. Zweifel und Verwirrung überkamen sie; dies alles war einfach zu viel für sie. Sie saßen mit gerunzelter Stirn da, sannen über die Ereignisse nach, die ihnen zugestoßen waren, und suchten verzweifelt nach einer logischen Erklärung. Nur Del nicht. Er lehnte sich bequem auf den Armen zurück und lächelte Calae herzlich an. Er erinnerte sich an das Wunder an der Leiter der sinkenden *Unicorn*. Seit jenem Augenblick hatte er in seinem Herzen gewusst, dass jemand über ihm Wache hielt.

Jetzt begriff er, wer dieser Schutzengel gewesen war.

Schließlich wehte wieder Calaes Brise heran. »Ein Volk ruft nach euch«, sagte er. »Euer Pfad führt nach Osten, nach Illuma.

Aber nun schlaft, ihr Uralten, denn der Weg, der vor euch liegt, ist schwer und lang und in den Tagen, die da kommen, werden Kummer und Erschöpfung euch heimsuchen.« Während er sprach, kehrte der Nebel zurück und brachte mit sich eine Einladung zum Schlummer, der die Sterblichen nicht widerstehen konnten. Sie fielen in einen tiefen, ruhigen Schlaf.

Calae blickte auf sie hinab, die jetzt unter der grauen Decke nur noch Schatten waren und er erkannte aufs Neue, dass er dieses Wesen ›Mensch‹ liebgewonnen hatte und dass ihm dessen Ringen um seinen wahren Pfad tief am Herzen lag.

»Geht, ihr Uralten«, sagte er leise. »Geht von hier nach Lochsilinilume. Sucht die Kinder des Mondes auf und lehrt Aielle die Lektionen der Vergangenheit.«

KAPITEL 8

Thalasis Ödland

Staubdurchwehtes Sonnenlicht weckte sie später. Sie orientierten sich mühsam und versuchten Wirklichkeit von Träumen zu unterscheiden. Die Höhle war verschwunden, oder war dies auch nur eine Halluzination von Verwundeten gewesen? Sie befanden sich jetzt im Freien und saßen auf dem ausgetrockneten Boden einer Wüstenei, die sich braun und öde nach jeder Richtung erstreckte, so weit das Auge reichte, ausgenommen gen Norden, wo sich das große Felsgebirge drohend erhob. Der mildernde Schleier des vom Meer heranziehenden Nebels nahm den zerklüfteten Bergen nichts von ihrer Unnahbarkeit. Del schauderte, als er die hochragende, unheilverkündende Bergkette betrachtete, denn das Bild ihrer schwarzen Herzmitte, Talas-dun, haftete entmutigend deutlich in seinen Gedanken.

Immer noch in ihre blau-weißen Uniformen gekleidet, hatte jeder von ihnen jetzt auch einen grau-braunen, mit einer Kapuze versehenen Mantel um die Schultern gebunden und ein Schwert in einer Scheide um die Hüfte gegürtet. Wasserschläuche und Bündel mit Proviant lagen zu ihren Füßen.

Noch mehr Rätsel.

Trotz der neuen Situation beherrschte der Gedanke an Calae sie am stärksten. Was es mit ihm auf sich hatte, verstanden sie von allem am wenigsten. Die Erinnerung an den engelhaften Geist überflutete jeden von ihnen mit unterschiedlichen mächtigen Gefühlen. Bei Mitchell waren es Verwirrung und Ärger, denn in der Gegenwart eines solchen Wesens erschien er selbst klein und unwichtig und gegen die Macht der Colonnae konnte er nichts ausrichten. Reinheiser war ebenfalls verwirrt, nicht weil er sich herabgesetzt vorkam, sondern weil die bloße Existenz der Colonnae die Grundlagen der Logik, die ihn sein ganzes Leben lang geleitet hatte, in Frage stellte.

Billy und Doc Brady erkannten den Fürsten der Colonnae als die Verkörperung von Frieden und Gelassenheit an. Del spürte ebenfalls diesen inneren Trost, aber auf tiefere Art und Weise. Calae war das Versprechen, dass es Antworten geben würde, der Führer zur Wahrheit und zu einer Existenzebene jenseits der menschlichen Erfahrungen.

Schließlich konnte Mitchell seinen Unwillen nicht länger zügeln. »Was zum Teufel war denn das?«, knurrte er.

»Teufel?«, wiederholte Billy, dem Zufriedenheit unauslöschlich ins Gesicht geschrieben stand. »Das hat nichts mit Hölle zu tun.« Doc Brady gluckste zustimmend, doch Mitchell blickte ihn wütend an, und Reinheiser beeilte sich, Billy zu maßregeln.

»Lassen wir naive spirituelle Phantasien aus dem Spiel«, fuhr er ihn an. »Ich kenne Sie, Mr. Shank – kenne Männer wie Sie schon mein ganzes Leben lang. Wenn Ihnen etwas zustößt, was Sie nicht sogleich erklären können, dann rufen Sie ›Wunder‹ und fallen auf die Knie, um sinnlose Gebete aufzusagen.«

»Haben Sie denn eine bessere Erklärung?«, gab Billy zurück.

»Nach all dem zweifeln Sie immer noch?«, fügte Doc Brady hinzu.

Reinheiser strich sich über den Spitzbart. »Haben Sie schon einmal daran gedacht, dass diese ganze Episode Teil einer ausgeklügelten Täuschung sein könnte?«

»Ja, stimmt«, murmelte Billy und gab damit Bradys Empfindungen genau wieder.

Del klinkte sich aus dem zunehmenden Streit aus. Er betrachtete jede Diskussion über Calae als sinnlos. Zwar verstand er nicht alles, was geschah, aber das war nicht wichtig, denn Del wusste instinktiv, dass die Wissenschaft und die vernunftmäßigen Erklärungen seiner Zeit keine Deutungen dessen anboten, was er hier erlebte. Logik, wie man sie damals verstand, galt hier nicht. So durchbrach Del die Begrenzungen, die ihm sein ungenügendes Wissen und seine mangelnde Erfahrung auferlegten, und machte sich frei für die grenzenlose Bejahung seiner Phantasie. Er nahm Calaes Geschichte und diese neue Welt bereitwillig an, nicht mit seinem Geist, sondern mit seinem Herzen.

Er beachtete die anderen nicht und richtete seine Aufmerksamkeit auf das Schwert an seiner Seite. Eine Empfindung des Staunens überkam ihn, als seine zitternden Finger die meisterlichen Detailarbeiten des Schwerthefts spürten. Dies war nicht das Werk einer Massenfertigung. Ihre feinen Muster waren mit geduldiger Kunstfertigkeit und der Liebe kundiger Hände hergestellt worden. Etwas daran veranlasste seine Phantasie, in Länder zu wandern, wo Drachen aufstiegen und es dunkle Verliese voller Schätze und Gefahren gab. Und wo natürlich schöne Maiden darauf warteten, von ihm, dem Helden, aus der Gewalt abscheulicher Bestien gerettet zu werden. Oder – noch besser – wo Kriegerinnen an seiner Seite kämpfen wollten. Von seinen Vorstellungen überwältigt, zog er das Schwert aus der Scheide und schwang es langsam hin und her, wodurch er sich an das Gefühl seines vollkommenen Gleichgewichts gewöhnte.

Das Stimmengewirr des Streits verstummte plötzlich und Del merkte, dass aller Augen auf ihn gerichtet waren. Er versuchte seine Verlegenheit hinter einem Schirm aus Komik zu verbergen.

»Kobolde!«, brüllte er. Ein Lächeln drang durch

seine ernste Fassade. »Bringt die Kobolde her!« Er spannte seine Muskeln zu einer Kampfstellung, die aus Hollywood-Filmen stammte und sein Lächeln wurde zu einer breiten Grimasse.

»Talons!«, korrigierte ihn Billy heiter.

»Bringt auch die«, alberte Del. »Denn meine Rache ist gewaltig, und mein Schwert dürstet nach Blut!« Triumphierend warf er die Waffe gen Himmel.

»He, Sie Trottel!«, rief der Kapitän, der nicht in der Laune für Spiele war. »Legen Sie das Spielzeug weg.«

Damit wurde Dels Prahlerei etwas gedämpft.

»Schwerter«, stieß Mitchell hervor. »Ich gebe den ganzen Haufen für ein Gewehr. Oder sogar für eine blöde Pistole, wenn's sein muss.«

Bei dem Wort ›Pistole‹, fasste sich Del instinktiv an die Hemdtasche und spürte die vertraute Ausbeulung der Derringer.

»Ich…«, begann Del reflexartig, während er die Kugel befingerte, nahe dran, es den anderen zu sagen. Doch dann wurden ihm die Folgerungen deutlich, er erinnerte sich an das schreckenerregende Bild, das Mitchell am Strand abgegeben hatte, wild blickend und dem Delirium nahe, mit der Macht, die ihm seine überlegene Waffe verlieh. Es ist am besten, dachte Del, wenn die Derringer mein kleines Geheimnis bleibt.

»Was?«, knurrte Mitchell mit unverhohlener Verachtung.

»Nichts«, erwiderte Del ruhig und hoffte, man werde das Thema fallen lassen. Mitchell blickte ihn zornig und prüfend an, auf der Suche – dies war Del klar – nach einem weiteren Vorwand, um seinen Ärger abzureagieren.

»Ich habe Ihnen gesagt, Sie sollen dieses verdammte Schwert weglegen!«, wütete Mitchell. »Wenn ich Ihnen einen Befehl gebe, dann haben Sie zu springen, Mister!«

Befriedigt darüber, dass er seinen Zweiten Offizier in die Schranken gewiesen hatte, schien Mitchells Bedürfnis für Macht und Herrschaft vorübergehend gestillt zu sein. Er wandte sich Reinheiser zu. Doch diesmal war Del nicht bereit, ihm das letzte Wort zu überlassen.

»Nicht schon wieder«, sagte er leise. »Es ist Zeit, einige Dinge zu klären.« Und als Mitchell sich wieder zu ihm umdrehte, um ihn wegen seines Murrens zu schelten, schaute ihm Del direkt in die Augen und fragte: »Warum?«

»Warum was?«, wollte Mitchell ungläubig wissen.

»Warum geben Sie die Befehle?«, fragte Del so ruhig wie möglich und achtete dabei besonders darauf, dass nicht einmal ein Hauch von Sarkasmus in seiner Stimme anklang.

»Du hast Nerven«, flüsterte Billy Del zu und trat einen vorsichtigen Schritt von seinem Freund zurück, der anscheinend sein Schicksal herausforderte.

Der Kapitän kam näher, aber Del wich nicht zurück. »Wenn das Land vor zwölfhundert Jahren in die Luft geflogen ist, dann gibt es keine Marine und kein NUSET mehr.«

Mitchell blickte ihn an, ohne mit der Wimper zu zucken. Seine Muskeln spannten sich gefährlich, als befinde er sich kurz vor einer Explosion.

Doch Del hatte sich festgelegt und war der Meinung, er müsse seinen Einwand zu Ende führen. »Wir sind Zivilisten.«

Auf Mitchells verzerrtem Gesicht zeigte sich die pure Empörung. Die anderen starrten die beiden ungläubig an. Der Kapitän wandte sich ihnen zu und tat so, als entspanne er sich. Er grinste boshaft, als er hörte, wie Del hinter ihm einen Seufzer der Erleichterung ausstieß. »Habt ihr ihn gehört?«, fragte der Kapitän ruhig, und sein Lächeln wurde breiter. »Er will wissen, warum ich das Kommando habe.«

Plötzlich drehte er sich wieder um. Die grinsende Maske war einer Grimasse ungezügelter Wut gewichen, die so bösartig war, dass Del das Blut aus dem Gesicht wich. »Ich werde Ihnen sagen, warum«, knurrte Mitchell, und seine riesige Faust traf Dels Kinn.

Del prallte zurück. Eine Woge von Schwindel überkam ihn. Die Knie wurden ihm weich, aber sie knickten nicht ein. »Ich gehe nicht zu Boden«, stöhnte er leise und hielt aus purer Entschlossenheit das Gleichgewicht. Dann kam der zweite Hieb und Del spürte, wie ihm das Blut warm aus der Nase floss.

»Ich gehe nicht zu Boden«, grunzte er zornig und bedeckte sein Gesicht mit den Armen, als Mitchell ihn mit Boxhieben eindeckte. Die anderen sprangen schnell herbei und trennten die beiden.

»Genug!«, rief Mitchell und riss sich von Billy und Brady los. »Es ist vorbei!« Er zeigte drohend auf Del. »Sie wollen mehr Schwierigkeiten haben, als Sie verkraften, Kumpel.«

Del hielt den Blick abgewendet, konnte aber die Drohung nicht überhören.

»Ich glaube nicht, dass sie gebrochen ist«, sagte Doc Brady und hielt Dels Kopf nach hinten, um das Nasenbluten zu stillen.

»Ich bin nicht zu Boden gegangen«, bemerkte Del mit grimmigem Stolz, fest überzeugt, er habe einen Sieg errungen, ohne einen Hieb ausgeteilt zu haben.

»Vielleicht hätten Sie es tun sollen«, erwiderte der pragmatische Doktor. »Wahrscheinlich hätte er Sie dann nicht ein zweites Mal geschlagen.«

»Darauf kommt es nicht an!«, gab Del zurück. Er war enttäuscht, dass Brady seine Überzeugung anscheinend nicht teilte. »Wir sind jetzt Zivilisten. Wir können nicht zulassen, dass er uns herumschubst!«

»Lassen Sie ihm seinen Willen, Del«, riet Brady. Er

blickte über die Schulter zurück, als er wegging. »Oder er wird Sie umbringen.«

»Ja, ganz recht«, murmelte Del so leise, dass es niemand hören konnte. Allmählich gesellte er sich wieder zu den anderen. Mitchell beäugte ihn drohend, aber auch diesmal erwiderte Del den Blick nicht.

»Was halten Sie von dem Ganzen?«, fragte Mitchell Reinheiser. Der Kapitän war anscheinend befriedigt, dass sein Kampf mit Del erst einmal beendet war – nur ein Waffenstillstand, wie beide wussten und beide wussten auch, dass sie bald noch heftiger aneinander geraten würden.

Der Physiker zuckte mit den Achseln. »Ich kann Ihnen keine Antworten bieten.«

»Tja, was zum Teufel sollen wir Ihrer Meinung nach tun?«, schnauzte ihn Mitchell an. Sein Gesichtsausdruck verriet zunehmende Verstimmung.

»Was können wir tun?«, antwortete Reinheiser. »Wir können nicht hier bleiben und ich habe keine Lust, wieder zum Strand zu gehen und aufs Neue diesen Kreaturen zu begegnen.«

»Wir haben nur eine Wahl«, warf Brady ein.

»Machen Sie mit, Kapitän«, riet Reinheiser. »Gehen Sie nach Osten, wie dieses Wesen uns angewiesen hat. Vielleicht liegen dort unsere Antworten.«

Mitchell schloss verzweifelt die Augen; gerade diesen Rat hatte er befürchtet. Bei diesem Spiel mitzumachen bedeutete für ihn, es als Wirklichkeit anzunehmen, und dazu war er nicht bereit. »Okay«, sagte er schließlich, da er keine Alternative hatte. »Dann setzen wir uns in Bewegung. Shank, Sie gehen an der Spitze. Doc, Sie und er…« – er wies auf Del – »…übernehmen die Nachhut.« Die Situation mochte Mitchell zwar verwirrt haben, aber er war immer noch gewitzt im Umgang mit seiner Mannschaft. Er wusste, dass er Del und Billy so weit wie möglich auseinander halten musste, wenn er die Kontrolle behalten wollte.

Und so nahmen die fünf Männer ihre Sachen und machten sich nach Osten auf den Weg, über die öde Ebene hinweg, auf der Suche nach Antworten. Sie trotteten schweigend dahin und jeder von ihnen grübelte währenddessen über mögliche Erklärungen nach. Obwohl Del die Situation voll und ganz bejahte, war er mehr mit den Leuten beschäftigt, die er zurückgelassen hatte. Er beschloss, dass diese seine Zeit der Trauer sein sollte, und doch fand er keine Tränen, die er vergießen konnte. Vielleicht lag es an der Unwirklichkeit des Abenteuers, der unterbewussten Erwartung, er werde jeden Moment aus einem Traum erwachen, oder vielleicht – so hoffte er – lag es an seinem neu entdeckten Bewusstsein der universellen Mysterien. Mit seiner vertieften Einsicht sah er seinen Vater oder Debby nicht als Tote. Sie existierten eher in einer anderen Zeit als er. Durch Äonen von ihm getrennt, aber durchaus lebendig. Unsterblichkeit innerhalb unserer eigenen kleinen Blasen von Zeit und Raum?

Del hoffte, dass er nicht träumte.

Bei den meisten war es bald mit dem tiefen Nachdenken vorbei. Die unbarmherzige Sonne und der erstickende Staub regten einfach nicht zum Nachsinnen an. Als die Ablenkung durch das Denken aufhörte, wurde es langweilig für Billy, der allein an der Spitze ging, aber er wusste, dass es angesichts der üblen Stimmung des Kapitäns keinen Sinn hatte, mit ihm zu streiten. Er hätte bei den anderen sowieso nicht viel Gesellschaft gefunden. Mitchell und Reinheiser hatten eine private Planungsbesprechung begonnen und erörterten Vorgehensweisen für die verschiedenen Situationen, die sich entwickeln konnten. Del hatte seine Gedanken erleichtert, aber sie blieben seine Privatsache. Jetzt genoss er eine weitere Phantasievorstellung von sich als Krieger, der in einen Kampf verwickelt war. Und diesmal war die abscheuliche Bestie Hollis Mitchell.

Auch Brady war mit seinen Gedanken beschäftigt. Hartnäckig versuchte er angesichts der Situation ein allgemeines Unbehagen zu klären. Seine Sorge war zu tief, als dass die Beschwerden der Wüstenei ihn abgelenkt hätte. Für den Doktor als Einzigen der Gruppe schien irgendetwas einfach nicht zusammenzupassen.

Die Sonne stieg hoch über ihnen empor. Ihre durchdringenden Strahlen zehrten mit jedem Schritt an ihrer Energie und schwächten ihre Entschlossenheit weiterzugehen. Von Schweiß überströmt, die feuchte Haut mit Staub verklebt, legten sie schließlich ihren ersten Halt ein. Es war kein Schatten zu finden, doch sie ließen sich gern nieder, um ein wenig zu essen und – noch wichtiger – zu trinken.

Ihre Bündel enthielten trockene, nach nichts aussehende Kuchen, die die Männer zunächst widerwillig beäugten, aber dann, vom Hunger getrieben, probierten. Aber sie erlebten eine angenehme Überraschung: Nachdem sie etwas davon geknabbert hatten, lächelten sie vergnügt. Die Kuchen erwiesen sich als wunderbar köstlich und die süß duftende Flüssigkeit in den Wasserschläuchen als unglaublich erfrischend. Mit jedem Tropfen belebte sie die verlorene Energie der Männer. Mit der Kraft kehrte auch ihre Entschlossenheit zurück, denn sie wussten, dieses Geschenk der Colonnae würde sie für die Durchquerung des Ödlandes stärken. Allzu früh fühlten sie sich gesättigt, doch als sie zusammenpackten, stellten sie verdutzt fest, dass sie tatsächlich nur sehr wenig verbraucht hatten.

»Es scheint, als hätten wir mehr Proviant, als wir dachten«, bemerkte Billy fröhlich.

»Wahrscheinlich bedeutet das einfach, dass wir noch weiter gehen müssen«, brummte Mitchell, der Ärger mit Wachsamkeit gleichsetzte. Er hatte jetzt Angst, weil er nicht wusste, was er als Nächstes zu erwarten hatte, und er hätte sich nie erlaubt, überrumpelt zu werden.

Am Nachmittag wanderten sie weiter, und das Land blieb braun und öd. Selbst die Luft schmeckte ungesund und der farblose, leere Himmel versprach nichts Hoffnungsvolles. Zerklüftete Risse durchzogen die Landschaft wie ausgetrocknete Münder, die den tauben Himmel um Wasser anbettelten. Die Männer sahen kein Lebewesen, denn sie durchquerten das Land Brogg, das Braune Ödland, eine Wüstenei, die Thalasi in den frühen Tagen vor der Schlacht der Vier Brücken geschaffen hatte, um alle ernsthaften Abenteurer zu entmutigen, die Talas-dun und sein geheimes Heer hätten entdecken können. Selbst Jahrhunderte später lag der Fluch des Schwarzen Hexers noch über dem Land.

Die Nacht kam plötzlich, kühl und erfrischend. Aber sie war allzu kurz und die Morgensonne brach fast ohne Warnung über den östlichen Horizont herauf. Wieder war der Tag heiß und trocken und den Männern wurde klar, dass in dieser Wüste jeder Tag so sein würde. Um ihre Strapazen noch zu steigern, kam ein scharfer Wind auf, der ihnen stechenden Sand in Augen und Mund blies. Immer noch sahen sie keine Anzeichen für Leben und sie wurden alle noch verdrossener und stiller, besonders Doc Brady. Etwas beunruhigte den Doktor zutiefst. Er wirkte nervös, von Sorgen geplagt, seine Augen huschten ständig umher, als suche er nach einer bevorstehenden Katastrophe. Aber als Del ihn danach fragte, ging er mit einem Achselzucken darüber hinweg und gab keine Antwort.

Der Tag wurde zur Nacht und die Nacht wieder zum Tag. Und als die Tage endlich zu einer Woche wurden, hatte sich das Land immer noch nicht verändert.

Die erste Woche war grausam. Die unbarmherzige Sonne verbrannte die Haut der Männer, und die Füße in den Stiefeln schmerzten und schwollen von dem ungewohnten Fußmarsch an. Auf Doc Bradys Vorschlag hin schnürten sie die Senkel enger und zogen die Stiefel nicht einmal beim Schlafen aus, da sie fürchteten, sie könnten sie nicht mehr anziehen.

Die zweite Woche wurde noch schlimmer. Körperlich erholten sich die Männer, denn die Blasen an den Füßen wurden zu Schwielen und ihre Haut nahm ein tiefes Braun an. Aber die Langeweile machte ihnen zu schaffen. Jeder Tag brachte nichts anderes, als dass sie in einem endlosen Marsch, der in der sich nie verändernden Landschaft kein Ziel zu haben schien, unablässig einen Fuß vor den anderen setzten. Der Weg durch das Ödland blieb körperlich anstrengend, aber die Strapazen vervielfachten sich, als die Männer dem Sinn ihrer Reise gegenüber gleichgültig wurden. Selbst Del wurde des Abenteuers müde. Ihm waren die Phantasievorstellungen ausgegangen, die er erkunden konnte, ausgegangen, und jetzt empfand er nur noch Langeweile. Doch die Männer trotteten weiter dahin, denn sie hatten ja keinerlei anderes Ziel.

In der dritten Woche erschienen weit im Norden wieder die Gipfel der dunklen Berge, und die Bündel der Männer wurden spürbar leichter. Sie hofften, dass dies das Ende der Reise bedeutete, aber da der östliche Horizont vor ihnen immer noch eine ununterbrochene Linie von verbranntem Braun war, fürchteten sie, es könne anders kommen.

Gegen Ende dieser Woche kamen sie an dürren Büschen vorbei, die weit verstreut wuchsen und fast so verkohlt waren wie der aufgebrochene Erdboden. Die verzweifelten Männer begrüßten diese geringe Veränderung wie einen Segen, doch ihre Hoffnung sank schnell wieder, als einige weitere Meilen der Ödnis langsam an ihnen vorüberzogen.

Dann erreichten sie so plötzlich, dass ihre vom Staub geröteten Augen einige Momente brauchten, um sich anzupassen, den Kopf eines sandigen Abhangs und befanden sich am Rand eines grünen Feldes, über das sich ein tiefblauer Himmel spannte. Vögel flatterten aufgeregt auf, als sich die Fremden näherten, kleine Kaninchen hoben zuckend die Nasen, um den unbekannten Geruch zu prüfen.

Del fiel auf die Knie und murmelte einen aufrichtigen Dank an den Himmel. Mehr als einmal wischte sich Billy Tränen aus den Augen; er erklärte, es sei nur Schweiß, aber die anderen teilten seine Gefühle und wussten es besser. Nur Doc Brady blieb mürrisch. Aus einem unbekannten Grund bewirkte der Wechsel in der Szenerie nur wenig, um seine Stimmung zu heben.

Der grüne Teppich breitete sich vor ihnen weit aus und hob und senkte sich sanft in einer Folge welliger Hügel. Die hohen nördlichen Berge wirkten jetzt viel näher und die Männer entdeckten auch im Süden eine Felskette. Diese majestätischen Gipfel sahen merklich anders aus als die unheilverkündenden Berge, die sie weit im Westen zurückgelassen hatten. Sich kräuselnde Bänder von Glimmer verliefen kreuz und quer über die Berghänge wie Eiszapfen an einem Weihnachtsbaum und funkelten hell mit unzähligen Spiegelungen der Sonne.

Die große Bergkette erstreckte sich viele Kilometer nach Osten und schwenkte dann nach Süden und so sahen sie vor sich, etwa eine Tagesreise entfernt, die hoch aufragende Landschaft, wo sich ihrem Gefühl nach der Zufluchtsort Illuma befinden musste. Vielleicht hatte Calae dieses Bild ihren Gedanken als Leitfaden eingeprägt. Ihr Schritt beschleunigte sich beträchtlich, denn ihre Herzen pochten aufgeregt bei der

Aussicht, ihr Ziel – und damit auch einige Antworten – zu finden.

Stunden und Kilometer später waren die nördlichen Berge noch näher gekommen, das Feld verengte sich zu einem Tal und senkte sich allmählich ab. Die Männer fühlten sich aufgemuntert und hätten noch einige Stunden länger gehen können, aber bald nahm das Tageslicht ab.

Über den westlichen Himmel ergoss sich Karminrot und entzündete in den Glimmerströmen der mächtigen nördlichen Berge tausend rote Feuer. Selbst Mitchell schaute voller Ehrfurcht auf die überwältigende Schönheit des Sonnenuntergangs im Kristallgebirge.

Als dann der Himmel tiefblau und die Berge dunkel und kalt wurden, lösten sich die Männer aus ihrer Verzückung und schlugen am Westrand eines dichten Wäldchens unter schützenden Zweigen ihr Lager auf.

KAPITEL 9

Blackemara

Begierig darauf, ihre lange Reise zu beenden, brachen sie ihr Lager ab, lange bevor der gelbe Sonnenball über den niedrigeren Gipfel des Kristallgebirges erschien. Die Durchquerung des Waldes erwies sich als Schinderei: Das Unterholz wuchs dicht gedrängt, jeder Schritt endete in einem Pflanzengewirr und überall hingen Kletterranken in undurchdringlichen Büscheln. Wenige Pfade schlängelten sich zwischen den dünnen Bäumen hindurch, die so dicht standen, dass große Bäume einfach keinen Platz zum Wachsen gehabt hätten. Es kam den Männern vor, als hätte alles Leben, das aus dem Boden des Braunen Ödlands geraubt worden war, hier in einem Wirrwarr aus lebendem Chaos Wurzeln geschlagen, ein Pfeiler des Trotzes gegen die Perversion der leblosen Wüste. Die Männer zwängten sich trotzdem hinein, suchten umher und hofften, so etwas wie einen Weg zu finden.

Die Stunden verrannen im zähen Vorwärtskommen und das Gewirr pflanzlichen Lebens ließ nicht im geringsten nach. Erschöpfung wurde spürbar, denn die Männer mussten sich ständig von Sträuchern oder Kletterranken losreißen, die nach ihnen zu greifen schienen, wenn sie an ihnen vorbeikamen. Purer Eigensinn hielt sie in Bewegung, jeder Schritt trieb sie tiefer in den Wald und verringerte ihr Verlangen, ihren Fehler zuzugeben und kehrtzumachen, um einen Weg zu finden, der den Wald umging. Es war fast Mittag, als Billy, der wieder an der

Spitze ging, einen Ruf ausstieß, der allen willkommen war.

»Dort vorn liegt eine Lichtung!«, schrie er und stürmte vorwärts. Die anderen beschleunigten ebenfalls ihren Schritt, als sie in Sichtweite der offenen Fläche kamen, doch ihre Hoffnungen zerstoben, als sie Billy wieder erblickten.

Er lehnte mit dem Rücken an einem Baum und hatte enttäuscht den Kopf gesenkt. Vor ihm stieg ein Nebel auf, der die Sicht trübte.

Die anderen verstanden sein Verhalten erst dann, als sie neben ihm standen.

Neben ihm – am Rand einer tiefen Schlucht.

Die Klippe fiel – fünfzig Meter und mehr – fast senkrecht ab. An ihrem Fuß strömte ein Fluss, von der Schneeschmelze angeschwollen, in seinem felsigen Bett nach Süden und schickte feinen Gischt bis zu ihnen herauf. Das andere Ufer, knapp hundert Meter entfernt, wirkte wie ein nebliges Spiegelbild. Die dortige Klippe war genauso steil und dahinter setzte sich der dichte Wald ungestört fort.

»Verdammt!«, stöhnte Mitchell.

»Einen tollen Tag haben wir heute«, gluckste Billy mit heiterem Sarkasmus. Er blickte mutlos in die Schlucht hinab und seufzte. »Hier können wir unmöglich hinunterklettern.«

»Man kann etwas nicht finden, wenn man nicht danach sucht«, murmelte Del unverzagt; entschlossen ging er in nördlicher Richtung los und verschwand im Nebel, der den Felssims säumte.

»Dieser Fluss kommt offensichtlich von den Bergen im Norden«, bemerkte Reinheiser, der Physiker, der wie Del mehr daran interessiert zu sein schien, eine Lösung für das Problem zu finden, als darüber zu murren. Doch während Reinheiser seine Hoffnung auf Logik setzte, folgte Del einer Ahnung, einem seltsamen, überwältigenden Gefühl, dass noch etwas fehlte, was diese Szene vervollständigen würde.

»Also?«, spöttelte Mitchell über Reinheisers einfältige Aussage.

»Also«, fuhr der Physiker fort, verstimmt von der scharfen Antwort, »nach der Richtung zu schließen, welcher der Fluss folgt, muss er südlich von uns die niedrigere Bergkette durchqueren.« Mitchells Gesichtsausdruck zeigte keine Regung, er schien nicht zu bemerken, dass Reinheiser versuchte, ihren Kurs zu korrigieren. Der Physiker kniff die Augen zusammen und fuhr fort: »Unsere Augenhöhe befindet sich ein gutes Stück über dem Sockel des Gebirges. Also« – er betonte dieses Wort verächtlich – »fällt das Land in diese Richtung schräg ab. Die Neigung ist ohne Zweifel gering, aber sie reicht aus, dass wir bis zum Fluss hinunterkommen, wenn wir ihr folgen.«

Überrascht von einer so einfachen Antwort und ein wenig verlegen wegen seines Schmollens, schwieg Mitchell, um die Logik von Reinheisers Aussage zu durchdenken. Da hörten sie Del aufschreien. »Ja!«

Die vier Männer drehten sich überrascht zu ihm um und kauerten sich Schutz suchend hin, als erwarteten sie das Herannahen einer Gefahr. Mitchell wollte schon sein Schwert ziehen, doch Dels nachfolgende Rufe zerstreuten seine Furcht.

»Ich habe es gewusst!«, schrie Del vor Freude. »Es musste hier sein. He!«, rief er den anderen zu, aber sie waren schon zu ihm unterwegs.

Im Nebel trafen sie auf ihn. Er hatte die Arme triumphierend über der Brust gekreuzt, einen selbstzufriedenen Ausdruck im Gesicht, und lehnte am Verankerungspfosten des Geländers einer alten Seilbrücke. Sie dehnte sich als eine bloße Silhouette bis zur Mitte der Schlucht und verschwand dann auf halbem Weg im dichten Sprühnebel. Selbst in dem dunstigen

Schleier sahen die Männer, dass einige Planken fehlten. Das übrige Holz gab bedenkliche Geräusche von sich, es knarrzte und knirschte wie die Knochen eines alten Mannes, während die Brücke sanft in den Aufwinden und Luftwirbeln schwankte und schlingerte.

Trotzdem elektrisierte sie die Entdeckung, denn die Brücke war seit den Hallen der Colonnae das erste Anzeichen einer Zivilisation. Doch Mitchell beabsichtigte keineswegs, das wacklige alte Ding zu überqueren.

»Wie weit ist es bis zur tiefsten Stelle, wo wir den Fluss durchqueren können?«, fragte er Reinheiser.

»Ein paar Kilometer, nicht mehr«, antwortete der Physiker. Sein Gesichtsausdruck verriet, dass er die Besorgnis des Kapitäns hinsichtlich der Brücke teilte.

»Warum?«, fragte Del ungläubig. »Wovon reden Sie?« Denn so bestimmt, wie er gewusst hatte, dass es die Brücke überhaupt gab, war er von ihrer Sicherheit überzeugt. Irgendwie passte für ihn alles so zusammen wie die Stücke eines Puzzles, dessen Auflösung er gelernt hatte.

»Glauben Sie etwa, wir gehen da hinüber?«, schnauzte ihn Mitchell an. Del zuckte mit den Achseln, als verstünde er das ganze Problem überhaupt nicht. »Nun, bitte sehr!«, versetzte Mitchell, dann drehte er sich zu den anderen um und fügte hinzu: »Wir können dann flussabwärts seine Leiche aus dem Wasser fischen.« Mit einem sadistischen Grinsen wies er auf die Brücke und lud Del ein vorauszugehen.

Del schwang sich um den Pfosten auf die erste Planke. Er hatte vor, geradewegs nach drüben zu gehen. Doch dann zögerte er, da seine Sinne ihn mit einer wirbelnden, Schwindel erregenden Angst überfielen. Er schloss schnell die Augen und schluckte den Schrecken hinunter; dann forderte er sich selbst auf, seiner neuen Einsicht zu vertrauen, und ging los.

Mit jedem Schritt gewann er mehr Selbstvertrauen und war bald außer Sichtweite der anderen. Als er etwa zwei Drittel des Weges zurückgelegt hatte, kam er zu einer Lücke, wo auf eine Breite von etwas mehr als einem Meter die Bretter weggebrochen waren. Irgendwie überzeugt davon, dass es ihm einfach nicht bestimmt war, jetzt schon zu sterben, sprang er lässig auf eines der Tragseile und packte den oberen Strick des Geländers mit beiden Händen.

Doch das Tragseil war glitschig vom Gischt und genau in dem Augenblick, als Del die Sicherheit der Bretter verließ, blies ihm ein Windstoß ins Gesicht und brachte die Brücke in Schwingung. Er lehnte sich in den Wind und benutzte ihn, um das Gleichgewicht zu sichern; dabei bewegte er sich, als sei der Windstoß nur eine geringe Unannehmlichkeit. Als die Brücke die Grenze ihrer Schwingung erreicht hatte, ruckte sie heftig in die andere Richtung und Dels Füße rutschten ab. Für einige lange Sekunden baumelte er verdutzt und erschrocken, während die Brücke weiter hin und her schwang und der Strick des Geländers ihm erbarmungslos in die Finger schnitt. Während sich seine Sinne auf das grimmige Schicksal einstellten, das ihm bevorstand, schien der Fluss immer lauter zu werden.

Hatte ich unrecht?, fragte er sich, als sein Griff nachließ. Er verzog ärgerlich das Gesicht bei dem Gedanken, dass ihm das weitere Abenteuer entgehen würde, und knurrte herausfordernd: »Jetzt werde ich nicht sterben!« Er schwang die Beine im Rhythmus der schlingernden Brücke, konnte ein Bein über das Tragseil heben und schaffte es dann, sich so hochzuziehen, dass er rittlings darauf saß. Dann rutschte er Zoll um Zoll zur anderen Seite der Lücke und rollte sich auf die Bretter. Als er über den Rand auf die Felsen hinunterschaute, wiederholte er: »Ich werde nicht sterben.« Doch da es weniger überzeugend klang, fügte er

schnell hinzu: »Es sei denn, ich werde wahnsinnig!«
Gedämpft setzte er seinen Weg viel vorsichtiger fort,
tat kürzere Schritte und prüfte sorgfältig jedes Brett,
bevor er sein volles Gewicht daraufsetzte. Bald erreichte er das andere Ufer und rief seinen Kameraden
zu, die Überquerung sei tatsächlich sicher – aber man
müsse sehr vorsichtig sein!

Da Billy fürchtete, der finster dreinblickende Kapitän werde ihnen befehlen, um die Schlucht herum
zu gehen, obwohl Del sie auf der Brücke überquert
hatte, sprang er auf die Brücke und beeilte sich, seinen
Freund zu erreichen. Mitchell schüttelte den Kopf und
schnaufte ärgerlich, als Billy aus seinem Blickfeld verschwand, aber da zwei seiner Leute hinübergegangen
waren, musste der Kapitän nachgeben.

»Ich gehe als letzter«, bot er Reinheiser und Brady
an. »Ich bin der Schwerste.«

Doc Brady war anderer Meinung.

»Lassen Sie mich als letzten gehen«, beharrte er.
Und er dachte schweigend zu Ende: *Heute sterbe ich sowieso, und wenn es hier sein soll, dann sollen erst alle anderen drüben sein, bevor die Brücke einstürzt.*

Entrüstet darüber, dass Del ihm die Schau gestoh-
len hatte, legte Mitchell keinen Wert darauf, sich mit
Brady zu streiten. Der Doktor war erleichtert, dass er
die anderen nicht gefährden würde und dass das von
ihm erwartete Schicksal einen vorübergehenden Aufschub erfuhr, doch allzu bald hatten Reinheiser und
der Kapitän die Schlucht überquert und riefen nach
ihm. Viele Minuten lang stand Brady in Furcht erstarrt
da, unfähig, den ersten Schritt zu tun.

»Beeilen Sie sich!«, hörte er Mitchell knurren. »Oder
wir gehen ohne Sie weiter!«

Als Brady die Planken betrat, atmete er nur noch in
kurzen Stößen; mit kalten Schweißperlen auf der Stirn
zwang er sich zum Weitergehen. Es wurde nicht leich-

ter, mit jedem Schritt nahm seine schreckliche Angst zu, bis er den Punkt erreichte, wo er sich fast von der Brücke fallen lassen wollte, um es hinter sich gebracht zu haben. Und doch hatte er, bevor er es merkte, den festen Boden des anderen Ufers erreicht. Er war überrascht, doch vor Erleichterung wäre er beinahe in Ohnmacht gefallen.

Als sie die Schlucht hinter sich hatten, marschierten sie mit noch größerer Erwartung weiter. Bald nach der Tagesmitte kamen sie ans Ende des Waldes, doch was sie vor sich sahen, war entmutigend.

Sie waren an einer Wiese mit hohem, im Wind schwankendem Gras angelangt. Das Land vor ihnen senkte sich in einem langen Gefälle, wobei es ständig enger wurde und auf dem Grund befand sich ein zweiter, diesmal dunkler und düsterer Wald. Im Norden und Osten ragten die großen Berge empor; im Süden blockierte eine hohe Kammlinie aus grauen Felsen ihren Weg, als hätte das Land sich gespalten. Die Hügelkette lief nach Osten, bog dann ein kurzes Stück nach Norden ab und wandte sich schließlich am Fuß des nördlichen Gebirges wieder ihnen zu, sodass sich ein hufeisenförmiger Ring um den dunklen Wald bildete.

»Ein Box-Cañon«, stöhnte Mitchell, und die anderen seufzten.

»Nur eine kleine Verzögerung, Kapitän«, beruhigte ihn Reinheiser. »Wir müssen nur nach Südwesten abbiegen und herausfinden, wo die Hügelkette beginnt. Das kann nicht weit sein. In wenigen Stunden dürften wir uns auf dieser Hochebene befinden.« Doch Mitchell war erneut über die ganze Geschichte verärgert und sein Eigensinn gewann die Oberhand über die Vernunft. Seine Erwiderung verblüffte Reinheiser und die anderen.

»Wir machen nicht kehrt«, knurrte der Kapitän.

»Noch nicht. Vielleicht gibt es einen Weg durch diese Wand dort vorn, einen Tunnel oder so etwas. Oder vielleicht kann man sie besteigen. Das möchte ich genau wissen, bevor wir den Rest des Tages mit dem Rückzug vergeuden.«

»Aber, Kapitän…«, begann Reinheiser.

»Keine Widerrede!«, schrie Mitchell. »Sie wissen nicht einmal, ob wir diesen verdammten Fluss überqueren können, ohne die Seilbrücke noch einmal benutzen zu müssen. Wollen Sie das? Das Ding in der Halle hat gesagt: Geht nach Osten! Wir gehen nach Osten!«

»Ich weiß nicht«, sagte Del. »Mir gefällt dieser Wald nicht.« Doch Dels Widerspruch verstärkte Mitchells Entschlossenheit noch mehr und er lief den Hang hinab, wobei er im Gehen das hohe Gras beiseite schob. Del wollte noch weiter widersprechen – irgendwie beleidigte der bloße Anblick des Waldes dort unten seine Sinne und kündete Gefahr an –, aber der Gedanke eines neuen Zusammenstoßes mit Mitchell weckte in Kinn und Nase schmerzvolle Erinnerungen. Er zuckte mit den Achseln, seufzte und folgte zusammen mit Brady und Billy dem Kapitän.

Reinheiser jedoch zögerte. Er blieb einige Augenblicke lang stehen, strich sich über den Spitzbart und dachte über die Tirade des Kapitäns nach. Er war überrascht, dass Mitchell so wütend auf ihn losgegangen war. »So hätten Sie nicht mit mir reden dürfen«, murmelte er. Und mit einem boshaften Glucksen, das Vergeltung versprach, eilte er hinter den anderen her.

Die Sonne war schon fast untergegangen, als sie den dunklen Wald betraten. Die riesigen schwarzen Bäume bogen sich fast unter den dichten Strängen graugrünen Mooses, die ein durchgehendes Dach bildeten. Obwohl in Aielle Frühling herrschte, fehlte der Schmuck frischer bunter Blüten. Vielleicht lag es am trüben Licht, aber Del hatte die Empfindung, dass dieser Wald selbst im vollen Sonnenschein trostlos und modrig wirken würde. Ihm kam es vor, als hätte das Pflanzengewucher in einem vergangenen Zeitalter die Oberherrschaft gewonnen und weigerte sich jetzt, sie neuem Wachstum zu überlassen. Hier gab es keine Neugeburt, keine jahreszeitliche Erneuerung. Selbst der Duft der wenigen Blumen war schon vor langer Zeit schal geworden.

Obwohl es wenig Unterholz und kein hohes Gras gab, war der Pfad weiterhin schwierig zu begehen. Knorrige Wurzeln wuchsen über den Weg, krümmten sich aus dem Boden hervor, während die uralten Bäume sich müde beugten und viele waren zu groß, als dass man über sie einfach hätte hinwegsteigen können; sie zwangen die Menschen, über sie hinwegzuklettern oder unter ihnen hindurchzukriechen.

Schließlich gelangte die Gruppe an eine weite Fläche mit hochragenden Farnen, die mannshoch und noch höher waren und mehr als zwei Zentimeter dicke Stiele hatten. Da die Männer es immer noch nicht wagten, sich mit dem reizbaren Kapitän zu streiten, zogen sie widerstrebend ihre Schwerter und hackten sich einen Weg durch das grüne Gewirr.

Aus den Augenwinkeln sah Del ein Eichhörnchen von der Größe eines kleinen Hundes über hohe Zweige springen. Es schien hierher zu passen, in diesen Urahn der Wälder, und so tat Del es mit einem Achselzucken ab und erwähnte es den anderen gegenüber nicht. So weit von den Steinbauten und Autobahnen seiner Welt entfernt, verstand er jetzt die albtraumhaften Ängste der romantischen Dichter, denn die Bäume und Pflanzen schienen immer näher heranzurücken und die Menschen mit passiver, doch erstickender Feindseligkeit finster zu beobachten. Hier konnte ein Mensch völlig von der gewaltigen Ausdehnung und der schieren Macht der Natur überwältigt und sich seiner eigenen Bedeutungslosigkeit bewusst werden.

Doch anders als Del hatte Mitchell weder Zeit noch Sinn für solche Überlegungen. Angesichts der bedrückenden Umgebung und der lästigen Hindernisse knirschte er nur mit den Zähnen und drängte noch rücksichtsloser vorwärts. Er schlug mächtig mit seinem Schwert drein, fällte Farn um Farn und trieb seine Leute immer tiefer in die schwarzen Schatten des uralten Waldes.

Dann kamen die Insekten, vor allem Moskitos. Sie stachen die Männer, flogen ihnen sirrend in Augen, Ohren und Nasenlöcher und machten diese Strecke der Reise noch unerträglicher.

Der Boden wurde immer morastiger.

Reinheiser und Billy verstanden die Zeichen und waren nicht überrascht, als Mitchell endlich die letzte Farnreihe durchschnitt und sich am schlammigen Ufer eines Sumpfs wiederfand, der sich träge zwischen den Bäumen hindurchschlängelte. Aus großen schwarzen Tümpeln stiegen Dünste in die übelriechende Luft. Stille umgab die Männer, eine unbehagliche Stille, die nichts Gutes verhieß, wie bei einem Raubtier, das sich vor dem Sprung leise duckt.

Sie folgten Mitchell und schleppten sich weiter, so gut sie konnten, doch jeder Pfad endete an einem der Tümpel und die den Weg versperrenden Wurzeln waren glitschig vom Schlamm und kaum zu überqueren. Aus dem Boden sickerte jetzt Schlamm hervor und drohte sie mit jedem Schritt zu verschlingen.

Jedesmal wenn Del sich den Schweiß von der Stirn wischte, hinterließ er einen Streifen Schlamm. »Das ist doch verrückt«, rief er, denn er fühlte sich völlig elend. »Wir hätten schon vor Stunden umkehren sollen.«

»Ich habe Sie nicht nach Ihrer Meinung gefragt«,

gab Mitchell zurück, obwohl auch er erkennen musste, wie töricht es war, den Weg durch den Sumpf fortzusetzen. Allerdings war es für Del und die anderen nicht schwer zu erraten: Der eigensinnige Mitchell ließe niemals zu, dass Del ihm einen Fehler nachwies. Schnaufend, das Schwert in der Hand, blickte der Kapitän Del zornig an. Wollte er ihm trotzen?

Verunsichert durch die Drohung, aber überzeugt davon, dass er Recht hatte, fuhr Del vorsichtig fort: »Ich versuche nur aufzuzeigen, dass dieser Ort… wenn wir uns hier verirren, dann sind wir tot.« Ein Moskito flog ihm ins Auge. »Und diese Mücken!«, fügte er hinzu und schlug vergeblich nach dem Plagegeist.

»Hören Sie auf ihn, Kapitän«, bat Billy. »In meiner Heimat hatten wir Sümpfe, ich bin dort aufgewachsen, und ich sage Ihnen, es ist schlecht, wenn man dort unüberlegt herumwandert.«

Mitchell richtete seinen drohenden Blick auf Billy. »Was ist denn los, ihr kleinen Jungen?«, greinte er sarkastisch. »Beißen euch die bösen Schnaken?« Dann straffte er die Schultern und kniff die Augen zusammen. »Wir gehen weiter!«, knurrte er.

Diesmal forderte ihn weder Del noch Billy heraus, doch Mitchells erneute Wut veranlasste Reinheiser, sich einzumischen. Der Physiker wollte tatsächlich den Sumpf und den dunklen Wald verlassen, aber mehr noch wollte er ausprobieren, wie weit sich Mitchell seinen Ratschlägen widersetzte. »Vielleicht sollten Sie auf die beiden hören, Kapitän«, sagte er ausdruckslos.

Mitchell fuhr herum, als hätte man ihn geschlagen.

»Sie auch?«, platzte er ungläubig heraus. »Sie unterstützen schon wieder diese beiden Trottel? Auf wessen Seite stehen Sie eigentlich?«

»Dies ist kein Wettkampf«, begann Reinheiser, doch

bevor er mehr sagen konnte, beendete ein lautes Platschen die Debatte.

Der Sumpf vor ihnen schäumte und brodelte, die graue Brühe wallte in ekelhaftem Kontrast zu dem bleichen Schaum auf. So plötzlich und unerwartet, wie das Gebrodel begonnen hatte, hörte es auch wieder auf und das stinkende Wasser beruhigte sich. Eine Sekunde später verriet nur noch ein sich ausbreitender Wellenring, dass es unter der spiegelhaften Glätte Unruhe gegeben hatte. Die Männer spürten, dass da etwas war – direkt unter der Wasserfläche – und sie wussten, dass dieses Etwas sich an sie heranpirschte. Starr vor Schrecken warteten sie auf das wilde Spritzen des bevorstehenden Angriffs.

Doch es kam anders. Die Kreatur tauchte langsam, bedachtsam auf, überzeugt von der Unfähigkeit ihrer Beute zur Flucht. Ohne die Wasserfläche zu kräuseln, fast als wäre er ein Teil des Sumpfes selbst, erschien aus dem dunklen Wasser ein Kopf, ein großer Eidechsenkopf. Zwischen langen, spitzen Zähnen schnellte eine gespaltene Zunge hin und her, in den hervorstehenden schwarzen Augen blitzten gelbe Schlitze.

Oh, diese Augen!, dachte Del. *Schrecklich und faszinierend zugleich!* Er bot seine ganze Willenskraft auf und schaffte es so, sich von dem fesselnden Blick loszureißen. Nahezu schlaff vor Schrecken, gelang es ihm irgendwie, das Heft seines Schwertes zu packen.

Das Echsenmonster erhob sich aus dem Sumpf und bäumte sich auf den Hinterbeinen auf, hager und sehnig und sehr groß – obwohl es fünf bis sechs Meter von den Männern entfernt war, überragte es sie doch. Es schien fast zu grinsen, als es auf sie herabschaute, wie wenn es seine abendliche Atzung abschätzte. Langsam, fast hypnotisch, schwankte es vor und zurück. Und die ganze Zeit zuckten die garstigen kleinen Vorderbeine in Erwartung des saftigen Leckerbissens, den sie bald dem großen Schlund bieten würden.

Am schrecklichsten von allem waren die ›Peitschen‹ der Kreatur. Zwei Tentakel traten wie Zwillingsschlangen seitlich aus den Schultern hervor und hingen bis ins dunkle Wasser herab. Del konnte nicht erkennen, wie lang sie waren, denn sie waren zum größten Teil unter der Oberfläche des Tümpels verborgen, doch als dann ein Tentakel mit einem bedrohlichen Zucken einen Moment lang aus dem Wasser auftauchte, erblickte er dessen Ende: einen grässlichen, mit Stacheln besetzten Haken.

»Du lieber Himmel«, murmelte er, zog sein Schwert und bereitete sich auf sein Ende vor.

»Sollen wir fliehen oder kämpfen?« Er sprach leise, um das Monster zu keinem Angriff anzustacheln.

»Nun?«, fragte er lauter. Panik stieg in ihm auf, als er keine Antwort erhielt. Er blickte nach rechts. Da standen Billy, Mitchell und Reinheiser und starrten ausdruckslos vor sich hin, gebannt vom Blick der abscheulichen Bestie. Zu seiner Linken stand reglos Doc Brady, auch er im Bann der hervorstehenden Augen.

»He! He!«, schrie Del und schubste Billy Shank, der ihm am nächsten stand. Doch die Augen der Echse hielten Billy so fest gebannt, dass er nicht einmal blinzelte.

Eine Stimme in Dels Kopf, sein Instinkt zur Selbsterhaltung, sagte ihm, er solle davonlaufen. Er widerstand ihr, da er seine Freunde nicht in dieser Lage zurücklassen konnte. Er war dem Monster offensichtlich nicht gewachsen, doch er hoffte, ihm eine Verwundung beizubringen und seine Aufmerksamkeit auf ihn zu richten, sodass die anderen unbehelligt blieben.

Del hielt den Atem an und bereitete sich auf einen Angriff vor. Er wollte wirklich losschlagen, doch aufs neue ließ es sein elementarer Überlebensinstinkt nicht zu, dass er sich in seinen Tod stürzte.

Jetzt bewegte sich die Kreatur, und Del beobachtete nervös, wie einer der Tentakel sich Zentimeter um Zentimeter aus dem Wasser schob und hinter der Schulter aufreizend langsam krümmte, bis die mit Widerhaken besetzte Klaue knapp aus dem Wasser hervorkam. Dann ertönte etwas wie ein Peitschenknall, der Tentakel schnellte an Del links vorbei und schlug in Doc Bradys Brust ein, fuhr durch Fleisch und Knochen und drang aus dem Rücken des Mannes hervor. Die Widerhaken verfingen sich in einem Wirbel des zersplitterten Rückgrats. Der Schlag war so schnell und genau erfolgt, dass Doc Brady sich überhaupt nicht bewegte. Selbst der Ausdruck auf seinem Gesicht veränderte sich nicht. Er plumpste einfach mit dem Gesicht voran in den Morast, und die Bestie zog ihre aufgespießte Beute zu sich heran.

»Doc!«, schrie Del.

Da sie sich ihre Mahlzeit gesichert hatte, entließ die Bestie die anderen Männer aus ihrem lähmenden Blick.

»Weg von hier!«, befahl Mitchell dem Rest seiner Mannschaft.

»Los, Del!«, schrie Billy und packte Del an der Schulter.

»Ich lasse ihn nicht zurück!«, krächzte Del. Er riss sich aus Billys Griff los und rannte zu seinem gestürzten Kameraden, den die Bestie schon halb zu sich herangezogen hatte.

Die Kreatur war jedoch auf Dels Attacke gefasst. Kurz bevor er Doc Brady erreichte, schlug der zweite Tentakel zu. In diesem Augenblick stolperte Del über einen Stein und duckte sich in dem Versuch, sein Gleichgewicht wiederzufinden. Dies rettete ihm das Leben, denn die Klaue ritzte seinen Rücken nur und durchschnitt seinen Mantel, aber sie drang nicht tiefer ein. Del spürte den brennend auflodernden Schmerz und danach das warm sickernde Blut. Er warf sich in den Schlamm und kroch auf dem Bauch zu Doc Brady.

»Doc!«, rief er. »Oh, Doc!«

»Del!«, schrie Billy und tat einen Schritt nach vorn.

»Das ist weit genug, Mister!«, brüllte Mitchell. Billy wandte sich zum Kapitän um. Der zog sich schon zurück. »Gehen wir!«, befahl Mitchell.

Billy sah, wie Reinheiser sich hinter einer nahen Wurzel in Sicherheit brachte. Von hinten hörte er Del über Brady stöhnen. Er sah sich vor die gleiche Wahl gestellt wie Del und konnte auch nicht einfach fliehen. Entschlossen begegnete er dem Blick des Kapitäns und sagte: »Nein.«

Mitchell ging auf Billy los, um ihn mit Gewalt wegzuziehen, doch dann blieb er abrupt stehen und das Blut wich ihm vor Bestürzung und Furcht aus dem Gesicht, als plötzlich – nur wenige Zentimeter von seiner Nase entfernt – ein Pfeil vorbeischwirrte.

Der war jedoch nicht auf den Kapitän gezielt. Gerade als die Echse zum Todesschlag gegen Del ausholte, traf das Geschoss sein Ziel, grub sich in die Brust der Bestie und warf sie aus dem Gleichgewicht. Die Echse taumelte unter dem Treffer, und der Tentakel schlug wild um sich.

»Oi, Avalon!«, ertönte ein Schrei. Mitchell und Billy drehten sich um und sahen einen Krieger durch den Schlamm auf sie zukommen. Der Mann schwang ein riesiges Schwert. Da Billy nicht wusste, ob es sich um einen Freund oder Feind handelte, packte er das Heft seines Schwertes. Doch bevor er die Waffe ziehen konnte, stürmte der Krieger zwischen ihnen hindurch und hieb auf die Echse ein.

Die Echse ruckte an dem Tentakel, der den Doktor durchbohrt hatte, und versuchte verzweifelt, sich loszureißen, um diesen neuen Gegner besser bekämpfen zu können. Doch Del durchschaute die Absicht der Echse.

»Du kommst mir nicht davon!«, schrie er und hieb wütend mit dem Schwert auf den Tentakel ein.

Das Monster versuchte es mit dem anderen Tentakel, doch der Krieger war schon zu nahe herangestürmt und schob den Fangarm gefahrlos beiseite, bevor dieser zuschlagen konnte. Er setzte seinen Angriff fort, die Bestie antwortete mit einem trotzigen Knurren, als fürchte sie sich nicht und als glaube sie, jedem Menschen überlegen zu sein.

Doch dieser Krieger war kein gewöhnlicher Mensch. Er trat ganz nahe heran, wich geschickt dem ersten Angriff des beißenden Rachens aus und schlug mit dem Schwert gegen die Flanke der Echse, direkt unter deren Vorderbein. Seine Beweglichkeit und Schnelligkeit überraschten die Bestie, doch blieb sie zunächst unverletzt, da ihr Schuppenpanzer den Hieb ohne weiteres abwies. Der Krieger blieb ruhig, als beide Gegner in Stellung gingen und einander taxierten. Mit einem solchen Monster hatte er schon gekämpft und er wusste, wie man es besiegen konnte.

Er überließ den Angriff der Echse und setzte seine Energie nur zur Abwehr ein, wich dem tödlichen Rachen aus und parierte die blitzschnellen Stöße der messerscharfen Vorderbeine. Er passte den rechten Augenblick ab, wartete geduldig auf eine Blöße, und wenn sie kam, stieß er mit dem Schwert zu, immer an derselben Stelle in der Flanke der Bestie. Wütend verstärkte die Echse ihre Angriffe, doch das gab dem beweglichen Krieger nur noch mehr Gelegenheiten zum zustoßen. Immer wieder stach sein Schwert zu und mit jedem Stoß brüllte die Bestie vor Schmerz auf.

Billy und Mitchell beobachteten den Kampf mit

einer Mischung aus Schrecken und Respekt. Reinheiser zog sich ein weiteres Stück zurück, um seine Flucht noch mehr zu sichern, falls das Monster sich als siegreich erweisen sollte – oder vielleicht auch für den Fall, dass der unbekannte Krieger gewann. Del hatte kein Auge für etwas anderes als den besonderen Gegenstand seiner Raserei; selbstvergessen schlug er auf den noch zuckenden Tentakel ein, der Doc Brady durchbohrt hatte.

Die Echse stand nicht mehr aufrecht. Sie duckte sich in offensichtlicher Qual zur Seite, als die zielsicheren Hiebe ihren Tribut forderten. Verzweifelt ging sie auf ihren Feind los, doch ermüdet von ihren verzweifelten Attacken und durch die krumme Haltung aus dem Gleichgewicht geraten, stolperte sie und der Krieger wich ihr geschickt aus. Als die Bestie sich abmühte, wieder auf die Beine zu kommen, bot sich dem Krieger die bisher größte Blöße, er packte seinen Schwertgriff fest mit beiden Händen und trieb die Waffe so heftig in die schon beschädigten Schuppen, dass das Monster einige Zentimeter vom Boden hochgerissen wurde. Schuppen splitterten und blätterten ab. Die blaue Haut der Echse lag bloß. Das Tier schrie vor Qual auf, als der Krieger zu einem tödlichen Hieb ansetzte.

Aber es war noch nicht besiegt. Mit verzweifelter Wildheit legte es seine ganze Wut und Qual in einen letzten tückischen Angriff auf den Menschen.

Der Krieger hatte gemeint, der Kampf sei schon gewonnen; die plötzliche Attacke traf ihn unvermutet. Irgendwie gelang es ihm, seine Waffe zu heben und den Rachen des Tiers von seinem Gesicht fernzuhalten, aber durch die Gewalt des Hiebs brach die Klinge seines Schwertes ab und warf ihn rücklings in den Schlamm.

Billy keuchte und stürmte los, doch die Echse war

wieder Herr der Lage. Sie schwang drohend den freien Tentakel und hielt Billy in Schach.

Der Krieger rappelte sich auf und stellte sich seinem Schicksal. Er wusste, er konnte nicht fliehen, denn selbst wenn es ihm gelänge, dem Tier zu entkommen, so würde ihn der Tentakel ohne Schwierigkeit im Rücken treffen. Seine Möglichkeiten waren beschränkt, doch er gewann innere Ruhe und konzentrierte seine Gedanken auf einen letzten Angriffsplan.

Die Echse blickte auf den Mann hinab und stieß ein langes Zischen aus; sie zögerte, als wolle sie den Augenblick ihres Siegs genießen.

Ein tödlicher Fehler.

Der Krieger schleuderte das Heft seines zerbrochenen Schwertes dem Monster an den Kopf und zog eine Handaxt aus dem Gürtel. Als die Bestie die Vorderbeine hob, um das Wurfgeschoss abzuwehren, sprang der Krieger los. Er stürmte mit aller Macht vorwärts, drückte mit dem freien Arm die Vorderbeine der Echse gegen deren Brust, während sein anderer Arm mit der Axt auf die ungeschützte Stelle in der Flanke des Tieres einhieb und mit mächtigen Schlägen das zähe Fleisch heraushackte. Das Monster versuchte ihn zu beißen, doch er war zu nahe, die Bestie konnte ihn mit dem Kopf nicht erreichen. Sie zappelte wild, um sich zu befreien, doch der Krieger war so stark, sein Griff so eisern, dass er sie mit einem Arm festhielt.

Dunkles Blut sprudelte aus der Wunde des Monsters, besudelte die unermüdliche Axt und rötete das Wasser zu Füßen der Kämpfenden. Der Echse gelang es, eine Klaue loszureißen, sie grub sie tief in die Schulter des Kriegers und ein Strom von Blut rann ihm über den Rücken. Er knurrte, packte fester zu und stieß – es war kaum zu glauben – die Klaue beiseite. Und unterdessen schlug die Axt unbarmherzig zu, zerriss und zerfetzte die Eingeweide des Tieres.

Dann riss sich die Echse mit einem letzten Schrei der Qual von dem Krieger los. Der Mann wich einige Schritte zurück und hielt seine Axt bereit, doch während er das taumelnde Monster beobachtete, dessen Atem nur noch in kurzen, qualvollen Stößen ging, wusste er, dass der Kampf vorüber war. Mit einem letzten Schaudern rollte die Bestie zurück in den Tümpel und wurde von dem Schlamm verschlungen, aus dem sie aufgetaucht war.

KAPITEL 10

Belexus

Del gelang es, den Tentakel gerade noch abzutrennen, bevor die Bestie wieder in dem Tümpel verschwand. Er rollte Brady sanft auf den Rücken. Aus dem Mund des Doktors sickerte Blut und vermischte sich mit dem Schlamm auf seinem Gesicht zu einer grotesken rot-schwarzen Paste.

»O Doc«, stöhnte Del.

»Macht euch keine Sorgen um mich«, keuchte Brady und öffnete die eingefallenen Augen.

»Sie leben noch!« Del war überrascht.

»Nicht mehr lange«, erwiderte Brady ruhig und fasste Del sanft am Arm. »Es tut nicht weh, Del. Calae hat mir gesagt, es werde nicht schmerzen.«

»Calae?«, fragte Del. Die bloße Erwähnung des Engels beruhigte ihn ein wenig. »Wovon reden Sie?«

»Dieses Abenteuer... ist nicht für mich bestimmt«, antwortete Brady, der jetzt um jeden Atemzug rang. »Ein Fehler, dass ich hier dabei war. Das Gleiche mit Corbin. Calae kam zu mir in jener ersten Nacht... unterwegs. Er erklärte es mir. Entschuldigte sich bei mir... versprach, es werde nicht wehtun.« Seine Worten gingen in ein Husten über, weiteres Blut rann ihm über die Lippen.

»Sie kommen, Del«, sagte Brady. Seine Stimme klang kräftiger, und er wandte die Augen zum Himmel. Sein Gesicht strahlte vor Freude, als sich das größte Mysterium menschlichen Erlebens vor ihm enthüllte. »Sie kommen, um mich zu holen!«, erklärte er, so laut er konnte, während er versuch-

146

te, sich von der Wirklichkeit seiner Todesstunde zu überzeugen.

»Macht euch keine Sorgen um mich«, fuhr er beruhigend fort. In seiner Stimme schwang echte Ergriffenheit mit. »Mir geht es jetzt gut. Ich habe keine Angst. Alles ist jetzt in Ordnung.« Und er wiederholte diese Worte ständig, bis seine Stimme verstummte und sein Blick erstarrte.

»Doc«, stöhnte Del. Er hob Bradys Kopf und umarmte ihn fest.

»Sei stark, Kumpel«, sagte Billy, der neben ihn getreten war. Er half Del auf die Beine, und in diesem Moment kam Mitchell herbei.

»Ist er tot?«, fragte der Kapitän heiser. Del nickte.

»Kommt! Und jetzt schnell!«, rief der Krieger, als er das Blut von seiner Axt abgewischt hatte. »Wir dürfen keinen Augenblick verweilen.«

Mitchell, schlammbedeckt von seinem Sturz auf den Boden, war verwirrt, verlegen und verärgert. Das Biest hatte ihm Angst eingejagt und der Pfeil hatte ihn nervös gemacht. Doc Brady lag tot vor ihm und die Ursache dieser Tragödie war seine Fehlentscheidung. Und Mitchell war sich nicht sicher, ob er es gern hatte, dass er gerettet worden war; in seinen Vorstellungen war er der einzige Held. »Und wenn wir uns weigern?«, versetzte er. Angriff war seine einzige Verteidigung.

Als der Krieger sich näherte, legte Mitchell die Hand auf das Heft seines Schwertes, das in der Scheide stak.

»Sind Sie verrückt?«, flüsterte Billy Mitchell zu. »Dieser Kerl hat uns gerade den Arsch gerettet.«

Der Krieger steckte die Axt in den Gürtel und trat vor den Kapitän; Del beäugte den Mann mit aufrichtigem Respekt. Er war nicht so groß wie Mitchell, aber stämmiger, und hatte riesige Muskelpakete. Sein zerzaustes Haar schimmerte rabenschwarz, seine Augen waren von einem ungetrübten Blau. Er trug hohe, weiche Stiefel und eine kurze braune Tunika mit einem breiten Ledergürtel. Mit Nägeln besetzte Armschützer zierten seine Handgelenke. Um die massigen Muskeln seines rechten Arms hatte er ein dünnes rotes Band gebunden, ein entsprechendes Kopfband lief über seine Stirn und zog sich durch seine wirren Locken.

»Ich verstehe nicht«, sagte er ruhig.

»Dir zu folgen«, erklärte Mitchell. »Wenn wir uns weigern?«

»Dann gehören eure Knochen den Geiern«, erwiderte der Krieger nüchtern. »Denn ihr werdet zweifellos sterben.«

Mitchell war sich der Absichten des Fremden nicht sicher und packte seinen Schwertgriff nur noch fester.

»Betrachtet Blackemara – den Schwarzen Teich«, fuhr der Krieger fort und zog einen weiten Bogen mit dem Arm. »Und dieser Name kommt von der Farbe seines Herzens, nicht von seinem Wasser. Ihr wusstet offensichtlich nicht, wohin ihr geht, denn ihr könnt nicht viel weiter in den Sumpf eindringen. Er ist zu weich für die Art, wie ihr eure Stiefel füllt. Und wenn kein Morast euch verschlingt, dann wird es sicher eines seiner Ungeheuer tun! Blackemara«, wiederholte er. Der Name klang auf seiner Zunge wie das unheilverkündende Grollen einer herannahenden Sturmwolke. »Es wäre ein guter Rat für euch, in den kommenden Tagen einen weiten Bogen darum zu machen. Wenige Menschen kommen hierher, doch nur die Waldwächter von Avalon kommen jemals wieder weg.«

Mitchell lockerte seinen Griff um das Heft des Schwertes, aber immer noch beäugte er den Fremden mit eisigem Misstrauen.

»Wie heißt du?«, fragte Del und versuchte damit die Spannung zu lösen.

»Ich bin Belexus«, erwiderte der Fremde.

»Jeff DelGiudice.« Del reichte ihm die Hand und Belexus fasste ihn fest ums Handgelenk. »Nenn mich Del.«

»Del«, wiederholte Belexus und lächelte. »Es ist eine edle Tat, sein Leben für einen Freund aufs Spiel zu setzen. Ich verneige mich in Achtung vor deinem Mut.« Das Kompliment aus dem Mund eines solchen Mannes berührte Del, doch Mitchell mischte sich schnell ein, um Dels Stolz zu dämpfen.

»Er war einfach nur dumm«, schnaubte der Kapitän.

»Und wer bist du?«, fragte Belexus und betrachtete Mitchell jetzt mit einem offensichtlichen Maß an Verachtung, was verständlich war, denn der Kapitän hatte soeben den Mann beleidigt, den Belexus gerade geehrt hatte.

»Mitchell, Kapitän Mitchell«, verkündete der große Mann und betonte dabei seinen Rang.

Doch der Stolz in seiner Stimme schien den Krieger nur noch mehr gegen ihn aufzubringen.

»Du legst für einen Kapitän eine seltsame Denkweise an den Tag, Mitchell«, sagte Belexus. »Ein Mann, der seinem Herzen in eine Gefahr folgt, der sein Verstand ausweichen würde, ist nicht dumm. Nein, er ist ein Mann, neben dem ich mein Schwert heben möchte, wenn wir uns dem Kampf stellen. Ein wahrer Anführer weiß um den Wert der Treue.« Da er anscheinend nichts mehr zu Mitchell zu sagen hatte und nichts mehr von ihm wollte, wandte Belexus sich Billy zu.

»Das ist Billy Shank«, sagte Del.

»Möge es deiner Sippe wohlergehen«, sagte Belexus und umfasste herzlich Billys Handgelenk.

Da er vor Staunen über diesen großartigen Mann nicht recht wusste, was er sagen sollte, nickte Billy nur wortlos. Aber er brauchte gar nichts zu sagen, denn er hatte schon die Achtung des Kriegers gewonnen. Sein Versuch zu helfen, als das Monster die Oberhand gewonnen hatte, war nicht unbemerkt geblieben.

»Ihr tragt bisher nicht gehörte Namen und nicht gesehene Kleidung«, sagte Belexus mit einem tiefen Seufzer. »Und ihr stammt nicht aus diesem Land, denn gewiss kennt ihr dessen Sitten nicht. Wenn ich meinen Augen trauen darf, dann seid ihr ein lebender Beweis der Prophezeiungen der Zauberin.«

»Was meinst du damit?«, fragte Reinheiser, der aus seinem Versteck gekommen war, als die Dinge sicher zu sein schienen. Widerstrebend nahm er Belexus' dargebotene Hand an und schüttelte sie schnell. »Was sind diese Prophezeiungen der Zauberin?«

»Ein Geschenk der Herrin«, erwiderte Belexus, den es nicht störte, wie flüchtig Reinheiser ihn gegrüßt hatte. Etwas hatte eine Saite in seinem Herzen angeschlagen, eine ferne Erinnerung oder eine angenehme Vorstellung, und in seinem Auge erschien ein Funkeln wie von einem fernen Stern. »Alte Geschichten, für die man viel Zeit braucht, um sie zu erzählen.«

»Ich dachte, du sagtest, wir hätten nicht viel Zeit«, mischte sich Mitchell ein. Seine Stimme klang unverhüllt feindselig.

»Das habe ich gesagt«, erwiderte Belexus mit einem Lächeln. Offensichtlich beachtete er den Ton des Kapitäns nicht. Beleidigungen, die gegen ihn gerichtet waren, machten Belexus nichts aus, solange sie nicht von jemand kamen, den er achtete. Er wandte sich an Reinheiser. »Nach den Worten der Prophezeiung ist eine Zeit großer Prüfungen über uns gekommen. Eine Zeit für Tapferkeit und Mut. Und Ehre. Und die Geschichten erzählen vom Kommen fremdartiger Männer – uralter Menschen, die uns erlösen. Oder vielleicht kommen sie, um uns zu verdammen. ›Und sie werden Aielle formen und alles verändern, was geschehen soll‹«, zitierte er. »Aber die Prophezeiungen sagen nicht, ob zum Guten oder zum Bösen. Mein Vater, Bellerian, der Lord der Waldwächter von Avalon, hat mich auf die Suche nach den Uralten geschickt. Ich fand eure Spuren oben im Tal, und das Übrige habt ihr selbst gesehen.«

»Und wir müssen die Uralten sein«, bemerkte Reinheiser.

»Mag sein, dass ihr das seid«, erwiderte Belexus. »Und wenn dem so ist, dann muss ich euch bitten, mir zu vertrauen, denn ich bringe euch zu meinem Vater.«

»Ich muss zuerst meinen Freund begraben«, sagte Del. »Das ist unsere Sitte.«

»Und die unsere auch«, erklärte Belexus. »Aber wir haben nicht die Zeit dazu. Ich habe keine Lust, diesen üblen Sumpf in der Dunkelheit zu sehen, und schon jetzt steht die Sonne tief. Blackemara kümmert sich um seine Opfer.«

Del betrachtete den toten Doktor. »Wenn du mich einen Moment entschuldigst«, sagte er leise, »dann werde ich Abschied von ihm nehmen.« Seite an Seite mit Billy ging er zu Brady hinüber und kniete neben der Leiche nieder. Belexus neigte respektvoll den Kopf.

Mit Rücksicht auf Dels verletzten Rücken führte Belexus sie in einem beständigen, aber gemächlichen Schritt. Del ging es allerdings nicht sehr schlecht, denn die Wunde war nur oberflächlich.

Del, der hinter Belexus einherschritt, war überrascht von den anmutigen Bewegungen des Waldwächters. Die massigen Muskeln schienen ihn nicht zu behindern, als er geschickt die Hindernisse überwand oder umging, auf die sie stießen. Und Del war noch erstaunter, als er bemerkte, dass Belexus, der schwerer war als jeder von ihnen, Mitchell ausgenommen, nur einen leichten Abdruck hinterließ, der auf dem morastigen Boden kaum zu sehen war, während Del und die anderen bei jedem Schritt fast bis zu den Knöcheln einsanken. Del lächelte, denn jetzt ging ihm auf, was Belexus mit den Worten ›Zu weich für die Art, wie ihr eure Stiefel füllt‹ gemeint hatte.

Als der Tag sich neigte, verließen sie den Sumpf und stiegen wieder den grasbewachsenen Hang hinauf. Die Sonne, die tief im Westen stand, schien ihnen in die Augen. Als Belexus sich gewiss war, dass sie Blackemara sicher hinter sich zurückgelassen hatten, bog er scharf in Richtung der südlichen Bergkette ab. Kurz vor Sonnenuntergang erreichten sich die Felswand und bewegten sich an ihrem Fuß westwärts. Nicht weit vor ihnen strömte der große Fluss dahin, gerötet von den letzten Strahlen des Tageslichts und als sie näher kamen, sahen sie, dass er in einen weiten Tunnel in der Felswand hineinfloss. Belexus führte sie hinein und sie gingen auf einem schmalen Felssims neben dem fließenden Wasser entlang. Nachdem sie eine kurze Strecke in dem Tunnel zurückgelegt hatten, blieb er stehen.

»Bitte, wendet eure Augen ab«, bat er.

»Warum? Vertraust du uns nicht?«, protestierte Mitchell.

»Sie bringen uns in eine peinliche Lage, Kapitän«, schalt ihn Reinheiser sofort. »Wenden Sie sich ab und lassen Sie uns dieses Abenteuer fortsetzen.« Immer noch murrend und empört über Reinheisers Bemerkung erkannte Mitchell, dass ihn niemand in seiner Feindseligkeit gegenüber dem Waldwächter unterstützte. Er drehte sich um und die anderen folgten seinem Beispiel.

Belexus fuhr mit der Hand in einen schmalen Spalt in der Wand und drückte einen verborgenen Hebel. Eine große Felsplatte glitt lautlos beiseite und gab eine gemeißelte schmale Treppe frei, die in einer Spirale in die Dunkelheit hinaufstieg.

Als Del sich umdrehte, blieb ihm der Mund offen stehen.

»Das Werk eines Zauberers aus einem früheren Zeitalter«, erklärte Belexus. »Ein freier Pfad aus dem Tal in Zeiten der Not. Kommt!« Und sie betraten die Treppe. Gleich innerhalb der Öffnung holte Belexus aus einer winzigen Nische eine Fackel und eine Zunderbüchse. Ein paar Stufen aufwärts blieb er wieder stehen, betätigte einen zweiten Hebel und hinter ihnen kehrte die Felsplatte ruhig und sicher an ihren Platz zurück.

Immer weiter wendelte sich die Treppe hinauf und drehte sich dabei im stets gleichen Winkel nach rechts. Die Wände waren von Rissen und Splittern überzogen, in Wirklichkeit allerdings nicht annähernd so rauh, wie sie im übertreibenden Schatten des Fackellichts zu sein schienen. Dieser Gang war offenbar nicht aus dem Stein gehauen worden; Del bekam den Eindruck, dass eine unglaubliche Gewalt den Fels buchstäblich zwischen den Wänden herausgerissen hatte.

Sie stiegen hinauf und immer weiter hinauf. Fünfhundert Stufen waren es, dann tausend. Nur Belexus behielt seinen federnden Schritt bei; die anderen rangen um jeden Atemzug und die Beine taten ihm weh. Reinheiser blieb zurück und die anderen riefen immer wieder nach ihm, um sicherzugehen, dass er sich noch bewegte, aber Belexus verlangsamte den Schritt nicht. In fast völliger Finsternis stolperte der Physiker weiter und beeilte sich, damit er noch im Bereich des Fackellichts blieb. Gerade als die Männer dachten, sie könnten keinen Schritt mehr gehen, gelangten sie endlich zu einem kurzen, ebenen Absatz, der vor einer großen Steintür endete. Dort warteten sie eine Minute lang, um Atem zu holen und um Reinheiser die Gelegenheit zu geben, sie einzuholen. Dann öffnete Belexus mit einem mächtigen Ruck die Tür.

Eine kühle, erfrischende Brise wehte ihnen entgegen. Die Rufe eines Nachtvogels und das Zirpen von Grillen übertönten gnädig das monotone Echo der Stiefel, die müde über den Stein schlurften. Doch was Dels Gedanken fesselte, war der klare Nachthimmel. Er kam ihm vor wie ein Baldachin aus schwarzem Samt, auf den eine Million winziger funkelnder Lichter gestickt waren.

»Schönheit im Frühling, der Himmel von Aielle«, rezitierte Belexus, als er Dels Freude spürte. »Wohltuende Freiheit für mauermüde überwinterte Augen.«

Die Männer traten in die Nacht hinaus, und Belexus schloss die Tür hinter ihnen. Von außen gesehen schien die Pforte Teil eines riesigen Felsblock zu sein und es zeigte sich kein Spalt, der andeutete, dass es sich dabei um einen Eingang handelte.

»Eine unglaubliche Arbeit!«, rief Reinheiser aus. Belexus lächelte und nickte, aber bevor er Reinheiser irgendwelche Einzelheiten über die Tür mitteilen konnte, sprach eine Stimme aus der Dunkelheit die Gruppe an.

»Bleibt, wo ihr seid!«

Die Männer blieben auf die Drohung hin gehorsam stehen, doch Belexus kannte den Sprecher. »Andovar?«, rief er.

Sogleich loderten einige Fackeln auf. Ein Dutzend kraftvoll wirkender, wohlbewaffneter Männer umringte die Gruppe. Del erkannte sofort, dass sie zur gleichen Sippe gehörten wie Belexus, denn auch sie strahlten Stärke und außergewöhnliche Gesundheit aus. Ihr Körperbau war gerade und von natürlicher Schönheit und Kraft, abgehärtet von den Plagen des Winters, doch entspannt unter der Wärme der Frühlingssonne. Auch ihre Gesichter spiegelten diese seltsame Verbindung wider, ihre Kinnbacken waren stark und grimmig, doch das Lächeln war ihnen nicht fremd. Als sie sahen, dass es sich in der Tat um Belexus handelte, steckten sie ihre Waffen rasch weg.

»Wartet ruhig«, wies Belexus Del und die anderen an und trat zu einem der Krieger.

»Du bringst Leute hierher«, sagte der Mann. »Das ist sicherlich ein närrisches Unterfangen.«

»Ja, das wäre es wirklich, Andovar«, stimmte ihm Belexus zu, »wenn es sich hierbei nicht um die Uralten aus den Prophezeiungen der Zauberin handelte.«

Andovar stieß einen leisen Pfiff aus. »Bist du dir sicher?«

»Nach ihren Kleidern«, sagte Belexus. »Und nach der Haut von dem da.« Er wies auf Billy Shank, den ersten Schwarzen, den die Waldwächter zu sehen bekamen, ja in der Tat den ersten Schwarzen, der jemals den Boden von Ynis Aielle betreten hatte.

»Nach den Geschichten sind es fünf«, wand Andovar ein, »aber ich sehe hier nur vier.«

»Fünf waren sie«, erwiderte Belexus grimmig. »Als ich zu ihnen stieß, zeigte einem gerade ein Peitschendrache den Weg in die andere Welt.« Er hielt sein zerbrochenes Schwert hoch.

»Blackemara?«, rief Andovar aus und machte ungläubige Augen. »Ein übler Ort für eine Begegnung.« Er schüttelte den Kopf und seufzte. »Und doch hättest du sie nicht mitbringen sollen. Calvas Spione spüren ins Innere eines jeden Felsens hinein.«

»Ich hatte keine andere Wahl«, antwortete Belexus. »Sie kennen das Land nicht. Wären sie noch eine weitere Nacht auf sich selbst gestellt gewesen, so hätten sie den Tod gefunden.«

Er wandte sich an einen anderen Mann. »Hol meinen Vater, lauf schnell.« Der Mann nickte und rannte in die Finsternis davon.

»Bellerian ist knapp außerhalb des Flammenscheins«, sagte Andovar. Und während er noch sprach, kehrte der Mann mit dem Lord der Waldwächter zurück. Er wies die gleichen starken und ruhigen Gesichtszüge auf wie Belexus, doch sein Haar war silbern, er ging gebeugt und benutzte einen Stock, denn er war von einer Wunde verkrüppelt, die er aus einem Kampf mit einem Peitschendrachen davongetragen hatte.

»Vater«, begann Belexus, »ich habe die…«

»O ja, mein Sohn, ich habe es gehört«, erwiderte Bellerian mit ruhiger, kühler Stimme und dem Selbstvertrauen des Erfahrenen. »Du hast Recht getan, sie hierher zu bringen. Ihren Weg zu kennen kann uns vielleicht helfen, den unseren zu finden.«

»Und was ist mit unserem Gast?«, fragte Andovar mit tiefer Besorgnis.

»Es ist ein Wagnis«, stimmte ihm Bellerian zu. »Aber ein Wagnis, das wir auf uns nehmen müssen. Zu viel ist geschehen, als dass wir die Prophezeiungen nicht beachten dürften, Andovar. Vielleicht sind diese Männer die Uralten und wenn sie es sind, dann wird unsere Welt nie mehr dieselbe sein wie bisher. Ich möchte sie jetzt befragen.«

Belexus zeigte auf Del. »Sprich mit diesem da. Ich habe sein Herz offengelegt gesehen und es ist wahrhaftig. Wenn meine Augen mich nicht trügen, dann ist er ein guter Mensch.«

»Dann ruf ihn«, verlangte Bellerian.

»Jeff DelGiudice!«, rief Belexus. »Komm bitte zu uns, wenn du möchtest, und sprich mit uns.«

Überrascht blickte Del seine Gefährten an und zuckte mit den Achseln. Obwohl er sich sofort umwandte, war ihm der eifersüchtig-wütende Blick Mitchells nicht entgangen und er erwartete, dass der Kapitän etwas sagen würde, als er zu Belexus trat.

»Geben Sie acht, was Sie sagen«, lautete der geknurrte Befehl, der ihm folgte. Del lächelte, beachtete aber ansonsten Mitchell nicht, denn er war der Drohungen und Befehle überdrüssig, die Mitchell nur deshalb aussprach, um sich selbst wichtig zu machen. Del wusste, dass er besser zu beurteilen vermochte als Mitchell, was er diesen Männern sagen konnte und was nicht.

»Das ist Andovar, mein Freund, und mein Vater Bellerian«, stellte Belexus die beiden vor, als Del die kleine Gruppe erreichte. Del nickte grüßend und fasste sie an den Handgelenken.

»Nennt mich einfach Del«, sagte er und lächelte freundlich.

»Mein Vater wünscht dir einige Fragen zu stellen«, erklärte Belexus. Wieder nickte Del.

Bellerian blickte den Mann, der vor ihm stand, forschend an und nahm jede Einzelheit in sich auf. Während die Sekunden langsam verstrichen, wurde es Del unbehaglich. Er fühlte sich nackt unter dem prüfenden Blick der grauen Augen des Lords der Waldwächter. Sie waren klar und scharfsichtig, von einer kristallhaften Wachheit. Sofort erkannte er den Stolz und das Gefühl für Ehre, die Bellerian eigen waren. Und er sah in dem Blick des älteren Mannes eine unglaubliche Stärke, eine Geisteskraft, die den gekrümmten Rücken des Alten vergessen ließ. Ihre Augen begegneten sich und beider Blicke suchten nach der Wahrheit über den Charakter des anderen.

Eine gute Prüfung, dachte Del. Er nahm alle Willenskraft zusammen und versuchte, Bellerian so lange anzuschauen, bis dieser verlegen würde. Er hatte in Bellerian Stärke erkannt, aber er hatte keine Vorstellung, wie tief und echt diese Veranlagung war. Einige lange Minuten blieben die beiden in ihrem geistigen Zweikampf verbunden, doch so entschlossen Del auch war, es erwies sich, dass er dem Lord der

Waldwächter nicht ebenbürtig war. Sichtbar verunsichert, mit Schweiß auf Gesicht und Hals, blinzelte er und wandte den Blick ab. Bellerian zuckte mit keiner Wimper.

»Was hattet ihr wohl in Blackemara verloren?«, fragte Bellerian herausfordernd, aber freundlich. In seiner Stimme lag keine Spur von Hochmut, als hätte er das Kräftemessen schon längst vergessen. Sein Entgegenkommen erhöhte Dels beträchtlichen Respekt für die Waldwächter. Hätte Mitchell ihn nach einer solchen Niederlage so leicht davonkommen lassen?, fragte er sich mit einem Grinsen.

»Wir suchten nach einem Pass in den Felsklippen«, antwortete er, bemüht, es Bellerian recht zu machen. »Uns wurde gesagt, wir sollten nach Osten gehen.« In Bellerians Augen funkelte etwas auf, und Del fragte sich, ob er nicht schon zu viel gesagt hatte.

»Und wer hat euch das gesagt?«, fragte der Lord der Waldhüter.

Del zögerte. Er erinnerte sich an Mitchells Warnung, aber sein Urteilsvermögen sagte ihm, dass er diesen Männern trauen konnte. Er blickte zu seinen Kameraden hinüber. Mitchell stand mit gekreuzten Armen da, den Kopf herausfordernd zurückgelegt, und schaute so eigensinnig stolz und streitlustig drein wie immer. Mehr musste Del nicht sehen. »Calae hat uns geschickt.«

Die Erwähnung des Fürsten der Colonnae überraschte die drei Waldwächter. »Bei den Herren der Endlosen Halle!«, rief Andovar.

»Das ist wahrhaft ein gesegnetes Vorzeichen.«

»Wohin seid ihr unterwegs? Oder wohin sucht ihr den Weg?«, drängte ihn Bellerian erregt. Wieder zögerte Del.

»Hab keine Angst«, beruhigte ihn Belexus. »Mit seiner eigenen Brust würde ein Waldwächter von Avalon einen Pfeil auffangen, der für dich bestimmt ist, falls du ein Freund der Colonnae bist.«

»Wir gehen nach… nach Illuma.«

»Lochsilinilume«, sagte Bellerian und sein Gesicht erhellte sich mit einem Lächeln freudiger Erkenntnis. »Das Silberne Reich. Ja, das war meine Vermutung.« Er betrachte Del offen und nüchtern, und Del wusste, dass in seinen Worten keine Falschheit war. »Wenn ihr mit den Colonnae zu tun habt, mein Freund, dann gehören eure Angelegenheiten euch und ich werde dich nicht weiter ausfragen. Sei beruhigt, denn du hast die richtige Wahl getroffen, indem du uns vertraust. Jetzt kehre zurück zu deinen Freunden. Waldwächter werden euch nach Illuma bringen, nachdem ihr euch ausgeruht habt.«

Del entspannte sich. Über jeden Zweifel hinweg war er sich der Freundschaft der Waldwächter sicher. Er verbeugte sich – es schien ihm angemessen zu sein – und kehrte zu den Gefährten zurück.

KAPITEL 11

Das Smaragd-Gemach

Belexus und Andovar führten die Männer nach Osten an der Felswand entlang, die über dem Tal und Blackemara aufragte. Sie überquerten steinigen Boden, der von Rissen durchzogen und uneben war, sodass sie kleine Schluchten überspringen oder einander über steile Hänge hinaufziehen mussten. Immer wieder kamen sie an Steinhaufen vorbei, Wegmarkierungen für die Kundigen, die sie zu deuten wussten und die den geheimen Pfad der Waldwächter und die Wege zu Bellerians Haus wiesen.

Andovar gefiel der Gedanke, dass Fremde in das Lager der Waldwächter kommen sollten, immer noch nicht, aber er respektierte die Wünsche des verehrungswürdigen Bellerian voll und ganz. In den letzten dreißig Jahren war Bellerian sein Lehrer und Vormund gewesen. Tatsächlich war er für ihn wie ein Vater und das war er für alle Waldwächter von Avalon, denn als sie noch Kinder gewesen waren, Söhne der Edlen am Hof von Ben-galen, dem Oberherrn von Pallendara, da hatte der ruchlose Ungden den Thron an sich gerissen und ihre Eltern ermordet. Ungden hatte geplant, sie ebenso hinzumetzeln, um die adligen Familien völlig auszurotten, aber Bellerian hatte sie in der Dunkelheit jener blutigen Nacht mit der Hilfe Glendowers an den Rand des Waldes von Avalon gebracht. Dort wuchsen unter den wachsamen Augen von Bellerian und einer weiteren geheimen Vertrauten die neuen Waldwächter zu starken und wahrhaften Männern heran. Als Erwachsene hatten sie sich inzwischen unter den Bauern der nördlichen Gefilde von Calva einen Ruf als mächtige Krieger erworben, der von Mund zu Mund weitergetragen wurde. Dies war ein wildes Land, offen für Banden plündernder Talons oder für Monster, die sich aus Blackemara anschlichen. Ja, solche Eindringlinge – ganz gleich, wie viele oder wie mächtig sie waren – wurden immer niedergemacht, bevor sie viel Unheil anrichten konnten und wenn die Bauern die Überreste der Getöteten fanden, die an den Straßenrändern für die Aasvögel zurückgelassen worden waren, dann wussten sie, dass die grimmigen Waldwächter über sie wachten.

Die Gruppe gelangte an eine kleine Klippe, die als großer Steinklotz vor ihnen aufragte.

»Schaut, wir sind an der Tür«, sagte Belexus und deutete auf einen dunklen Spalt am Fuße des Felsen.

»Das ist es?«, fragte Billy. »Du willst, dass wir da hineingehen?«

»Ist das das Haus deines Vaters?«, fragte Del ungläubig. »Ich dachte, er sei ein Lord.«

»Das ist er in der Tat«, antwortete Belexus, »aber ein Lord der Waldwächter.«

»Ein Waldwächter ist ein Krieger des Geistes«, erklärte Andovar. »Wir sind nur ein einfaches Volk und brauchen oder wollen keine Paläste als Heimstatt. Die Zierde unserer Tafel sind nicht Putz und Luxus, sondern Ehre und Entschlusskraft. Wir haben eine Pflicht und die Hingabe an diese Pflicht ist uns Labsal genug.«

»Und worin genau besteht diese Pflicht?«, fragte Reinheiser, der mehr über diese Leute erfahren wollte, um ihre Sitten und Motive gänzlich zu verstehen. Für Reinheiser war Wissen der größte Vorteil gegenüber Feind und Freund.

Andovar antwortete nicht und überlegte, ob er nicht schon zu viel zu den Fremden gesagt hatte.

»Kommt, gehen wir hinein«, mischte sich Belexus

ein. »Ihr werdet feststellen, dass wir nicht so arm sind, wie ihr glaubt.« Dann kroch er in den Spalt und verschwand. Die anderen folgten, Billy etwas widerstrebend, und Andovar bildete die Nachhut. Belexus entzündete bald einige Fackeln und die Männer befanden sich in einem großen Raum, wo Felle über den Boden verstreut lagen und in einer Ecke unter einem natürlichen Kamin ein Feuerkessel hing. An einer Wand waren Waffen aufgereiht: Speere, Schwerter und Kettenhemden. An Haken in der gegenüberliegenden Wand hingen Mäntel und Sättel.

»Mir kommt das ziemlich primitiv vor«, bemerkte Mitchell spöttisch.

Belexus nahm eine Fackel aus einem Halter. »Folgt mir«, sagte er kühl mit einem Blick auf den Kapitän, einen Mann, den der Waldwächter offensichtlich nicht mochte.

Diese Abneigung weckte bei dem streitlustigen Mitchell nur ein heimliches Lächeln.

Belexus stieß fest gegen einen Fels, ein Teil der Wand glitt zur Seite und gab den Blick auf einen kurzen Tunnel frei, der in die Schwärze hinabführte. Er trat als erster ein, die Fackel in der Hand. Ihr Licht erhellte eine eisenbeschlagene hölzerne Tür am anderen Ende des Tunnels. Belexus holte einen Schlüssel heraus und öffnete die Tür und die Männer bekamen einen undeutlichen Eindruck von einem Raum, der dahinter lag. Doch dann löschte Belexus zur großen Überraschung der Männer seine Fackel mit einem befriedigten Blick in Mitchells Richtung.

»Was zum Teufel tust du da?«, rief der Kapitän in das verwunderte Gemurmel.

»Seid still«, befahl Belexus brüsk und die anderen wurden tatsächlich still, bestürzt von der plötzlichen Macht in der Stimme des ruhigen Waldwächters. Reinheiser und besonders Mitchell wurden allerdings nervös, denn sie erkannten, dass sie sich in einer heiklen Lage befanden, umgeben von zwei grimmigen Kriegern, von denen der eine Mitchell zürnte, und hilflos in der völligen Dunkelheit. Nur Del blieb ruhig, denn er vertraute den Waldwächtern.

»Fasst euren Vordermann an der Hand und folgt meiner Führung«, wies Belexus sie an. Er packte Dels Hand und als Andovar von hinten rief, dass die Kette vollständig sei, führte er sie in den Raum, der hinter der Holztür lag. Andovar schloss die Tür hinter sich und sie hörten die tanzende Musik eines schnell fließenden Wasserlaufs. Einige Sekunden standen sie abwartend still, doch weder Belexus noch Andovar bewegten sich oder lieferten eine Erklärung.

»Und jetzt?«, versetzte Mitchell mit herrischer Ungeduld.

»Betrachtet die Heimstatt Bellerians«, antwortete Belexus schlicht.

»Hier ist es schrecklich dunkel«, sagte Del.

»Wollt ihr Licht?« Belexus lachte leise. »Dann bittet darum.« In der Nähe der Tür lachte Andovar auf.

»Würdest du bitte deine Fackel anzünden?«, fragte Del. Er verstand nicht ganz, was der Waldwächter andeutete.

»Bitte nicht mich«, erwiderte Belexus, wobei er sein eigenes Lachen mühsam zurückhielt. »Den Raum solltest du bitten.«

»Wie?«

»Den Raum«, erwiderte Belexus ruhig und anscheinend ganz ernsthaft.

»Aber bitte ihn höflich«, fügte Andovar hinzu. »Gib acht, dass du ihn nicht beleidigst!«

»Also gut, ich spiele euer Spiel mit«, sagte Del. Seine Verwirrung verwandelte sich in Neugier. Auch Billy und Reinheiser hatten keine Angst mehr, da sie spürten, dass die Waldwächter etwas Erstaunliches für sie bereithielten, etwas, worauf Belexus offensichtlich sehr stolz war. Mitchell jedoch war wütend, denn er hatte keine Geduld für Überraschungen oder Scherze, die man auf seine Kosten machte, und er betrachtete das rätselhafte Verhalten der Waldwächter als einen Versuch, ihm seine früheren Frechheiten heimzuzahlen.

Del dachte kurz nach, was er sagen sollte. Wenn er schon mitmachte, so beschloss er, dann wollte er es in großem Stil tun. »O großer Raum!«, begann er, doch Andovars Lachen unterbrach ihn.

»Ruhe!«, rief Del. Auf seinem Gesicht erschien ein Lächeln.

»O Großer Raum!«, begann er erneut. »Wir bitten dich demütig, du wollest dein großartiges Licht über uns ergießen!« Sofort erhellte sich der Raum mit einem blendenden weißen Licht, dessen Grelle den Augen der vier Uralten weh tat. Belexus und Andovar kannten sich aus und hatten deshalb die Augen fest geschlossen, als Del ›großartiges Licht‹ sagte.

Mitchell schrie wütend auf und schloss rasch die Augen. »Verdammt!«

»Licht!«, befahl Belexus und sofort wurde die Helligkeit des Raums milder. Andovar öffnete die Augen und sprang vor die Männer.

»Schaut«, rief er, »das magische Gemach von Bellerian, dem Lord der Waldwächter von Avalon!«

Als sich ihre Augen angepasst hatten, bot sich den Männern ein Anblick, den sie niemals vergessen würden, eine so wunderbare Szenerie, dass selbst Mitchell seinen Ärger vergaß.

Sie standen in einem überwölbten Gemach, dessen Boden aus glattem weißen, von rot-braunen Adern durchzogenen Marmor bestand. Eine fast einen Meter breite Rinne lief parallel zur Tür von Wand zu Wand und teilte den Raum. Darin sang das Wasser seine Melodie. Genau in der Mitte wölbte sich eine Marmorbrücke anmutig über die Wasserrinne. Die Pfosten und Geländer der Brücke waren – obwohl ebenfalls aus Marmor gefertigt – mit komplizierten Wendungen und Drehungen ineinander verschlungen und Del erkannte sofort instinktiv, dass nur Magie den Stein auf solche Weise bearbeitet haben konnte.

An der Wand, die der Tür gegenüberlag, erblickten die Männer schön geschreinerte Möbel: einen Schreibtisch mit Stuhl und Bücherschrank, alles verziert mit Reliefs von Drachen und Zauberern und geheimnisvollen Runen, und überladen mit Schriftrollen und Pergamentbögen. An der Seite stand eine kleine Truhe, daneben Bellerians Bett mit vielen Kissen und purpurfarbenen Seidendecken.

Am großartigsten erschienen ihnen aber die gekrümmten Wände und die gewölbte Decke des Gemachs. Aus durchscheinendem, facettiertem Kristall gefertigt, waren sie die Lichtquelle: In leuchtenden Spektralfarben blitzte ein magischer Schein durch sie hindurch. Regenbogenfarbene Reihen von Edelsteinen, alle so geschliffen, dass sie funkelten und glitzerten, zogen sich die Wände hinauf wie vielfarbige Leitern aus Sternenlicht; in der Mitte der Decke liefen sie zu einer kaleidoskopartigen Farbexplosion zusammen. Unmittelbar darunter hing mitten in der Luft eine klare Kristallkugel und rotierte langsam um eine unsichtbare Achse. In ihre Mitte war ein riesiger, vollendet geschliffener, sechsseitiger Smaragd eingelassen, fast als wäre er von Natur aus so geformt.

Angesichts der Herrlichkeit, die ihn umgab, stand Mitchell sprachlos da. Ihm fielen keine spöttischen Bemerkungen ein, mit denen er über diesen Ort der Schönheit hätte lästern können.

»Wir sind nur ein einfaches Volk!«, gluckste Andovar stolz.

»Krieger des Geistes«, fügte Belexus hinzu.

»Das ist unglaublich!«, rief Del, als er wieder atmen konnte.

»Unglaublich«, pflichtete ihm Reinheiser bei. »Wie habt ihr das gemacht?«

»Das ist nicht unserer Hände Werk«, antwortete Andovar.

»Wessen Werk dann?«, drängte Reinheiser, begierig zu erfahren, welche Macht in Aielle fähig war, so etwas zu erschaffen.

Andovar schien sich unsicher zu sein, wie er dem Physiker antworten sollte. Er und Belexus tauschten fragende Blicke aus, als überlegten sie, wie viel sie den Fremden verraten sollten. Als Belexus sprach, merkte man seinen Worten die Vorsicht an.

»Wir wissen es nicht«, sagte er. »Bellerian sagt nur, alles sei von einem Freund gemacht worden.«

»Dann setzt euch hin«, forderte sie Andovar auf und wechselte damit schnell das Thema, »und wisst, dass ihr begnadet seid, da ihr die Macht des Smaragd-Gemachs schauen dürft.«

Begierig, mehr über diesen wundersamen Ort zu erfahren, fügten sich die Männer bereitwillig. Sie machten es sich auf Fellen bequem, die Belexus ihnen brachte. Dann trat Andovar zur Mitte der Brücke. Als sich alle niedergelassen hatten, schaute er zu der Kristallkugel empor und sprach zu ihr.

»Blau!«, befahl er und sofort war der Raum in blaues Licht getaucht, das durch die kristallenen Wände schien.

»Rot!«, sagte Andovar und der Raum gehorchte.

Er schaute zu den Fremden hinüber und deren überraschter Gesichtsausdruck veranlasste ihn, mit seiner Vorführung fortzufahren. »Das Wasser!«, befahl er mit stolzer Überzeugung und der Raum wurde schwarz. Dann leuchteten die Wände der Wasserrinne auf, das Licht tanzte zauberhaft im Wasser des Baches und huschte in flackernden Mustern im Raum umher. Dann und wann gab es ein silbernes Aufblitzen, wenn ein Höhlenfisch vorbeiflitzte.

»Dunkel!«, rief Andovar und im Raum wurde es wieder schwarz.

»Zeig die Nacht, Andovar«, lautete Belexus' Bitte.

»Nach deinem Wunsch«, erwiderte Andovar. Einen Augenblick lang herrschte Stille. Als Andovar sich schließlich bereit fühlte, hob er die Augen in die Schwärze zu der Kristallkugel und rief deutlich: »Zeig die Nacht!«

Eine Sekunde lang blieb es dunkel im Raum. Dann erschien auf der Wand, die der Tür gegenüberlag, eine karminrote Kugel, ein vollkommenes Abbild der untergehenden Sonne, und das Gemach wurde entsprechend beleuchtet. Die Kugel sank rasch hinter einer illusionären Landschaft, der westliche Himmel der Kuppel rötete sich feurig, die schwarze Silhouette einer einsamen Wolke betonte den Sonnenuntergang.

Bald ging das Rot in das tiefe Blau eines träumerischen Zwielichts über, Lichtpunkte, Sterne, erschienen funkelnd am ganzen Himmel. Blau wurde zu tiefem Schwarz und bald schienen Millionen Sterne klar und deutlich. Die Männer schauten verwundert, als an der Wand direkt hinter ihnen ein riesiger silberner Mond aufstieg und in den Zenit wanderte. Bald verschwand auch er hinter dem Horizont des Gemachs. Allmählich wurde der Raum heller, bis die ersten Strahlen des jungen Tages aus der Wand hinter ihnen drangen. Mit dieser ersten Andeutung von Sonnenschein war Andovars Bitte erfüllt und es wurde wieder dunkel.

»Licht«, befahl Andovar, um die normale Beleuchtung wieder herzustellen.

»Du lieber Himmel, Belexus«, flüsterte Del.

»Großartig!«, rief Reinheiser aus. »Darüber muss ich mehr erfahren.«

»Mein Vater wird sich freuen, dass es euch gefällt«, sagte Belexus, doch mit einer Handbewegung gebot er Reinheisers Fragen Einhalt. »Ihr müsst euch jetzt ausruhen«, erklärte er. »Die Nacht ist fortgeschritten, während wir hier weilen und Andovar und ich haben noch Pflichten zu erfüllen, bevor die Dämmerung erscheint.«

»Wann kommt ihr zurück?«, fragte Del.

»Am zweiten Morgen, am Tag nach der morgigen Nacht«, antwortete Belexus. »Wir holen euch, wenn es Zeit zum Aufbruch ist. Bis dann bleibt hier und ruht euch aus. In einem Beutel unter dem Tisch auf der anderen Seite der Brücke werdet ihr zu essen finden.«

»Dort, wo der Bach den Raum verlässt, führen Stufen zu ihm hinunter«, fügte Andovar hinzu und zeigte auf die Wand zur rechten Seite. »Dort könnt ihr euch waschen. Bachaufwärts ist das Wasser so sauber, dass man es trinken kann.«

»Bittet das Gemach nach eurem Belieben«, sagte Belexus. »Aber seid wachsam, denn es ist die Stärke eures Geistes, die wirklich die Veränderungen bewirkt.« Seine Stimme wurde leise und ernst. »Und da ich ein Freund bin, warne ich euch und hoffe, ihr hört auf meine Worte: Die Bücher und Rollen dort drüben sind allein für Bellerians Augen bestimmt. Sie werden den Blick eines anderen nicht dulden.«

Nach diesen Worten verneigten sich die Waldwächter tief zum Abschied und gingen. Die vier Männer hörten, wie Belexus die Tür abschloss.

»Besser als alle Planetarien, die ich bisher gesehen habe«, erklärte Del mit einem breiten Lächeln. Der Ort hatte ihn offensichtlich verzaubert.

»Ich kapiere es nicht«, sagte Mitchell. Er war verwirrt, aber gewiss nicht verzaubert. »Sie laufen mit Schwertern herum und doch verfügen sie über genügend Technik, um dies alles zu bewirken.«

»Dieser Raum hier hat nichts mit Technik zu tun, Kapitän«, gab Reinheiser zu bedenken.

»Ach, wirklich?«, versetzte Mitchell. Er hegte einen Verdacht, worauf Reinheiser hinauswollte. »Wie funktioniert das Ganze dann?«

»Der Mann, der Andovar heißt, hat es gesagt«, erwiderte Reinheiser und zögerte dann, als mache er widerstrebend ein Zugeständnis. »Magie.«

»Sie sind ja genauso bekloppt wie die übrigen«, erklärte der Kapitän angewidert.

»Vielleicht«, gab Reinheiser zurück. »Aber ich weiß, was offen vor mir liegt. Denken Sie doch an alles, was mit uns geschehen ist«, fuhr er fort. »Sie selbst haben Narben von Schusswunden, die Sie auf der Stelle hätten töten müssen, und doch stehen Sie hier und reden mit mir. Wie ist das zu erklären, Kapitän? Wie ist das möglich?«

»Ich weiß es nicht!«, rief Mitchell. »Vielleicht sind die Leute hier medizinisch fortgeschritten – oder diese Narben sind nicht echt.«

»Eine Illusion?«, erwiderte Reinheiser. »Ja, natürlich, diese ganze Erfahrung könnte eine Illusion sein. Oder vielleicht ein Traum.«

»Ja!«, schrie Mitchell, der darin die Offenbarung sah.

»Nein!«, rief ihm Reinheiser ins Gesicht. »Sehen Sie nicht die Falle, Kapitän? Warum ist dies eine Illusion? Vielleicht war unser Leben vor der *Unicorn* die Illusion.«

»Das ist doch Quatsch.«

»Natürlich«, stimmte ihm Reinheiser zu. »Und es ist auch lächerlich zu glauben, dieses Land Aielle sei imaginär. Ein Anblick, der Tage, ja Wochen andauert, ist keine Illusion, sondern Wirklichkeit. Und so verrückt dies alles erscheinen mag, so geschieht es doch tatsächlich.«

»Von Ihnen hätte ich so etwas nicht erwartet«, sagte Del zu Reinheiser. »Ich meine, nachdem Sie doch ein Wissenschaftler sind, der sich Naturgesetzen und präzisen Messungen widmet. Ich hätte nicht gedacht, dass es in Ihrer Welt Platz für etwas so Unlogisches wie dies alles gibt.«

»Naturgesetze, Messungen«, schnaubte Reinheiser. »Das sind doch nur Werkzeuge. Sie haben ihren Nutzen, aber sie sind begrenzt. Nein, hier ist etwas anderes am Werk. Ich fühle es, ich schmecke es. Hier liegt eine Macht, eine Magie, in der Luft, die man mit den Gesetzen der Wissenschaft, wie wir sie verstehen, nicht erklären kann.«

»Bah!«, platzte Mitchell heraus, warf die Hände hoch und stürmte davon.

Reinheiser schüttelte den Kopf. Das Lächeln, das auf seinem Gesicht erschien, zeigte Mitleid mit dem Unbelehrbaren.

Trotz der gespannten Atmosphäre schliefen alle in dieser Nacht besser als in allen Nächten zuvor, seit sie die Hallen der Colonnae verlassen hatten.

Der nächste Tag wurde für Mitchell schwierig. Begierig, die ganze Geschichte hinter sich zu bringen, und überzeugt, dass es am Ende irgendwie eine vernünftige Erklärung und eine Rückkehr zur Normalität geben würde, hielt er das lästige Herumsitzen und Warten bald nicht mehr aus.

Für Reinheiser war der Tag alles andere als langweilig. Er machte sich enthusiastisch ans Werk und erkundete die Beschränkungen der Macht des Gemachs. Das wäre fesselnd genug gewesen, um ihn zu befriedigen, wenn die Pergamente und Schriftrollen auf dem Tisch nicht eine ständige Qual für seine unersättliche Neugier dargestellt hätten. Er hielt sich jedoch von ihnen fern, denn er glaubte an die Magie, deren Zeuge er geworden war, und da er sie noch nicht verstand, respektierte er sie so sehr, dass er Belexus' Warnung beachtete.

Del und Billy brachten den Tag damit zu, sich von den Strapazen der letzten Wochen zu erholen. Trotz der Gefahren und trotz der Verluste der jüngsten Zeit waren beide von dieser seltsamen Welt fasziniert. Besonders Del. Doch die Tatsache, dass sie gezwungen gewesen waren, eine Unmöglichkeit nach der anderen anzuerkennen, hatte einen ungeheuren Druck in ihnen erzeugt und beide mussten sich entspannen. Sie sprachen mit wehmütigen Gefühlen über alte Zeiten und fragten sich, was wohl noch kommen würde, und währenddessen erfreuten sie sich an dem Schauspiel, das Reinheisers Experimente boten.

»Vielleicht habe ich ihm Unrecht getan«, sagte Del, als er die Begeisterung des Physikers beobachtete, mit der dieser die Lichter und Illusionen auslöste.

»Nein, du hattest ihm nicht Unrecht getan«, antwortete Billy mit lakonischer Gewissheit.

»Aber schau ihn doch an.« Del lächelte. »Ihn fasziniert die ganze Sache.«

»Seine alten Regeln sind unzulänglich. Sie erklären nicht, was los ist, also versucht er neue zu finden, die es ihm erklären können. Das ist alles.«

»Ich weiß nicht«, widersprach Del. »Gestern Abend hat er diese Mr.-Computer-Masche abgelegt und Gefühle gezeigt. Er hat sogar diesen völlig unmöglichen Ort gegen Mitchell verteidigt. Das ist nicht der Reinheiser, den ich kenne.«

»Gefühle?«, erwiderte Billy. »Nein, das hast du falsch verstanden. Er war aufgeregt, aber er hat nie die Kontrolle über seine Gefühle verloren. Er hat ein neues Spielzeug gefunden, mit dem er spielen kann, eine neue Grenze, die er erforschen kann. Genauso war es doch auf der *Unicorn,* als er die Sache mit der Zeitverzerrung herausfand und dachte, wir würden auf eine weit fortgeschrittene Gesellschaft stoßen. Es ist ja nichts Falsches daran, wenn man neugierig ist oder lernen möchte, aber Reinheiser hat dieses selbstzerstörerische Bedürfnis, absolut alles über absolut alles zu wissen.«

»Ja, da hast du wahrscheinlich Recht.« Del seufzte. »Ich dachte einfach, es gäbe vielleicht eine Hoffnung für ihn.«

»Glaub mir, Kumpel«, sagte Billy, »diese Schlange ist so kaltblütig wie immer.«

Den ganzen Tag über besuchte niemand die Männer. Aber in der Nacht, als sie schliefen, kam Bellerian und weckte Del. Er gab ihm ein Zeichen, er solle schweigen, und dann führte er ihn in den fackelerleuchteten Tunnel hinaus.

»Den Worten meines Sohnes zufolge kann ich dir vertrauen«, sagte Bellerian, nachdem er schweigend die Tür geschlossen hatte.

»Ja«, erwiderte Del fasziniert. Er hoffte, dass Bellerian etwas von ihm erbitten würde. Obwohl er wenig von den Waldwächtern und ihren Sitten wusste und ihre Hingabe an die unbekannte Pflicht, auf die Andovar angespielt hatte, überhaupt nicht verstand, so erkannte Del doch, dass diese Männer unzweifelhaft ehrenwert waren. Und er erkannte in ihnen die Eigenschaften der stolzen und prinzipientreuen Helden, die seine berechnende und der Mysterien entkleidete Welt so verzweifelt entbehrt hatte. Deshalb wünschte er innig, sich ihrer Gesellschaft und ihrer Achtung würdig zu erweisen. »Ich verdanke den Waldwächtern mein Leben. Ich werde dich nicht verraten.«

»Das hört sich gut an«, sagte Bellerian. »Dann erbitte ich von dir einen kleinen Gefallen.«

»Nenn ihn.«

»Nimm dies.« Er reichte Del einen knöchernen Zylinder, dessen beide Enden mit Korken verschlossen waren. »Wenn du dich im Reich von Illuma befindest, dann such den Silber-Magus auf und übergib ihm dies. Sag ihm, ich habe es dir gegeben und dass es von unserer Vertrauten aus dem Wald stammt.«

»Magus?«, fragte Del. »Du meinst Zauberer?«

»Ja, Rudy Glendower ist in der Tat ein sehr großer Zauberer.«

»Großartig!« Del stieß einen Pfiff aus. Ihn faszinierte der Gedanke, einem solchen Mann zu begegnen. Diese Welt wurde für ihn von Minute zu Minute phantastischer. Wie wäre wohl ein Zauberer? überlegte er. Über welche Macht gebot dieser Rudy Glendower, falls überhaupt? Del erinnerte sich an die unmittelbare Umgebung und betrachtete den verehrungswürdigen Mann mit dem eisernen Willen vor ihm mit einem überraschten und zugleich fragenden Gesichtsausdruck.

Bellerian las in Dels Gesicht und lächelte. »Nein, mein Freund, ich bin kein Zauberer, nur ein sterblicher Mensch wie du selbst. Nur vier Zauberer wirken in Aielle.«

»Natürlich, die Vier, die von den Colonnae unterrichtet wurden«, sagte Del und erinnerte sich an Calaes Geschichte. Bellerian nickte bestätigend. Del drängte ihn: »Sag mir, wie ich diesen Mann finde.«

»Das dürfte dir keine Schwierigkeiten bereiten«, erwiderte Bellerian. »Glendower ist der Einzige ganz Illuma, der rein menschliches Blut hat. Und sollten sich die Sitten der tanzenden Kinder nicht geändert haben, dann ist Ardaz, wie sie ihn nennen, immer unter ihnen. Zeig die niemandem«, fuhr Bellerian nüchtern fort und wies auf das Behältnis aus Knochen. »Und falls es zufällig jemand sieht, dann erzähl ihm, du hättest es am Straßenrand gefunden. Bewahr es als unser Geheimnis.«

Del versicherte dem Lord der Waldwächter, dass er die Aufgabe ausführen werde. Als Bellerian sich umwandte, um zu gehen, rief Del ihn zurück. »Du hast mir vertraut und ich danke dir dafür.« Während er sprach, achtete er auf Bellerians Reaktion und hoffte, er werde die richtigen Worte für seine Bitte finden. »Könntest du mir noch etwas mehr vertrauen? Könntest du mir einen Gefallen tun?«

Bellerian nickte vorsichtig.

»Ich möchte etwas über das Gemach erfahren«, sagte Del. »Ist es die Magie von einem der Vier? Hat der Silber-Magus es geschaffen?«

Bellerian zögerte kurz und nickte, denn da er im Namen der Freundschaft und des Vertrauens von Del einen Gefallen erbeten hatte, blieb ihm keine Wahl, als die Gefälligkeit zu erwidern. »Gewiss trägt es das Gepräge des Ardaz«, sagte er. »Aber in Wahrheit war es mehr der Zauber von jemand anderem. Mehr kann ich dir nicht verraten.«

»Ich verstehe«, erwiderte Del befriedigt. »Und ich danke dir, dass du mir so viel erzählt hast.«

»Geh jetzt und ruh dich aus«, sagte Bellerian. »Der morgige Tag wird dich auf dem Weg finden.«

Del gesellte sich wieder zu seinen schnarchenden Gefährten und fiel schnell in einen Schlaf voller heroischer Träume von Magie und Schwertkampf und Rettung aus den feurigen Klauen schlimmer Drachen. Aber dann fesselte ihn ein Bild, das den Fluss seiner Gedanken beständig beherrschte und ihn beunruhigte.

Ein Auge beobachtete ihn.

Ein grünes Auge, das jede seiner Bewegungen studierte und immer tiefer drang, um seine Gedanken und sogar die Gefühle in seinem Herzen zu prüfen.

Schließlich entließ ihn das Auge aus der Prüfung

und Del träumte, dass er in der Luft schwebte. Er stieg auf, an Bäumen und Wolken und einer Million Sterne vorbei – Sternen, die mit funkelnden Lichtern zu ihm sprachen und ihm flüchtige Blicke auf wunderbare Geheimnisse und Mächte gewährten. Sie säumten den Rand seines Bewusstseins, lockten ihn mit ungeahntem Wissen, aber er konnte ihre flimmernden Zeichen nicht entziffern.

Dann kehrte er jäh zurück in das Smaragd-Gemach, immer noch gewichtslos und neben der Kristallkugel schwebend, die über der Brücke hing. Und das Auge war in der Kugel!

Er erwachte in der Dunkelheit. Die anderen atmeten tief und alles war, wie es sein sollte. Er schaute auf die Stelle über der Brücke und vermeinte ein Flackern von Grün zu sehen, bevor alles schwarz wurde.

Den Rest der Nacht schlief Del nicht. Er fürchtete sich nicht, war nur neugierig. Etwas rief ihn und er sehnte sich danach zu erfahren, was oder wer das sein mochte.

KAPITEL 12

Die Zauberin
des Waldes

Am nächsten Morgen bereitete Reinheiser seinen Kameraden eine kleine Überraschung. Er hatte viel über den Umgang mit den Fähigkeiten des Smaragd-Gemachs erfahren, bis hin zu dem Trick, dessen Magie mit Ereignissen in der Außenwelt zusammenfallen zu lassen. Verwirrung umfing Del, Billy und Mitchell, als sie durch das illusionäre Licht eines Sonnenaufgangs in dem Raum im selben Augenblick geweckt wurden, als draußen der echte Morgen anbrach. Sie hatten kaum Zeit, ihre Muskeln nach der Ruhe des Schlafes zu dehnen und sich in ihrer Umgebung zurechtzufinden, als Andovar die Tür öffnete.

»Kommt«, sagte er, »gewiss ist dies ein heiterer Tag und Avalon wartet.«

Und als die Männer aus Bellerians Haus traten, sahen sie, dass Andovar nicht übertrieben hatte: Es war tatsächlich ein schöner Tag, angenehm kühl und mit einer fröhlichen Frühlingsbrise, welche die Düfte knospenden Lebens mit sich führte. Bauschige weiße Wolkenballen zogen am tiefblauen Himmel dahin und die Sonne schien, als freue sie sich, dass die letzten Spuren des Winters endlich beseitigt waren.

»Holt euch ein Morgenmahl«, sagte Andovar. »Wir haben Zeit. Belexus ist unterwegs, den Weg zu erkunden, es wird einige Zeit dauern, bis er zurückkehrt, und ich muss eine Scharte in meinem Schwert ausbessern.«

Del zog sein eigenes Schwert. »Glaubst du wirklich, dass wir es brauchen werden?«

»Ich glaube nicht«, erwiderte Andovar. »Es geht nichts Böses um in Avalon, aber die Sonne wird ihren Zenit erreichen, bevor wir Avalons gesegnete Zweige sehen. Die Straße ist im wilden Nordland immer voller Gefahren.« Dels Gesichtsausdruck schwankte zwischen Aufregung und Beklommenheit. »Macht euch keine Sorgen, Freunde«, fügte Andovar hinzu, um sie alle zu trösten, »denn heute reitet ihr neben dem mächtigsten Krieger dieses Zeitalters.«

»Welche Bescheidenheit«, murrte Mitchell. Der gute Schlaf hatte seinen Sarkasmus nicht gemildert.

»Ich spreche nicht von mir selbst«, entgegnete Andovar kühl. Ein stolzer Mann, im Kampf erprobt, nahm er es nicht ohne weiteres hin, wenn er von einem Fremden beleidigt wurde. Er blickte den Kapitän an, ohne mit der Wimper zu zucken, und fuhr mit leiser, grimmiger Stimme fort: »Meine Klinge ist würdig wie die aller Waldwächter, aber Belexus ist es, der die Taten vollbringt, von denen die Lieder der Sänger künden.«

Mitchell beachtete die Worte und den zornigen Blick nicht und tat so, als wäre Andovar überhaupt nicht vorhanden.

»Der Peitschendrache, den er getötet hat, um euer Leben zu retten, war der fünfzehnte, den er erlegt hat«, erklärte Andovar Billy und Del. »Und er ist noch ein junger Mann. Der große Bellerian hat in seinen Kriegertagen nur zwölf getötet und damals waren diese Bestien noch zahlreicher. Und Belexus zeigte einmal einem echten Drachen den Weg in die andere Welt. Keinem großen, aber schon ein kleiner Drache ist ein Feind, der über die Kräfte sterblicher Menschen geht. Aber nicht über Belexus' Kraft«, erklärte Andovar. Sein bewunderndes Lächeln trübte kein Neid.

»Nach allem, was meine eigenen Augen gesehen haben, kämen selbst die größten Drachen in arge Bedrängnis durch das klingende Schwert von Belexus Backavar, Sohn von Bellerian und Prinz der Waldwächter von Avalon.«

»Backavar?«, fragte Del.

»*Eisenarm* in eurer Sprache«, erklärte Andovar. »Diesen Namen hat er sich schon in seinen ersten Kriegertagen erworben. Ich habe nicht Unrecht, wenn ich sage – und meine Augen sind meine Zeugen –, dass er ein mächtigerer Krieger als Arien Silberblatt selbst ist!«

Ihr Gesichtsausdruck verriet Andovar, dass ihnen der Name nichts sagte.

»Arien Silberblatt«, wiederholte der Waldwächter ehrerbietig. »Ihr werdet ihm früh genug begegnen, denn er ist der Eldar von Illuma und sehr groß und weise. Aber jetzt keine Fragen mehr. Jetzt sind Taten nötig und die Zeit reicht nicht aus.«

Belexus kehrte bald zurück und erneut und unerwartet verschlug es den vier Fremden die Sprache. Sie standen auf einer Wiese, die von einem Kreis aus riesigen Felsblöcken abgeschirmt wurde, die absichtlich so aufgestellt schienen, dass sie Geheimhaltung gewährleisteten. Andovar und ein weiterer Waldwächter wählten in der Nähe Pferde für die Reise aus und die vier ›Uralten‹ waren wirklich erleichtert, dass sie diesmal nicht zu Fuß gehen mussten. Plötzlich wieherten die Pferde und stampften mit den Hufen.

Del sprang von dem Pferd zurück, das er gerade striegelte.

»Lord Calamus kommt«, antwortete Andovar auf seinen fragenden Blick hin.

»Wer?«

Der Waldwächter zeigte nach Osten. »Calamus«, wiederholte er feierlich, »der geflügelte Herrscher der Pferde.« Die Männer richteten den Blick zum Himmel und schützten die Augen vor dem grellen Morgenlicht. Was sie dann sahen, versetzte sie in Staunen, denn unter dem feurigen Ball der aufgehenden Sonne kam die unverkennbare und unglaubliche Silhouette eines geflügelten Pferdes angeflogen, das einen Reiter trug.

»Ein Pegasus«, murmelte Reinheiser.

»Das kann doch nicht sein«, keuchte Mitchell. Verblüfft stand er da. Alles, was bisher gewesen war, die Talons, die Colonnae, das Smaragd-Gemach, selbst den Peitschendrachen konnte Mitchell als Täuschung oder eine Form von Technik vernunftmäßig erklären. Aber jetzt das – ein Pegasus! Dafür gab es keine Erklärung. Das Tier, das da herankam, war weder mechanisch noch trickreich verkleidet. Mitchells Atem ging heftig, er drohte das Gleichgewicht zu verlieren, da er nun eingestehen musste, dass es sich bei diesem Abenteuer nicht bloß um ein Spiel handelte. Selbst inmitten von Verrücktheit und Tod hatte Mitchell sich an die Hoffnung geklammert, alles sei nur ein raffinierter Plan.

Die Wirklichkeit erwies sich jedoch als hartnäckig. Die zunehmenden Beweise hatten Mitchells Überzeugung immer weiter zurückgedrängt, doch jetzt wischte dieses fliegende Pferd sie vollends beiseite und nahm alle Hoffnungen mit sich, er könne jemals in eine leichter zu beherrschende und vertrautere Umgebung zurückkehren.

Sekunden später landete das großartige Reittier auf der kleinen Kuppe und Belexus sprang von seinem Rücken. Der Pegasus war von reinem Weiß und hatte eine dichte silbrige Mähne, die im Sonnenlicht schimmerte, und pechschwarze runde Augen, die vor Stolz und Mut funkelten und auf eine Intelligenz hindeuteten, die über das Pferdhafte hinausging.

»Wo habt ihr den her?«, fragte Del vor Aufregung bebend.

»Belexus hat ihn errungen«, antwortete Andovar. »Beute aus dem Lager des Drachen.«

»Ihn errungen?«, wiederholte Belexus skeptisch. »Nein, Calamus kann man nicht erringen.« Er tätschelte den kraftvollen Hals des mächtigen Tiers und heftete den Blick auf die runden Augen, als richte er seine Worte an das Pferd. »Calamus kann man nicht erringen«, wiederholte er, »denn man kann ihn nicht besitzen. Er ist sein eigener Herr, und wehe jedem, der versuchen sollte, ihm einen Strick umzulegen!« Das Pferd schnaubte und stampfte heftig mit dem Vorderbein auf.

Belexus drehte sich wieder zu den Männern um, ein breites, jungenhaft ausgelassenes Lächeln im Gesicht. »Aber jetzt heißt es aufbrechen!«, rief er aus. »Vor uns liegt eine freie Straße, und die Sonne steigt empor. Auf nach Illuma!«

Del staunte über die Begeisterung des Waldwächters und beneidete dieses Lächeln, denn es strahlte unschuldig, aus reiner Freude, die von nichts anderem ausgelöst worden war als von der Herrlichkeit der Welt. Del fragte sich, ob er jemals so lächeln würde.

»Auf nach Illuma!«, wiederholte Andovar mit dem gleichen unschuldigen Lächeln und so begann die letzte Strecke ihrer Reise nach Osten.

Zuerst bewegten sie sich nach Süden und gewannen so noch mehr Abstand von der großen Felsklippe, um sich weiter »zu schützen vor wachsamen Augen, die in den nördlichen Bergen lauerten«, wie Belexus erklärte.

Bald schwenkten sie direkt nach Osten um. Der Boden stieg leicht an, während sie auf das Kristallgebirge zu hielten. Abgesehen von einem gelegentlichen Schößling oder Busch war der Weg steinig und kahl. Doch nach Süden hin fiel der Boden steiler ab und in der

Ferne lagen ausgedehnte grasbewachsene Felder. Kleine Hügel rollten wie eine grüne Meeresdünung nach Süden, unaufhörlich immer fort, so weit die Männer schauen konnten, und durch sie wand sich eine silberblaue Schlange, der große Fluss Nimmerend.

Bald ebnete sich der Weg und das Geklapper der Hufe wurde leiser auf dem weichern Boden. Um sie herum ragten noch viele große und zerklüftete Felsen auf, aber mit jedem Schritt gelangten sie tiefer in freundlicheres Gelände. Gras und einzeln stehende Bäume nahmen zu und dann gelangten sie geradezu unvermittelt an den Rand eines gewaltigen Waldes. Mächtige Eichen, groß und stolz, standen dicht an dicht vor ihnen und liefen in langer Reihe bis hinunter in die grüne Ebene. Bei ihrem Anblick beschleunigte Belexus den Schritt. Kurz nach der Tagesmitte saßen die Reisenden ab und aßen ihr Mittagsmahl im Schatten von Avalon.

Del richtete sich im Gespräch vor allem an Belexus und wiederholte seinen aufrichtigen Dank für die Rettung im gefährlichen Sumpf.

Belexus, ein bescheidener Mann, sagte wenig; das Thema schien ihn verlegen zu machen.

»Dieses Monster zu töten war eine Heldentat von großer Kraft«, bemerkte Del.

Auf der anderen Seite des Weges kaute Mitchell geräuschvoll an seinem Gebäck..

»Ein Peitschendrache ist in der Tat ein mächtiger Feind«, stimmte der Waldwächter Del zu. »Aber dabei wird mehr der Mut als die Stärke auf die Probe gestellt, denn man muss die Bestie angreifen und darf nicht warten. Wenn man zulässt, dass sie die Peitschen gebraucht, dann zerreißt sie einem die Haut. Nur wenn man so nahe an sie herantritt, dass sie damit nicht zuschlagen kann, dann ist das Biest zu schlagen.«

»Natürlich ist es viel leichter, wenn das verdammte Vieh schon mit fünf anderen Männern beschäftigt ist«, bemerkte der Kapitän trocken.

»Eigentlich«, erwiderte Belexus mit abschätzigem Grinsen, »ist es leichter, wenn die Bestie ruhig und nicht zum Kampf bereit ist.«

Da Del wusste, dass Mitchell Streit suchte und das Thema weiterverfolgen würde, rief er: »Es ist Zeit zu gehen!« Und er sprang auf.

»Ja«, stimmte ihm Belexus zu, der immer noch mit einem Lächeln auf den Kapitän hinabschaute. »Ich glaube, die Zeit ist um.«

Als sie sich zum Aufbruch bereit machten, zog Belexus Del beiseite. »Mein Freund«, sagte er, »falls du je in einen Kampf verwickelt wirst, dann halte dich an meine Worte: Der größte Vorteil für einen wahrhaften Krieger ist weder Stärke noch Schnelligkeit, sondern Mut. Mut hält dir den Kopf frei, so dass du dich an deine Stärken erinnern und den Schwächen deines Gegners die Masken herunterreißen kannst.«

»An diesen Rat werde ich mich halten«, erwiderte Del, während er sein Pferd bestieg. Und er erinnerte sich tatsächlich daran, was ihm in den Tagen, die noch vor ihm lagen, viel nutzen sollte.

In Avalon verfielen sie in einen gemächlichen Schritt – in diesem wahrhaft herrlichen Wald empfanden sie weder Notwendigkeit noch Wunsch zur Eile. Die Bäume ragten groß und kerzengerade neben ihnen auf und breiteten ein dichtes Blätterdach über die Reisenden, aber anders als Blackemara war der Wald von Avalon kein düsterer Ort. Er war voller deutlicher ebener Pfade, denen man folgen konnte, überall strömte das Sonnenlicht herein, umfloss die belaubten Zweige, erwärmte die Erde und sprenkelte den Boden zu beiden Seiten des Wegs mit den abwechslungsreichsten Mustern. Und, ach, die Farben! Wildblumen in Weiß, Rot, Violett, Gold und jeder vorstellbaren Farbe drängten sich an jeder Biegung und erfüllten die Luft mit ihren kräftigen Düften.

Das Gras war von tiefstem, reinstem Grün, als zeige es die ursprüngliche Idee dieser Farbe. Alles Grün in Dels Welt schien nur eine billige Imitation davon gewesen zu sein.

Dies war ein Ort für Dichter und Liebende, eine makellose Traumlandschaft der Farben und Düfte, welche die Sinne zu neuen Stufen der Bewusstheit anregten. Und es war ein reiner Ort; hinter den Bäumen von Avalon lauerten keine Unholde. Nun, da er hier war, spürte Del, dass er die Waldwächter besser verstand. Genährt von den Früchten dieser Vollkommenheit, konnte ein Mann nur stark und wahrhaft werden. Del war von dem Wald überwältigt. Das Gleiche galt auch für Billy, wie er feststellte, aber es schien, als hätte Reinheiser anderes im Sinn und als bemerke er die Umgebung kaum. Mitchell hielt eigensinnig an seinem Ärger und an seinem Neid fest.

Es gab reichlich Wild. Kaninchen und Eichhörnchen – gelegentlich selbst ein Hirsch oder ein Wildschwein – schauten neugierig herüber, während die Gruppe vorbeizog; in den Zweigen zwitscherten zahllose Vögel wie schwatzhafte alte Damen und verbreiteten die Nachricht, dass Fremde im Wald unterwegs waren. Insbesondere ein Tier fesselte Dels Blick: Ein großes Eichhörnchen hüpfte von Zweig zu Zweig und folgte anscheinend den Reisenden. Del hatte das seltsame Gefühl, dass es sich dabei um dasselbe Eichhörnchen handelte, das er schon in Blackemara gesehen hatte, und dies machte ihn außerordentlich neugierig.

Er trieb sein Pferd in Belexus' Nähe. »Dieses Eichhörnchen folgt uns.«

Mitchell näherte sich ihnen und neigte das Ohr in ihre Richtung.

»Schweig davon«, flüsterte Belexus. »Beachte es nicht.«

»Aber ich habe dasselbe Eichhörnchen im Sumpf gesehen«, fuhr Del fort, wie der Waldwächter rücksichtsvoll flüsternd.

»Und ich habe zu viel davon gesehen!«, verkündete Mitchell laut.

Del stöhnte, denn er hatte den Kapitän schon früher so erlebt und verstand die Motive des Mannes. Da der Kapitän die Wertschätzung des Waldwächters für Avalon und dessen Bewohner erkannt hatte, sah er jetzt eine Gelegenheit, seine gärende Verärgerung abzureagieren und sowohl Belexus wie auch Andovar zu beleidigen.

Mitchell glitt vom Pferd und hob einen Stein auf. »Wo bist du?«, schrie er in die Bäume hinauf. Als wolle es ihm antworten, hüpfte das Eichhörnchen auf einen nackten Zweig und reckte neugierig den Kopf.

Mitchell grinste boshaft. »Dein Arsch gehört mir«, knurrte er und hob den Arm zum Wurf.

»Nein!«, schrie Del. Jeder seiner Instinkte protestierte gegen eine derartige Tat. Er sprang von seinem Reittier und prallte gegen Mitchell, als dessen Arm gerade nach vorn schnellte, und der Stein verfehlte harmlos sein Ziel. In Wut versetzt, fand der Kapitän schnell sein Gleichgewicht wieder und wollte mit den Fäusten auf Del einschlagen, doch da gingen schon Belexus und Andovar dazwischen.

»Bei den Colonnae!«, brüllte Belexus. »Du bist wirklich ein Narr, dass du so etwas tust! Avalon öffnet Freunden seine Arme weit…« Er hielt inne, als Mitchell seiner Bestürzung mit einem Blick offener Herausforderung begegnete – und wie der Waldwächter sich wünschte, diese Herausforderung anzunehmen!

Doch da ihm klar war, dass er anderweitig gebunden war, beließ es Belexus bei einer Warnung, die so unverkennbar war wie eine Drohung. »Avalon heißt Freunde willkommen, Mitchell, aber denk an meine Worte: Feinde vernichtet der Wald!«

Zusammen wandten sie sich dem Eichhörnchen zu. Es saß einen Augenblick lang bewegungslos auf dem Ast und nahm die Szene in sich auf, bevor es davonhüpfte und in den Schatten der Bäume verschwand.

»Wenigstens ist die stinkende Ratte fort!« Mitchell lachte.

»Schluck deine Worte hinunter!«, rief Andovar. Sein Zorn wischte alle Vernunft beiseite. Schneller, als die Uralten seinen Bewegungen folgen konnten, zog der Waldwächter sein Schwert und hielt die Spitze Mitchell an die Kehle. »Oder verteidige deinen krummen Mund mit deinem Leben!«

»Halt ein, Andovar«, befahl Belexus ruhig. »Bei den Prophezeiungen und bei unserer Aufgabe, du hast nicht das Recht dazu.« Andovar hielt einen Augenblick lang inne und wog die Folgen ab. Widerstrebend steckte er sein Schwert in die Scheide, ohne den Kapitän aus seinem durchdringenden Blick zu entlassen.

»Du hast ein Tier vertrieben«, sagte Belexus, »aber die Augen des Waldes sind zahllos und jetzt beobachten sie uns gewiss noch genauer.«

Mitchell versuchte vergeblich seinen Schrecken darüber zu verbergen, wie leicht Andovar ihn hätte töten können. Er beachtete Belexus' drohenden Blick nicht und wandte sich Del zu, einem weniger eindrucksvollen Gegner.

»Das werde ich mir merken, DelGiudice«, knurrte er drohend.

»Oh, ich auch«, versetzte Del im gleichen Ton. »Ich werde mir alles merken.«

Mitchell schnaubte wütend, offensichtlich überrascht,

dass Del ihm so unverhüllt die Stirn bot, und kehrte zu seinem Pferd zurück. Doch die Stute ließ ihn nicht an sich heran und die anderen Reittiere scheuten ebenfalls vor ihm zurück.

»Das sind Tiere aus Avalon«, erklärte Andovar mit einem tief befriedigten Glucksen. »Jetzt wirst du zu Fuß gehen.«

Und Mitchell tat genau das. Er hielt den Kopf in stolzem Trotz gegen den Wald erhoben, während er ging, und sprach den ganzen Tag kein Wort mehr.

Den Nachmittag hindurch setzten sie ihren Weg schweigend fort und bald bewirkten die bloße Schönheit und Heilsamkeit des Waldes, dass Del sich wieder glücklich fühlte.

Von solcher Art war die Macht von Avalon, die Bewusstheit freundlicher Beobachter zu vertiefen, dass sie hier eine Harmonie entdeckten, die über das Gewöhnliche hinausging und fast magische Ausmaße annahm. Der Wald besaß eine zweifache Schönheit, die sowohl einfach wie auch tief war: einfach im Tanz der Tiere unten auf dem Boden und oben in den Bäumen, im ständig fließenden Gesang zahlloser Vögel, in den Blüten der Wildblumen, die dem Licht entgegenwuchsen, das durch die Zweige hochragender Eichen sickerte. Und doch war es die tiefere Empfindung von Ordnung, die tiefe Schönheit von Avalon, die Del überwältigte. Die Erkenntnis, dass jedes einzelne Wesen, das hier lebte und wuchs, zu einem System gehörte, das zart, aber ausdauernd und so vollkommen und ausgewogen war, dass es die Ordnung und die Vollkommenheit des allumfassenden Schöpfungsplans widerspiegelte.

Dies alles spürte er tief und es verlangte ihn verzweifelt danach, ein Teil davon zu sein.

Als der Sonnenuntergang den Himmel hinter ihnen rötete, schlugen sie in einem kleinen, engen Tal ihr

Lager auf. Die Gipfel einiger näherer Berge blieben über die Waldwipfel hinweg sichtbar und erneut erlebte die Gruppe das funkelnde Schauspiel der Flüsse aus Glimmerfeuer auf den Kristallbergen.

Als die kühle Dunkelheit sie umfing, leuchteten die Sterne hell und klar, doch bald verblassten sie, als der Vollmond sein Silbergesicht über die Berge im Osten schob. Die Luft wurde kalt, aber nicht unangenehm, denn von Süden kam ein sanfter Wind auf.

Etwas an dieser Abendstunde rief in Dels wachen Sinnen eine Erinnerung wach. »Täusche ich mich«, fragte er verwundert, »oder ist das wirklich die gleiche Nacht, die wir in Bellerians Gemach gesehen haben?«

»Es sieht so aus, als sei es die gleiche«, stimmte ihm Reinheiser zu und auch sein Gesicht verriet Verwunderung.

»Sie fühlt sich genauso an«, sagte Del.

»Das könnte sein«, bemerkte Andovar. »Es liegt in der Macht der Magie des Smaragd-Gemachs, diese Nacht vorauszusehen.«

»Dann wird sie sicher schön werden«, sagte Belexus. »Aber wir können unsere Augen nicht dafür offen halten, denn ihr habt noch einen langen Weg vor euch und er wird euch noch länger erscheinen, wenn ihr müde seid. Jetzt ist es an der Zeit zu schlafen.«

Eingelullt von den raschelnden Blättern und dem schwermütigen Gesang des Windes, gehorchten sie ihm fast auf der Stelle, außer Andovar, der Wache hielt, und Del. Obwohl Del sich zweifellos in diesem verzauberten Wald wohl fühlte, mied ihn der Schlaf. Als er sich niederlegte, weckte das Behältnis aus Knochen, das Bellerian ihm gegeben hatte, seine Aufmerksamkeit und stachelte unablässig seine Neugier an. Ihm war klar, dass er stärker sein sollte als die Versuchung, aber angesichts all der Wunder,

187

die um ihn herum geschahen, konnte er nicht widerstehen.

Schließlich gab er den Versuch zu schlafen auf und
ging zu der Stelle hinüber, wo Andovar geduldig saß.
Als er näher kam, musste er unwillkürlich glucksen,
denn wie er schon vermutet hatte, waren die Augen
des Waldwächters nicht nach außen gegen eine Bedrohung aus dem Wald, sondern direkt auf Kapitän Mitchell gerichtet.

»Ich bin nicht müde«, erklärte Del, als er an dem
kleinen Lagerfeuer anlangte. »Ich kann die Wache
übernehmen, wenn du willst.«

»Nein, die Wache gehört mir«, entgegnete Andovar.
»Ich liebe die sanften Nächte von Avalon zutiefst und
ich werde nicht müde vom Reiten. Aber ich würde
deine Gesellschaft begrüßen.« Er lud mit einer Geste
Del freundlich ein, er solle sich zu ihm setzen.

»Das gefiele mir auch«, sagte Del und erwiderte
den warmen Blick des Waldwächters. »Aber wenn es
in Ordnung geht, dann unternähme ich gern zuerst
einen Spaziergang. Der Wald jagt mir keine Angst
ein; er scheint mich zu rufen. Und der Mond scheint
hell.«

»Du hast das Zeug zu einem guten Waldwächter«,
sagte Andovar lachend und musterte Dels Gesicht.
»Mein Freund, da ist ein Funkeln in deinem Auge, wie
ich es schon einmal gesehen habe. Also hast du sie gesehen? Die Magie des Waldes?«

Andovars Fähigkeit, ihn zu durchschauen, machte
Del verlegen und er errötete.

»Ja«, fuhr der Waldwächter fort, »sie hat dir die
Schönheit und Heilsamkeit des Ortes gezeigt – die
Stärke der Bäume und den Reichtum der Erde, in der
sie wurzeln. Wisse, dass du Glück hast. Dann geh
und erfreu dich des Waldes. Aber streif nicht zu weit
umher. Selbst in einem freundlichen Wald kann man

sich verirren!« Als Del losging, rief Andovar hinter ihm her: »Behalte das Feuer im Blick!«

Del lächelte, denn der freundliche und ruhige Ton des Waldwächters hatte ihm ein Gefühl der Sicherheit verliehen. Er behielt tatsächlich das Feuer im Blick, obwohl er ein gutes Stück Wegs umherstreifte. Bald fand er eine Lichtung, auf die so viel Mondlicht fiel, dass man dabei hätte lesen können. Er holte das knöcherne Behältnis unter seinem Mantel hervor. Seine Augen weiteten sich und seine Hände schwitzten.

Ich sollte es nicht tun, widersprach ihm sein Gewissen.

Aber es war seiner Neugier nicht gewachsen.

Bellerian hat nicht gesagt, dass ich es nicht anschauen darf, rechtfertigte er sich in Gedanken, und bevor sein Gewissen etwas dagegen sagen konnte, nahm er den Verschluss ab und zog eine Schriftrolle heraus. Mit zitternden Fingern entrollte er langsam das Pergament.

Das Erste, was er sah, waren Skizzen eines Mannes, der verschiedene Bewegungen durchlief. »Es muss sich um eine Art Zauberspruch handeln«, flüsterte er glücklich, denn dies hatte er gehofft.

Doch seine Erregung wandelte sich in Enttäuschung, als er die Runen sah. Es war natürlich die Schrift eines Zauberers und sosehr er es auch versuchte, konnte Del keinen Sinn darin finden. Er studierte sie noch ein paar Augenblicke lang und hoffte, eine in den Runen verborgene Magie werde seine Ausdauer belohnen. Nichts geschah und so steckte er die Rolle mit einem Seufzer weg und machte sich auf den Rückweg zum Lager.

Doch dann hörte er die Musik.

Sie kam auf dem Wind durch die Bäume geweht, der klarste Glockenklang, der jemals ertönt war, die süßeste Musik, die jemals ein Mensch vernommen hatte. Sie ging Del ans Herz, zog ihn unwiderstehlich in die Sphäre ihrer Klänge und führte ihn vom Lager weg, außer Sichtweite des Feuers. Doch er achtete nicht darauf – dem Lauf dieser Harmonie zu folgen wurde zu seinem einzigen Anliegen.

Er kam zu einer Reihe von Kiefern an einem niedrigen Erdwall. Die Sängerin – nein, es war mehr als eine Sängerin, wie ihm klar wurde – war jetzt nahe, vielleicht just hinter der Kuppe. Del kroch auf dem Bauch nach oben, spähte vorsichtig um einen Baum und entdeckte, dass er am Rand eines weiten Feldes lag, das mit üppigem Gras bewachsen und an allen Seiten von dichten Kiefern gesäumt war. Zerstreute Büschel von Wildblumen verliehen der Szene einen übernatürlichen Anstrich, unwirkliche Flecken von dumpfen Farben im silbernen Mondlicht.

Doch Del bemerkte das Feld kaum, denn sein Blick war auf das Herz von Avalons Lied geheftet, auf eine betörend schöne Frau, die sorglos im Mondlicht tanzte, hoch in die Luft sprang und sanft herabschwebte. Sie trug ein wallendes schwarzes Gewand mit vielen Schichten eines hauchdünnen Stoffes, das bei jeder Drehung und jedem Sprung ihre anmutige Gestalt in einer geisterhaften Silhouette zeigte. Ein seidener Umhang schwebte wie ein Schatten hinter ihr her und betonte ihr geheimnisvolles Wesen. Ihre Haut schimmerte cremefarben und glatt wie Porzellan, dichtes Haar wehte um ihre Schultern, eine goldene Mähne von so satter Farbe, dass sie selbst im sanften Licht des Mondes unvermindert glänzte. Und ihre grünen Augen funkelten mit einem Licht, das selbst die schwärzeste Nacht durchdrungen hätte.

Geschmeidig wie eine Primaballerina tanzte sie mit ebenso ausgeprägten wie bedeutungsvollen Bewegungen, doch weniger streng und abgezirkelt, mehr im Einklang mit dem natürlichen Fließen ihres Geistes.

Del spürte ihre Freude. Er fühlte das kühle, feuchte Abendgras unter ihren nackten Füßen. Und er spürte das Wehen der Luft, als sie sich wieder in einem großen Sprung hob, an einem Mondstrahl aufstieg und sanft und zart zum irdischen Bereich der bloß Sterblichen zurückschwebte.

Del beobachtete sie verzückt, während die Minuten vergingen und die Frau unermüdlich ihren Tanz fortsetzte. Plötzlich hielt sie inne, blieb stehen und blickte mit überrascht geweiteten Augen in seine Richtung.

In diesem Licht und bei dieser Entfernung kann sie mich auf keinen Fall sehen, dachte Del. Doch ungeachtet aller Logik wusste er, das sie seine Gegenwart gespürt hatte und ihn in der Tat wahrnahm.

Vorsichtig kam die Frau über das Feld auf Del zu und blieb in einiger Entfernung stehen. Sie beugte sich vor, um ihn besser sehen zu können, und strich sich das dichte Haar aus dem Gesicht. Del sah ein grünes Funkeln in der Mitte ihrer Stirn, doch er konnte nicht erkennen, wovon es stammte.

Del überlegte, ob er davonlaufen oder einfach aufstehen und sich vorstellen sollte. Doch es war belanglos, welche Wahl auch immer er getroffen hätte, denn eine Mischung aus Scheu – fast Furcht – vor dieser geheimnisvollen Frau und aus einer tieferen Leidenschaft, die so wunderbar neu für ihn war, hielt ihn an den Boden gebannt und lähmte seine Zunge.

Die Frau betrachtete einige Sekunden lang prüfend das Gelände um Del, dann schien sie sich zu entspannen, offensichtlich befriedigt, dass er allein war. Und ihr Blick forschte tiefer. Vor ihren grünen Augen kam sich Del nackt vor. Gewiss konnte sie ihm mitten in die Seele schauen. Doch als er verlegen wurde, schien sie dies ebenfalls wahrzunehmen; sofort brach sie ihre Prüfung ab und blickte ihn entschuldigend an.

Del verlangte danach, diese Frau kennenzulernen,

die seine Gefühle so deutlich wahrnahm und darauf antwortete. Er fühlte sich geistesverwandt mit ihr und hoffte, dass sie dieses Gefühl teilte. Als reagiere sie damit auf seine stumme Hoffnung, senkte die Frau die Augen, lächelte errötend, wirbelte mit einem plötzlichen Ausbruch von Energie herum – wie ein Kind, das sich aus seiner Verlegenheit löst – und dann verschwamm ihre Gestalt unter den wallenden Schichten ihres Gewandes. Immer schneller und schneller drehte sie sich, sprang aus der Drehung heraus auf einen Mondstrahl und verschwand einfach in der Abendluft.

Del erhob sich eilends. Seine Überraschung hatte die emotionalen Fesseln zerrissen, die ihn zurückgehalten hatten. Die Gedanken wirbelten ihm im Kopf herum und verblassten angesichts des Bildes dieser Frau, das er bis ans Ende seiner Tage bei sich bewahren würde.

Als sein Kopf sich wieder klärte und er die Gegend abgesucht und sich überzeugt hatte, dass die Frau tatsächlich längst fort war, da merkte Del, dass er sich verirrt hatte. Er hatte eine Vorstellung von der allgemeinen Richtung, in der das Lager liegen musste, und so machte er sich auf den Rückweg, wobei er nach Orientierungspunkten Ausschau hielt, die seinem Gedächtnis nachhelfen und ihn richtig führen würden. Doch immer wenn er das Gefühl hatte, er käme voran und der Schein des Lagerfeuers müsse beim nächsten Schritt zu sehen sein, da erschien vor seinem geistigen Augen wieder die Vision der Frau und brachte seine Gedanken durcheinander. Bald wanderte er nur noch ziellos in der Dunkelheit umher.

Minuten wurden zu Stunden, während Del auf Irrwegen umherwanderte. Glücklicherweise führte ihn sein zufälliger Pfad im Kreis herum und nicht etwa weit weg in eine bestimmte Richtung. Im tiefen Blau kurz vor der Morgendämmerung stießen Belexus und Andovar auf ihn.

»DelGiudice!«, rief Andovar. »Hast du uns nicht rufen hören?«

Beim Klang der Stimme blickte Del sich reflexartig um, aber seine kaum geöffneten Augen nahmen die Gestalten der beiden Männer nicht wahr, die in der Nähe standen. Er nahm seinen verwirrten Rundgang wieder auf, doch Belexus sprang vor ihn, versperrte ihm den Weg und fasste ihn auf Armeslänge bei den Schultern. Del, der im Stehen fast schlief und gleichgültig allem gegenüber war, das um ihn herum geschah, leistete keinen Widerstand.

»Was ist bloß mit dem Mann los?«, fragte Andovar.

»Ich fürchte, er steht unter einem Zauberbann«, erwiderte Belexus. Er packte Del am Kinn und neigte dessen Kopf nach hinten, so dass er ihm in die Augen schauen konnte. Er fuchtelte mit der Hand vor Dels Gesicht, aber der Entrückte reagierte nicht.

»Seine Augen schauen woanders hin. DelGiudice!«, rief Belexus leise und schüttelte Del leicht.

»Es ist schon in Ordnung«, murmelte Del, »sie tut mir nichts.« Die überraschten Waldwächter schauten einander mit großen Augen an.

»Die Lady!«, flüsterte Andovar, dem fast der Atem stockte. »Kann das sein?«

Belexus zuckte verlegen die Achseln und wandte sich wieder Del zu. »DelGiudice!«, rief er, während er die glasigen Augen mit neuer Sorge musterte. Er schüttelte Del heftig. Der erste Sonnenstrahl drang durch die Baumkronen und Del öffnete plötzlich die Augen. Das Morgenlicht hatte ihn aus seiner Trance entlassen.

»Belexus«, sagte er überrascht, als er das besorgte Gesicht so dicht vor sich sah. »Ist es schon Zeit zu gehen?«

Andovar beeilte sich, etwas zu sagen, aber Belexus gebot ihm mit einer Geste zu schweigen.

»Hast du gut geschlafen?«, fragte der Waldwächter.

»Wunderbar!«, erwiderte Del. »Wer schliefe denn hier nicht gut?« Doch dann runzelte er verwirrt die Stirn. Am Rande seines Bewusstseins liefen flüchtige Bilder dahin. »Ich hatte einen seltsamen Traum... glaube ich.« Weitere flüchtige Visionen der Tänzerin blitzten in seinem Hinterkopf auf, entzogen sich jedoch dem Zugriff seines Bewusstseins.

Sosehr er es auch versuchte, er bekam sie nicht zu fassen.

»Ich kann mich nicht erinnern«, murmelte er mit einem enttäuschten Achselzucken.

Wieder blickten die beiden Waldwächter einander an.

»Wo sind die anderen?«, fragte Del und wurde noch verwirrter, als er sich in der unbekannten Umgebung umblickte. »Und die Pferde?«

Belexus zeigte in Richtung des Lagers.

Del beschloss, später nach einer Antwort zu suchen; diese kleinen Ungereimtheiten schienen kaum wichtig zu sein, denn im Augenblick meldete sich ein dringenderes Bedürfnis. »Dann gehen wir«, sagte er und tat die ersten Schritte. »Ich bin am Verhungern!«

»Bei den Colonnae, Belexus, er hat sie gesehen«, sagte Andovar leise.

»Dann scheint auf diesen Mann gewiss ein Licht des Segens«, erwiderte Belexus. »Er ist in der Tat ein glücklicher Mensch.«

Als die drei zum Lager zurückkehrten, waren die anderen schon wach. Billy und Reinheiser ließen sich zum Frühstück nieder, während Mitchell ein Stück entfernt vor einem Baum schmollte. Wieder fragte sich Del, warum er nicht im Lager aufgewacht war. Aber er machte sich darüber keine großen Gedanken, zumindest solange sein leerer Magen sich ungeduldig meldete.

Sie nahmen ein herzhaftes Frühstück ein und waren bald wieder unterwegs. Bilder aus der zurückliegenden Nacht huschten durch Dels Kopf, quälend nahe und doch ungreifbar.

Sie ritten über ebenen Boden und nahmen dabei Rücksicht auf Mitchell, dessen Pferd sich noch immer weigerte, ihn zu tragen. Alles in allem schien es ein angenehmer und ruhiger Morgen zu sein und sie erfreuten sich an den Lauten und Farben des Waldes und der milden Brise eines weiteren vollkommenen Frühlingstages. Düfte neu aufgeblühter Blumen mischten ihr süßes Aroma mit dem Reichtum natürlicher Gerüche in der reinen Luft.

Der Pfad schlängelte sich voran und bald gelangten sie zu einem grasbewachsenen weiten Feld, das von dicht stehenden Kiefern gesäumt war. Sofort kehrten Dels Visionen zurück und die Ereignisse der vorangegangenen Nacht klärten sich. Er lenkte sein Pferd geschwind zwischen die beiden Waldwächter.

»Dieses Feld«, stammelte er, »es kam in meinem Traum vor! Ich bin hierher gekommen.« Er zeigte auf die kleine Erhebung an der einen Seite, wo er die Nacht zuvor gelegen hatte. »Dort drüben. Und diese wunderschöne Frau…« Er verstummte hilflos, mit offenem Mund und geweiteten Augen, als ihm jetzt alles klar wurde. »Es war kein Traum«, erklärte er und schaute die Waldwächter nach einer Erklärung heischend an.

»Die Lady«, sagte Andovar mit einem Funkeln in den Augen. »Erzähl mir von der Lady.«

»Sie ist schön«, antwortete Del. »Goldenes Haar und grüne Augen.« Er schloss die Augen, um sich auf das Bild zu konzentrieren. »Und sie hatte hier etwas.« Er deutete sich auf die Stirn. »Es schimmerte grün im Mondlicht.«

»Ein Smaragd«, erklärte Belexus. »Das Juwel ist ihr Merkmal, denn sie ist die Smaragd-Zauberin.«

»Dann ist es wahr?«, hauchte Del. »Es gibt wirklich eine solche Person?«

»Es heißt, sie kann für jeden Mann das sein, was er sich am meisten von einer Frau wünscht«, sagte Andovar. »Du bist einer der wenigen, die sie gesehen haben.«

»Hast du sie schon gesehen?«

»Ich nicht.«

»Ich auch nicht«, fügte Belexus hinzu, »aber mein Vater kennt sie gut.«

»Gestern nannte ich dich glücklich, und gewiss bist du das«, sagte Andovar. »Tief in meinem Herzen hoffe ich, dass ich die Schönheit der Zauberin des Waldes sehen darf, bevor für mich die Zeit kommt, diese Welt zu verlassen.«

Den Rest des Morgens schwebte Del in einer glücklichen Verzückung; der Wald erschien ihm jetzt noch schöner, nachdem die Erinnerung an die Zauberin deutlich in seinem Geist nachklang. Mehr als einmal stellte er sich vor, er sähe sie, wie sie hinter einen Baumstamm glitt oder in fernen Schatten tanzte. Dies hier war ihr Reich, eine Spiegelung ihrer Schönheit und ihre magische Gegenwart durchdrang das Wesen des Waldes.

Doch als der Morgen verstrich, erkannte er mit Bedauern, dass sie sich dem Ende von Avalon näherten. Unmittelbar im Süden und Osten erhoben sich Felssporne der hochragenden Kristallberge über die Bäume.

Dann verschwanden die Berge aus ihrem Blick, als sie auf einen Hain dicht stehender Eichen trafen, dessen baldachinartiges Blätterdach nur wenig Sonne durchließ. Das Dämmerlicht bereitete ihnen allerdings keine Mühe, denn hier wurde die gerade Straße breit und deutlich sichtbar, stieg einen Hang hinan und schnitt sich durch undurchdringliche Mauern aus Eichen und Ulmen, die einen grünbraunen Tunnel um den Weg bildeten.

Ein Lichtfleck zeigte das andere Ende des Tunnels an und wurde immer größer, während sie sich ihm näherten. Noch eher, als Del erwartet hatte, gelangten sie zum jähen Ende von Avalon. Jenseits der Bäume lag ein grasbedecktes Feld und in der Ferne eine Bergwand aus grauem Fels.

Nur wenige Meter von dem Ausgang entfernt, immer noch im schützenden Schatten der Bäume, wendete Belexus sein Pferd. »Wir Waldwächter gehen nicht weiter als bis hierher«, erklärte er. »Auch eure Pferde haben das Ende ihres Weges erreicht.«

»Aber Bellerian sagte, ihr brächtet uns nach Illuma«, wandte Billy ein.

»Das haben wir auch getan«, erwiderte Belexus, »denn jenseits des Waldes, am nördlichen Ende des Feldes, das Bergtor heißt, liegt der Eingang zum Silbernen Reich. Dort werdet ihr nach den Worten von Fürst Calae eure Bestimmung finden.«

Del wollte den Wald nicht verlassen. Seit den Hallen der Colonnae war er der Straße freudig gefolgt und hatte sich von ihr führen lassen, wohin sie ihn lenkte, und an jeder Biegung hatte er nach Abenteuern Ausschau gehalten. Doch jetzt führte ihn die Straße weg von dem Ort, an dem er am liebsten bleiben wollte.

Billy, der Dels Kummer bemerkte, stieg schnell vom Pferd und trat zu seinem Freund, um ihm beizustehen. Er hatte Mitempfinden für Del, denn ihm war klar, dass auch er – unter anderen Umständen – sich der Verzauberung durch den heilsamen Wald ergeben hätte.

Er führte Del langsam weg und ermöglichte es ihm, die letzte Sekunde zu genießen. Als sie an den Waldwächtern vorbeikamen, hielt Del inne und schaute Belexus an.

»Wie kann ich den Wald verlassen?«, fragte er, hin und her gerissen zwischen seinem Verlangen und seiner Verantwortung.

Belexus verstand die Qual, die in Dels Augen zu lesen war.

»Du hast mein Mitgefühl, mein Freund«, erwiderte er. »Auf der Straße des Lebens gibt es viel Kummer, doch oft ist die Trauer des Abschieds am überraschendsten und am schmerzlichsten. Doch du musst gehen. Nach den Worten Calaes ist Lochsilinilume dein Ziel und das Land deiner Bestimmung.«

In diesem Augenblick erschien Del kein Grund, den Wald zu verlassen, gut genug, aber er ging traurig weiter und schwor sich insgeheim, dass er bald nach Avalon zurückkehren und die geheimnisvolle Zauberin aufsuchen würde.

Mitchell und Reinheiser kamen als nächste, und ihre Gangart unterschied sich beträchtlich von den zögernden Schritten von Del und Billy. Es war deutlich zu sehen, dass diese beiden bestrebt waren, so rasch wie möglich voranzukommen und ihre Motive waren nicht schwer zu erkennen: Reinheiser wollte sehen, was als nächstes geschähe und Mitchell wollte sich von den Waldwächtern entfernen, damit er wieder Herr der Lage wäre.

Andovar versperrte ihnen mit seinem Pferd den Weg. »Beachte meine Warnung, Mitchell«, sagte er grimmig. »Solltest du DelGiudice in irgendeiner Weise verletzen, dann wird Andovars Schwert dir den Kopf vom Hals trennen!«

»Und alle Waldwächter werden dich zur Strecke bringen«, fügte Belexus hinzu. »Und zu deinem Entsetzen werden größere Mächte, die in ihrem Zorn schrecklicher sind als alles, was dir bisher begegnete, ein Stück deiner eigensinnigen Haut fordern!«

Mitchell wich Andovars Pferd aus und ging weiter.

Er tat so, als beachtete er die Waldwächter überhaupt nicht. Er hörte jedoch ihre Worte und merkte sie sich gut.

»Martin«, sagte er zu dem Physiker, als sie außer Hörweite der Waldwächter waren, aber Del und Billy noch nicht eingeholt hatten, »mit Ihnen an der Seite wird mir eines Tages diese Welt gehören. Dann werde ich es diesen Waldwächtern zurückzahlen – und besonders diesem verdammten DelGiudice.«

»Wenn Sie planen, diese Welt zu beherrschen, Kapitän, dann gehen Sie die Sache ganz falsch an«, erwiderte Reinheiser. »Sie zeigen einigen sehr mächtigen Gegnern offen Ihre Feindschaft, obwohl es doch zu Ihren Absichten besser passen würde, deren Zutrauen zu gewinnen.«

Mitchell erwog Reinheisers Worte, doch abgesehen von einem nachdenklichen Knurren blieb er stumm.

Die vier Männer traten aus dem Schatten von Avalon in eine helle Mittagssonne. Sie befanden sich am Rande eines ebenen grünen Feldes, das sich etwa vierhundert Meter nach Süden zu einer Berggruppe erstreckte und etwa das Doppelte dieser Entfernung nach Norden, wo die Hauptgipfel der Kristallberge dalagen wie schlafende Riesen, die sorglos ruhten, denn sie vertrauten auf ihre Unüberwindbarkeit. Das Feld war kaum zweihundert Meter breit, nach Westen hin begrenzt von einem Felssims, der eine Aussicht auf Blackemara gewährte und von den Ausläufern der nördlichen Berge bis zur Waldfläche von Avalon verlief. Ein hoch aufragender Felssporn säumte die östliche Seite des Feldes; er endete jäh unmittelbar südlich der Stelle, wo die Männer standen. Das Feld lief um die südlichen Berge herum und mündete in einer hügligen Ebene im Südosten.

Die Männer gingen langsam nach Norden und näherten sich einer hohen Mauer aus Bäumen und Felsen. In der Mitte dieser eindrucksvollen Barriere standen zwei Bäume, die Ulmen ähnelten, aber eine silberfarbene Rinde und wolkenweiße Blätter trugen. Sie neigten sich aufeinander zu, ihre Zweige waren so dicht miteinander verwoben, dass sie wie ein Baum wirkten, und so bildeten sie einen überwölbten Eingang zu dem einsamen Weg bergauf.

KAPITEL 13

Die Stadt im Gebirge

»Jetzt bin ich dran«, flüsterte Del Billy zu, als er sah, dass Mitchell und Reinheiser sie beinahe eingeholt hatten.

Aber der Kapitän dachte immer noch über Reinheisers Rat nach und er wusste, dass Belexus und Andovar sie wahrscheinlich aus dem Schatten von Avalon beobachteten. Er wollte den Zorn der mächtigen Waldwächter nicht hervorrufen – noch nicht.

»Jetzt übernehme *ich* wieder die Leitung«, verkündete Mitchell, als er an Del und Billy vorbeiging. »Und wenn wir jemandem begegnen, dann spreche *ich* mit ihm.« Zu erleichtert, um sich über die stillschweigenden Folgerungen aus Mitchells Befehl Gedanken zu machen, ließ Del ihm die Worte durchgehen, ohne zu widersprechen.

Als sie sich dem silbernen Torbogen näherten, merkten es alle, dass an diesen Bäumen etwas Besonderes war, so als strömten sie eine magische Aura aus, eine märchenhafte Stimmung glücklicher Träume aus der Kinderzeit. Aus dem Gang der Männer wich sichtlich die Spannung, mit jedem Schritt, den sie in Richtung der wundersamen Zweige taten, lockerten sich angespannte Muskeln und als sie in den Schatten der weißen Blätter traten, drang ein unsinniger, doch unschuldig freudiger Gesang an ihre Ohren. Er erschien so passend, dass sie ihn kaum bemerkten und es verging eine Weile, bis ihnen klar wurde, dass sie nicht allein waren. Sie spähten mit erneuter Vorsicht den ansteigenden Pfad hinauf, aber die kontrastierenden Flecken von Schatten und Sonnenlicht ließen alles verschwimmen, was mehr als ein paar Meter entfernt war.

»Glaubt ihr, sie wissen, dass wir hier sind?« fragte Billy.

Der Gesang verstummte.

»Sie wissen es«, antwortete Reinheiser.

Mitchell schlüpfte beiseite in der Hoffnung, er könne sich in der Umgebung verstecken und so einen besseren Blinkwinkel finden. Doch kaum hatte er sich in Bewegung gesetzt, da zischte nur wenige Zentimeter von seinem Kopf entfernt ein Pfeil in einen Baum.

»Bei eurem Leben, haltet an und sagt, wer ihr seid!«, ertönte ein Befehl – mit der Stimme einer jungen Frau oder vielleicht sogar der eines Knaben und sie klang gewiss nicht bedrohlich. Doch der Pfeil war einige Zentimeter tief in den Baum gedrungen. Die Männer erstarrten.

»Werft eure Waffen vor euch auf den Boden«, befahl die Stimme. Billy und Del schauten einander an. Beide waren durchaus bereit, ihre Schwerter herzugeben, da sie ja nicht wirklich wussten, wie sie sie hätten benutzen sollen, doch sie erwarteten eine gewalttätige Konfrontation. Schließlich würde Mitchell sicher nicht so ohne weiteres einer Stimme gehorchen, die so wenig nach Bedrohung klang.

Tatsächlich verlangte es den Kapitän nach einem Kampf. Als der Befehl ertönte, die Waffen wegzuwerfen, war seine erste Reaktion, dass er das Heft seines Schwertes packte. Doch dann erinnerte er sich an Reinheisers Rat. Er schaute den Physiker an. Reinheiser nickte in Richtung zum Boden. Zu Billys und Dels größter Überraschung zog Mitchell sein Schwert und warf es von sich.

»Los, los!«, knurrte er die Männer an, die ihn erstaunt anstarrten. Doch sie brauchten keinen Ansporn und schon fielen ihre Schwerter zu Boden.

Eine schlanke, in eine kurze braune Tunika gekleidete Gestalt trat hinter einem Baum hervor und sprang den Pfad herab auf die Schwerter zu. Schimmerndes blondes Haar, kurz und gerade geschnitten, schwang bei jedem Sprung über die spitzen Ohren. Der Fremde schien dreizehn, vierzehn Jahre alt zu sein, kleiner als ein Mann und nicht annähernd so schwer. Sein Gesicht war knochig, doch sehr schön; die Nase war gerade und dünn, aber nicht scharf, schräge Brauen betonten die Augen. Diese wunderbaren Augen – groß und rund und blau, von so satter Farbe, dass sie fast schwarz erschienen – verrieten Del, dass es sich hier um kein Kind handelte. Obwohl sie oberflächlich die ungetrübte Freude der Jugend widerspiegelten, waren diese Augen keineswegs kindlich, in ihren Tiefen offenbarten sie für Dels empfindsam prüfenden Blick einen Schmerz, der sich aus den Erfahrungen vieler, vieler Jahre angesammelt hatte.

Die Haut des Jungen schimmerte mit einem Anflug von Goldbraun, aber Del erkannte deutlich, dass dieses Wesen in seinem Leben noch nicht viel Sonne gesehen hatte. Ein ›Nachttänzer‹, vermutete Del mit einem verstohlenen Lächeln, und ihm wurde klar, dass es das Funkeln der Sterne und nicht der Sonnenschein war, das das Haar des Jungen zum Schimmern brachte.

»Wer… was zum Teufel ist der?« Mitchell zuckte zurück, als der anmutige Illumaner mit langen, geschmeidigen Fingern ihre Schwerter aufsammelte und wieder den Pfad hinaufgehen wollte.

»Das ist ein Elf«, erklärte Del, doch sein Lächeln verschwand, als der Illumaner verdutzt stehen blieb, sich umdrehte und die Männer anschaute. Überraschtes Geflüster drang aus jedem nur vorstellbaren Versteck nahe dem Pfad.

»Welchen Namen hast du mir angehängt?«, wollte der Illumaner mit fast kreischender Stimme wissen. Er ging auf Del zu, die Hand fest um den Knauf seines in der Scheide steckenden Schwertes gelegt.

»Ich glaube, jetzt hast du es verdorben«, flüsterte Billy Del zu.

Del räusperte sich und antwortete dem plötzlich bedrohlich wirkenden Illumaner: »Ein... Elf.«

Wieder zischte es flüsternd von allen Seiten.

»Mit welchem Recht wagst du es, dieses Wort auszusprechen?«, fragte der Illumaner. In seiner Stimme mischten sich Ärger und Verwirrung.

Schnell mischte sich Martin Reinheiser ein. »So würden wir dich in unserem Land nennen«, erklärte er. »Gewiss war dieses Wort nicht als Beleidigung gemeint.«

»Und welches Land ist euer Land?«, fragte der Illumaner etwas weniger scharf. »Talons seid ihr nicht, zu eurem Glück, denn wenn ihr auch nur eine Spur jener verfluchten Brut an euch hättet, dann hätte euch auf der Stelle, wo ihr steht, ein Pfeil niedergestreckt. Doch ihr scheint auch keine Calvaner zu sein. Welche Wesen seid ihr?«

»Wir sind Menschen«, erwiderte Reinheiser. »Menschen von jenseits der Grenzen der Zeit.« Er legte großes Gewicht auf das Wort ›Zeit‹ und suchte im Gesicht des Illumaners nach einer Reaktion, wobei er damit rechnete, dass diese Leute mit der gleichen Überlieferung vertraut waren, die das Verhalten der Waldwächter seiner Gruppe gegenüber geleitet hatte. Aus dem überraschten Ausdruck der Augen, die ihn anstarrten, schloss Reinheiser, dass seine Vermutung zutraf.

»Ja«, fuhr er atemlos in bedeutsamem Ton fort und beschloss, die Dinge offen beim Namen zu nennen, um die Reaktion des Illumaners ganz auszuloten. »Wir sind Männer aus einer anderen Welt, einer älteren Welt. Die Uralten sind zurückgekehrt!«

»*Bey-ane cairnliss Colonnae!*«, rief der Illumaner in der Sprache der Zauberer. Seine zitternden Hände konnten die Schwerter nicht mehr halten, während er Zuflucht suchend den Pfad hinaufstolperte. Diesmal klang der Flüsterchor mehr nach einem Laut des Erschreckens. Del stellte sich vor, wie Dutzende von Pfeilen an gespannten Bögen auf ihn und seine Gefährten zielten.

Aber die Geräusche verstummten und bald erschien der Illumaner wieder, begleitet von einem schönen Elfenmädchen. Es hatte dieselbe Statur und Hautfärbung wie er und war ähnlich gekleidet, aber das Haar war so dunkel, wie das des Mannes hell war. Das Schwarz der langen Locken wirkte nicht leer wie die Finsternis, sondern schimmerte, als wäre jede andere Farbe überreichlich hineingemischt. In erstaunlichem Gegensatz zu der rabenschwarzen Haarpracht waren die Augen des Elfenmädchens von einem strahlenden Blau.

Die beiden näherten sich vorsichtig den Männern, offensichtlich so verunsichert wie diese.

»Ich bin Erinel«, sagte der Elf, »und dies ist…«

»Ich bin Sylvia«, unterbrach ihn das Mädchen, »Tochter von Arien Silberblatt, dem Eldar von Lochsilinilume.«

»Dann ist dies eine glückliche Begegnung!«, rief Mitchell überfreundlich-enthusiastisch aus.

Sylvia zog eine Augenbraue hoch.

»Wir sind gekommen, deinen Vater zu besuchen«, erklärte Reinheiser schnell.

Sylvia trat einen Schritt zurück und betrachtete die Männer prüfend. Sie dachte das Gleiche wie Belexus, als er diese Menschen aus einer anderen Welt zum ersten Mal gesehen hatte. Auch sie kannte die Geschichten, aber sie war vorsichtig, denn die möglichen Folgen ihrer Entscheidung konnten sich als viel ernster erweisen. Illuma war eine geheime Zuflucht, vor mächtigen Feinden verborgen, und Ungden der Usurpator würde jeden königlich belohnen, der die Lage der Silbernen Stadt entdeckte. Am Ende überzeugte Billy Shanks schwarze Haut Sylvia, dass diese Männer nicht aus ihrer Welt kamen, und sie beschloss, den schwachen Schimmer von Hoffnung zu ergreifen, der in ihrem bedrückten Herzen aufblitzte.

»Wenn ihr wirklich die Männer seid, von denen unsere Sagen erzählen, dann wird mein Vater euch tatsächlich eine Audienz gewähren.«

»Dann führe uns weiter«, sagte Mitchell und tat einen Schritt den Pfad hinauf.

»Halt«, befahl Erinel und wandte sich Sylvia zu. »Ich werde deine Entscheidung in dieser Sache respektieren. Doch wir müssen auch die Gesetze unseres Landes beachten. Du weißt so gut wie ich, dass es jedem Menschen verboten ist, die Pfade zur Stadt zu sehen.«

Sie gab ihm mit einem Nicken nach, dann erklärte sie den Männern: »Wir müssen euch die Augen verbinden.«

»Kein Problem«, stimmte Mitchell sofort zu.

Wieder wechselten Del und Billy ungläubige Blicke.

Sobald die Augenbinden angelegt waren, hörten die Männer das Geräusch vieler leichter Schritte und geflüstertes Geplauder um sie herum. Sylvia gab einige Anweisungen, und der Trupp machte sich auf den Weg.

Viele Wurzeln und Steine querten den Pfad und die blinden Männer stolperten beständig, obwohl sich ihre Begleiter ernstlich bemühten, sie vorsichtig zu führen. Reinheiser hatte allerdings weniger Schwierigkeiten, denn er maß alle seine Schritte gleichmäßig und bedachtsam ab und übertrieb seine Bewegungen, wenn er sich während des Gehens hierhin und dorthin wandte, sodass sie einem rechten Winkel ziemlich nahe kamen. Die Illumaner hielten den Mann für verrückt, aber Reinheisers Verrücktheit hatte tatsächlich Methode.

Eine Stunde später hatte das Hinaufsteigen ein Ende, und sie begannen sich waagrecht über die Bergwand zu bewegen. Plötzlich wurde es ihnen noch schwärzer vor den Augen und die kühle Bergbrise hörte unvermittelt auf.

»Wir sind in einer Höhle«, bemerkte Reinheiser.

»In einem Tunnel«, korrigierte ihn Erinel. »Ihr werdet merken, dass der Boden hier glatter ist.«

»Bitte!«, rief Reinheiser in plötzlichem Schrecken aus. »Keine Höhlen!«

Del spitzte überrascht die Ohren. Er hatte den Verdacht, dass der Physiker etwas vorhatte. Ein Mann von Reinheisers Geisteshaltung würde sich niemals eine solche irrationale Angst gestatten und der übertrieben verzweifelte Ton des Physikers vermittelte Del den deutlichen Eindruck, dass er log.

»Dürfte ich mich in der Nähe einer Wand bewegen?«, bettelte Reinheiser. »Wo ich mich an etwas festhalten kann?«

Bei diesem offenkundigen Täuschungsmanöver zuckte Del zusammen, aber da er die Motive nicht kannte, die dahinter standen, sagte er nichts.

»Ich verstehe nicht«, sagte Erinel. »Warum …«

»Bitte!«, kreischte Reinheiser, als er den Unterton von Schuld in der Stimme seines mitfühlenden Führers wahrnahm. Der Physiker lächelte insgeheim, denn ihm war jetzt klar, dass er mit diesen weichen Herzen so leicht spielen konnte, als wären sie seine Marionetten. »Ich habe Angst vor Höhlen!«

»Ja, ja«, stimmte ihm Erinel zu und versuchte den erregten Mann zu beruhigen. Er nahm Reinheiser an der Hand und führte ihn die paar Schritte zur Wand des Tunnels. »Ich werde neben dir bleiben«, versicherte er Reinheiser, »aber gib acht, wenn ein Seitengang abzweigt.«

Das ist es ja gerade, dachte der Physiker und unterdrückte ein Glucksen. Auf Seitengänge Acht geben! Jetzt war er dankbar für die Kapuze, die sein verschlagenes Grinsen verbarg. Der Teufel soll diese freundlichen, einfachen Leute holen, dachte er bei sich.

Eine gute Weile später verließen sie das gewundene Tunnellabyrinth. Eine kühle Spätnachmittagsbrise begrüßte sie. Sylvia ließ die Gruppe anhalten und sagte den Männern, sie könnten ihre Augenbinden abnehmen. Sie taten es begierig und schauten auf ein weiteres Wunder dieser seltsamen neuen Welt.

Sie befanden sich am Westrand eines Tals und vor ihnen lag, ausgerollt wie ein Teppich aus magischen Träumen, die verborgene Zuflucht von Illuma. Del blickte mit funkelnden Augen staunend auf die Stadt des Silbernen Reiches, denn dieser Ort war so gewiss von Zaubersprüchen durchwoben wie das Smaragd-Gemach – und das in einem noch größeren Maßstab. Sicher war dies kein gewöhnliches Tal; die Berghänge waren nackter grauer Fels und Schiefer und bildeten einen krassen Gegensatz zu dem bunten Talgrund, der vor Leben überfloss. Blaugrünes Gras wogte in der Bergbrise, und die ›Telvensil‹, wie Slyvia die ulmenähnlichen silbrigen Bäume nannte, schwankten sanft bei jedem Windstoß, ohne zu knarren oder zu stöhnen. Die meisten der Bäume ragten höher auf als die beiden, die den Eingang zu Bergtor bildeten, und ihre Äste erstreckten sich weiter und inmitten dieser mächtigen Äste waren im Schutz ihrer weißen Blätter viele Häuser gebaut worden. Sie schienen die Erhabenheit der Telvensils nicht zu stören, eher wirkten sie, als seien sie natürliche Erweiterungen des Baums, als ob der Baum bei ihrer Entstehung geholfen hätte.

Die auf dem Boden verstreuten Behausungen waren aus Stein, mit Sorgfalt zu kunstvollen Bauten gestaltet, die keinen festen Mustern folgten, aber eine geistige Übereinstimmung aufwiesen. Glitzernd mit Streifen und Wirbeln aus blitzendem Silber und aus Juwelen und durchbrochen von zahlreichen Fenstern, wirkten diese heiteren Wohnstätten mehr wie eine Schöpfung der Liebe als das Ergebnis von Arbeit.

Und so wirkte auch das Tal, das sie umgab. Es war von drei hochragenden, mit Glimmer überzogenen Bergwänden umschlossen und die vierte Seite, direkt gegenüber dem Standort der Reisenden, ging in eine breite Schlucht über, die tiefer in die Bergkette einschnitt und einen endlosen Blick auf majestätische Berge bot. Einige der fernen Gipfel lagen kalt in den langen Schatten des späten Nachmittags, während andere ihre Häupter über die sich sammelnde Dunkelheit erhoben, um die letzten wärmenden Sonnenstrahlen einzufangen. Wolkenbänder und aufsteigende Nebel trieben in mystischer Gelassenheit dahin, fügten der Szenerie einen Hauch von Übernatürlichkeit, fast Heiligkeit hinzu und weckten tiefe Gedanken über die unergründlichen Geheimnisse des Himmels. Wie abgeschieden von der lärmenden Existenz der Menschen diesen unbesiegbaren und schweigenden Kristallberge doch emporragten!

Gesang drang aus dem Tal herauf, dieselbe unschuldige Melodie, die die Männer gehört hatten, als sie am Eingang von Bergtor angelangt waren. Angesichts dieses seltsamen und wunderbaren Anblicks empfand Del den Namen Illuma als unpassend. Er bevorzugte den Namen, den Bellerian gebraucht hatte: Lochsilinilume. Mit seinem elfenhaften Klang und Rhythmus zauberte das Wort Bilder von Feenländern und Sagen hervor.

Sylvia führte sie in die Stadt hinab, vorbei an den

neugierigen Blicken und dem kichernden Geflüster der erstaunten Elfen.

Selten waren jemals Besucher nach Illuma gekommen und seit Ungden der Usurpator sich den Thron von Calva angeeignet hatte, hatte niemand mehr die Silberne Stadt besucht. Und natürlich war Billy mit seiner dunklen Haut ein völlig neuer Anblick für die Elfen.

Sie schritten durch die Stadt und näherten sich der Mündung der Schlucht, wo das größte Gebäude von allen stand, von enormer Höhe und unglaublicher Bauart. Sein Dach war nach allen Seiten abgeschrägt und mit zahlreichen Schornsteinen besetzt, aus denen träger Rauch aufstieg. Überall ragten Türme und Türmchen empor, die vielleicht keinen anderen Zweck hatten, als die tiefziehenden Wolken einzufangen. Fenster, große und kleine, öffneten sich weit in allen Mauern, um den Sonnenschein, den atemberaubenden Ausblick und die Düfte der Millionen Blumen hereinzuholen, die auf dem Gelände blühten. Balkone und Terrassen mit elfenbeinfarbenen Geländern zogen sich über die Fassaden.

Die Flügel der riesigen Vordertür waren mit Schnitzereien verziert und mit Blattgold belegt und ihren wuchtigen Ausmaßen nach von enormer Schwere. Doch sie waren so vollendet gefertigt und ausbalanciert, dass Sylvia sie leicht und mühelos öffnen konnte.

Leicht und lautlos, in einem Schweigen, das den ehrwürdigen Hallen in diesem Bauwerk entsprach. Selbst Del, der dieses Tal als einen Ort des Glücks wahrgenommen hatte, war sprachlos, als sie den Palast des Eldar betraten. Stumm schritten alle durch die Tür, unter deren reichgeschmückten großen Bogen sie sich klein vorkamen. Doch als sie drinnen waren, erkannten sie, dass es sich auch um ein gemütliches Haus handelte, um einen Ort, dem Tanz und Fröhlichkeit nicht fremd waren. Ein Haus der Kunst, nicht zu vergleichen mit einem Museum, das Kunstwerke beherbergte, sondern ein Meisterwerk in sich selbst, wo jede einzelne Arbeit als Element zur gesamten Anlage beitrug.

Jeder Raum enthielt seine eigene große Feuerstelle, die Wärme auch in den kältesten Winternächten des Gebirges versprach und jeder Ofen war dabei in seinem eisernen Gitterwerk und der Zusammensetzung der Steine so verschieden wie die Elfen, die ihn geschaffen hatten. Mosaiken mit verschlungenen Mustern bedeckten die Böden, fein gewobene Tapisserien säumten die Wände und schilderten Szenen von Festmählern und Feiern im Lichte des Vollmonds. Die jungen Frauen, die darauf dargestellt waren, trugen schöne Gewänder, die Männer wallende Roben; doch wie alles in diesem Haus fanden die prächtigen Kleider einen Ausgleich in einer bequemen Zwanglosigkeit und in einem allgegenwärtigen Gefühl der Individualität und der Lebensbejahung.

Die Gruppe durchquerte einige Gemächer und einen langen Korridor, der in eine schmale Halle führte, die ganz anders war als alle anderen Räume. Repräsentativ und stilvoll, zeigte sie sich als Ort ernster Debatten, eine Ratshalle für wichtige Entscheidungen.

An der Stirnseite saß auf einem aus Telvensil geschnitzten Thron ein sehr großer Illumaner, der ein hellgrünes Gewand mit silbernen Borten trug. Eine Krone aus weißen Blättern schmückte sein Haupt und brachte sein schwarzes Haar noch eindrucksvoller zur Geltung als Sylvias Haar. Sein wohlgeformtes Gesicht zeigte einen entschlossenen Ausdruck und trotz seiner entspannten Haltung trug er den Kopf hoch. An seiner Seite stand ein Elf, der gewöhnlicher aussah. Mit ihm hatte er anscheinend gerade disputiert, als sich die große Tür öffnete.

»*Sildarren aht theol baisraquin!*«, rief der Illumaner, der neben dem Thron stand. Offensichtlich war er verärgert über die Störung. Doch die zweite Protestsalve blieb ihm im Hals stecken und aus seinem Gesicht wich vor Schrecken das Blut, als ihm klar wurde, dass die Leute, die Sylvia begleiteten, nicht Illumaner waren, sondern Menschen.

Der Elf auf dem Thron fuhr überrascht auf, fand aber schnell seine Fassung wieder und blickte Sylvia fragend an.

»Vater, ich bringe vier Reisende aus der Ferne, die von dir eine Audienz erbitten«, erklärte das Mädchen.

»In diesen Zeiten Menschen in die Silberne Stadt zu bringen!«, rief der stehende Illumaner. Er deutete drohend auf Sylvia und seine Finger zitterten dabei vor Empörung. »Du hast uns verraten!«

»Sie haben bereitwillig ihre Schwerter herausgegeben«, gab Sylvia zurück. Ihr Gesicht rötete sich vor Ärger und die Blicke, die beide austauschten, machten allen Anwesenden klar, dass die wechselseitige Abneigung tief war.

»Du erinnerst dich also nicht mehr an die Gesetze, Lady Sylvia?«, entgegnete er sarkastisch.

»Genug, Ryell«, forderte ihn der sitzende Illumaner beiläufig auf. Offensichtlich war er nur allzu sehr an die Streitereien dieser beiden gewöhnt.

»Hast du die Gesetze vergessen?«, redete Ryell weiter, ohne auf den anderen zu achten.

»Und erinnerst du dich nicht mehr an die Geschichten?«, schalt ihn der Elf auf dem Thron und war plötzlich gespannt wie ein schussbereiter Bogen. Er hatte die Worte nicht laut gerufen, aber seine klare Stimme gebot über Macht, ihr Nachdruck durchbrach die verbissene Konfrontation zwischen Sylvia und Ryell und veranlasste sie, sich wieder dem Sprecher zuzuwenden. Sofort entspannte er sich wieder auf seinem Thron. »Diese Menschen sind etwas Besonderes, so glaube ich«, sagte er, um seinen verärgerten Gefährten zu beschwichtigen.

»Sie sind Menschen«, versetzte Ryell und seine Worte klangen gehässig. »Das allein macht sie schon zu Feinden von Illuma. Du hältst dich zu sehr an alte Geschichten, Arien, wenn es um Antworten auf die Schwierigkeiten geht, denen wir uns gegenüber sehen.«

Er wandte sich wieder Sylvia zu. »Du hast sie natürlich durchsucht«, stellte er nüchtern fest, doch sein trockener Ton klang sarkastisch.

»Sie haben sich bereitwillig ergeben«, stotterte Sylvia.

»Durchsucht sie!«, brüllte Ryell. Anscheinend war er ein Mann von gewisser Bedeutung, denn einige Elfen traten auf die Männer zu.

In Del kam Panik auf, als er sich an die Schriftrolle in seinem Mantel erinnerte. Er blickte Arien in die Augen und erbat sich stumm einen Aufschub der Durchsuchung.

Der achtsame Elfenherrscher fing die verzweifelte Bitte in Dels Blick auf.

»Nein!«, befahl Arien und gebot sofort Einhalt. »Sie haben uns vertraut, und wir werden ihr Vertrauen nicht mit Mißtrauen vergelten.«

»Sei kein Narr!«, schrie Ryell. »Sie sind Menschen! Nach dem Gesetz, das du mit eigener Hand geschrieben hast, sollten sie schon allein dafür eingekerkert werden!«

Arien Silberblatt zuckte nicht mit der Wimper und blieb fest.

»Mit deinem Vertrauen gegenüber den Menschen bringst du uns allen noch den Untergang!«, rief Ryell, doch dann entspannte sich sein Gesicht, als sei eine Erleuchtung über ihn gekommen. »Aber schließlich«, fuhr er allzu ruhig fort, »waren deine Eltern die Kinder von Menschen, nicht wahr? Damals in Caer Tuatha, als das Land noch jung war.«

»Ich würde meine Worte sorgfältiger wählen, wenn ich du wäre, Ryell«, riet ihm Arien ruhig. Eine plötzliche berechnende Kälte in seiner Selbstbeherrschung verriet, dass diese Warnung mehr war als nur eine müßige Drohung.

Ryell erkannte verunsichert, dass er zu weit gegangen war. Er zog sich von dem Eldar zurück, warf die Hände hilflos in die Höhe und schritt zum Ausgang. »Komm, Erinel«, sagte er, als er an den Ankömmlingen vorüberstürmte.

»Aber Onkel…«, protestierte Erinel.

»Komm!«, befahl Ryell, taub für Widerspruch. Erinel hatte keine Wahl, als ihm zu folgen.

»Ach, Vater, warum behältst du ihn an deiner Seite?«, fragte Sylvia, als die beiden gegangen waren. »Er widerspricht ständig und ist so eigensinnig!«

»Ryell hegt einen alten Groll, aber er ist nicht böse«, erwiderte Arien. Die Spannung war aus seinem Gesicht gewichen, auf seinen Lippen erschien ein entwaffnendes Lächeln. »Es ist gut, wenn ein Berater widerspricht. Ryell zeigt mir bei vielen Problemen einen anderen Standpunkt. Seine Augen sehen, was den meinen entgeht. Seit Mittwinter ist Ardaz zu beschäftigt gewesen, um neben mir zu sitzen. Ich bin dankbar für Ryell.«

Bei der Erwähnung des Zauberers spitzte Del die Ohren.

»Ryell vertreibt Ardaz«, sagte Sylvia. »Er nennt ihn immer einem ›alten Possenreißer‹ und dergleichen…«

Arien hob Einhalt gebietend die Hand. »Das werden wir ein andermal besprechen, mein liebes Kind. Ich habe Gäste, die mir etwas erzählen wollen – eine Geschichte, die zu hören ich sehr erpicht bin.«

Er winkte den Männern, sie sollten näher treten und

sich vor ihn hinsetzen. Mitchell trat vor, stellte seine Gefährten vor und bezeichnete sich mit einer tiefen Verbeugung als ihr Führer. Dann erzählte er, von Arien aufgefordert, ihre Geschichte von der Rettung durch die Delphine bis zu ihrer Begegnung mit Sylvia und Erinel an dem silbernen Torbogen von Bergtor. Vorsichtig ließ er alle Episoden weg, die ihn in einem schlechten Licht erscheinen ließen, und er erzählte auch nichts über die Waldwächter, denn er war sich nicht sicher, welche Beziehung zwischen den Illumanern und den Kriegern von Avalon bestand.

Er sprach fast eine Stunde lang und obwohl er kein großer Geschichtenerzähler war, bewirkten die Merkwürdigkeit und Bedeutsamkeit seiner Geschichte doch, dass Arien sich auf seinem Thron vorbeugte und jedes Wort in sich aufnahm. Nachdem der Kapitän geendet hatte, blieb Arien, das Kinn in die Hand gestützt, sitzen und betrachtete die Reisenden prüfend. Er wiederholte ihre Geschichte mehrfach in seinen Gedanken, um sie anhand seiner eigenen Wahrnehmungen zu überprüfen.

»Das ist eine gute Geschichte«, sagte er schließlich. »Ihr sollt nicht eingesperrt werden und es soll euch in keiner Weise ein Leid geschehen, aber ich bestehe darauf, dass ihr für eine Weile meine Gäste seid.«

»Darf ich fragen, was das bedeutet?«, meldete sich Mitchell.

»Ihr seid frei, im Tal umherzustreifen, als gehörtet ihr zu meinem eigenen Volk«, erwiderte Arien. »Aber ihr dürft die Stadt nicht verlassen. Ihr würdet sowieso den Weg aus dem Gebirge hinaus nicht finden.«

»Deine Entscheidung ist mehr als großzügig«, sagte Mitchell und verbeugte sich erneut tief.

Zum dritten Mal seit ihrer ersten Begegnung mit den Illumanern schauten Billy und Del einander ungläubig an.

»Was ist mit ihm los?«, flüsterte Billy.

»Ich bin ganz baff«, antwortete Del. »Aber ich traue ihm immer noch nicht.«

»Weniger denn je«, stimmte ihm Billy zu.

»Wäre es mir möglich, Schreibzeug zu bekommen?«, fragte Reinheiser. »Ich wünsche unser Abenteuer aufzuzeichnen, nachdem ich doch jetzt die Gelegenheit dazu habe.«

»Sylvia wird sich um alles kümmern, was ihr braucht«, erwiderte Arien. »Ich muss mich jetzt mit anderen Angelegenheiten befassen.«

Sie verstanden, was er sagen wollte, verneigten sich und wandten sich zur Tür.

»DelGiudice soll bleiben«, befahl Arien. »Ich muss noch ein Wort mit ihm wechseln.«

Del erstarrte mitten in der Drehung. Die Aufforderung überraschte ihn und er war mehr als besorgt. Mitchell hielt ebenfalls einen Moment inne. Ein Schrei der Eifersucht und der Wut steckte ihm in der Kehle. Da er jedoch keine andere Wahl hatte, verließ er still die Halle wie die anderen.

Nur Del blieb zurück und wandte sich wieder dem Eldar von Lochsilinilume zu.

KAPITEL 14

Ardaz

»Vielleicht zeigst du mir jetzt, was du die ganze Zeit versteckst«, sagte Arien in freundlichem Ton. Er saß entspannt und ruhig da und war sich offensichtlich sicher, dass Del keine Bedrohung bedeutete.

»Ich weiß nicht, was du meinst«, stammelte Del schnell.

»Ich lebe schon seit vielen Jahren«, sagte Arien. »Ich habe einige Jahrhunderte heraufdämmern sehen und bin Zeuge ihres Zwielichts geworden. Zwei Dutzend und zehn Könige sind in Caer Tuatha – Pallendara – gekommen und gegangen, doch ich bleibe.« Er saß aufrecht da in seiner ganzen Größe und sein Gesicht wurde ernst. »Täusch mich nicht mit deinen Worten, mein Freund«, warnte er, »denn ich lese in deinen Augen und sie enthüllen mir die Wahrheit.«

Del ließ den Kopf sinken. Er saß in einer Falle. Arien wusste zweifellos, dass er etwas verbarg, aber er durfte Bellerians Vertrauen nicht missbrauchen und musste die Schriftrolle geheimhalten. Da kam ihm ein verzweifelter Gedanke, und er begegnete dem Blick des Elfenkönigs.

»Ich wollte nicht, dass man dies findet«, erklärte er und auf seinem Gesicht erschien ein unabsichtlicher Ausdruck der Erleichterung, als er in seine Hemdtasche langte und die Derringer herausholte.

»Was ist das?«, fragte Arien verwundert und erhob sich von seinem Thron, überrascht, aber auch fasziniert von dem kleinen Ding.

»Eine Pistole«, erwiderte Del, überzeugt, dass ihm die List geglückt war. »Eine Waffe aus meiner Welt.«

Arien zuckte zurück. Seine weit aufgerissenen Augen verrieten, dass er sich nur zu gut an die Geschichten von den schrecklichen Waffen des vergangenen Zeitalters der Technologie erinnerte.

»Ach, mach dir keine Sorgen«, beruhigte ihn Del, überrascht von Ariens Unbehagen. »Sie ist nicht geladen.« Er öffnete den Verschluss und zeigte die leere Patronenkammer. »Siehst du? Sie hat keine… keine…« Er hielt inne und suchte nach einem Wort, das der Elfenkönig verstehen würde. »Keine Pfeile.«

»Warum hebst du sie dann auf?«, fragte Arien.

»Ich weiß es nicht«, antwortete Del ehrlich. »Irgendwie hebt sie mich auf, vermute ich. Du kannst sie haben, wenn du möchtest.« Er hielt die Pistole auf der ausgestreckten Hand hin.

Arien warf die Arme hoch und wich erschrocken zurück. »Nein«, versetzte er, und Del sprang verwirrt zurück. Arien lächelte ein wenig und bemühte sich, ein Maß von Ruhe in seine Stimme zu legen. »Nein, mein Freund, die sollst du aufheben«, erklärte er mit so viel Mitempfinden, wie er aufbringen konnte. »Das ist eine Last, die dir zugefallen ist. Bewahre sie sicher und gut versteckt, denn die Schrecken deines Zeitalters haben keinen Platz in Ynis Aielle.«

Del begriff immer noch nicht, wie tief Ariens Schrecken war, aber er packte die Pistole wieder in sein Hemd und bemerkte dabei, wie sich der Eldar entspannte, sobald sie aus dem Weg war.

»Ich billige deine Entscheidung«, sagte Arien. »Du hast gut daran getan, dieses Ding verborgen zu halten.«

»Ich dachte, es wäre nicht klug, sie jemanden sehen zu lassen«, erwiderte Del.

»Dann sag mir«, forderte Arien ihn auf, »ist dies ein

so wichtiges Geheimnis wie das andere, das du verbirgst?«

Del stutzte und sagte schnell – zu schnell: »Ich weiß nicht, was du meinst.«

»Du weißt in der Tat, was ich meine«, beharrte Arien sanft. »Mein Freund, treib keine Spielchen mehr mit mir. Ich bin mir sicher, dass du vernünftige Gründe für deine Geheimhaltung hast und für mich selbst würde ich dir vertrauen und die Sache fallen lassen.

Aber versteh meine Stellung.« Er erhob sich zu seiner vollen Größe. »Ich bin der Eldar meines Volkes und ich bin für meine Leute verantwortlich. Ich werde nicht mit ihrer Sicherheit spielen. Zeig mir jetzt, was du ansonsten noch verbirgst.«

Del wandte sich ab, mit seiner Unentschlossenheit ringend. Er wollte das Versprechen einhalten, das er Bellerian gegeben hatte, doch er erkannte auch, dass seine ganze Beziehung zu dem Eldar von Illuma durchaus von diesem Augenblick abhängen konnte. Arien hatte die Täuschung durchschaut und aus Ariens Ton erkannte Del, dass der Elfenherrscher entschlossen war, sich auf die eine oder andere Weise der Schriftrolle zu bemächtigen. Schnell, damit er seine Meinung nicht änderte, zog Del das Behältnis mit der Schriftrolle heraus und warf es Arien zu.

»Aha«, seufzte Arien und untersuchte den Behälter, ohne ihn zu öffnen. »Ich hatte schon den Verdacht, dass euer Kapitän Mitchell einige Einzelheiten aus der Geschichten unterschlagen hat. Das hat dir Bellerian gegeben«, stellte er fest. »Also seid ihr den Waldwächtern von Avalon begegnet.«

»Wie konntest du das wissen?«, fragte Del überrascht.

»Nur wenige finden ihren Weg aus Blackemara hinaus«, erwiderte Arien. »Als euer Kapitän Mitchell mir von eurem Abenteuer dort erzählte und dann bei seiner Erklärung stotterte, wie es euch gelang, von dort wegzukommen, da wusste ich schon, dass ihr wahrscheinlich den Waldwächtern von Avalon begegnet seid. Außerdem seid ihr durch ihr Land gekommen und das gelingt niemandem ohne ihr Wissen.«

Del stieß einen tiefen Seufzer aus. Er war von sich selbst enttäuscht, dass er sein Wort gegenüber dem Lord der Waldwächter gebrochen hatte.

»Und wieder billige ich deine Entscheidung«, sagte Arien. »Du hast klug gehandelt, indem du mir vertrautest und meine Bitte befolgtest.« Er reichte den Behälter ungeöffnet zurück. »Ich werde mich nicht in deine Angelegenheit mit dem Lord der Waldwächter von Avalon einmischen. In den vergangenen drei Jahrzehnten hatte ich bei mehreren Gelegenheiten die Ehre, dem verehrungswürdigen Bellerian zu begegnen, und ich kenne ihn als einen Mann, der des Respekts würdig ist. Zu meinem Leidwesen hat seitdem Ungden seinen Blick nach Norden gerichtet und verhindert, dass unsere Freundschaft wächst, denn kein Illumaner wäre sicher, wenn er die Berge verließe. Vielleicht eines Tages.« Ein feierlicher Ausdruck erschien in den Augen des Eldars, als wäre er in ein stilles Gebet versunken. In diesem Augenblick offenbarte er Del eine tiefe Traurigkeit. Doch schnell vertrieb er sie mit einem Lächeln. »Darf ich fragen, für wen die Schriftrolle bestimmt ist?«

»Für den Silber-Magus«, erwiderte Del ohne Zögern, denn er hegte keine Befürchtung mehr über die Absichten des edlen Eldars.

»Natürlich.« Arien lachte. »Für seinen Zustand.«

»Könntest du mir sagen, wo ich ihn finde?«, fragte Del.

Arien ging zu dem Fenster in der Nordwand hinüber und zeigte auf einen Spalt hoch oben in der Felswand.

»Hinter dieser Bresche in der Bergwand liegt Brisen-ballas, der Turm des Silber-Magus«, sagte er. »Dort wirst du ihn finden, nehme ich an.«

»Wie komme ich dort hinauf?«, fragte Del und suchte die unersteigbare Bergflanke mit den Augen ab.

»Es gibt eine Treppe«, erwiderte Arien mit einem leisen Lachen. »Aber die musst du sorgfältig suchen, denn sie ist für die Augen aller außer Ardaz unsichtbar.«

Dels Gesichtsausdruck verriet seine offenkundigen Zweifel.

»Ich treibe keinen Scherz mit dir«, beharrte Arien. »Die Treppe gibt es wirklich. Und du brauchst keine Angst zu haben, denn sie verläuft fest und gerade und ohne Unterbrechung und es ist keine teuflische Falle eingebaut. Du musst dich allerdings beeilen, denn die Schatten werden lang und du darfst Luminas ey-n'ab-raieken nicht versäumen.«

»Was ist das?«

»Das wirst du heute abend sehen«, antwortete Arien lächelnd. »Geh jetzt und beeil dich.«

Del blickte sich um, dann verneigte er sich linkisch. »Bis später«, sagte er, weil er keine passenden Worte fand und schon als er dies sagte, kam er sich töricht vor. Er verbeugte sich erneut und eilte zur Tür, doch als er sie erreichte, hielt er inne und wandte sich wieder Arien zu, der immer noch am Fenster stand. »Noch eine Sache«, begann er.

Arien drehte sich um und Del war für einen Moment sprachlos. Die eine Hälfte des Gesicht des Elfenkönigs leuchtete mit den letzten Strahlen des Tages, die durch das Fenster strömten, während die andere Hälfte dunkel im Schatten lag. Ein passendes Bild für das Paradox der Elfen, dachte Del. Den gleichen unlösbaren Konflikt sah er in den Augen von Erinel, eine Mischung aus den Lichtfunken der freudvollen Unschuld und den Schatten einer tiefen Traurigkeit.

»Warum hat Erinel sich so aufgeregt, als ich ihn einen Elf nannte?«, fragte Del. Aus den Tiefen der Schatten der Abenddämmerung blickte Arien ihn finster an und Del erklärte schnell: »Das ist keine Beleidigung.«

Arien schien es zufrieden zu sein, dass Del es nicht böse meinte. »Elf«, sagte er mit einem schweren Seufzer und seine Stimme klang weich, fast gedämpft. »Das ist ein altes Wort; ein Name, der auf die Erstgeborenen meines Volkes von den Calvanern von Pallendara gemünzt wurde, die uns zu vernichten suchten.«

Del bemerkte, wie die Wangenmuskeln des Eldars sich ob der unleugbaren Qual des Erbes seines Volkes spannten und auch er, Del, spürte den aufrichtigen Kummer seines neuen Freundes. Er murmelte eine Entschuldigung und öffnete die Tür, um hinauszugehen.

»Warte!«, rief Arien. Del wandte sich um und sah, dass Zorn und Trauer aus Ariens Gesicht verschwunden waren. »Elf«, sagte Arien aufs Neue, lauter und mit mehr Zustimmung. »Von deinen nicht unfreundlichen Lippen ist es kein so schlimmes Wort, DelGiudice, du darfst mich Elf nennen und mein Volk Elfen«, erklärte er mit einem breiten Lächeln. »Das ist mein Spruch und so soll es sein.«

»Ich bin geehrt, Lord Arien Silberblatt, Eldar von Lochsilinilume«, erwiderte Del mit gebührendem Respekt. Er verneigte sich tief, verließ die Halle und machte sich auf, den verborgenen Turm des Silber-Magus zu suchen.

Del schlängelte sich durch eine Menge neugierig blickender Elfen zum Fuß der nördlichen Wand hindurch und bemerkte dabei mit Erleichterung, dass fast alle Blicke, die auf ihn fielen, freundlich waren. Ryells zornige Bemerkungen hatten ihn hinsichtlich der Gefühle der Elfen gegen ihn und seine Gefährten verunsichert, aber als er sich der Felswand näherte, waren alle seine Sorgen zerstreut. Halb zweifelnd, doch voller Erwartung arbeitete er sich am Fels entlang auf der Suche nach dem unsichtbaren Pfad. Da knallte sein Schienbein gegen etwas Hartes, etwas sehr Greifbares.

»Endlich«, seufzte er erleichtert, als er begierig an dem unsichtbaren Objekt entlangtastete. Es schien sich in der Tat dabei um eine Treppe zu handeln.

Er begann mit dem Aufstieg, probierte dabei jede nachfolgende Stufe vorsichtig aus, bevor er ihr sein volles Gewicht anvertraute, und hielt sich an der sichtbaren Felswand fest. Er hatte nur etwa zwanzig Meter zu klettern, aber er brauchte lange, um diese steile Treppe zu ersteigen. Gewöhnlich hatte Del keine Höhenangst, aber er konnte sich nicht der Logik entziehen und die gewann die Oberhand über sein Herzensverlangen, an die Magie zu glauben. Seine Augen sagten ihm eben, dass er mitten in der Luft stand und eigentlich fallen sollte.

Er war erleichtert, als er den Eingang zu Ardaz' Heimstatt erreichte. Von unten hatte es nach nicht mehr als einem Spalt im Fels ausgesehen, aber jetzt sah Del, dass die linke Wand tatsächlich mehr als einen Meter vom Felssims zurückgesetzt war und – sich mit der rechten überlappend – einen Korridor bildete. Die Passage verlief nur über eine kurze Entfernung und machte dann eine scharfe Biegung und Del befand sich in einer kleinen Mulde, die mit dem gleichen dichten Gras bedeckt war wie der Talgrund. Hohe Steinmauern umgaben sie und hielten sie immer in schattenhaftem Dämmer, obwohl sie zum Himmel hin offen war. Am westlichen Ende stand ein kleiner Telvensil und in die Nordwand war wie ein gigantisches Basrelief ein einzelner, von Glimmer überzogener Turm gehauen, in dessen zwei schmalen Fenstern der Schein eines Feuers flackerte, sodass sie aussahen wie die wachsamen Augen eines Drachen.

Die große hölzerne Tür des Turms war mit Silber beschlagen und mit vielen geheimnisvollen geschnitzten Runen verziert. Während Del noch die Handwerksarbeit bewunderte, öffnete sie sich mit einem Knall und heraus hüpfte ein drahtiger alter Mann in einem dunkelblauen Gewand und einem breiten Silbergürtel. Ein hoher, spitzer Zaubererhut, der viel zu groß für ihn war, rutschte ihm ins Gesicht und ließ nur seine lange Nase unbedeckt – und seinen Mund, der nicht stillstand. Er fuhrwerkte mit den Händen in den zahllosen Taschen seines Gewandes herum und kam immer mehr durcheinander, als seine Suche Wurzeln und Kräuter, Frösche, Schlangen und sogar eine Fledermaus hervorbrachte, was er dann alles mit einem enttäuschten Aufstampfen des gestiefelten Fußes zur Seite schleuderte. Er schien mit seinem ununterbrochenen Wortschwall den silbernen Baum anzusprechen und seine Lautstärke wuchs mit seiner Erregung.

»Desdemona, Desdemona, wo ist sie? Oh, wo? Oh, wo? Ich weiß, dass ich sie hatte – ich hatte sie, ich weiß, dass ich sie hatte, aber wo ist sie hin? Hast du sie genommen? Ich wette, das hast du, du närrische Mietzekatze. Du foppst mich gern, nicht wahr?«

»Rrau, miau«, kam eine Antwort aus dem Baum. Del folgte mit den Augen dem Laut und entdeckte eine lächelnde schwarze Katze, die sich auf einem Ast entspannte und die Pfoten leckte.

»Oh, sag mir das nicht!«, redete der Alte weiter. »Du abscheulicher Quälgeist! Ich weiß, du hast es getan. Ich sollte deinen Schwanz in eine Maus verwandeln, haha, und zuschauen, wie du ihn immerzu im Kreis jagst. Das gefiele dir überhaupt nicht, oder, Desdemona? Nein, nein, überhaupt nicht, jawohl! Haha!«

»Das ist Shakespeare«, unterbrach ihn Del.

Der alte Mann blieb unvermittelt stehen und packte mit beiden Händen die Krempe seines Hutes. Langsam schob er sie über die blassblauen Augen zurück und gaffte Del an. »Was?«, fragte er.

»Shakespeare«, wiederholte Del. Das Staunen wich nicht aus dem Gesicht des alten Mannes. »Den Namen meine ich. Desdemona war eine Figur bei Shakespeare.«

»Shakespeare?«, murmelte der Alte, kratzte sich am Kinn und rollte mit den Augen, als versuche er, sich an etwas zu erinnern. Dann fiel Del ein, dass Shakespeare ein Autor aus einem anderen Zeitalter, aus einer längst vergessenen Zeit war. Er versuchte sich etwas auszudenken, wie er dies dem alten Mann erklären konnte, ohne ihn völlig zu verwirren, aber jetzt war es an dem Alten, Del zu überraschen.

»Shakespeare!«, rief er aus. »O ja! O ja, der Barde, der Barde! Ein ganz schön alter Knabe, meinst du nicht auch? Du meine Güte, ja, ja, genau genommen Othello, und ein seltsamer Vogel…«

Die Katze knurrte.

»Tut mir leid, Des«, sagte der Alte. »Und eine seltsame Katze war sie, weißt du. Meinst du nicht auch?«

Del stand verblüfft da.

»Nun, meinst du nicht? Eine seltsame Katze, was?«

»Wer?«, fragte Del.

»Du meine Güte, Desdemona… ja, ja, wir haben doch über sie gesprochen, nicht wahr? Sie war eine seltsame Katze, ja, das war sie, das war sie, aber schließlich, haha, sind sie das alle, jawohl, jawohl ja! Ach, nun ja, es spielt keine Rolle, nein, nein. Aber wohin, ach, wohin habe ich es getan? Du hast es nicht, oder? Nein, natürlich hast du es nicht! Ich kenne dich nicht einmal, wie konntest du überhaupt…« Er blieb stehen und sprang zu Del herüber. Durch die ruckartigen Bewegungen rutschte sein Hut wieder bis zur Nasenspitze hinunter. Er machte sich nicht die Mühe, ihn wieder hochzuschieben; er legte einfach den Kopf in den Nacken und betrachtete unter der Krempe hervor den Fremden. »Wer bist du?«

»Jeff DelGiudice«, erwiderte Del lachend. »Nenn mich Del. Und du bist Ardaz, der Silber-Magus?«

»Ja, ja, natürlich bin ich das. Du hast einen seltsamen Namen, mein Sohn; ja, wirklich sehr seltsam! Del-dschuu-diss. Du meine Güte, das ist ein Name, den ich vielleicht aus einer anderen...«

Plötzlich begann der alte Mann zu zittern, und sein Atem ging in kurzen Stößen. »Du kennst Shakespeare«, piepste er und zog den Hut über die haarlose Stirn nach oben, damit er Del eingehender mustern konnte. Der Schnitt von Dels Uniform und deren synthetisches Material waren Ardaz vertraut, dunkle Erinnerungen an Kleider, die er vor vielen, vielen Jahren getragen hatte, damals vor der Dämmerung von Aielle. Dieser Mann, der hier vor ihm stand, stammte aus der älteren Welt!

»Die Uralten gehen übers Land!«, schrie Ardaz, sprang hoch und warf die Hände in die Luft.

Dann fiel ihm ein, dass er dies nicht so laut hätte verkünden sollen, er legte seine Hand Del auf den Mund und sagte: »Pst! Pst!« Er brauchte ein paar Sekunden, um sich daran zu erinnern, dass er es gewesen war, der geschrien hatte, und ließ Del los.

»Nun gut, Ardaz, zu deinen Diensten, Del, ich freue mich sehr, dich kennenzulernen! Haha! Jawohl ja! Eine wandelnde Historie in meinem eigenen Hof! Wie großartig!«

Del versuchte das Thema zu wechseln und hoffte, der aufgeregte Zauberer werde sich dadurch beruhigen. »Wonach suchst du?«

»Suchen?« Ardaz kratzte sich am Kinn. »Wer?«

»Du«, sagte Del.

»Mich suchen?«, rief Ardaz, verwirrter denn je.

»Nein!«, stöhnte Del. »Als ich hier ankam, hast du nach etwas gesucht.«

»Habe ich?«

»Ja!«

»O ja, ich habe etwas gesucht! Du meine Güte, eine Feder natürlich. Eine Adlerfeder.«

»Wozu in der Welt brauchst du die?«

»Welt?«, wiederholte Ardaz. »Ich kenne dieses Wort: Welt.« Er kratzte sich am Kinn. »Hmmm… oh, nun ja, es wird mir schon noch einfallen. Um diesen höllischen Felsen zu bewegen, natürlich.« Er zeigte auf einen großen Stein, der am östlichen Rand der Mulde lag. »Wozu sonst würde ich eine Feder brauchen?«

»Wie kannst du mit einer Feder einen Fels bewegen?«, rief Del aus, den es immer heftiger danach verlangte, sich die Haare zu raufen.

»Du kannst es natürlich nicht.«

Del stöhnte und schlug sich mit der Hand auf die Stirn.

»Ein leicht erregbarer Bursche, nicht wahr?«, sagte der Zauberer trocken und löste damit bei Del ein weiteres Stöhnen aus. »Ich brauche die Feder für einen Zauberspruch. Wofür denn sonst? Wofür denn sonst? Um den Felsen aus meinem Hof zu levitieren.«

Dels Augen leuchteten auf. »Magie?«, fragte er und grinste wie die Cheshire-Katze. »Das sähe ich gern. Vielleicht könntest du die Feder finden, wenn du diesen Hut abnähmst. Er ist irgendwie zu groß für dich.«

»Zu groß für mich?« Ardaz gaffte ihn an. »Zu groß für mich! Du meine Güte, das ist mein Hut, wie kann der zu groß für mich sein? Natürlich war er es nicht, nein, nein, nicht, als ich noch Haare hatte, da war er nicht zu groß. Aber dann machte das Feuer *puff*, und es war – *puff* – kein Haar mehr da und du sagst, mein Hut sei zu groß für mich. Du machst mir Spaß!«

»Das wusste ich nicht«, entschuldigte sich Del. »Es tut mir leid.«

»Ja, ja, das tut es dir, haha! Aber schließlich hast du es natürlich nicht gewusst. Wie hättest du es auch wissen sollen?«

»Ich sähe gern ein wenig Magie«, sagte Del und bemühte sich, den alten Mann bei der Stange zu halten. »Gibt es noch eine andere Methode?«

»Eine andere Methode, was zu tun?«

»Den Felsen zu bewegen.«

»Jedermann weiß, dass man ihn nicht ohne eine Feder levitieren kann«, schnaubte Ardaz. »Aber warte! Hmmm… vielleicht gibt es eine andere Methode. Ich möchte unbedingt diesen Felsen loswerden. Er könnte – *kabumm* – explodieren, glaube ich. Was meinst du, Des?«, fragte er die Katze. Die Katze kreischte sofort erschrocken auf und huschte in einen Spalt im Baum.

»Tierisch treu ergeben, weißt du«, murmelte der Magus. »Oh, nun ja, ich werde es tun! Ich werde, ich werde, jawohl! Aber, oh, verflixt, wo ist mein Stab? Ich sollte es nicht ohne meinen Stab versuchen, nein, nein. Du lieber Himmel, erzähl mir nicht, dass ich den auch verloren habe. Ich sollte es wirklich nicht ohne meinen Stab versuchen«, erklärte er Del aufs Neue, doch während er diese Worte noch aussprach, wurde sein Gesicht weich, angerührt – wie es schien – von der tiefen Enttäuschung, die auf Dels Gesicht abzulesen war. »Oh, schon gut«, sagte er mit einem leisen Lachen. »Wer braucht überhaupt einen Stab? Los, los!«

Er räusperte sich, schob seinen Hut gerade und begann in einer geheimnisvollen Sprache zu singen und die Arme in kreisenden Bewegungen zu schwenken, doch er hielt inne, als er bemerkte, dass Del ihn angaffte. »Schau nicht mich an, du närrischer Junge! Beobachte den Felsen!«

Del wandte sich schnell um, Ardaz nahm seinen

Zaubersingsang wieder auf und ein paar Sekunden später tat es *kabumm!* Ein Lichtblitz schoss aus seinen Händen hervor und zersprengte den Felsbrocken in eine Million verstreuter Splitter.

Del blieb die Luft weg. »Du meine Fresse!«, schrie er. »Wie? Was zum…« Er fuhr herum und da hüpfte Ardaz auf einem Bein herum und flatterte mit den Händen wie eine verrückte Taube. Rauchfäden stiegen von seinen Fingern auf.

»Au, au, au, au, au!«, rief der Magus, doch seine Stimme klang gedämpft, denn der große Hut war ihm über die Nase gerutscht und verdeckte jetzt seinen Kopf ganz. »Au, au, au, au, au!«

»Ist mit dir alles in Ordnung?«, rief Del und rannte zu dem Alten.

»Ja, ja«, lautete die gedämpfte Antwort. »Ich hätte doch meinen Stock benutzen sollen, jawohl!«

Del nahm dem Zauberer den Hut vom völlig kahlen Kopf und sah überrascht, dass in die Mitte von Ardaz' Stirn ein Juwel eingebettet war, ein silbriger Mondstein.

»War jedoch ein guter Schuss, nicht wahr?«, gluckste Ardaz und zwinkerte Del freundlich zu.

»Großartig«, erwiderte Del geistesabwesend. Seine Augen waren auf den Edelstein gerichtet.

»Was ist los, mein Junge?«

»Der Stein in deiner Stirn…«, begann Del.

»Mein Zeichen?«, fragte Ardaz.

»Ich habe schon einmal einen ähnlichen gesehen.«

»Das ist das Zeichen der Magie. Davon gibt es nicht viele, weißt du. Oh, nein, nein. Vier, und im ganzen Land nicht mehr. Und sie werden nicht zur Schau gestellt, ha. Aber wo konntest du einen gesehen haben… o ja, du bist also in Pallendara gewesen und hast die weiße Perle von Istaahl gesehen.«

»Nein, ich war noch nie in Pallendara«, erwiderte Del. »Hatte Thalasi auch einen solchen Stein?«

»*Iiijaaa!*«, kreischte Ardaz. Er hüpfte wild herum und seine Augen huschten hin und her, als erwarte er, es würden sie im nächsten Moment Dämonen umzingeln. »Pst! Pst!«, rief er und klatschte seine Hand auf Dels Mund. »Sprich diesen Namen nicht aus! Nein, nein!« Er drückte die Hand fester auf Dels Mund und schaute sich erneut nach Anzeichen bevorstehenden Unheils um. Der Zauberer hatte einen unglaublich starken Griff und so sehr es Del auch versuchte, es gelang ihm nicht, sich zu befreien. Ardaz, der die Umgebung mit den Augen absuchte, achtete nicht auf Dels Zappelei und ließ ihn erst los, als er endlich, endlich bemerkte, dass Dels Gesicht eine zartblaue Färbung annahm.

»Tut mir leid«, entschuldigte sich Ardaz. »Aber wir dürfen den Namen des Schwarzen Hexers nicht aussprechen! Damit ruft man nur Böses herbei, jawohl! Er hatte einen Stein, einen Saphir, den mächtigsten Stein von allen! Von tiefem, oh, sattestem Blau. Zuerst Blau, aufgemerkt; aber er wurde schwarz, als sein Herz schwarz wurde, ja, ja, der schwärzeste Saphir. Du hast ihn nicht gesehen, hoffe ich!«

»Der Stein, den ich sah, war grün. Ein Smaragd, in Avalon.«

»Clas Braiyelle«, flüsterte Ardaz und seine Stimme wurde viel ruhiger, als hätte die Erwähnung der schönen Zauberin ein Beruhigungsmittel in seine Adern gepumpt. »Du hast Brielle gesehen. Du bist gesegnet, mein Junge, wirklich gesegnet. Bitte, du musst mir alles darüber erzählen.«

»Gewiss«, erwiderte Del, »aber zuerst muss ich dir etwas geben.« Er holte die Schriftrolle heraus und reichte sie dem Zauberer. »Das hat mir Bellerian gegeben. Er sagte, du wüsstest, worum es sich handelt.«

Ardaz griff nach dem Behälter, nahm den Verschluss ab und zog das Pergament heraus. »Das ist es!«, rief er aus. »Das ist es, das ist es! Oh, gut! Umwerfend wunderbar! Der Zauberspruch!«, rief er erklärend, als er Dels verständnislosen Blick sah. »Der Zauberspruch, damit meine Haare wieder wachsen. Doch warte! Was ist das?«, schrie er, als er etwas am Rand der Rolle bemerkte. »O nein, Fett, Fett von neugierigen Fingern! Du hast ihn berührt! O nein!«

»Ich wusste nicht, dass…«, begann Del zu erklären.

»Ach, zum Kuckuck damit!«, stöhnte der Zauberer. »So ist es mir schon einmal passiert. Jemand berührt eine Schriftrolle. Der Spruch soll ein Feuer heller brennen lassen, gewiss, gewiss, aber *puff* direkt in mein Gesicht! Und jetzt hast du sie angefasst! Ach, verflixt, wahrscheinlich werden mir die Haare aus den Ohren hinauswachsen!«

»Es tut mir wirklich leid«, sagte Del und biss sich auf die Unterlippe beim vergeblichen Versuch, ein Lachen zu unterdrücken.

»Du meinst, das sei komisch?«, versetzte Ardaz. Er schien sehr verärgert zu sein, aber als er über seine eigene Vorhersage nachdachte, konnte er seinen finsteren Blick nicht mehr beibehalten. »Vermutlich wüchse es so, nicht wahr? Haha! Haar aus meinen Ohren! Ach, wie lustig, wie lustig!«

Als sie mit dem Lachen am Ende waren, erzählte Del Ardaz seine Abenteuer. Anders als Mitchell am Hof von Arien erzählte Del ehrlich und vollständig, was seiner Gruppe widerfahren war. Der Zauberer lauschte mit großer Aufmerksamkeit, besonders als Del seinen Traum erzählte, in dem er von einem grünen Auge beobachtet wurde. Und er ließ Del den Bericht über Avalon dreimal wiederholen.

Als Del schließlich geendet hatte, war es unter dem sternenfunkelnden Himmel Nacht geworden.

»Ach, Avalon«, sagte Ardaz. »Clas Braiyelle wird es von den Illumanern genannt, weißt du. Ein passender

Beiname.« Seine Stimme hatte völlig ihre Aufgeregtheit verloren, als hätte er plötzlich erkannt, wie wichtig die Rückkehr der Uralten für seine Welt sein konnte. »Ich beneide dich, dass du sie gesehen hast, aber ich würde an deiner Stelle keinem anderen davon erzählen, wenn ich du wäre.«

»Warum nicht?«, fragte Del. »Ich habe es den Waldwächtern erzählt, Andovar und Belexus, und sie waren nicht beunruhigt deswegen.«

»Die Waldwächter sind klug, sehr klug«, erwiderte Ardaz. »Unter den Augen von Bellerian erinnern sie sich an die Vergangenheit und verstehen die Macht und die Güte Brielles. Die meisten Menschen und sogar viele Illumaner fürchten die Zauberin und würden dich meiden, wenn sie wüssten, dass du sie gesehen hast. Die Kinder des Mondes haben vergessen, was sie in der fernen Vergangenheit für ihr Volk getan hat. Ha, viele haben sogar vergessen, was ich, Ardaz, für sie am Beginn ihres Zeitalters getan habe. Wir leben alle in einer traurigen Zeit.«

»Ich muss zurückkehren«, murmelte Del. »Nach Avalon, zu ihr.«

»Wenn alles wahr ist, was du mir erzählst, dann glaube ich, sie würde das auch wollen.« Der Zauberer lächelte. »Doch lass mich darüber nachdenken. Aber nun geh, mein Junge, zurück in die Stadt, und geh schnell. Der Mond wird bald aufgehen. Du willst doch das Fest nicht verpassen, oder?«

»Wirst du auch da sein?«, fragte Del.

»Vielleicht«, erwiderte Ardaz. »Aber einstweilen hast du mir sehr viel zum Nachdenken gegeben. Ja, sehr viel zum Nachdenken.«

KAPITEL 15

Luminas ey-n'abraieken

Del verließ die Mulde und begann vorsichtig den Abstieg auf der unsichtbaren Treppe, zuerst misstrauisch, da er sich an die Schwierigkeiten des Aufstiegs erinnerte, als er bei Tageslicht heraufgekommen war. Bald jedoch entdeckte er, dass die Dunkelheit sein Verbündeter war. Die Bergwand war leicht zu erkennen, da sie direkt neben ihm aufragte, doch sein Unvermögen, im dämmrigen Licht die unsichtbaren Stufen zu sehen, widersprach seiner Logik nicht.

Als er den halben Abstieg geschafft hatte, hörte er einen Gesang, der aus der nordwestlichen Ecke des Tales kam. Hunderte von Elfen, die ganze Stadt, so schien es, hatten sich zu einem einzigen feierlichen Chor zusammengefunden. Del verstand die Worte nicht, denn sie sangen in der fremdartigen Zauberersprache, aber die Melodie und der Rhythmus drückten deutlich ihre Gefühle aus. Sie sangen eine heitere Melodie, die jedoch geheimnisvoll, fast übernatürlich klang, als sei ihr Gesang allein für die Sterne und den Himmel verständlich.

Als er endlich den Talgrund erreicht hatte – und das schien wirklich lange zu dauern –, eilte er zu der Versammlung der Elfen. Ihr sehnsüchtiges Lied stieg immer noch in die Abendluft auf. Er fand Billy in der Gesellschaft von Sylvia und Erinel. Mitchell und Reinheiser waren auch da, ein Stück entfernt, und redeten miteinander.

»Wo bist du gewesen?«, fragte Billy, als Del zu ihnen trat. »Wir haben überall nach dir gesucht.«

»Eine kleine Besorgung, das ist alles«, sagte Del. »Nichts Wichtiges.«

Billy verfolgte die Sache nicht weiter. Der Gedanke, dass Del in einem geheimnisvollen Vorhaben unterwegs war, erschien ihm vollkommen normal. Billy war sich jetzt ganz sicher, dass mit seinem Freund etwas Einzigartiges geschehen war. Als Einziger unter den verbliebenen Männern aus der Mannschaft nahm Del diese Welt aus ganzem Herzen und aus ganzer Seele als selbstverständlich an. Aielle und dessen Bewohner schienen dies zu erwidern. Alle, denen sie begegnen, achteten Del sehr.

Sylvia blickte Del entschuldigend an. »Ich hoffe, mein Vater war nicht zu streng mit dir«, sagte sie und Del wusste, dass sie wirklich besorgt war. »Du musst verstehen, dass wir in einer gefährlichen Zeit leben.«

»Sylvia«, unterbrach Del sie mit einem unbezähmbaren Grinsen, »dein Vater ist ein vollkommen wunderbarer Elf!«

»Wieder sagst du dieses Wort«, protestierte Sylvia.

»Arien missbilligt es nicht«, erklärte Del. »Tatsächlich hat er, der Eldar deines Volkes, mir persönlich die Erlaubnis gegeben, es zu benutzen. Ehrlich.«

»Es ist wirklich kein Schimpfwort«, fügte Billy hinzu.

»Ich werde dagegen nichts einwenden«, sagte Sylvia und gab seufzend nach, unfähig, dem Grinsen der beiden Männer zu widerstehen. »Vermutlich ist entscheidend, wie ein Wort ausgesprochen wird.«

»Worum geht es bei dem Gesang?«, fragte Del.

»Luminas ey-n'abraieken«, erwiderte Sylvia.

Del zuckte nur mit den Achseln.

»Abraieken bedeutet Feier, einen Tanz«, erklärte Sylvia. »Und den Ort, zu dem wir wandern, nennen wir Shaithdun-o-Illume.« Leise sang sie:

> *Luminas ey-n'abraieken*
> *Bergriff im Mondlicht*
> *Tanzt euren Tanz der Freiheit*
> *Kinder der ruhelosen Nacht*
>
> *Das Gefunkel des Spiegelfelsens*
> *Tivriasis' endloses Lied*
> *Hebt eure Arme zum silbernen Gestirn*
> *Möge sein Weg hell und lang sein*
> *Luminas ey-n'abraieken,*
> *Shaithdun-o-Illume*
> *Dein Licht gehört mir allein*

Sylvia sah, dass ihr Lied Billy und Del gefallen hatte, und so erschien ein Lächeln auf ihrem Gesicht. »Wir feiern dieses Fest jeden Monat während der drei Nächte, wenn der Mond am vollsten ist«, erklärte sie. »Wenn die Felsplatte hell im silbernen Licht liegt und unsere Füße zu Tivriasis' Gesang tanzen! Ihr werdet es sehen und ich verspreche euch, ihr werdet eure Freude daran haben!«

Die Menge, die sie umgab, wurde ruhig.

»Schweigt nun«, sagte Erinel zu den dreien. »Man wird gleich beginnen. Mein Onkel hat den Stab des Lichts gebracht.«

Die ganze Versammlung blieb still, alle Fackeln wurden gelöscht. Vor ihnen stand auf einem Felssockel Arien Silberblatt, kaum mehr als eine Silhouette im Sternenlicht. In einer Hand hielt er einen gekrümmten Stab vor sich, mit der anderen rieb er dessen knorrige Spitze. »*Illu lumin-bel!*«, befahl er dem Stab. Allmählich begann die Spitze zu glühen, der Schein nahm zu, bis Arien von sanftem Licht übergossen war. Dann packte er den Stab fest mit beiden Händen und zeigte ihn der Menge, die einstimmig antwortete: »*Illu lumin-bel!*« Sofort gehorchte den Stab ihrem vereinten Willen, aus seiner Spitze barst strahlendes Licht.

Arien reichte Ryell den Stab. Hinter ihnen gähnte in der Bergwand die Schwärze eines Tunneleingangs.

Der Eldar wartete, bis die Unruhe sich gelegt hatte, dann sprach er die Versammlung an. »Vier Gäste werden heute Nacht an unserem Tanz teilnehmen«, erklärte er. »Männer, die von einem weit entfernten Ort zu uns gekommen sind.« Wie zu erwarten, erhob sich ein allgemeines Geflüster in der Menge.

»Ruhe!«, gebot Arien. »Der Mond wird gleich aufgehen; wir haben nicht viel Zeit. Shaithdun-o-Illume wartet. Lasst uns unsere Plätze suchen!«

Mit Gelächter und Gesang bildeten die Elfen schnell die rituelle Reihe, die den Beginn der Feierlichkeit bezeichnete.

»Nimm meine Hand, DelGiudice«, sagte Sylvia, »und stell dich hinter mich. Und du, Billy Shank, nimm meine andere Hand und tritt vor mich.« Und so fassten sich die Elfen alle an den Händen und bildeten eine einzige lange Kette. Arien ging mit dem Stab des Lichtes voran, Ryell unmittelbar hinter ihm. Diesmal gab es jedoch eine Lücke in der Kette, denn Mitchell, der hinter Del stand, wollte dessen Hand nicht fassen. Del kam dies ausgesprochen kindisch vor, unpassend für diesen Mann, der die Führerschaft für sich beanspruchte.

Sie gingen in den Tunnel hinein und nur der Stab führte sie. Schon ein paar Meter hinter Arien konnte man nicht mehr gut sehen, und für diejenigen, die hundert oder zweihundert Schritte zurück waren, zeigte sich der gewundene Tunnel pechschwarz. Für die Elfen war dies eine Zeit der Verbundenheit, eine Zeit des Austausches und des gegenseitigen Vertrauens. Ob man den Weg um einen Felsblock herum oder unebene Stufen hinauf fand, hing ausschließlich von der Person ab, die direkt vor einem ging und somit das Kettenglied zum Licht bildete. Nach wenigen Schritten in die Finsternis wurde Mitchell klar, wie nutzlos sein eigensinniger Ärger war, und er packte Dels Hand.

Der Tunnel führte nur einige hundert Meter in den Berg hinein, aber das langsame Gehen auf dem sich schlängelnden Pfad ließ den Weg viel länger erscheinen. Besonders für Del, dem Mitchells ständiges Gebrumm und endloses Meckern auf die Nerven gingen.

»Shaithdun-o-Illume!«, rief Arien schließlich, denn weit oben vor ihnen zeigte sich eine hellere Stelle, und die Elfen nahmen ihren Gesang und die fröhlichen Rufe wieder auf.

Plötzlich erschien die Silhouette eines Mannes am Tunnelausgang und Arien blieb überrascht stehen.

»Wer kann das sein?«, fragte Ryell erschrocken. Viele seltsame Dinge waren in letzter Zeit geschehen, bis hin zur Ankunft der Uralten, und Ryell war sich, wie so viele andere, sicher, dass Illuma auf eine Krise zutrieb, welche die Existenz seines Volkes bedrohte. »Niemand hat vor uns den Tunnel betreten und es gibt keinen anderen Weg zum Shaithdun.«

»Na, es wird aber höchste Zeit, dass ihr kommt!«, ertönte eine bekannte Stimme und zerstreute alle Furcht. »Ein bisschen zu spät, würde ich sagen.«

»Bitte, nein«, stöhnte Ryell. »Der Narr erwartet uns.«

»Falls du dich der Feier anschließen wolltest, hättest du dich einreihen sollen«, sagte Arien zu dem Zauberer, als er sich dem Tunnelausgang näherte. »Man sollte die Bräuche nicht missachten.«

»Der Feier anschließen?«, wiederholte der Magus verwirrt. »Oh, nein, nein, nicht deshalb, nicht deshalb!

Ich will sagen, es wird keine Feier geben, warum sollte ich dann überhaupt kommen und mich anschließen?«

»Was sagst du da?«, fragte Arien ernst. Sein Misstrauen nahm noch zu, als Ardaz sich vor ihm aufbaute und den Tunnelausgang blockierte.

»Geh aus dem Weg, alter Narr!«, schnauzte Ryell ihn ungehalten an.

»Der Stab des Lichtes muss im Tunnel bleiben!«, entgegnete Ardaz in einem plötzlich nüchternen und todernsten Ton. »Und es wird heute Nacht keine Feier geben.«

Ryell protestierte, doch Arien, der die Gefahr in den Augen des Zauberers las, gebot ihm sofort Schweigen. Denn der Eldar kannte Ardaz' Stimmungen gut und zeigte sich ernsthaft besorgt. »Gibt es Schwierigkeiten?«

»Ungdens Spione sind auf Bergtor«, erwiderte Arien grimmig. »Es tut mir leid, aber eine Feier auf der Felsplatte würde dort drunten sicher zu sehen sein.«

»Woher weißt du, dass sie da sind?«, knurrte Ryell, der stets an dem Zauberer zweifelte. »Wenn das nur eines von deinen Spielchen ist…«

»Ich weiß es!«, entgegnete Ardaz und Ryell zuckte vor der Macht zurück, die sich in der Stimme des Zauberers offenbarte.

»Noch nie zuvor sind sie so weit gekommen«, murmelte Arien.

»Noch nie zuvor war Ungden so fest entschlossen«, erwiderte Ardaz grimmig. Er brauchte seine weiter gehenden Gedanken nicht auszusprechen, dass nämlich hinter diesem letzten Versuch, den Ort von Illuma zu entdecken, etwas viel Schlimmeres und Gefährlicheres steckte als Ungden der Usurpator, denn er wusste, dass jeder Bewohner von Lochsilinilume diese Befürchtungen teilte.

Obwohl es ihn offensichtlich betrübte, die Feier abzusagen, war Arien trotzdem klug genug, auf die Worte seines Beraters, des Zauberers, zu hören. »Gebt ihn weiter, die Reihe entlang«, wies er Ryell an und überreichte ihm den Stab des Lichts. »Jetzt ist die Zeit für unser Volk, Vorbereitungen zu treffen; die Feier wird warten müssen.«

»Arien«, stöhnte Ryell, »gewiss wirst du uns doch diese Nacht nicht aufgrund der Worte dieses Kerls verderben.«

»Weise das Volk an, in die Stadt zurückzukehren«, fuhr Arien ungerührt fort.

Ryell drehte sich verärgert auf dem Absatz um und wollte die Reihe abschreiten, doch Arien war noch nicht fertig mit ihm.

»Ruf die neun Zweitgeborenen herbei und begleite sie zum Shaithdun. Es ist Zeit für eine Ratssitzung, glaube ich.«

»Wünschst du noch etwas, mein Herr?«, brummte Ryell gekränkt.

»Ja«, erwiderte Arien unnachgiebig. »Weise meine Tochter und Erinel an, dass sie unsere Besucher herbringen. Dieses Problem betrifft vielleicht auch sie.«

Arien wartete am Ausgang des Tunnels, um die anderen bei ihrem Eintreffen zu begrüßen. »Unsere Ratssitzung mag unerfreulich werden«, sagte er zu Del und Billy, »aber wenigstens seid ihr zur richtigen Zeit gekommen, um Loch-sh'Illume, den Mondteich, auf dem Höhepunkt seiner Schönheit zu sehen.«

Die beiden traten auf die Felsplatte hinaus und sahen, dass der Eldar keineswegs übertrieben hatte. Sie standen auf einem flachen Sims in einer schalenförmigen Schlucht. Sie war auf drei Seiten von hohen Bergwänden aus Glimmerfelsen umgeben, die sich trichterförmig nach oben öffneten und aufsteigend den Abendhimmel umarmten. Die Wand unterhalb des Simses fiel etwa hundert Meter senkrecht hinab in einen tiefen kühlen Bergteich. Ein paar Meter links von dem Tunnel sprudelte aus einem Loch in der Felswand ein Wasserlauf hervor und stürzte sich hinab in den Abgrund. Das war Tivriasis, die immerzu ihr sehnsüchtiges Lied sang, während sie auf ihrer Reise in die Dunkelheit des Wassers drunten über die Felswände tanzte.

Auf der Südseite der Schlucht klaffte die einzige Bresche in der Bergwand. Sie begann drunten am Teich als Spalt, wurde jedoch nach oben hin weit, so dass man die gesamten Südlande offen im Blick hatte. Im Tageslicht waren Bergtor und Avalon deutlich sichtbar, doch in der Nacht konnte man nur die schattenhaften Formen der südlichen Bergkette sehen, und jenseits davon gelegentlich ein Licht auf der weiten Ebene von Calva.

Auf der Felsplatte benötigte man außer in den finstersten Nächten keine Fackeln, denn selbst im Sternenschein reflektierte der reichlich vorhandene Glimmer genug Licht, so dass man sehen konnte. In einer Nacht wie dieser, wo der klare Vollmond aufstieg, schimmerte der Sims hell in geisterhaftem Silberschein.

Als Del wie hypnotisiert vor der Schönheit stand, die sich ihm darbot, trat ein alter Mann hinter ihn und klopfte ihm auf die Schulter. Zuerst erkannte Del ihn nicht, denn obwohl er einen Hut und eine Robe ähnlich denen des Zauberers Ardaz trug, hatte er einen langen weißen Bart, buschige Augenbrauen und wallendes weißes Haar, das bis tief unter seinen Nacken reichte. Ein großer Rabe saß bequem auf seiner Schulter. Natürlich war es Ardaz, wie Del erkannte, als der Zauberer auf seinen Bart zeigte und zwinkerte.

Verblüfft zupfte Del leicht an dem Bart, der Zauberer kicherte erheitert und rauschte davon, um die anderen zu begrüßen, als sie aus dem Tunnel auf die Felsplatte traten. Del lachte bei sich und folgte dem Alten. Er war froh, dass Ardaz gekommen war, und Del fragte sich, welche Art Magie der Zauberer wohl eingesetzt haben mochte, um eher auf dem Felssims zu sein als die anderen. Vielleicht war er ein Vogel gewesen wie der, der jetzt auf seiner Schulter saß. Oder vielleicht besaß er einen Besenstiel wie eine Hexe aus alten Halloween-Geschichten.

Als das letzte Ratsmitglied den Tunnel verlassen hatte, setzte sich Arien mit dem Rücken an die Bergwand nieder und forderte alle auf, sich in einem Halbkreis um ihn niederzulassen. Der Eldar bemerkte es kaum, wie die anderen sich zurechtsetzten, denn seine Augen waren nach Süden gerichtet und seine Gedanken schweiften durch die Jahrhunderte zurück. Er war der Erstgeborene der zweiten Generation der Illumaner gewesen, der erste Elf, der von Elfeneltern geboren worden war, das erste in Illuma geborene Kind. Er erinnerte sich an die Zeit, als er auf den Shaithdun getreten war und zum ersten Mal Loch-sh'Illume erblickt hatte. Durch den Einschnitt in der Bergwand hatte der junge Arien Silberblatt an jenem Tag auch die ausgedehnten Südlande gesehen und ihm war klar geworden, dass es tatsächlich auf der Welt noch viel mehr gab als das Illuma-Tal und die umliegenden Kristallberge. Sein Vater war damals zu ihm getreten und hatte ihm vom mächtigen Pallendara erzählt, von der Stadt, welche die Elfen Caer Tuatha nannten, vom wundersamen Avalon, Clas Braiyelle, und von all den weiten Ländern dazwischen.

Shaithdun-o-Illume wurde für Arien zu einem besonderen Ort. Umso mehr, da er, als Tivriasis, seine Frau und Sylvias Mutter, aus dieser Welt geschieden war, hier seinen Trost gefunden hatte. Der Gesang des

Wassers bannte Ariens Seele in jener Nacht, seine gefühlvolle Melodie war so sehr den Klängen verwandt, die das Leben der Elfe, die seine Gefährtin gewesen war, geleitet hatten. So hatte Arien ihr zum Gedächtnis den Wasserfall nach ihr benannt und in jener selben Nacht die Tradition von Luminas ey-n'abraieken begründet.

Arien lächelte, als er an die lang vergangenen Zeiten dachte, als er, Tivriasis und Ryell sich aus Illuma fortgestohlen hatten und zum Wald von Avalon oder an den Nordrand der calvanischen Ebenen gereist waren. Doch damals waren die Zeiten sicherer gewesen, in den Tagen von Ben-rin und seinen Erben. Nun, da Undgen der Usurpator auf dem Thron des Südens saß, wagte kein Illumaner mehr, die Zuflucht in den Bergen zu verlassen.

Das Lächeln wich aus Ariens Gesicht. Calvaner, Ungdens Kundschafter, hatten direkt auf ihrer Schwelle ihr Lager aufgeschlagen. Selbst das schöne Illuma, Lochsilinilume, die Freistätte der Elfen von Aielle, war bedroht. Freistätte, überlegte Arien, oder Gefängnis? Er wandte sich Ardaz zu, der sich neben ihn gesetzt hatte.

»Wie lang werde ich leben, mein Freund?«, fragte er leise. »Wird es lang genug sein, um den Tag zu erleben, an dem ich Pallendara besuchen oder vielleicht im Meer schwimmen kann?«

Im Auge des Zauberers erschien eine Träne, denn Ardaz verstand besser als alle anderen Ariens Enttäuschung. Die Frage war rhetorisch und nicht zu beantworten, denn Arien war der älteste der Elfen, der erste seiner Art, welche die Zauberer mit der Gabe der Langlebigkeit gesegnet hatten. In diesem Augenblick, als er so an die Bergwand gelehnt saß, erschien Arien Ardaz wirklich sehr alt. Seit Ungden die Macht an sich gerissen hatte, befand sich Arien unter einem fürchterlichen Druck und wie ein gefangenes Tier verlor er allmählich jeden Lebensmut und glitt nach und nach in einen Zustand der Lethargie, der, wie Ardaz wusste, sein Hinscheiden zur Folge haben würde. Selbst Luminas ey-n'abraieken brachte nur eine zeitweilige Erleichterung. Andere Elfen zeigten ebenfalls diese Symptome der Sterblichkeit; am meisten von allen vielleicht Ryell, der ständig auf einem schmalen Grat zwischen Zorn und Enttäuschung wandelte. Oft saß Ardaz am Eingang zu seiner Turmwohnung in Brisen-Ballas, schaute auf das geheime Tal hinab und weinte um die Kinder des Mondes. Sie verdienten ein besseres Schicksal, dieses freundliche Volk, das nichts Geringeres anbot als wahre Freundschaft. Sie konnten den Menschen von Aielle so viel bringen, ihr Leben so sehr bereichern. Wenn doch nur…

»Wenn sie doch nur euch eine Chance geben würden«, murmelte er, an Arien gerichtet. Der Eldar, der sich auf seine Ansprache vor dem Rat vorbereitete, hörte ihn nicht.

Obwohl es Arien zustand, die Ratssitzung zu eröffnen, sprach der zornige Ryell als erster. Ungeduldig und in der Hoffnung, wenigstens einen Teil der Feier zu retten, wartete der hitzige Illumaner nicht auf die Worte eines anderen.

»Woher weißt du von den Spionen, alter Mann?«, fuhr er Ardaz an. »Oder ist das nur ein weiterer deiner Scherze?«

Arien tadelte seinen Freund nicht, denn er begriff, dass Ryell ein verzweifeltes Bedürfnis hatte, die Freiheit des Luminas ey-n'abraieken zu empfinden. Wie auch für Arien war der Tanz im Mondlicht auf der Felsplatte Ryells größte Freude, eine Befreiung von dem ständigen Druck durch den Feind im Süden, und es missfiel ihm, wenn ihm das genommen wurde.

»Kein Scherz«, antwortete der Zauberer feierlich. »Allerdings wünschte ich mir wahrhaft, es wäre einer.

Ja, ich wünschte mir, es wäre nur ein Scherz. Nein, nein.« Er wies auf Del. »Kurz nachdem du gegangen warst, rief ich einen Wirbelwind herbei, um das Durcheinander aufzuräumen. Natürlich weißt du, dass Desdemona, die mir wie immer stillschweigend vertraut, sofort losflog.« Er knurrte den Raben spöttisch an und Del war verwirrt, denn er hatte Desdemona als Katze kennengelernt. »Sie sauste davon und ich rief den Wirbelwind herbei. Kein Problem.« Er schnalzte ungehalten mit den Fingern in Richtung des Raben, dann fügte er leise, sodass nur Desdemona es hören konnte, hinzu: »Die Blätter werden nachwachsen.«

»Also, wo war ich stehengeblieben? O ja. Als ich meine Kleider wieder anlegte, kam Des in heller Aufregung zurückgeflattert und erzählte mir, es kämen Calvaner durch den südöstlichen Pass herein nach Bergtor.«

»Ein Vogel!«, rief Ryell. »Wegen des Gekrächzes eines Vogels wurde unsere Feier abgesagt!« Er sprang auf und schaute nach Süden in die Schwärze von Bergtor. »Ich sehe nichts dort drunten, alter Mann. Wo ist ihr Lagerfeuer? Gefällt ihnen die Dunkelheit?« Doch noch während die höhnischen Worte aus ihm heraussprudelten, flammte auf dem dunklen Feld das Licht eines Lagerfeuers auf. Ryell torkelte bei seinem Anblick und wäre fast von dem Felssims gestürzt und die anderen sprangen mit einem Laut der Bestürzung auf. Nur Arien, der niemals an den Worten des Zauberers zweifelte, war nicht überrascht.

»Es scheint, du schuldest dem Vogel eine Entschuldigung, Ryell«, bemerkte der Elfenherrscher kühl.

»Sie sind noch nie so weit gekommen«, rechtfertigte sich Ryell. Seine Stimme klang jetzt gedämpft. »Was hat das zu bedeuten?«

Der Eldar, der entschlossen war, Ruhe zu bewahren, antwortete grimmig: »Es bedeutet, dass Ungden einen

Hinweis auf unseren Aufenthaltsort hat, denn er glaubt sicher, dass Illuma mehr ist als eine Legende. Oder es bedeutet gar nichts. Wir können uns dessen nicht sicher sein.«

»O doch, wir können sicher sein, Arien«, widersprach Ardaz. »Des hat sie belauscht. Sie suchen nach uns, und sie wissen, dass wir in der Nähe sind.«

Del musterte Ardaz sorgfältig. Etwas an ihm hatte sich verändert. Die ernste Seite des Zauberers hatte er schon einmal gesehen, als sie von Brielle gesprochen hatten, aber jetzt war es etwas Tieferes. Zuvor war Ardaz energisch, fast ungestüm gewesen, doch trotz all seines Herumgehüpfes war er als gebrechlicher alter Mann erschienen. Del hatte sogar befürchtet, der Zauberer würde sich verletzen. Jetzt war diese Furcht verflogen; der Zauberer strahlte Stärke aus, eine Aura übernatürlicher Macht umgab ihn. Zuvor hatte Ardaz einen närrischen Eindruck gemacht, doch jetzt war das Wissen in seinen Augen nicht zu verkennen. Plötzlich kam die Wahrheit über Ardaz und die tiefere Bedeutung von Calaes phantastischer Geschichte in ganzer Schwere über Del. Dieser Mann hier vor ihm war ein Zauberer, einer der Vier, welche die Colonnae in den ersten Tagen von Ynis Aielle ausgebildet hatten. Dieser Mensch lebte schon seit mehr als zwölf Jahrhunderten und hatte die andere Welt vor dem Holocaust gekannt! Bestürzt wegen dieser Erkenntnis, platzte Del fast laut heraus.

»Dann sind wir verloren«, stöhnte einer der anderen Elfen in das allgemeine Gemurre.

»Nein«, widersprach Arien streng, und sein unerschütterlicher Ton brachte die Gruppe zum Verstummen. »Wir sind nicht verloren. Selbst wenn die Calvae den Tunneleingang entdecken sollten, so werden sie doch nie das unterirdische Labyrinth überwinden.«

»Doch wenn sie es überwinden«, sagte Ryell mit

grimmiger Stimme, »dann verfügen wir über kaum dreihundert Speere, während Caer Tuatha allein tausende aufbringen kann.«

Am Rande der Versammlung lauschte Hollis Mitchell mit zunehmendem Interesse, fasziniert vom Gedanken an einen Krieg. Wenn er genügend Zeit und die richtigen Voraussetzungen hatte, dann würde er Macht über dieses primitive Volk gewinnen, so dachte er. Allein schon seine Kenntnisse in Bezug auf Waffen konnten über den Sieger in dieser Schwerter schwingenden Welt entscheiden.

»Muss es denn unbedingt einen Krieg geben?«, fragte er und mischte sich mit der für ihn typischen Ungeduld in die Debatte ein.

»Einen Krieg oder ein Gemetzel«, murmelte Ryell.

»Falls Ungden uns findet«, sagte Arien, »wird er uns zerstören. Seine Wut wurzelt tief in seiner Vergangenheit. Da wir anders sind, müssen wir seiner Auffassung nach sterben.«

»Das kommt mir bekannt vor«, flüsterte Billy, und Del nickte niedergeschlagen.

Mitchell erhob sich und stolzierte in die Mitte des Ratskreises. »Ihr seid nicht verloren!«, rief er laut aus und warf die Hände hoch, als wäre er ein Retter, der gesandt worden war, um die Illumaner zu erlösen. »In meiner Welt hatten wir Methoden und Waffen, mit denen wenige viele besiegen konnten!« Er hielt inne und wartete auf begeisterte Rufe, um ihn zum Fortfahren zu ermuntern.

Doch das erwartete Echo blieb aus. Während die meisten der Zweitgeborenen ganz verblüfft dasaßen, wurde Ardaz' Gesicht bleich vor Schreck, und Arien sprang in einem Ausbruch von Zorn auf.

»Schweig!«, befahl der Eldar. Mitchell war einen halben Kopf größer als Arien und doppelt so schwer wie der schlanke Illumaner, aber in seinem Zorn überragte der Eldar den Kapitän. »Es gibt keinen Platz für eure Waffen oder eure Methoden auf Aielle!«

»Lass ihn sprechen!«, verlangte Ryell. Arien drehte sich zu ihm um und blickte ihn mit ungläubigem Zorn an.

»Vielleicht hat das, was er zu sagen hat, einen gewissen Wert«, beharrte Ryell und wich nicht zurück.

Arien blieb ungerührt.

»Wir stehen vor der Ausrottung!«, brüllte Ryell, als wäre dies allein schon Rechtfertigung für seine Haltung. »Ein Tyrann ist Ungden! Wir sind es mehr wert, auf diesem Land zu wandeln, als er und seine elenden Menschen! Was ist mit unserem Geburtsrecht?«

Arien schaute um sich. Er war sich sehr wohl bewusst, dass diese Rede nicht ihm galt – Ryell wusste zu gut, dass er in dieser Sache Arien nie umstimmen würde –, sie war vielmehr für die Ohren der anderen Zweitgeborenen bestimmt, die es genauso wie Ryell überdrüssig waren, sich ängstlich zu verstecken. Lochsilinilume war keine Diktatur; der Wille des Rates konnte vom Eldar Zugeständnisse erzwingen.

Es begannen gleichzeitig mehrere Gespräche und schnell wurde offenkundig, dass Mitchells angedeuteter Vorschlag den Rat hoffnungslos spalten würde. Arien schaute Ardaz ratsuchend an, der Zauberer erwiderte seinen Blick entschlossen und unnachgiebig und bestätigte damit Ariens instinktive Befürchtungen.

»Nein!«, erklärte Arien kategorisch. »Und ich möchte nichts mehr davon hören. Ich werde keinen Krieg beginnen. Und ich werde auch nicht die Sitten der Menschen aus der Zeit vor e-Belvin Fehte wieder einführen! Habt ihr die schrecklichen Geschichten vergessen? Wir sind durch die schlichte Tatsache unserer Existenz – durch alles, was Aielle bedeutet – moralisch gebunden, diese Fehler niemals zu wiederholen.«

»Wenn man uns entdeckt«, gab einer der Zweitgeborenen zu bedenken.

»Dann werden wir tun, was wir tun müssen!«, versetzte Arien.

»Dann wird es zu spät sein«, murmelte Ryell.

Mitchell wich vor Ariens Zorn zurück und gesellte sich wieder zu seinen Kameraden.

»Kapitän«, sagte Del zähneknirschend und zornbebend. »Wir sind nicht hierher gebracht worden, um einen Krieg zu beginnen.«

»Nein«, warf Reinheiser ein, »aber haben Sie sich schon einmal überlegt, dass wir vielleicht an diesen Ort geführt wurden, um sicherzustellen, dass die richtige Seite Sieger bleibt? Der Konflikt erscheint unvermeidbar.«

Obwohl er ernstlich besorgt war, dass Reinheiser mit seinen Bemerkungen Recht haben könnte, überlegte Del mit noch mehr Sorge, welche Seite Mitchell wohl als die ›richtige‹ ansehen würde. Das Ziel des Kapitäns, das wusste er in seinem Herzen, würde persönlicher Gewinn sein, und nicht das Wohlergehen von Ynis Aielle.

Trotz seiner Vorbehalte blieb Del davon überzeugt, dass man einen besseren Weg finden könnte. Er verabscheute den Krieg und all das Schlimme und die Qualen, die er mit sich brachte, und er verstand in diesem Augenblick, in der tiefsten Krise seines ganzen Lebens, dass seine Prinzipien und Ideale nicht mehr wären als nutzlose Rhetorik, wenn er in dieser Zeit der Gefahr nicht an ihnen festhalten konnte. Del glaubte – nachdem er die Verwüstung jenseits der goldenen Wand gesehen hatte, musste er dies glauben –, dass Vernunft und nicht Gewalt der einzige brauchbare Schritt zur Lösung eines Konflikts war.

»Es muss einen anderen Weg geben«, sagte Del, an den Rat gerichtet. »Wir könnte einen Gesandten zu

Ungden schicken, der ihm beweist, dass wir keine Bedrohung für ihn darstellen und bereit sind, in Frieden mit Calva zu leben.«

»Das hilft uns nicht weiter, mein Junge« erwiderte Ardaz. »Nein, nein, das würde gar nichts bringen. Ich kannte schon Ungdens Ahn, und er war ebenso unbeugsam wie dieser eigensinnige Narr. Die Denkweise des Usurpators kann man nicht ändern. Ich war in Caer – hu, Pallendara in jener Nacht, als sich Ungden des Throns bemächtigte. Ich war Zeuge seiner blutigen Methoden und der Bosheit seines Herzens. Glaube mir, es gibt keine Aussicht auf Frieden, solange Ungden in der Stadt regiert.«

»In der Tat hat sich Ungden bei jeder seiner Taten als Schlange erwiesen«, stimmte ihm Ardaz zu.

»Und hinter seinem Thron versteckt sich vielleicht ein noch schlimmeres Übel, fürchte ich«, murmelte Ardaz.

Das unbehagliche Schweigen, das darauf folgte, hielt lange Zeit ungebrochen an. Arien wägte seine Gedanken sorgfältig ab, denn er wusste, dass ganz Illuma von seiner Führung abhängen würde.

»Sylvia und Erinel«, sagte er schließlich, »führt unsere Gäste zurück in die Stadt. Bringt sie in meinem Haus unter und dort«, wies er die Männer an, »werdet ihr bleiben. Die Debatte, die uns bevorsteht, ist nur für die Ohren des Rates allein bestimmt. Möglicherweise kehren wir erst in der Morgendämmerung zurück.«

Die sechs standen auf, um wegzugehen. Sie alle hatten irgendwelche Fragen oder Vorschläge im Kopf, aber der Ton von Ariens Stimme machte deutlich, dass es nicht an ihnen war zu sprechen. Sie verneigten sich alle, außer Mitchell, und wandten sich dem Tunnel zu.

»Im Tunnel ist eine Fackel für euch«, sagte Ardaz. Sylvia nickte.

Verblüfft blieb Reinheiser stehen und musterte den

Zauberer. Der Physiker kannte seine eigene ausgeprägte Beobachtungsgabe, und er wusste, dass es in dem Tunnel außer dem Stab des Lichtes keine Fackel gegeben hatte. Dieser Stab war mit der Prozession der Elfen in die Stadt zurückgekehrt und keiner hatte sich dem Eingang genähert, seit sie alle auf der Felsplatte angelangt waren.

Doch als sie den Tunnel betraten, lag tatsächlich vor ihnen eine Fackel am Boden. Und als Erinel sie aufhob, brach ihre Spitze auf magische Weise in Flammen aus.

Del war nicht überrascht.

Die vertrauliche Beratung begann, sobald die Gruppe gegangen war. Es wurde viel geredet und gestritten, denn es gab weiterhin zwei sehr unterschiedliche Standpunkte darüber, für welche Handlungsweise man sich entscheiden solle. Ryell und seine Anhänger wollten Mitchells Pläne anhören und die calvanischen Streitkräfte schnell abfangen, um Ungden zu besiegen, bevor er sich wirklich gegen Illuma organisieren konnte. Die andere Ansicht, die von Arien vorgetragen wurde, stützte sich auf die Hoffnung, den Krieg um jeden Preis so lange wie möglich zu vermeiden und Entlastung von Calvas zu bekommen, vielleicht durch einen Aufstand gegen Ungden. Es folgte eine hitzige und zornige Debatte, aber am Ende war sehr wenig entschieden. Als sich schließlich der Himmel in der Morgendämmerung hellte, setzte Arien der Diskussion ein Ende.

»Es scheint, wir sind uneins«, sagte er. »Hoffnungslos uneins, zumindestens derzeit. Deshalb entscheide ich als der Eldar, dass wir im Verborgenen bleiben und warten, bis wir mehr über die Situation vor uns wissen.« Das löste in Ryells Gruppe Murren aus. »Und niemand«, fuhr Arien gegen das Gemurmel fort,

»außer denen, die im Auftrag dieses Rates losgeschickt werden, soll die Stadt verlassen.«

»Und was ist mit unseren Gästen?«, stichelte Ryell. »Sie sind schließlich Menschen und ich vertraue ihnen nicht.«

Ardaz rutschte unbehaglich hin und her und streichelte Desdemona, die sich wieder in eine schwarze Katze verwandelt hatte.

»Und doch würdest du dem Mann namens Mitchell zutrauen, dass er uns gegen Calva führt«, erwiderte Arien scharf.

»Ich wollte nur seine Pläne zum Sieg über Calva haben«, entgegnete Ryell, »damit wir von ihm lernen können. Ich wollte ihn nicht mit der Führerschaft betrauen.«

Arien schloss die Augen und erforschte die Gefühle in seinem Herzen. Er spürte, dass er den rechten Augenblick abwarten und auf die Dinge dann reagieren musste, wenn sie geschahen, denn er wusste einfach noch nicht genug, um mutig handeln zu können, und eine vorschnelle Entscheidung konnte gewiss sie alle vernichten.

»Was unsere Gäste anlangt«, befahl er, »so soll man ihnen alle Annehmlichkeiten gewähren, die wir bieten können.« Erneut wurde ein Murren laut. »Aber«, fügte Arien hinzu, um die Beschwerden verstummen zu lassen, »sie dürfen die Zimmer nicht verlassen und vor ihren Türen sollen Wachen aufgestellt werden.«

Er schaute sich im Rat um. Seine Augen zeigten, dass seine Entscheidung unerschütterlich war; gleichzeitig bat er jedoch auch um Zustimmung, um Erleichterung vom fürchterlichen Druck der Führerschaft.

»Einverstanden«, antworteten die anderen.

»Dies ist eine kluge Entscheidung«, fügte Ryell hinzu.

Ardaz war ebenfalls dieser Meinung. Doch er wusste, dass eine Stimme aus einem bestimmten Wald nach dem Mann rief, der Del genannt wurde. Der Zauberer fürchtete diese Stimme, denn er verstand nicht, warum sie so einladend rief, und er wusste auch, dass ihr Ruf nicht unbeachtet bleiben würde.

»Da wir nun übereinstimmen, lasst uns diese Ratssitzung beenden und in die Stadt zurückkehren«, sagte Arien. »Und lasst uns hoffen«, fügte er grimmig hinzu, »dass die Augen des Usurpators unsere Heimat nicht erspähen.«

KAPITEL 16

Geduld

Del war nicht sonderlich aufgeregt, als er mitten am Vormittag erwachte und feststellte, dass er das Zimmer nicht verlassen durfte. Sein Schlaf war voller Träume von Avalon gewesen und jetzt verfolgte jeden seiner Gedanken eine Phantasie, wie er mit der schönen Brielle auf einem vom Mond beschienenen Feld tanzte. Seine Umgebung war für ihn bedeutungslos, sofern es sich nicht um Avalon handelte, und ein Zimmer würde ihm genauso genügen wie die ganze Stadt.

Billy jedoch nahm die Nachricht nicht so leicht auf. Vom Beginn dieses Abenteuers an hatte er eine stoische Haltung eingenommen. Selbst als sie aus dem Meer aufgetaucht waren und entdeckt hatten, dass ihre Welt offensichtlich zerstört worden war, hatte Billy dies grimmig entschlossen mit einem Achselzucken abgetan und die widerwillige Hinnahme des Geschehenen als Schutzschild getragen, obwohl ihm klar war, dass die zur Aufrechterhaltung der Stabilität notwendige Disziplin ein zweischneidiges Schwert war. Er konnte sich gegen Depressionen wehren, aber um dies in einer so unberechenbaren und unbeherrschbaren Situation tun zu können, musste er auch die emotionalen Höhepunkte vermeiden, denn die erwiesen sich sonst als trügerischer Boden unter den Füßen, der von steilen Abgründen umringt war. Bis jetzt hatte er diese Gratwanderung durchgehalten – sogar angesichts der magischen Verlockung von Avalon.

Aber Billys Disziplin hatte ihre Grenzen erreicht. An dem Nachmittag, den er inmitten der Elfen verbracht hatte, war seine Liebe zu Illuma und dessen Einwohner mit ihren fröhlichen Liedern und Tänzen und ihrer sorglosen Lebensweise erwacht. Er saß jetzt verzweifelt da, hatte den vermeintlich festen Boden unter den Füßen verloren, und starrte durch das kleine Fenster des Zimmers auf das fröhliche Treiben drunten. Obwohl sich Ungdens Schatten nach den Elfen ausstreckte, konnte er deren immerwährenden Lustbarkeiten kein Ende bereiten.

Im Zimmer auf der anderen Seite des Flurs bemühte sich Reinheiser angestrengt, den wütenden Kapitän zu beruhigen.

»Wie können sie das wagen?«, rief Mitchell, dem vor Zorn die Halsadern hervortraten. »Mich einschließen! Und das, nachdem ich angeboten hatte, ihnen zu helfen.«

»Ein leeres Angebot«, schnaubte Reinheiser, der Mitchells Wünsche und Ambitionen gut genug kannte, um zu verstehen, dass der Kapitän niemandem helfen würde, wenn er sich damit nicht seinen eigenen Zielen näher brächte. Diese Elfen, die so kindlich und sorglos waren, hatten in Mitchells endgültigen Plänen keinen Platz. Er mochte sie vielleicht benutzen oder versklaven, aber – Reinheiser wusste dies sicher – der Kapitän hatte gewiss nicht die Absicht, ihnen zu helfen.

»Was meinen Sie damit?«, fragte Mitchell argwöhnisch.

»Ach, Kapitän! Gewiss erwarten Sie doch nicht, mit diesen hilflosen kleinen Kreaturen eine Armee aufzustellen.«

»Nein«, gab Mitchell zu und lachte hässlich. »Aber das wissen sie nicht.«

»Natürlich nicht«, stimmte ihm Reinheiser zu. »Und

machen Sie sich keine Sorgen, ich glaube, Sie haben zumindest einige von ihnen überzeugt, dass Sie ein Freund sind.«

»Und so vergelten sie es mir!« Er schlug mit der Faust gegen die verschlossene Tür. »Ich muss hier raus!«

»Nach Calva, vermute ich.«

»Natürlich nach Calva. Und an Ungdens Hof.«

»Wo Sie die Macht übernehmen werden?«, mutmaßte der Physiker. »Ich glaube nicht, dass Ungden seinen geraubten Thron so bereitwillig hergeben wird.«

»Das würde ich auch nicht von ihm erwarten«, pflichtete ihm Mitchell bei. »Aber vielleicht wird er einen großen Führer aus einer anderen Welt, einen Mann, der ihm seinen größten Feind ausliefert, mit einem Ehrenplatz an seinem Hof belohnen, oder vielleicht sogar mit einem kleinen eigenen Königreich.«

»Wobei beide Möglichkeiten eine solide Grundlage für Sie wären, um eine Armee aufzustellen«, spekulierte Reinheiser.

»Eine Armee mit Schusswaffen«, bestätigte der Kapitän und genoss seine Machtphantasie mit geradezu unanständigem Vergnügen.

»Und die Geräte, um solche Stücke herzustellen?«, fragte Reinheiser. »Die Einzelteile eines Gewehrs zu kennen verleiht einem noch nicht die Fähigkeit, diese Teile zu fertigen. Gibt es verfügbare Metalle, die stark genug sind? Und wie steht es mit dem Pulver?«

»Es ist möglich«, beharrte Mitchell.

Reinheiser lächelte verhalten. »In der Tat«, sagte er. »Oder wenn nicht Schusswaffen, so doch gewiss andere Waffen, die denen, die wir gesehen haben, überlegen sind.«

Mitchell nickte und schien mit dieser Antwort zufrieden zu sein. »Dann werde ich diese Welt beherrschen«, bemerkte er ruhig, und sein Lächeln wurde breiter. Es handelte sich dabei jedoch nur um eine vorübergehende Atempause seiner Wut und seiner Enttäuschung, und bald verdunkelte sich sein Gesicht wieder. »Wozu ist das nütze?«, stöhnte er. »Es ist alles nur ein Traum. Selbst wenn wir aus diesem Zimmer herauskämen, was wir nicht können, so würden wir doch niemals den Weg aus diesem dämlichen Tal heraus finden.«

»Doch, das würden wir«, widersprach Reinheiser, und jetzt war es an ihm zu strahlen. Er holte ein zusammengerolltes Pergament aus seinem Mantel hervor und reichte es Mitchell. Der entrollte es und sah, dass es sich dabei um eine Landkarte handelte, eine Karte, die den Weg zurück nach Bergtor zeigte.

»Woher haben Sie das?«

»Ich habe es angefertigt.«

»Aber wie?«

»Ein Kinderspiel«, antwortete Reinheiser. »Als die Elfen uns in dieses Tal geleiteten, habe ich meine Schritte gezählt und mir die Biegungen und Korridore gemerkt, die wir im Tunnel zurückgelegt haben.«

»Deshalb haben Sie dieses verdammte Theater mit der Angst vor Höhlen abgezogen«, sagte Mitchell. »Um an die Wand zu gelangen.«

Reinheiser nickte und heuchelte Langeweile, als sei dies für einen so brillanten Kopf wie ihn nur eine kleine Sache. »Die Karte ist nicht vollkommen, aber ich bin sicher, sie wird ausreichen, um uns von hier wegzubringen.«

»Sie sind ein kluges Kerlchen«, sagte Mitchell und grinste von einem Ohr zum anderen. »Wann hauen wir ab?«

»Geduld, mein Freund, Geduld«, entgegnete Reinheiser. »Die Elfen werden in ihrer Wachsamkeit nachlassen, wenn die unmittelbare Gefahr vorüber ist, und dann...«

»Und dann«, unterbrach der Kapitän ihn und breitete die Arme weit aus, als spräche er zu einer Menschenmenge, »jubeln alle Mitchell zu, dem Herrscher von Aielle!« Er lachte laut los.

Reinheiser stimmte ein, wenn auch weniger herzlich. Der Physiker wusste, dass es da noch andere Mächte gab, mit denen man würde ringen müssen und die Mitchell nicht in Betracht gezogen hatte, und in Wahrheit hielt er Mitchells Gier für absolut lächerlich.

Spät an jenem Nachmittag saßen Ardaz und Ryell auf dem Podest im Thronsaal, während Arien unbehaglich vor ihnen auf und ab schritt.

»Arien, lass ihn gehen!«, bat Ardaz. »Diesem einen können wir vertrauen.«

»Ihm vertrauen!«, rief Ryell aus. »Er ist ein Mensch. Wie können wir glauben, dass es an ihm etwas Gutes gibt? Die Menschen haben den Illumanern gegenüber nichts als Hass an den Tag gelegt. Wenn sie uns finden könnten, würden sie uns alle im Nu umbringen. Und du verlangst von uns, dass wir unser Leben einem Menschen anvertrauen?«

»Da ich ein Mensch bin, nehme ich diese Meinung übel«, sagte Ardaz, obwohl er Ryells Bitterkeit gegen seinesgleichen verstand. In Illuma wurde erzählt, dass Erinels Eltern, Ryells Bruder und Schwägerin, von Menschen auf einem Gebirgspass erschlagen worden seien, als Erinel noch ein Kind war. Arien bezweifelte diese Geschichte; er hegte den Verdacht, dass das unglückliche Paar stattdessen von Talons überfallen worden war, und obwohl Ardaz auch nicht glaubte, dass dies eine Tat von Menschen gewesen war, besaß er keinen Beweis, mit dem er Ryells tief verwurzelte Überzeugung hätte widerlegen können.

»Du bist anders«, erwiderte Ryell. »Du bist ein Zauberer und einigermaßen harmlos.«

»Was könnte er wohl im Wald der Zauberin zu tun haben?«, fragte Arien und führte das Gespräch wieder auf sein Thema zurück. Streitereien zwischen Ryell und Ardaz uferten leicht aus, und Arien wusste aus Erfahrung, dass diese beiden stundenlang drauflosreden konnten, wenn man ihnen gestattete abzuschweifen.

»Was könnte er dort zu tun haben, in der Tat!«, pflichtete Ardaz bei. »Nun schön, was für ein Anliegen könnte er hier haben? Der Pfad dieses Mannes, glaube ich, wird von Kräften gelenkt, die über uns hinausgehen, wisst ihr – weit, weit über uns hinaus. Ich würde es nicht für klug halten, ihn hier festzuhalten. Das könnte diese Kräfte erzürnen, wisst ihr, und das wollen wir ja nicht. Nein, wenn er wünscht, nach Avalon zurückzukehren, dann sollten wir ihn gehen lassen.«

»Sollen wir sie in Illuma frei herumlaufen lassen?«, knurrte Ryell. »Und zulassen, dass diese unsichtbaren Kräfte, von denen du sprichst, uns zu unserer Vernichtung führen?«

»Nein, gewiss nicht!«, erwiderte der Zauberer. »Ich spreche nur von dem Mann namens DelGiudice und er hat wahrlich unser Vertrauen verdient.«

»Das hat er«, stimmte ihm Arien zu. »Jedoch begreife ich nicht, was sie wohl mit ihm vorhaben könnte.«

»Wahrscheinlich will sie ihn in ein Eichhörnchen verwandeln, damit er zwischen ihren Bäumen herumtanzt«, warf Ryell ein.

»Jetzt bist du zu weit gegangen!«, rief Ardaz und sprang auf. Seine Augen blitzten zornig. Ryell blieb unbeeindruckt und wie unbeteiligt sitzen. Er hielt sich fest an seine Überzeugung, dass Zauberer närrische alte Stümper waren und Zauberinnen lediglich die Ausgeburt der Phantasie eines Kindes.

»Genug, Ardaz!«, befahl Arien, doch der Zauberer wich nicht zurück. Arien trat zwischen ihn und Ryell und hielt dem Feuer des Zauberers mit seinem eigenen unnachgiebigen Blick stand.

»Als du vor dreißig Jahren zu uns zurückgekehrt bist, hast du eingewilligt, mein Wort zu respektieren und dich an unsere Regeln zu halten«, sagte Arien streng und ließ keinen Raum für irgendwelche Zugeständnisse.

Ardaz setzte sich missmutig wieder hin.

»Ryells Jahre sind nicht so zahlreich wie die unseren«, sagte Arien, um den Zauberer zu beschwichtigen. »Er erinnert sich nicht an die Smaragd-Zauberin oder an die alten Zeiten, als Magie die Luft erfüllte. Für ihn sind das nur Ammenmärchen.«

»Er wird erfahren, dass es anders ist, ja, das wird er!«, brummte Ardaz, doch sein Ärger wich schnell den Erinnerungen an jenes vergangene Zeitalter, die über ihn kamen.

»Arien«, sagte er ruhig, »erinnere dich bitte an die Tage von damals, an die Tage von Ben-rin und Umpleby und des Steins der Gerechtigkeit. Damals habe ich viel für deine Eltern und Verwandten getan und ich habe mir nichts dafür erbeten außer deiner Freundschaft und deinem Vertrauen. Vertraue mir jetzt, bitte. Lass DelGiudice gehen.«

»Was, glaubst du, will sie mit ihm anfangen?«, fragte Arien.

»Ich weiß nicht einmal, ob sie ihn überhaupt will«, erwiderte Ardaz. »Ich weiß nur, dass er seinen eigenen Weg wählen muss, und jetzt wählt er Avalon. Lass ihn gehen, Arien! Ich habe Freunde, die ihn beobachten werden, das verspreche ich.«

Arien wusste in seinem Herzen, dass Del das Vertrauen der Illumaner verdient hatte, aber er wusste auch um die Folgen. Ryell und viele andere würden wütend werden, wenn er Del gehen ließ, und dies war kein guter Zeitpunkt für Uneinigkeit in seinem Volk.

Aber schließlich beschloss er, seinem Herzen zu folgen, aus der Überlegung heraus, dass das Gewissen zu opfern ein größeres Übel war als alles, was Ungden über sie bringen konnte. Er würde nicht der Vorsicht zuliebe dieses Opfer hinnehmen. Mit grimmiger Entschlossenheit, die jedoch von Mitgefühl gemildert wurde, blickte er Ryell fest in die Augen. »DelGiudice kann gehen.«

Ryell wandte sich ab.

»Großartig!«, rief Ardaz.

»Doch erst nachdem die Calvaner aus den Hügeln um Bergtor abgezogen sind«, fuhr der Eldar fort.

»Desdemona beobachtet sie jetzt«, erwiderte der Zauberer zufrieden. »Sie wird es mich wissen lassen, wenn sie fort sind.«

»An jenem Tag können auch die anderen drei sich frei im Tal bewegen«, sagte Arien. »Wir müssen herausfinden, ob sie auch unseres Vertrauens würdig sind.«

Wütend und bebend, als könnte er nur mit Mühe seine Selbstbeherrschung bewahren, wandte sich Ryell wieder um und warf Arien einen Blick äußerster Verachtung zu.

»Sei ruhig, mein Freund«, sagte Arien. »Dich beauftrage ich mit der Bewachung der anderen drei und du selbst sollst DelGiudice hinunter zum Eingang von Bergtor geleiten. Von dort aus kannst du sehen, ob er Clas Braiyelle betritt, und wenn dieser Wald des Friedens und der Ordnung ihn eintreten lässt, dann weißt du, dass er kein Freund von Ungden dem Usurpator ist.«

»Und die anderen drei müssen abends in ihre Räume zurückkehren und dort über Nacht bleiben«, schlug Ryell vor. Arien freute sich zu erfahren, dass sein Freund, der ihm so offensichtlich wegen seiner Entscheidungen zürnte, anscheinend doch bereit war, sich mit ihm abzufinden.

»Wie du es wünschst«, erwiderte Arien.

»Dann bin ich zufrieden.«

Del hüpfte das Herz im Leib, als Ardaz zu ihm kam mit der Nachricht, dass er die Erlaubnis bekäme, nach Avalon zurückzukehren. Auch Billy tanzte vor Freude, als er erfuhr, dass er bald wieder frei inmitten der Elfen würde umhergehen dürfen. Der Zauberer dachte, er habe ihnen einen Gefallen getan, indem er sie über Ariens Entschluss unterrichtete, aber in Wahrheit wurden die beiden Männer noch unglücklicher, als die Tage sich hinzogen und Desdemona immer noch nicht mit der Nachricht zurückkehrte, dass die calvanischen Kundschafter fort seien.

Während dieser Zeit besuchten Sylvia und Erinel sie oft in ihrem Zimmer und erwiesen sich als beträchtlicher Trost für die beiden Männer. Bald waren die vier gute Freunde geworden und tauschten untereinander Geschichten aus. Del war allerdings ein wenig enttäuscht darüber, dass weder Sylvia noch Erinel seine Begeisterung über eine Rückkehr nach Avalon teilten. Wann immer er von Brielle sprach, schauten sie einander mit Sorge und Mitgefühl an, als wüssten sie etwas über die Zauberin, das er nicht wusste, und sie wechselten immer bei der ersten Gelegenheit das Thema. Del verstand allmählich den Rat, den Ardaz ihm gegeben hatte, dass er nämlich seine Begegnung mit der Zauberin für sich behalten sollte. Obwohl er es kaum glauben konnte, wurde ihm klar, dass der Zauberer Recht gehabt hatte mit seiner Bemerkung, dass selbst das gute Volk von Illuma die Zauberin des Waldes nicht voll akzeptierte.

Ardaz verbrachte die meiste Zeit in dem anderen Zimmer und sprach mehr mit Reinheiser als mit Mitchell. Sie passten gut zusammen, denn der Physiker war ein aufmerksamer Zuhörer und der Zauberer redete gern. Reinheiser drängte Ardaz, Geschichten über Istaahl, den Weißen Magus, und die Stadt Pallendara, welche die Elfen Caer Tuatha nannten, zu erzählen. So sehr er sich auch bemühte, gelang es ihm jedoch nicht, den Zauberer dazu zu bewegen, dass er sich über den Schwarzen Hexer, Morgan Thalasi, äußerte, abgesehen von der allgemeinen Erzählung von der Schlacht der Vier Brücken und den Tagen vor der ersten Mutation.

Kurz nach dem Frühstück am Morgen des sechsten Tages kam endlich Desdemona zu Ardaz zurück und brachte die Botschaft, Bergtor sei wieder geräumt.

»Sie sind lange geblieben«, sagte Arien, als der Zauberer ihm berichtete. »Glaubst du, sie haben etwas gefunden?«

»O nein, nein«, erwiderte Ardaz. »Sie waren nur hartnäckig, das ist alles.«

»Hoffen wir, dass es so ist«, entgegnete Arien. »Dann geh und unterrichte DelGiudice. Er wird auf der Stelle aufbrechen wollen. Und sag den anderen, dass sie jetzt ihre Zimmer verlassen dürfen.«

»Oh, einfach großartig!«, rief Ardaz und stürzte zur Tür hinaus.

»Nimm Erinel mit dir und DelGiudice«, sagte Ariel zu Ryell.

»Ja, Eldar«, antwortete Ryell, »und wehe ihm, wenn der Wald ihn zurückweist.«

»Das wird er nicht tun.«

Kurze Zeit später verabschiedeten Arien und Ardaz die drei am Tunneleingang am Westrand des Tals.

»Nun denn, setzen wir uns in Bewegung«, sagte Del ungeduldig. »Brauche ich eine Augenbinde?«, fragte er und streckte die Hand aus.

»Nein, Freund«, sagte Arien mit einen Seitenblick auf Ryell. »Diesmal kannst du ohne eine solche reisen.«

»Ich fühle mich geschmeichelt«, stotterte Del überrascht. »Aber ehrlich gesagt, wäre es mir lieber, mit verbundenen Augen zu gehen. Falls etwas schief geht und ich von Calvanern gefangen werde, dann wäre es besser für uns alle, wenn ich sie nicht hierher führen könnte.«

Ardaz brach in Gelächter aus. »Da hast du's, Ryell! Er hat deine törichte kleine Prüfung bestanden.«

Arien lächelte ebenfalls breit. »Wir haben gehofft, dass du diese kluge Entscheidung treffen würdest.« Wieder blickte er zu Ryell. »Wir haben gehofft, dass es dir wichtig wäre, unsere Sicherheit nicht aufs Spiel zu setzen.« Damit warf er dem Mann eine Kapuze zu. »Leb wohl, mein Freund, ich freue mich auf deine Rückkehr.«

»Ich werde zurückkommen«, versicherte ihm Del. »Lebt wohl einstweilen. Und kümmert euch statt meiner um Billy!« Er schulterte das Bündel, das sie für ihn vorbereitet hatten, setzte die Kapuze auf, zog sie über die Augen und betrat zwischen Ryell und Erinel den Tunnel.

»Da geht er fort«, murmelte Mitchell, der mit Reinheiser ein wenig entfernt vom Tunneleingang stand.

»Es ist besser, dass er geht«, erwiderte Reinheiser. »DelGiudice würde kämpfen, wenn er von Ihren Plänen wüsste.«

»Er ist eine Kakerlake«, knurrte Mitchell. »Und ich werde wiederkommen und ihn zertreten.«

Reinheiser nickte bloß und enthielt sich eines Kommentars.

Die Reise nach Bergtor kam Del überhaupt nicht lang vor. Voller Erwartung durchquerte er den Tunnel und hüpfte den Pfad hinab und seine Füße berührten dabei kaum den Boden. Er konnte kaum stillstehen, als endlich der Zeitpunkt gekommen war, da Erinel ihm die Kapuze abnahm.

»Wir sind an dem Feld angekommen, und dort liegt dein Ziel«, brummte Ryell und zeigte auf die ferne Baumreihe. Offensichtlich war er froh, dass die ganze Sache fast vorüber war.

»Wird Ardaz es wissen, wenn ich zurückkomme?«, fragte Del. »Ich möchte nicht hier unten festhocken.«

»Er wird es wissen«, versicherte ihm Erinel. »Und mach dir keine Sorgen, es wird jemand hier sein, um dich in Empfang zu nehmen und nach Lochsilinilume zurückzuführen. Jetzt mach dich auf den Weg!«

»Dann lebt wohl«, sagte Del und lief mit klopfendem Herzen los – in Richtung auf Avalon und seinen Traum.

Doch als er an dem Wald anlangte, fand er keinen Eingang. Die Straße war verschwunden! Verwirrt lief er an der Waldgrenze suchend auf und ab, doch er fand keinen Weg. Tatsächlich schienen die Bäume immer dort, wo er suchte, am dichtesten zu stehen, als drängten sie sich vor ihm zusammen, um ihm den Weg zu versperren. Er fand nicht einmal eine Öffnung, die groß genug gewesen wäre, um ihn in den Wald einzulassen. »Das ist seltsam«, flüsterte er.

Unter dem Torbogen legte Ryell einen Pfeil an seinen Bogen.

»Onkel, nein!«, schrie Erinel.

»Doch!«, entgegnete Ryell. »Es ist der Wille von Arien und alle haben zugestimmt. Schau selbst, Erinel,

Clas Braiyelle will ihn nicht aufnehmen! Er ist gewiss ein Spion von Ungden und wir sind getäuscht worden!« Er spannte seinen Bogen und schlich über das Feld. Erinel folgte ihm nervös.

Del stand am Waldrand und kratzte sich am Kopf. »Wie seltsam«, murmelte er und ahmte dabei die Stimme seines neuen Freundes, des Zauberers, nach. »Wie überaus seltsam!«

KAPITEL 17

Clas Braiyelle

Ryell hob den Bogen und zielte. »Bitte, Onkel«, flehte Erinel ihn an und griff nach dem Pfeil, »es muss einen anderen Weg geben! Gewiss wird er sich ergeben.«

Del bemerkte sie nicht, obwohl sie nur wenig entfernt von ihm waren. Er stand verblüfft da und starrte auf die lebende Barriere, die sich vor ihm erhob. Erst vor einer Woche war er hier gewesen und war genau an dieser Stelle auf einem Pfad durch diesen selben Wald gewandert. Und doch konnte er jetzt keinen Pfad sehen. Die Elfen nannten diesen Ort Clas Braiyelle, ›Heimstatt von Brielle‹, und ein solcher Name beinhaltete einen Sinn, der viel tiefer ging. So wie Talasdun eine Erweiterung der Schwärze von Morgan Thalasi war, so spiegelte Clas Braiyelle die Seele seiner Namensgeberin wieder. Beim Durchqueren des Waldes hatte Del die magische Essenz gespürt, die jedem Aspekt von Avalon Brielles Namen aufgeprägt hatte, aber nur die allerältesten Illumaner, Ardaz und die Waldwächter konnte wirklich die Beziehung zwischen der Zauberin und ihrem Wald einschätzen. So sicher, wie sie die Hand zur Faust ballen konnte, konnte sie auch die Pfade verändern und die Grenzen schließen, und sie konnte mit den Augen der Vögel ebenso gut sehen wie mit ihren eigenen. Sie waren eins, diese Frau und das Land, das sie genährt hatte, Seelen- und Geistesverwandte, die in vollkommener Harmonie auf den Pfaden der Zeit reisten.

»Nimm deine Hand weg!«, befahl Ryell, entriss Erinel mit einem Ruck den Pfeil und legte ihn wieder an den Bogen. »Ich habe zu viel von den Lügen dieses Mannes gehört und ich werde keine Bitte um Ergebung erhören. Dieser Mensch wird alles bekommen, was er und seinesgleichen verdienen.« Er drehte sich wieder um und wollte zielen, doch Del war verschwunden – verschwunden auf einem Pfad, der nach Avalon hineinführte.

»Clas Braiyelle hat ihn angenommen!«, rief Erinel. »Er hat uns nicht getäuscht, doch du hättest ihn umgebracht.«

Ryell sagte nichts. Er war hin und her gerissen zwischen Erleichterung und unnachgiebigem Zorn.

Del trabte den Pfad entlang und pfiff und summte dabei. Hier drinnen kam ihm die Sonne wärmer und freundlicher vor, und die Brise, die durch die Baumkronen drang, trug die Düfte und Laute des Frühlings und eine unwiderstehliche Zufriedenheit mit sich. Zum ersten Mal seit seiner Ankunft in dieser fremdartigen neuen Welt war er wirklich allein, doch er fürchtete sich nicht und war nicht einmal besorgt. In diesem Wald fühlte er sich zu Hause und willkommen und vergaß dabei völlig die Tatsache, dass Avalon ihm den Zugang erst gewährt hatte, als sein Leben auf dem Spiel stand.

An jenem Morgen nahm er überall Spuren von Brielles Wirken wahr: auf den blumenübersäten Böschungen, wo das geschäftige Treiben neu erwachter Insekten wimmelte, in den immergrünen Gehölzen, die – dunkel und stolz – die kältesten Überfälle des Winters überlebt hatten, und im Gesang der Bäche, die von der Schneeschmelze in den Bergen angeschwollen waren. Doch die Zauberin war nirgends zu erblicken. Del hatte keinen Gedanken daran verschwendet, wie er sie finden würde; er hatte einfach angenommen, sie würde da sein und ihn begrüßen, sobald er ihren Herrschaftsbereich betrat. Doch Avalon war ein großer Wald und erstreckte sich meilenweit nach Westen und noch viel weiter nach Süden. In der Hochstimmung bei der Verwirklichung seiner Phantasie hatte Del den Umfang der Aufgabe, die vor ihm lang, überhaupt nicht bedacht.

An jenem Morgen sah er sie nicht und war ein wenig enttäuscht, als er gegen Mittag eine Rast einlegte, um etwas zu essen. Seine Stimmung wurde jedoch schnell besser, denn als er sich in einer kleinen Lichtung niederließ und an einem Gebäck kaute, das die Elfen ihm eingepackt hatten, steckten einige Kaninchen die Köpfe aus dem umliegenden Gebüsch und betrachteten ihn prüfend. Nur einen Augenblick lang waren sie ängstlich, dann hoppelten sie herbei und leisteten ihm Gesellschaft.

»Also meinen sie, ich gehöre auch hierher«, sagte Del lachend zu sich selbst und gab ihnen etwas von seinem Essen ab.

Danach verabschiedete sich Del von seinen kleinen Freunden und nahm mit gestärktem Optimismus seine Suche wieder auf. Doch an jenem Tag suchte er vergeblich, bis weit in die Nacht. Er setzte sich nieder, lehnte sich mit dem Rücken an einen Baumstamm und wollte nur eine kleine Pause machen, als die Müdigkeit ihn schließlich überwältigte. Zu erschöpft, um sich Gedanken um seine Bequemlichkeit zu machen, schlief er in dieser Stellung ein. Wieder träumte er von sternenbeschienenen Feldern und vom Tanz mit Brielle zur Musik der Nacht, und er war voller Frieden.

Der Traum war nur allzu kurz, wie es wunderbare Träume immer sind, und es schienen nur Minuten vergangen zu sein, als die Morgensonne den östlichen Himmel erhellte und die Verzauberung auflöste. Die Nacht war kalt gewesen, denn der Sommer war noch fast einen Monat entfernt, und der harte Baumstamm hatte sich seinem Rücken gegenüber nicht sehr gnädig gezeigt. Bei jeder Bewegung stöhnend, rappelte sich Del auf und versuchte durch Dehnen und Strecken die Steifheit zu vertreiben. Obwohl er sich sicher war, dass er den ganzen restlichen Morgen Unbehagen empfinden würde, ließ er sich nicht entmutigen. »Heute wird es geschehen«, versicherte er sich laut.

Doch es geschah nicht. Die Tiere tanzten zwischen den Bäumen, die Sonne brannte am blauen Himmel, und die Magie von Avalon umgab ihn. Doch an jenem Tag sah Del keine Frau, und er hörte keinen Gesang.

Und er fand sie auch nicht in der Nacht, nicht am nächsten Tag und nicht in der nächsten Nacht. Als der vierte Morgen heraufdämmerte, überflutete ihn tiefe Enttäuschung und seine Entschlossenheit nahm ab.

Er trottete weiter, aus Furcht, wenn er stehenbliebe, dann würden seine Augen in einer unerfüllten Sehnsucht immerzu an Avalon hängen bleiben. Soweit er konnte, verbannte er an jenem Tag die Schönheit des Waldes aus seiner Wahrnehmung, verengte seinen Blick auf ein einziges Ziel und folgte jedem Weg, auf den er geriet, mit stürmischem und entschlossenem Schritt. Ein Pfad führte ihn zu einer Gruppe weißer Birken. Der Boden um sie herum fühlte sich unter seinen Füßen schwammig an, an einigen Stellen zeigte sich sogar offener Schlamm, wo ein naher Bach über die Ufer getreten war. Abgefallene Zweige bedeckten den Boden. Del hätte so vernünftig sein sollen, nicht weiterzugehen, doch seine Enttäuschung hatte einen fahrlässigen Eigensinn ausgebrütet. Er zahlte für seine Torheit, als er festen Boden unter den Füßen verlor und bei dem Versuch, sich zu fangen, seinen Arm an der scharfen Spitze eines abgebrochenen Astes aufriss. Die Wunde war nicht allzu schlimm, doch sie war mehr, als seine aufgewühlten Gefühle verkraften konnten.

»Verdammt!«, schrie er laut. »Wo bist du, Brielle? Warum kann ich dich nicht finden?«

»Ach so, ich bin es, wonach du suchst«, flüsterte hinter ihm eine wohlklingende Stimme.

Del stand da wie zu Stein erstarrt. Ein riesiger Kloß bildete sich in seinem Hals, sein Magen krampfte sich zusammen und es überkam ihn ein solcher Anfall von Panik, dass er um Atem ringen musste. Sie war es, das wusste er, und er musste ihr ins Gesicht schauen. Nach diesem Augenblick hatte er sich gesehnt und ihn zugleich gefürchtet. Eine Million unbeantworteter Fragen standen hinter ihm, die Verwirklichung seiner Phantasie oder die größte Enttäuschung seines Lebens. Mit all seiner Willenskraft streifte er die Spannung ab, die ihn gefangen hielt, und drehte sich – immer noch zitternd – zu seinem Traum um.

Del hatte geglaubt, er hätte sich auf diesen Augenblick vorbereitet, doch als er sie jetzt sah, war er wahrhaft überwältigt: Sie trug ein Gewand aus einem dünnen weißen Stoff, ihr blondes Haar hing offen über die Schultern und in ihren grünen Augen schimmerte das Licht der Morgensonne.

»Und hast du lange nach mir gesucht?«, fragte sie.

Schon immer, dachte Del, doch er konnte nur stammeln: »Seit vier Tagen.«

»Du hättest es nur dem Wind zu sagen brauchen«, sagte sie.

»Dem Wind?«

»Ja«, antwortete Brielle. »Wenn du in meinem Wald deine Gedanken aussprichst, dann kommen sie mir zu Gehör.«

Del erkannte, dass er in den Tagen, die er im Wald zugebracht hatte, Brielles Namen überhaupt nicht erwähnt hatte. Trotz – oder vielleicht wegen – seiner Nervosität musste er lachen.

Brielle antwortete mit einem höflichen Lächeln, obwohl sie nicht ganz verstand, was er so komisch fand. Dann sah sie das Blut auf Dels Ärmel, ergriff schnell und entschlossen seinen Arm und drehte ihn so, dass sie die Wunde besser untersuchen konnte.

»Du hast dich verletzt.«

»Es ist nichts«, erwiderte Del und wich vor ihr zurück, verlegen wegen seiner Verletzung und seiner Dummheit, die überhaupt dazu geführt hatte. »Nur ein Kratzer.«

»Ein bisschen mehr als ein Kratzer, sagen mir meine Augen«, rügte Brielle und machte Del klar, dass er sich wie ein Kind benahm und dass sie ihn entsprechend behandeln würde. Del erkannte den Tadel und räumte ein, dass sie Recht hatte; die Schnittwunde sollte zumindest gereinigt und verbunden werden. Ihr plötzlich mütterlich klingender Ton brachte ihn fast wieder zum Lachen.

»Komm«, sagte sie und streckte die Hand aus – es war mehr ein Befehl als eine Bitte –, »ich werde mich darum kümmern.«

»Ja, Mama«, brummte Del.

Brielle beäugte ihn scharf. »Muss ich dir noch einmal sagen, dass in diesen Wäldern deine Worte meine Ohren erreichen?« Aber ihr Zorn war nur gespielt, und Del erkannte das Lächeln hinter ihrem finsteren Blick. Diesmal lachte er laut heraus, und Brielle schloss sich ihm an.

Sie führte ihn zu einem kleinen, mit weichem Gras bewachsenen Hang, der mit Blumen gesprenkelt und mit einer dichten Zeile von Fliederbüschen gekrönt war. Sie gebot ihm zu warten und sprang im Schatten der Bäume davon.

Del legte sich rücklings auf den Hang und ließ sich von der Sonne wärmen, während er versuchte, das Durcheinander von Gefühlen zu klären, das in ihm brodelte. In Wirklichkeit wusste er nicht, was er empfand, ihm war nur klar, dass er, wenn er Brielle ansah, gleichzeitig ruhig und aufgeregt war. Es erstaunte ihn, wie wohl er sich in ihrer Gegenwart gefühlt hatte, wie schnell die Befangenheit der ersten Begegnung verflogen war – bei beiden, wie es schien. Und doch musste er sich bei ihrem Anblick bewusst daran erinnern zu atmen, und seine Stimme drohte bei jeder Silbe überzuschnappen. Über alle Verwirrung hinweg erkannte Del eines als sicher: Er war glücklich. Schon die bloße Gegenwart der Smaragd-Zauberin von Avalon entzückte ihn wie nichts jemals zuvor.

Brielle kam bald zurück und brachte eine kleine hölzerne Schale mit. Sie war mit einer breiigen Paste gefüllt, die eindringlich süß duftete, als wären die Essenzen aller Frühlingsdüfte zu einem einzigen verschmolzen. Brielle erklärte Del, die Mischung würde seine Wunde reinigen und die Heilung begünstigen, und sobald sie davon auf seinen Arm auftrug, fühlte der sich schon besser an.

Die beiden saßen schweigend im Gras und ließen die Geräusche des erwachenden Waldes an sich vorüberziehen wie die trägen Wolken am Himmel. Die Zauberin war offenbar zufrieden und fühlte sich wohl, die Heiterkeit und die natürliche Ordnung dieses Landes waren ihre Stärke und ihre Magie. Nach ein paar Minuten wurde Del jedoch allmählich nervös, seine Augen wurden immer mehr von Brielle angezogen. Das Schweigen machte ihn befangen und er fragte sich, ob Brielle erwartete, dass er ein Gespräch begänne. Obwohl er etwas sagen wollte, erschien ihm alles, was ihm einfiel, lächerlich und abgeschmackt.

Brielle schaute ihn an und fing mit ihren Augen seinen Blick auf. Immer noch saß sie lächelnd da, entspannt und friedvoll, während alle tröstlichen Gedanken von Del gewichen waren. Er hörte, wie sein Herz pochte, und war sich wider alle Vernunft sicher, dass

Brielle es auch hören konnte; allerdings hätte sie seinen Zustand sowieso leicht aus der Rötung seines Gesichtes erraten können. Dels Unbehagen nahm zu, als er spürte, wie ihm Schweißperlen auf die Stirn traten.

Schließlich musste er sich abwenden. Er blickte nervös um sich, kam sich mit jeder verstreichenden Sekunde noch mehr wie ein Narr vor und hoffte auf eine Ablenkung, die ihn aus dieser misslichen Situation befreien würde. »Wie wäre es mit einem Mittagessen?«, platzte er in einer plötzlichen Anwandlung heraus, als er bemerkte, dass die Sonne direkt über ihnen stand. Er langte nach seinem Bündel; nach einiger Zeit gelang es ihm schließlich, etwas von dem Gebäck herauszuholen, und er bot es Brielle an. Sie nahm das Stück neugierig, wenn auch nicht begeistert, an, biss ein wenig davon ab und reichte es ihm zurück.

»Das ist Nahrung für die Hungrigen«, sagte sie. »Bitte, warte hier auf mich, und ich bringe dir Nahrung für die Glücklichen!« Sie warf ihre Mähne zurück, lachte und verschwand zwischen den Bäumen.

Del hatte ihren jähen Fortgang kaum zur Kenntnis genommen, da kehrte sie mit einem großen Tablett zurück, das mit den Gaben von Avalon beladen war: fleischig-süßen Beeren und Bergen von Früchten, die von Saft trieften. Del warf einen Blick auf das Festmahl, das da gebracht wurde, und ließ sein Gebäck zu Boden fallen.

»Das ist für die Kaninchen.«

Dann kostete Del von der Magie von Avalon, und sie war unvergleichlich wohlbekömmlich und köstlich; er spürte, wie ihn Gesundheit und Verjüngung durchströmten, während er noch aß. Als er zu Ende gegessen hatte, brachte Brielle eine Flasche mit Wasser, wie er es noch nie zuvor gekostet hatte – kristallklar und eiskalt von der Schneeschmelze in den Bergen floss es prickelnd durch seine Kehle.

Nach der Mahlzeit fühlte er sich völlig erfrischt, als wären alle Schmerzen und alle Wundheit aus seinem Körper gewichen. Die Paste auf seinem Arm war zu Staub getrocknet, und einem Gefühl folgend wischte er sie weg. Tatsächlich war die Wunde vollständig geheilt, als einzige Spur war eine dünne weiße Narbe zurückgeblieben.

»Unglaublich«, murmelte Del. Er schaute Brielle an. »Das Ganze ist einfach unglaublich.«

Sie erwiderte seinen Blick, ihre einzige Antwort war ihr Lächeln.

Mein Gott, dachte Del, sie ist schön! Sie war die Verkörperung seiner Vorstellung von Schönheit. Und während er noch über sein Glück nachsann, dass er sie gefunden hatte und hier neben ihr saß, erinnerte er sich jedoch an Andovars Worte von dem Zauber, den sie angeblich über Männer ausübte, und Angst vertrieb das Lächeln von seinem Gesicht.

Er fürchtete sich zu fragen, doch da ihm klar war, dass er die Wahrheit erfahren musste, begann er vorsichtig: »Jemand hat einmal zu mir gesagt, du könntest für jeden Mann das sein, was er sich an einer Frau am meisten ersehnt.« Die Zauberin fuhr überrascht zusammen. Seine Worte trafen sie völlig unvorbereitet.

»Stimmt es?«, hakte Del beharrlich nach.

Brielle senkte abwehrend den Kopf und gab zu: »Es gibt einen solchen Zauber.«

Del durchdrang der schlimmste Schmerz, den er jemals erlebt hatte. Er hatte gehofft, er hätte jene schwer fassbare Liebe seiner Phantasievorstellungen gefunden, die Romanze, an deren Existenz er sogar damals gezweifelt hatte, als er in einer weit entfernten Welt seine Verlobung mit Debby hinnahm. Jetzt kannte er die Falle. Von der Magie von Ynis Aielle und dem Zauber dieses Waldes im Besonderen verlockt, war er nicht mehr auf der Hut gewesen und hatte gewagt zu träumen.

»Dann ist dies alles«, stammelte er, kaum des Sprechens fähig, »nur eine Illusion, ein Spiel, das du treibst! Wie konntest du mich täuschen? Warum…«

»Nein!«, beharrte Brielle, und das Funkeln in ihren Augen ließ Del verstummen. Wieder senkte sie den Blick, da auch sie den Schmerz der Einsamkeit spürte. Der Waldwächter hatte die Wahrheit gesagt: Oft hatten Männer sie von fern geschaut und dann nur die tiefsten Wünsche ihres eigenen Herzens gesehen. Doch dies war lediglich eine Folge der Wahrhaftigkeit und Reinheit des Waldes. Vielleicht eine Illusion, aber mehr wohl ein kurzes Aufscheinen ihrer angeborenen Sehnsucht, in einer so unschuldigen und natürlich geordneten Existenz zu leben. In ihrer Symbiose mit Avalon wurde Brielle zu einem Teil des Waldes, und der Wald war eine Erweiterung ihrer Person. Und das war ihre Falle, eine unvorhergesehene Grube: dass die Welt außerhalb ihres Herrschaftsbereiches sie so sah. Denn jetzt war sie einem Mann begegnet, an dem ihr wirklich etwas gelegen sein konnte, und sie wollte für ihn mehr sein als nur eine flüchtige Vision im Sternenlicht. Doch wie konnte er ihr vertrauen? Wie konnte er an die Substanz hinter der Erscheinung glauben?

»Ich habe dich nicht getäuscht«, sagte sie leise. Ihre Stimme zitterte erregt und verriet, dass auch für sie dies ein kritischer Augenblick war. »Du hast mein Wort, ich bin so, wie ich dir erscheine.«

Ohne jeden Zweifel wusste Del, dass in ihrem umflorten Blick keine Lüge war, denn er hatte sie mit seiner Beschuldigung wirklich verletzt. Sein Lächeln kehrte zurück.

»Verstehst du nicht?«, flehte sie ihn an, anscheinend unfähig, seinen Gesichtsausdruck zu deuten. »Du allein siehst mich, wie ich wirklich bin. Selbst wenn ich in diesem Augenblick den Zauber spinnen würde, von dem du redest, so würde ich dir nicht anders erscheinen, denn ich verspreche dir, dass du unter keinem Zauberbann stehst.«

Doch Brielle täuschte sich. Del stand in der Tat unter ihrem Zauberbann, und der nahm mit jedem Wort zu, das sie sagte, und mit jedem Lächeln, das sie ihm schenkte. Dieser Zauber wurde jedesmal tiefer, wenn sie die goldene Mähne sorglos über ihre Schultern warf oder das Gesicht hob, um die Wärme der Sonne aufzufangen, oder in der freien Luft des unberührten Waldes herumwirbelte. Er stand im Bann der einzigen Magie, die in seiner Welt vor Aielle noch übrig geblieben war, der einzigen Magie, die unter der erstickenden Decke der exakten Wissenschaften und der präzisen Technologie überlebt hatte. Del war verliebt, und die zehn Tage, die er in Avalon mit Brielle verbrachte, waren die schönsten, die er jemals erlebt hatte.

Während der Stunden des Tageslichts zeigte Brielle Del eine neue Art, die Welt zu betrachten. Sie weckte seine Sinne, verstärkte die Wechselwirkung zwischen ihnen und vertiefte diese geheimnisvollen Regungen, die er seit jenem Morgen auf dem Floß erlebt hatte, als er zum ersten Mal die Sonne über Aielle aufgehen sah. Brielle half Del, diese Gefühle zu verfeinern und zu verstehen und mit seinem Bewusstsein neue Höhen der Freude zu erleben. Jetzt konnte ein bloßer Duft im Wind Dels Augen auf eine einsame Wildblume lenken, die in einem Nest aus moosüberwachsenen grauen Steinen verborgen war. Sein vertiefter Blick übertrug die Beschaffenheit der Blume auf sein Tastempfinden und zeigte ihm jede Rille und Biegung, die Weichheit der Blütenblätter und den dornigen Stengel. Und welche wunderbare Musik der Wind über einer so vielfältigen Oberfläche spielte! Natürlich unhörbar für das menschliche Ohr, aber in seiner Verschmelzung mit der Blume spürte Del eindringlich jede Schwingung. Und so kam es, dass etwas, das einmal nur ein angenehmer Waldduft gewesen war, für Del zu einem umfassenden Erlebnis geworden war.

Zusammen beobachteten sie die Tiere und Brielle lehrte Del, deren fließenden und ausgeglichenen Bewegungen nachzueifern. Seine Muskeln arbeiteten wirklich zusammen und erweiterten die Grenzen seiner sterblichen Gestalt in einer Weise, die weit über seine Vorstellung hinausging. Er fühlte sich frei und empfand sich dabei mit sich im Einklang und heil.

Bei Nacht tanzten sie unter den Sternen, und Brielle sang für Del Lieder der Schönheit und des Geheimnisses, und dies oft in der gleichen fremdartigen Sprache, die er bei den Elfen gehört hatte. Uralt und melodisch, war sie der Gesang der Engel, der Rhythmus des Universums. Die Vier hatten sie von den Colonnae gelernt, und Ardaz hatte sie die Elfen gelehrt. Wenn er konnte, stimmte Del ein, und obwohl er nie zuvor eine Melodie hatte halten können, klang in Avalon seine Stimme klar und stark.

Nie kam Del der Gedanke, den Wald zu verlassen. Hier war jetzt seine Heimat, und dies war die Frau, mit der er die Ewigkeit verbringen würde. Doch die Ereignisse der Welt lassen oft solche Pläne nicht zu, wie Del bald erkennen sollte.

Es war früh am Tag und die Sonne tastete sich mit ihren ersten Fingern durch den sich auflösenden Nebel und die Baumkronen. Del, der eben erwacht war, saß in taufeuchtem Klee auf demselben von Kiefern gesäumten Feld, wo er drei Wochen zuvor die tanzende Brielle zum ersten Mal erblickt hatte. Er wartete jetzt darauf, dass sie sich zu ihm gesellte, wie sie es jeden Morgen tat. Tatsächlich kam bald darauf die

Zauberin von Avalon mit dem vertrauten Lächeln schön wie der Morgen über das Gras gesprungen.

»Guten Morgen!«, rief Del ihr zu.

»Oh, der Morgen ist schön!«, erwiderte Brielle lachend, tanzte wirbelnd zu Del und ließ sich neben ihm in den Klee sinken.

Sie schaute ihm tief in die Augen. Er war jetzt ständig in ihren Gedanken und in ihr begannen sich lang vergessene Gefühle zu regen.

Del spürte ihre Verwundbarkeit; all seine Gefühle der Unsicherheit waren in der Freude der vergangenen Tage weit hinter ihm zurückgeblieben und er wusste jetzt, dass sie seine Liebe teilte. Er näherte sich ihr, der Augenblick war gekommen, da sie ihren ersten Kuss austauschen würden.

Plötzlich zog sich Brielle von ihm zurück und sprang auf. Ihr Gesichtsausdruck wechselte zu Bestürzung und dann zu Zorn.

Del wich verdutzt zurück und fragte sich, was er falsch gemacht hatte, denn im Gegensatz zur Zauberin hörte er nicht, wie ein Baum in Schmerzen aufschrie.

Sie stand reglos da, mit geschlossenen Augen, und richtete ihre Aufmerksamkeit auf den Anschlag, der ihren Bereich bedrohte.

Wie ist das geschehen? fragte sie sich, als das Bild deutlich wurde. Als sie Del anschaute, wusste sie die Antwort, wusste, dass sie zu sorglos geworden war,

Eine Ablenkung war in ihr Leben gekommen.

»Du musst gehen«, stammelte Brielle, denn sie erkannte ihre Verantwortung und fügte sich ihr. Bevor Del ihr widersprechen konnte, fuhr sie schnell fort, da sie wusste, dass ein Widerspruch von seiner Seite ihre Entschlossenheit brechen konnte: »Geh, sage ich! Geh zurück nach Lochsilinilume und kehre nicht zurück!«

»Wovon redest du?«, rief Del.

»Geh!«, befahl Brielle in einem Ton, der die Worte

von Dels Lippen fegte. Del argwöhnte zunächst, dass sie einen Zauber einsetzte, um ihn zum Schweigen zu bringen, aber das Feuer in ihren Augen war echt, und er wusste, dass es keinen Sinn hatte zu streiten. Er kniff die Augen zusammen, um die Tränen zurückzuhalten, während er beobachtete, wie sie das Feld überquerte.

Sie wandte sich ihm wieder zu, als sie die Kiefern erreichte, und flüsterte: »Es tut mir leid.«

Del hörte sie, obwohl er weit weg war, denn es kam plötzlich eine Brise auf und trug die Worte an seine Ohren.

Dann war sie verschwunden, und Del blieb nichts anderes übrig, als ihren Wünschen zu willfahren. Er hüllte sich in einen emotionalen Panzer aus Ärger, verließ das Feld, ging zwischen den Bäumen hindurch und stapfte so geradewegs wie möglich nach Bergtor. Seinen Schutzpanzer konnte er jedoch nicht aufrechterhalten, und seine Abwehr geriet ins Schwanken. Seine Gefühle wirbelten durcheinander, er war verletzt und vor allem verwirrt, denn Brielle hatte ihn ins Innerste seines Herzens getroffen, hatte ihn in einem Atemzug vom höchsten Gipfel in den tiefsten Abgrund fallen lassen, und immer noch konnte er seine wahren Gefühle für sie oder für diesen wunderbaren Wald nicht leugnen. Er liebte sie und kein geheuchelter Zorn konnte daran etwas ändern. Sein Schritt verlangsamte sich, er wanderte ziellos dahin, es ging ihm wie einem zum Tode Verurteilten, der sich an die letzten Minuten seines Lebens klammerte und auf einen Aufschub der Hinrichtung hoffte.

Fliederduft führte ihn zu dem kleinen Hügel, auf dem er und Brielle ihr erstes gemeinsames Mittagsmahl eingenommen hatten. Versunken in die Erinnerung an jenen freudvollen Morgen stieg er hinauf. Er hatte fast den Gipfel erreicht, als er rauhe Stimmen von der anderen Seite hörte. Aufgeschreckt duckte er sich vorsichtig und kroch zu den Büschen.

Drunten auf dem Pfad stand ein kleiner Wagen. Sein erster Gedanke war, einer der Waldwächter sei unterwegs, doch als er das Pferd bemerkte, das vor den Wagen gebunden war, verwarf er diese Erklärung schnell. Das Tier war erschöpft und halb verhungert und hatte so wenig Leben und Kraft in sich, dass es kaum den Kopf heben konnte. Del wusste, dass kein Waldwächter ein Tier derart behandeln würde. Da erkannte er, dass etwas nicht stimmte, obwohl er sich nicht vorstellen konnte, wie schlimm es stand, bis eine Bande Talons – bei jedem Schritt murrend und einander stoßend – aus einer Baumgruppe auftauchte.

Fünf Mann, jeder die Arme voll mit frisch geschlagenem Holz, gingen sie auf den Wagen zu. Der größte schwang eine Axt und schob die anderen vor sich her. Unsauber und widerlich, wie sie waren, besudelten sie schon mit ihrer bloßen Anwesenheit den schönen Wald. Del konnte nur mit Mühe einen verzweifelten Aufschrei unterdrücken.

»Tu etwas«, flüsterte er dem Wind zu. »Jemand muss sie von hier vertreiben.« Als wäre dies eine Antwort auf seine Bitte, kroch aus dem Gebüsch auf der anderen Seite der Straße ein großer Waschbär hervor, hüpfte auf den Rücken des Pferdes und knabberte an den Zügeln. Die Talons, die in ihre Streiterei vertieft waren, bemerkten das Tier nicht. Obwohl das Pferd binnen Sekunden befreit war, blieb es stehen und bewies so ein gewisses Maß an Disziplin und Intelligenz. Erst als der Waschbär wieder sicher im Busch verschwunden war, lief es davon.

Die Talons stießen ein Geheul aus und jagten hinter ihm her, doch dem Pferd wehte der Geschmack der Freiheit ins Gesicht und es hatte nicht vor, sich von seinen boshaften Herren wieder einfangen zu lassen.

Del beobachtete mit Genugtuung, wie die elenden Kreaturen zurückkehrten und sich jetzt zehnmal heftiger stritten, wobei jeder dem anderen die Schuld gab und mit einer schrecklichen Strafe drohte.

Dann zog etwas anderes Dels Blick auf sich – Brielle auf einem fernen Hügel jenseits der Straße. Sie tanzte schön und schrecklich zugleich sammelte sie mit jeder Bewegung magische Macht und streckte die Arme zum Himmel aus. Del folgte mit den Augen der Richtung ihrer gereckten Arme und erblickte die Gewitterwolken. Dann schaute er wieder auf die Zauberin, die den aufkommenden Sturm herbeirief. Bedrohlich hob sie sich in ihrem weißen Gewand von dem sich verdunkelnden Himmel ab.

Die Talons verstummten, als die Sonne verschwand, und ihre Streiterei erstarb beim zornigen Grollen der sich zusammenballenden Magie. Del bedauerte sie fast, sie waren so verängstigt, denn sie wussten, dass ihnen ihr Untergang bevorstand. Ihr kläglicher Fluchtversuch wurde zu einer wüsten Rempelei, jeder wollte sich vom andern losreißen und vom Wagen fortkommen.

Ihre Lage war jedoch aussichtslos. Während sie losrannten, zischte aus den Wolken ein Blitzstrahl herab. Del verbarg den Kopf unter den Armen und lag so flach und still, wie er nur konnte. Blitz um Blitz schlug ein, der Donner rollte unaufhörlich und ließ die Erde beben.

Als endlich wieder Ruhe herrschte, schaute Del erschrocken auf die zersplitterten Überreste des Wagens und die verkohlten, rauchenden Leichen der Eindringlinge.

Dann brauste dicht über den Baumkronen ein kleiner Wirbelwind heran. Del fürchtete sich nicht, denn jetzt begriff er, dass diese Raserei genau gezielt war. Der Wirbelwind fegte auf die Straße herab und sog jede Spur des Übels auf, das Avalon befallen hatte, und trug es aus dem schönen Wald weit, weit fort, zurück in das verwüstete Land Brogg.

Um Atem ringend und gegen eine Welle von Übelkeit ankämpfend, schaute Del zurück zur Zauberin. Sie stand jetzt ruhig da, ungerührt, als sähe sie das Blut an ihren Händen nicht. Und als die Wolken wieder aufrissen, da sie ihre Aufgabe erfüllt hatten, fiel ein Sonnenstrahl auf Brielle hernieder und umspielte ihre Gestalt, als billigte das Licht ihre Tat.

Der Smaragd auf ihrer Stirn funkelte.

»Mein Gott«, flüsterte Del. In seiner Abscheu vor Gewalt projizierte er jetzt auf Brielle das gleiche Gesicht, das er an jenem Tag am Strand an Mitchell gesehen hatte. Doch Mitchells Gewehr war nur ein Spielzeug, verglichen mit der unglaublichen Macht, die die Zauberin herbeigerufen hatte. In Avalon hatte Del die Schöpfungen von Brielles Magie geschaut und er hatte sie deswegen nur noch mehr geliebt. Nie hatte er sich vorgestellt, dass sie dieselbe wunderbare Fähigkeit in eine solche Gewalt der Zerstörung verwandeln könnte.

Obwohl wegen der Tränen, die ihm in die Augen getreten waren, ihre helle Gestalt verschwamm, sah Del, dass Brielle grimmig befriedigt, in innerer Ruhe dastand. Von Verzweiflung und Verwirrung geschwächt, stolperte er hinab zur Straße nach Bergtor.

Bald fiel er in einen müden Laufschritt.

KAPITEL 18

Caer Tuatha

»Fertig«, erklärte Reinheiser triumphierend. Er hielt einen kleinen Holzsplitter hoch, der an einem Ende rechteckig eingekerbt war.

»Wunderbar.« Mitchell blickte finster drein und wanderte ständig hin und her, wobei seine Augen nervös umherhuschten wie ein in die Enge getriebenes Tier. Das lange Warten hatte Mitchell übel mitgespielt und nagte an ihm. Während des Tages hatten die beiden überhaupt keine Gelegenheit gefunden, aus dem Tal herauszukommen, denn Ryell oder einer seiner Vertrauten schien immer in der Nähe zu sein und jeden ihrer Schritte zu überwachen. In dieser Nacht, stellte Reinheiser fest, war Mitchell besonders mürrischer Stimmung, und er wusste auch, warum: Am selben Tag hatte der Kapitän beobachtet, wie DelGiudice aus dem Gebirge in die Freiheit geleitet wurde. »Und was ist das?«

»Ein Schlüssel für unsere Tür, was sonst?«, antwortete Reinheiser und lächelte breit.

Zuerst schien der zerstreute Kapitän die Antwort gar nicht richtig mitzubekommen, doch dann erblasste er und drehte sich zu Reinheiser um. »Woher zum Teufel, haben Sie den?«

Reinheiser lachte hochmütig. »Haben Sie wirklich geglaubt, eine verschlossene Tür könnte mir widerstehen? Na, hören Sie, Kapitän, ein bisschen mehr Respekt müssen Sie mir schon zollen.«

»Aber wie?«

»Ich habe mir ein mentales Abbild des Schlüssels

der Wache gemacht und es dann lediglich kopiert«, antwortete er sachlich – allerdings wunderte sich in Wirklichkeit sogar Reinheiser selbst, wie dieses Bild des Spiegels so deutlich vor seinem geistigen Auge erschienen war.

»Er wird uns sowieso nichts nützen«, brummte Mitchell, der sich eigensinnig an seiner negativen Einstellung festklammerte. »Vor der Tür stehen Wachen. Wir werden nie aus dem Haus herauskommen, geschweige denn aus dem Tal.«

»Machen Sie sich keine Sorgen, Kapitän. Ich glaube, es gibt Pläne, wie wir mit ihnen fertig werden.«

»Wann hören Sie endlich auf, in Rätseln zu reden?«

»Noch nicht«, sagte Reinheiser und lachte. »Betrachten Sie es einfach als einen Ruf in der Nacht.« Seine Stimme verlor sich im Geheimnisvollen. »Geduld, mein Freund, Geduld. Wir können noch nicht abhauen. Es müssen Vereinbarungen getroffen werden, und Sie müssen viel lernen.«

»Wovon reden Sie?«, wollte Mitchell wissen.

»Über die Vereinbarungen bin ich mir noch nicht sicher«, erklärte Reinheiser. »Aber ich kann Ihnen mit Gewissheit sagen, dass Sie sich nach meinen Anweisungen verhalten müssen, wenn wir am Hofe Ungdens sind, falls Sie die hochgesteckten Ziele erreichen wollten, nach denen Sie streben.«

Mitchell blickte finster drein – konnte Reinheiser doch noch eigensinniger sein als er. In seinen Gesprächen mit Ardaz hatte der Physiker viel über Ungden erfahren und er wusste, wenn sie vor diesem gnadenlosen Herrscher standen, dann konnte ein falsches Wort vom Kapitän sie beide das Leben kosten.

So blieb Reinheiser unnachgiebig, gewann die Oberhand und erzwang Zugeständnisse. Am Ende hatte Mitchell keine andere Wahl, als auf Reinheisers Forderungen einzugehen. Abgesehen von der Tatsache, dass

Reinheiser den Schlüssel besaß und dass nur er seine Karte lesen konnte, um durch die geheimen Gänge aus Illuma zu entkommen, machte es der Physiker ganz deutlich, dass er einen Plan schmiedete, um mit den Wachen fertig zu werden.

Auf Reinheisers Drängen hin machten sie sich gleich an die Arbeit und verbrachten den Rest der Nacht und den größten Teil des darauffolgenden Vormittags damit, die verschiedenen Szenen durchzuspielen und Fragen zu erörtern, denen sie am Hof von Pallendara begegnen konnten. Reinheiser ging hartnäckig immer wieder dieselben Verhöre durch und zwang Mitchell, nicht nur die richtigen Antworten zu geben, sondern auch das angemessene unterwürfige Verhalten an den Tag zu legen.

Und wann immer der Kapitän auch nur einen geringen Fehler machte, setzte der Physiker ihm zu, knuffte ihn und blickte ihn finster an.

Mitchell gefiel dies überhaupt nicht.

Und als sie Fortschritte machten, wurde das Warten für ihn noch nervenaufreibender. Da er jetzt so etwas wie eine Richtung und ein Ziel für dieses Abenteuer gefunden hatte, wollte er unbedingt seine großartigen Plänen vorantreiben.

Als ihre Übungen endlich einen Punkt erreicht hatten, der den Physiker zufriedenstellte, bat Reinheiser darum, nicht gestört zu werden, und verbrachte ganze Tage in stiller Meditation, wodurch dem Kapitän die verstreichenden Stunden noch länger vorkamen. Mitchell kam zu dem Schluss, dass der Physiker ihre Pläne für die Flucht vollendete, und er wusste, dass er ihn in Ruhe lassen sollte, aber seine Geduld war am Ende und er bombardierte Reinheiser ständig mit dem überflüssigen »Wann?«

Zwei lange Tage später bekam der Kapitän in einer dunklen und windigen Nacht endlich seine Antwort.

Einige wenige Sterne lugten durch die Lücken in den schwarzen Wolken, die am Himmel dahinstürmten. Ariens altes Haus knarrte und stöhnte unter den wirbelnden Windstößen, und die einzige Kerze im Zimmer flackerte im Luftzug. Reinheiser saß reglos da, versuchte das Schnarchen seines schlafenden Gefährten zu verdrängen und den entspannten Zustand einer meditativen Trance zu erreichen: eine schwierige Aufgabe, selbst für Reinheisers disziplinierten Geist, denn er war aufgeregt, so nahe am Rande seiner Selbstbeherrschung wie nie zuvor.

Dann gab ihm ein lautloser Ruf ein Zeichen. In einer Mischung aus Angst und Erregung stand er auf und ging durch das Zimmer zum Kapitän. Im unruhigen Licht tanzte sein Schatten wie ein Ungeheuer vor dem verschwommenen Hintergrund eines Albtraums. »Los, Kapitän«, flüsterte er, »heute Nacht werden wir zum Aufbruch gerufen.«

Müde und ohne ganz zu begreifen, was los war, rappelte sich Mitchell hoch und zog sich an, während Reinheiser eine Fackel und zwei kleine Bündel aufhob, die er unter seinem Bett verstaut hatte. Unter der Tür sickerte Nebel durch und breitete sich über den Boden aus. Tatsächlich bedeckte ein Bodennebel das ganze Tal, ein sehr seltsamer Nebel, der erst wenige Minuten zuvor plötzlich aufgekommen war.

»Beeilen Sie sich, Kapitän«, ermunterte Reinheiser ihn. Er steckte den Schlüssel ins Schloss – der passte perfekt, wie der Physiker es erwartet hatte – und öffnete die Tür einen Spalt, um in den Flur zu spähen. Befriedigt schwang er die Tür weit auf und schob den immer noch verschlafenen Kapitän auf den Flur.

Mitchell wurde auf der Stelle wach. Das Gesicht eines Elfenwächters, der ihn anstarrte, riss ihn aus seiner Schläfrigkeit. Er hob die Arme, um sich gegen einen unerwarteten Angriff zu verteidigen, aber die

Wache machte keine Bewegung in seine Richtung. Genau genommen bewegte sich der Elf überhaupt nicht, weder blinzelte er noch schien er zu atmen! Einen Meter entfernt stand ein anderer Wächter starr in demselben reglosen Zustand.

»Was ist los?« Der verblüffte Kapitän wandte sich – wie immer – an Reinheiser um eine Erklärung.

Reinheiser, der wusste, das die günstige Lage nicht lange andauern würde, würgte Mitchells Fragen ab, bevor jener diese wirklich vorbringen konnte. »Fragen Sie nicht nach Dingen, die über Ihr Verständnis hinausgehen«, erwiderte er mit einem Anschein von Autorität, als wirke er bei diesen seltsamen Vorgängen mit. Doch in Wahrheit verstand der Physiker von all dem nicht mehr als Mitchell – nur hatte Reinheiser von der Erstarrung gewusst, bevor er die Tür öffnete.

Mitchell nickte und schob Reinheiser voran. »Ich werde dem hier bloß mal das Schwert abnehmen«, sagte er und grinste.

»Nein!«, schalt ihn Reinheiser und aufs Neue fragte er sich, ob der Nutzen, Mitchell bei sich zu haben, wirklich den Ärger mit der unaufhörlichen Dummheit des Kapitäns überwog. Mit einem resignierten Seufzer akzeptierte er, dass er – wie immer – den Kapitän an der Hand würde führen müssen, um sie beide hinauszubringen. »Berühren Sie nichts und stören Sie nichts auf. Wenn wir Glück haben, werden die erst am Morgen merken, dass wir fort sind. Jetzt schnell, machen wir uns auf den Weg. Wir haben nur wenige Minuten, um aus dem Tal zu entkommen.«

Sie eilten durch die Korridore und verließen Ariens Haus. Als sie durch die neblige Stadt hasteten, kamen sie an einigen Elfen vorbei: an einem Paar, das auf einem Mitternachtsspaziergang unterwegs war, und an drei Tänzern in einer kleinen Lichtung. Aber auch für die war die Zeit angehalten worden, sie waren mitten im Schritt und mitten in einer Pirouette erstarrt.

Bald befanden sich die beiden Männer tief im Labyrinth der Tunnel und strengten im Fackellicht ihre Augen an, um Reinheisers Karte zu lesen und ihre Schritte und die Seitengänge zu zählen. Dann verflüchtigte sich der unheimliche Nebel und verschwand so lautlos und schnell aus dem Tal, wie er gekommen war. Die ahnungslosen Elfen nahmen ihren Wachdienst, ihren Spaziergang und ihren Tanz wieder auf, als wäre nichts geschehen.

Die Berechnungen des Physikers erwiesen sich als genau, und die beiden hatten wenig Schwierigkeiten, ihren Weg durch die Tunnel zu finden. Als der untere Ausgang in Sicht kam, löschte Reinheiser die Fackel, um in der offenen Nacht keine unerwünschte Aufmerksamkeit auf sich zu ziehen, und so mussten er und Mitchell blind den Berghang hinunterstolpern. Schließlich schafften sie es bis zum silbernen Torbogen. Die Begeisterung über ihren Erfolg löste einen Adrenalinstoß aus, und sie rannten über das Feld von Bergtor, so schnell sie konnten. Beim Einbiegen in den südwestlichen Pass spürten sie ein Gefühl von Freiheit in sich aufwallen, während sich die hügelige Ebene weit vor ihnen erstreckte.

Mitchell boxte mit der Faust in die Luft. »Wir haben es geschafft!«, knurrte er vergnügt. »Denken Sie daran, Martin, wenn wir diese jämmerliche Stadt das nächste Mal sehen, dann an der Spitze einer Armee.«

Reinheiser überhörte Mitchells Gebrabbel. »Das müssen die calvanischen Kundschafter sein«, sagte er und zeigte nach Süden, wo das Licht eines fernen Lagerfeuers die gleichförmige Schwärze des Horizonts durchbrach. »Ich glaube, im Schutze der Nacht können wir dorthin gelangen.«

Die Entfernung erwies sich als etwas größer, als Reinheiser sie sich vorgestellt hatte, und der Himmel hatte im Osten schon die hellere Färbung der beginnenden Morgendämmerung angenommen, als die beiden endlich auf einen grasbewachsenen Hügel stießen, auf dessen flachem Gipfel das Lager lag. Das Lagerfeuer war bis auf die Glutasche heruntergebrannt; rings herum lagen in Decken gehüllt schlafende Männer, ihre Pferde standen ein Stück entfernt am Südhang des Hügels angebunden und waren ruhig.

»Das sollen Soldaten sein«, sagte Mitchel spöttisch. »Sie wissen nicht einmal, wie man eine Wache aufstellt.« Doch noch während er sprach, spürten er und Reinheiser scharfe Speerspitzen im Rücken, und die scheinbar schlafenden Männer sprangen auf, zückten kurze Schwerter und waren im Nu kampfbereit. Sie trugen silbrige Kettenhemden und schwarze Mäntel. Ihre kleinen runden Schilde waren mit silbernen Einlegearbeiten versehen, die Haie darstellten.

»Wieder haben Sie Recht gehabt«, flüsterte Reinheiser spöttisch.

»Schweigt!«, befahl einer der Calvaner. »Diebe sprechen nur, wenn man sie dazu auffordert.«

»Wir sind keine Diebe«, sagte Mitchell.

»Schweigt!«, befahl der Calvaner erneut, und der Mann, der hinter Mitchell stand, stieß ihm warnend den Speer in die Seite.

»Wir sind nicht einmal bewaffnet«, protestierte Mitchell leise knurrend und erntete einen zweiten Stoß. Mit der Gewandtheit erfahrener Berufssoldaten steckten zwei der Schwertkämpfer ihre Waffen in die Scheiden und bezogen Stellung neben den Eindringlingen.

»Ich bin Bracken«, fuhr der Anführer der Calvaner fort, ein wettergegerbter Mann mit graumeliertem Haar und einem gestählten eckigen Gesicht. »Kommandant der Ersten Kundschafter von Pallendara. Als

Statthalter des Oberherrn Ungden in den nördlichen Ebenen bin ich befugt, euch standrechtlich hinrichten zu lassen.«

»Für welches Verbrechen?«, rief Mitchell. Sein Ton verriet Reinheiser, dass der Kapitän sich am Rande eines Wutausbruchs befand – einer Explosion, die wahrscheinlich ihrer beider Tod zur Folge haben würde.

Bracken jedoch blieb ruhig. »Annäherung an eine offizielle militärische Patrouille ohne gebührendes Ersuchen und ohne Erlaubnis ist ein Kapitalverbrechen gegen die Erlasse Ungdens«, erklärte er.

In seinem eigensinnigen Stolz war Mitchell drauf und dran, erneut aufzubrausen, als Reinheiser ihn mit einem entschlossenen Rippenstoß zum Schweigen brachte. Der Physiker hatte einen Ring erkannt, den Bracken trug, einen Goldring mit einer schwarzen Perle, und er wusste, dass es keinen Zweck hatte, mit diesem Mann zu streiten. Ardaz hatte ihn während ihrer vielen Gespräche vor eben diesem Symbol gewarnt. Ein Mann, der einen solchen Ring trug, gehörte zu den Wächtern der Weißen Mauern, einem Ritterorden, der lange vor der Zeit von Ungden dem Usurpator entstanden war. Der einzige Daseinszweck dieser Gemeinschaft war der Dienst als wirksames und emotionsloses Werkzeug des Willens desjenigen, der auf dem Thron von Pallendara saß, und dieser Aufgabe gaben sie sich rückhaltlos hin. Ihre Zahl war jetzt geringer und ihr Alter schon höher, denn in den dreißig Jahren der Herrschaft Ungdens hatten sich nur wenige dem Orden angeschlossen, aber Ardaz zufolge, der sich in diesem Punkt anscheinend sehr sicher gewesen war, hatte der Fanatismus der Verbliebenen nicht abgenommen, auch nicht unter der Regierung des tyrannischen neuen Oberherrn. Dass Bracken diesen Ring trug, bewies, dass er ein gefährlicher Mann war, der behutsam behandelt werden musste, und Reinheiser wusste, dass er für Mitchells Stillschweigen zu sorgen hatte.

Die Wachen stellten bald befriedigt fest, dass die beiden Eindringlinge keine Waffen trugen. Jedoch fand der Mann, der Reinheiser durchsuchte, das Pergament und reichte es flugs seinem Kommandanten. Bracken betrachtete es eingehend und erkannte darin eine Art Landkarte, obwohl die Symbole und Notizen des Physiker ihm unverständlich blieben.

»Was ist das?«, wollte er wissen.

Reinheiser kratzte sich am Kinn. Es war jetzt an der Zeit, einen Einsatz zu wagen, und er wusste, er würde seine Antwort richtig formulieren müssen. Er schaute der Reihe nach die anderen Calvaner an. Jung und naiv, ehrgeizige Schachfiguren eines bösen Herrschers, waren sie für ihn nutzlos. Nur Bracken mit seinem Durchblick, der sich auf Jahre der Erfahrung gründete, konnte die Bedeutung dessen erfassen, was er zu sagen hatte. Reinheiser fasste den Anführer der Calvaner eindringlich ins Auge. »Ich bitte dich, uns die Unkenntnis eurer fremden Gesetze zu verzeihen«, begann er.

Bracken zog eine Augenbraue hoch. Ein gutes Zeichen, stellte Reinheiser fest.

»Wir sind nur gekommen, um euch diese Landkarte zu schenken«, erklärte er. »Ein Geschenk für Ungden, den rechtmäßigen Oberherrn der Stadt der Menschen, von den Überlebenden der Vorzeit.«

Der Anführer der Calvaner zuckte mit keiner Wimper. Er musterte den Physiker abschätzend, ließ das Pergament in eine Innentasche seines Mantels gleiten und nickte wissend. Reinheiser lächelte in der überheblichen Annahme, dass sein Trick sie gerettet hatte, aber in Wahrheit war diese Patrouille nicht nach Norden geschickt worden, um Illuma zu finden, sondern um nach den Uralten zu suchen. Ungden oder jemand an seinem Hof war sich durchaus der Tatsache bewusst, dass die Tage der Prophezeiungen bevorstanden.

Da Bracken sich nun sicher war, dass es sich bei diesen beiden tatsächlich um die Männer handelte, die zu suchen Ungden ihn ausgeschickt hatte, erwog er die Folgen, die sich ergaben, wenn er sie nach Pallendara brachte. Es dräute eine Krise und diese Männer würden Ungden helfen, sie zu bestehen. Brackens Hingabe an seinen Eid stand auf der Probe, und dies nicht zum ersten Mal, seit Ungden Ben-galens Thron geraubt hatte, Aber der Eid der Wächter war seine Stärke, und der Orden sein Lebenszweck. Diese Entscheidung war, wie alle seine Entscheidungen, schon vor vierzig Jahren gefallen, als er sich den Wächtern der Weißen Mauern verschworen hatte.

»Macht die fünf schnellsten Rösser bereit«, befahl er. »Wir werden diese Eindringlinge nach Pallendara bringen, wo Oberherr Ungden über ihr Schicksal entscheiden mag.«

Bald schon waren sie auf dem Weg und galoppierten über das endlose Meer aus grünen Feldern dahin. Sie behandelten Mitchell und Reinheiser nicht schlecht und hatten sie für den Ritt nicht gefesselt, denn die Calvaner waren keine üblen Männer, aber Bracken ließ keinen Zweifel an dem Status der beiden als Gefangene, und wann immer die Gruppe Rast machte, wurden ihnen die Hände gefesselt.

Gewöhnlich dauerte der Ritt von Bergtor nach Pallendara volle neun Tage. Zu lang für Bracken, der die Dringlichkeit seines Auftrags spürte und seine Untergebenen und die Gefangenen bis an ihre Grenzen forderte. Sie ritten ihre Pferde bis lange nach Sonnenuntergang und brachen vor dem nächsten Morgengrauen schon wieder auf. Sie kamen an vielen Bauern vorbei, die auf den Feldern die Frühlingssaat ausbrachten, und nie verlangsamten sie den Schritt, um auf die fragenden Blicke zu antworten, und ihr Nachtlager schlugen sie so weit wie möglich von Siedlungen entfernt auf.

Da sie ungeduldig darauf warteten, vor Ungden zu treten, ertrugen Mitchell und Reinheiser stoisch die strapaziöse Behandlung, obwohl sie körperlich kaum an eine solche Beanspruchung gewöhnt waren. Sie waren wirklich erleichtert, als am Nachmittag des fünften Tages der salzige Geruch von Meerwasser die Luft erfüllte.

Als sie auf der letzten Anhöhe ankamen, erstreckte sich vor ihnen der abschließende Teil der calvanischen Ebenen. Weit in der Ferne, jenseits der Südküste von Aielle, verschwamm das Blau des Atlantiks am Horizont. Direkt vor ihnen drängten sich am Ende einer langen, schmalen Bucht etliche Gruppen von Häusern um eine gewaltige weiße Festung: Pallendara, von den Elfen Caer Tuatha, die Stadt der Menschen, genannt. Bracken ließ die Gruppe für einen Moment auf diesem schönen Aussichtspunkt anhalten, denn selbst aus dieser Entfernung rührte ihn die Herrlichkeit der großen Stadt an.

Fünf große Türme beherrschten die Anlage, zwei neben dem massigen Torhaus an der Vorderseite, zwei an den Ecken der Rückseite, und einer in der Mitte der Stadt. Pallendara war als Tribut an die Kunstfertigkeit der Menschen errichtet worden, als Bastion der Sicherheit, gewidmet der Aufgabe, um jeden Preis die hervorragenden Werke und – mehr noch – den Geist der Kreativität und der Aufgeschlossenheit zu bewahren, der die Menschheit auszeichnete und der Segnungen der Colonnae würdig machte. Eine Zusammenballung von Schönheit und Wohlergehen, der Inbegriff des Besten, was die Menschheit anzubieten hatte – so stand

Pallendara seit mehr als tausend Jahren. Aber der drei Jahrzehnte andauernde Wahn eines ungesetzlichen Königs hatten einen hohen Zoll gefordert. In den heiteren Tagen vor Ungden waren die schweren eisernen Tore Tag und Nacht weit offen gestanden, eine Einladung an alle, die kamen, um an der Feier teilzunehmen, die diese Stadt darstellte. Nur einmal in der Geschichte von Pallendara, damals, als Thalasi und sein Heer der Mutanten anrückten, waren die Tore verriegelt gewesen. Jetzt, unter dem misstrauischen Blick des Usurpators, blieben sie für alle versperrt. Soldaten mit grimmigen Gesichtern marschierten auf den Wällen hin und her.

Reinheiser bemerkte die eindrucksvollen Verteidigungsanlagen, als die Gruppe die letzte Strecke bis zu den Mauern im Laufschritt zurücklegte. Er lachte innerlich, als ihm klar wurde, dass diese übertriebene Zurschaustellung nicht jene Manifestation von Stärke bedeutete, die Ungden sich zweifellos vorstellte. Ganz im Gegenteil enthüllte sie die Unsicherheit und somit die Schwäche des Throns. Der Physiker bemerkte auch, wie Bracken seufzte, als er Ungdens Banner hoch über der Stadt flattern sah: ein grauer Hai auf schwarzem Hintergrund. Wie viele seinesgleichen, so erkannte Reinheiser, bevorzugte Bracken den alten Schild von Calva: vier weiße Brücken und vier Perlen auf einem meerblauen Feld. Aber die Erlasse ihres Oberherrn in Frage zu stellen gehörte nicht zu den Privilegien der Wächter der Weißen Mauern.

Bracken rief einem Soldaten auf dem Dach des Torhauses eine Parole zu, und eines der großen Tore öffnete sich knarrend so weit, dass die Berittenen hintereinander passieren konnten. Ein kurzer Tunnel, dessen Wände mit Schießscharten gesäumt und dessen Decke von Wurfschächten durchbrochen waren, führte in den offenen Hof der Festung. Mitchell und Reinheiser ertrugen mit Unbehagen die neugierigen und kritischen Blicke der vielen verborgenen Wachen, während sie auf ihren Pferden hindurch ritten. Am Ende hob sich bei ihrem Näherkommen klirrend ein Fallgatter, und der Kapitän seufzte hörbar, als sie den Tunnel des Schreckens verließen und wieder ins Sonnenlicht gelangten.

Als Reinheiser sich umschaute, konnte er nur in seiner Phantasie die einstige Herrlichkeit Pallendaras erahnen. Ein grauer Nebel der Lethargie hing wie ein Leichentuch über der Stadt. Die Menschen blieben hier nur aus Pflicht und Angst bei ihrer Arbeit, nicht aus Liebe. Die Leute, an denen sie vorüberkamen, wirkten geduckt und verschlossen und hielten ihre Blicke gesenkt, um auf ihre eigenen abgemessenen Schritte zu achten. Überall beherrschten Kriegsmaschinen das Bild: ein massiges Katapult überragte einen dreistöckigen Brunnen, auf Sockel, auf denen einst stolze Statuen gestanden hatten, waren große Steinschleudern montiert. Selbst dem emotionslosen Physiker gab es einen schmerzlichen Stich, als er daran dachte, welche Wunderwerke, die diese Stadt einst gekannt haben musste, jetzt verloren waren.

Bracken, der sie durch die Straßen hetzte, schien ähnliche Gefühle zu hegen und vielleicht auch etwas verlegen zu sein.

Es waren immer die gleichen Bilder, die sich ihnen boten, als sie Brustwehr um Brustwehr umrundeten, eine Verteidigungslinie nach der anderen. Jede Ecke zeigte die gleiche grimmige Fassade und sie schienen sich im Kreis zu bewegen.

Schließlich stiegen sie ab und gelangten über hundert marmorne Stufen zu den goldenen Türen des Thronsaals von Pallendara. Anscheinend wurden sie schon erwartet, denn die Wachen stießen sofort die Tür auf und geleiteten sie nach drinnen. Ein roter Teppich führte sie durch die Hallen und in ein langes Gemach, das mit Statuen und Skulpturen vollgestellt war und an dessen Wänden Tapisserien und Gemälde dicht an dicht hingen: die schönsten Kunstwerke von ganz Calva, zusammengerafft an einem ungeordneten Hort der Gier.

Dies war also der Hof von Ungden dem Usurpator.

Am anderen Ende des Saals saß auf einem übergroßen Thron aus Gold und Edelsteinen der Oberherr. Zu seiner Linken stand tief gebeugt und auf einen Stock gestützt ein Mann in einer weißen Robe und einer Kapuze, die tief heruntergezogen war und sein Gesicht verbarg. Hinter dem Thron wartete eine Reihe von Soldaten in den silbernen und schwarzen Uniformen der Stadt auf den Ruf ihres Oberherrn. Alles, was Reinheiser sah, entsprach dem, was er sich vorgestellt hatte, alles – außer dem Oberherrn selbst.

Reinheiser hatte eine ältere Version von Kapitän Mitchell erwartet, einen primitiven Krieger, der sich durch Einschüchterung der anderen seinen Weg zur Macht gebahnt hatte. Doch diesem Bild entsprach Ungden kaum. Schlank und zierlich, in hellfarbige Seide mit einem Rüschenkragen und Puffärmeln gekleidet und mit Juwelen geschmückt, einen Ring an jedem Finger, an einigen sogar zwei und an einem drei, dazu mit einigen Armreifen, die bei jeder Bewegung laut klirrten, ähnelte er mehr einem Kind, das in der Kleidung eines erwachsenen Mannes steckte. Aus der Entfernung konnte Reinheiser tatsächlich kaum glauben, dass dieser Mensch alt genug war für die Jahre, die nach einer einfachen Rechnung seit dem Tag seiner Machtergreifung vergangen sein sollten. Doch als der Physiker näher an den Thron herantrat, entdeckte er, dass es sich hierbei um eine offensichtliche Täuschung aufgrund von Eitelkeit handelte. Puder verdeckte die Falten in Ungdens Gesicht, eine schwarze Perücke verbarg sein ergrauendes Haar.

Reinheiser versuchte, seine Überraschung über den Anblick zu verheimlichen, doch es erschien ihm unfassbar, dass der Mann, der den Thron eines stolzen und mächtigen Volkes an sich gerissen hatte, nach allem, was er da sah, ein Fatzke sein sollte.

Als die Ankömmlinge sich vor ihm aufgestellt hatten, warf Ungden ein Bein über die eine Armlehne des Throns und trommelte unablässig – wie ein gelangweiltes, ungeduldiges Kind – mit fein manikürten Fingern auf die andere.

»Mein Herrscher«, sagte Bracken und verbeugte sich tief, »ich fand diese Männer auf den Ausläufern der Kristallberge. Ich habe sie hierher gebracht, damit du beurteilen kannst, ob sie wirklich die Uralten sind, welche die Kundschafter suchen sollten.«

Er reichte Ungden Reinheisers Landkarte und trat zur Seite.

Ungden überflog das Pergament schnell und ohne viel Interesse, dann reichte er es an den Mann weiter, der neben ihm stand, und dieser steckte es, ohne überhaupt einen Blick darauf zu werfen, in eine tiefe Tasche seiner Robe. Die beiden berieten sich kurz im Flüsterton, dann richtete Ungden den Blick auf Mitchell.

»Dein Name?«, wollte er wissen.

»Mitchell, Hollis T. Mitchell.«

»Also gut, Hollis T. Mitchell, erzähl mir etwas über diese Landkarte.«

»Mein Freund Martin Reinheiser könnte euch wahrscheinlich mehr darüber erzählen, Lord Ungden. Er hat sie selbst gezeichnet.«

»Ah, ja, ich bin mir ganz sicher, dass er das könnte«, entgegnete Ungden ruhig. »Aber ich habe dich gefragt.« Er gab keine weiteren Erklärungen, als sei diese einfache Aufforderung von einer unwiderlegbaren Logik, die jede weitere Debatte überflüssig machte. Und hier in seinem Thronsaal, wo er von seiner bewaffneten Wache umgeben war, traf dies gewiss auch zu. Der Oberherr war kein Narr, und sein Ratgeber war gut unterrichtet. Schon durch die Art, wie sich die beiden Fremden eingeführt hatten, war es offensichtlich, dass Mitchell auf der verbalen Ebene ein leichteres Opfer sein würde als Reinheiser, und wenn diese Männer Geheimnisse hatten, dann schien es wahrscheinlicher, dass Mitchell sich verplappern würde.

Der Kapitän erwies sich jedoch als würdigerer Gegner, als es sein Aussehen vermuten ließ, und da er Reinheisers Schule hinter sich hatte, wusste er, was er sagen sollte.

»Diese Landkarte, Oberherr, führt dich zu deinen größten Feinden, den Elfen der zweiten Mutation.«

Ungdens Augen blitzten auf und er beugte sich auf seinem Thron vor. Fast sofort fing er sich wieder und lehnte sich mit gespielter Ruhe zurück. Der Mann in der Robe neben ihm reagierte überhaupt nicht, als wäre Mitchells Erklärung für ihn keine Überraschung.

»Und warum gibst du mir ohne weiteres eine solche Landkarte?«, fragte Ungden misstrauisch. »Gewiss muss dir doch der Wert dieser Kenntnisse klar sein. Warum bietest du sie umsonst an, wenn du damit den Schatz eines Königs erlangen könntest?«

»Dafür gibt es zwei Gründe«, erklärte Mitchell. »Zum ersten ist es recht und billig, dass du weißt, wo du diese Mutanten finden und erledigen kannst.« Er hielt einen Moment inne und versuchte sich an Reinheisers Formulierung dieser eingeübten Rede zu erinnern. »Die Elfen sind unrein, ein Makel am Menschengeschlecht, und genau wie du suche ich die Menschheit zu reinigen. Ich glaube, dies war das Ziel des Schicksals, als es uns, die Uralten, nach Aielle brachte.«

Verborgen unter der Kapuze seiner Robe grinste der neben dem Thron stehende Zauberer.

»Zum zweiten«, fuhr der Kapitän fort, »erbitte ich mir dafür etwas.«

»Dann bist du ein Narr«, sagte Ungden leise lachend, »denn deine Kenntnisse besitze ich schon. Du hast nichts mehr, womit du feilschen kannst.«

»Doch«, wandte Mitchell ein. »Ich habe mich selbst.«

Ungden warf Mitchell einen Seitenblick zu. Reinheiser nickte befriedigt: er hatte den Kapitän gut ausgebildet.

»Dann erkläre mir deinen Wert«, forderte Ungden.

»Was ich mir dafür erbitte, ist eine Stellung in deiner Armee«, erwiderte Mitchell. »Eine Stellung von hohem Rang, damit ich bei der Reinigung der Menschheit mithelfen kann. Das ist meine Bestimmung.«

Auf diesen Vorschlag hin hob Ungden die Augenbrauen. »Und was sage ich meinen Offizieren, wenn ich einen unerprobten Fremdling in ihre Reihen versetze?«

»Sage ihnen, dass ein Lord kommt, der von einem anderen Ort und aus einer anderen Zeit stammt«, erwiderte Mitchell ohne zu zögern. »Ein großer Krieger mit viel Kampferfahrung, der helfen wird, Calva zum Sieg über seine verhassten Feinde zu führen.«

Der Zauberer beugte sich zu Ungden hinüber und flüsterte ihm etwas zu. Der Oberherr nickte zustimmend. »Wie lautet der Name des Ortes, von dem du stammst, diese Nation, die dich Lord nannte?«

»Die Vereinigten Staaten von Amerika«, erwiderte Mitchell stolz. »Die mächtigste Nation, welche die Welt jemals gesehen hat.«

»Ach ja«, sagte Ungden, offensichtlich unbeeindruckt von dem, was er, der Oberherr der größten Nation auf

Aielle, als einen absurden Anspruch betrachtete. »Und dort warst du König?«

»Nein, nicht König, aber ich habe nach dem Willen des Königs die Armee für ihn befehligt, damit er frei war, sich anderen Staatsangelegenheiten zu widmen. Millionen standen unter meinem Befehl, Lord Ungden, mit Waffen, die alles übertreffen, was du dir vorstellen kannst.«

»Millionen«, wiederholte Ungden spöttisch und ahmte dabei den erregten Ton des Kapitäns nach, doch sein Berater flüsterte ihm wieder etwas zu, und sein höhnisches Lächeln verschwand. Einen Moment lang saß er ruhig da und versuchte sich vergeblich zu fassen angesichts der Bestätigung seines Beraters, dass es ein solches Reich wirklich gegeben hatte.

»Meine Streitkräfte unterstehen dem Befehl von Persomy, dem überaus fähigen Ersten Wächter der Weißen Mauern«, erklärte Ungden. »Er ist an mich durch einen Schwur der Ergebenheit gebunden, der nicht in Zweifel gezogen werden kann, und er führt meine Befehle ohne Frage aus. Und er tut dies sehr gut, muss ich sagen. Also wirst du verstehen, dass ich wirklich keinen zweiten Befehlshaber brauche.«

Ungdens unerwartete Ablehnung ließ Mitchell das Gesicht verziehen.

»Jedoch«, fuhr Ungden fort, »hat mir mein guter Freund Istaahl den Rat gegeben, du könntest dich vielleicht tatsächlich als wertvoller Gewinn für meine Armee erweisen. Deshalb, Hollis T. Mitchell, ernenne ich dich zum zeitweiligen Unterbefehlshaber der Streitkräfte von Pallendara und der Nation von Calva. Du unterstehst nur Persomy und mir selbst. Ob deine Stellung von Dauer sein wird, hängt davon ab, wie es uns gegen die Nachttänzer ergeht, denn du und Persomy, ihr werdet euch noch heute treffen und euren Angriffsplan entwerfen.«

»Danke, Oberherr Ungden« stammelte Mitchell breit grinsend. »Du wirst nicht enttäuscht sein.«

Ungden kniff die Augen zusammen. Offensichtlich billigte er es nicht, wenn sich ein Untertan großspurig gab. Er beugte sich auf seinem Thron vor und beäugte den Kapitän mit einem boshaften Lächeln. »Sei versichert, Unterbefehlshaber«, drohte er, »dass ich dich allein dafür verantwortlich machen werde, wenn wir scheitern.«

Mitchell lächelte nicht mehr. Man brauchte ihm nicht zu erklären, was Ungdens Versprechen andeutete.

KAPITEL 19

Schatten um den Thron

Der Usurpator richtete die misstrauischen Augen auf Reinheiser. »Und was wünschst du?«, fragte er. Seine Worte waren von dem Zynismus durchtränkt, der alle Bereiche seines Lebens beherrschte.

»Wünschen?«, wiederholte Reinheiser mit geheuchelter Überraschung.

»Weiche mir nicht aus«, warnte der Oberherr, aber obwohl er wissend lächelte, hielt der Physiker seine Fassade der Naivität aufrecht.

»Natürlich nichts, mein Herrscher«, erwiderte Reinheiser. »Ich habe nur getan, was ich für angemessen hielt.«

Ungden nickte billigend, doch sein Gesichtsausdruck verriet, dass ihm Zweifel blieben. Verdorben von seiner eigenen abartigen Einstellung, betrachtete der Usurpator den persönlichen Gewinn als das Grundmotiv für die Taten eines Menschen und verdächtigte jeden, der etwas anderes behauptete, des Verrats. Er wusste, dass Reinheiser log. Der Zauberer neben dem Thron lächelte erneut unter der Kapuze. Er wusste es auch, und überdies verstand er, wonach Martin Reinheiser suchte.

»Allerdings«, fuhr Reinheiser fort, als wäre ihm nachträglich eine kleine Gefälligkeit eingefallen, »würde ich gern einen Rundgang durch diesen herrlichen Palast und auch durch die Stadt machen.«

»Das soll geschehen«, sagte Ungden. »Und noch mehr als das; da du es gewiss verdienst, sollst du im

Palast wohnen, sorgenfrei und geachtet als mein königlicher Gast.«

»Danke, huldvoller Herrscher«, sagte Reinheiser und verbeugte sich tief, als wäre er geehrt worden, obwohl ihm klar war, dass Ungden mit dieser Einladung einfach nur bezweckte, ein Auge auf ihn zu haben.

Der Usurpator nahm die Verbeugung mit einer gleichgültigen Geste entgegen, mit der er bedeutete, dass er mit den beiden Fremden fertig war und die Audienz ihr Ende erreicht hatte.

An jenem Tag sah Reinheiser viel Pracht: Kunstwerke, die so wunderbar waren wie nur irgendetwas aus seiner Welt. Die Art, wie sie zusammengerafft worden waren und jetzt dicht gedrängt in jedem Raum standen, attackierte seine Sinne mit einer Überfülle von Bildern und beleidigte die Künstler, die Monate, ja Jahre ihres Lebens der Schöpfung dieser Werke gewidmet hatten. Wie die Drachen aus den Märchen hortete Ungden die Schätze, ohne sie würdigen zu können. Für den Usurpator schien ihr Besitz ein Selbstzweck zu sein und die bloße Aufstellung, die so ästhetisch demütigend war, zeigte, dass seine Gier jede Liebe zur Kunst, die er vielleicht haben mochte, überwog.

Doch auch Reinheiser hatte wenig für Kunst übrig. Sein Wunsch, den Palast zu besichtigen, hatte nichts mit der Betrachtung von Meisterwerken zu tun und er musste sich alle Mühe geben, seine Fassade aufrechtzuerhalten und den argwöhnischen Wächter zu überzeugen, dass er an dem Rundgang interessiert war. Erst am Nachmittag fand er, wonach er wirklich suchte. Als sein Führer ihn zu seinem Gemach geleitete, kamen sie an einem verdunkelten, schmucklosen Seitengang vorbei. Auf der Stelle hatte Reinheiser den Verdacht, an diesem Korridor müsse etwas Besonderes sein, denn dies war der einzige Bereich im ganzen Palast, wo sich nichts von Ungdens zusammengeraubter Sammlung befand.

»Führe mich da entlang«, forderte er.

»Nein, das kann ich nicht«, erwiderte der Wächter.

»Du trägst den Ring eines Wächters der Weißen Mauern«, erinnerte Reinheiser ihn sofort. »Dein Oberherr hat mir diesen Rundgang gewährt, und du bist daran gebunden, seinen Willen auszuführen. Also, führe mich da entlang.«

Der Wächter erwiderte Reinheisers drohenden Blick mit einem abweisenden Gesichtsausdruck. »Das kann ich nicht«, stellte er erneut fest. »Dieser Durchgang führt zu Istaahls Turm, und der allein entscheidet über seine Gäste.«

»Selbst über Ungden hinweg?« Reinheiser stellte die Frage rhetorisch, in der Absicht, den Wächter zu verunsichern und ihn an seine Loyalität zu erinnern, doch der Wächter blieb in seiner Weigerung unerschütterlich.

»Der Oberherr Ungden hat Istaahl die vollen Rechte der Ungestörtheit und Souveränität für seinen Turm gewährt«, erklärte der Mann. »Wir dürfen uns ihm nur auf Einladung des Magus nähern.«

Reinheiser fiel nichts mehr zu sagen ein, doch das war ohne Bedeutung. Er hatte entdeckt, was er hatte finden wollen, und er war zuversichtlich, dass er bald genug mit dem Zauberer zusammentreffen würde; so war es vorherbestimmt. Er würde sich eben eine Weile gedulden müssen.

Aber nur eine kurze Weile. Praktischerweise befand sich Reinheisers Gemach in der Nähe. Er trat ein, schloss die Tür hinter sich und blieb stehen, um zu hören, wie sich die Schritte des Wächters entfernten. Doch es entfernten sich keine Schritte; wie Reinheiser völlig richtig erwartet hatte, sollte sein Gemach bewacht werden. Enttäuscht legte er sich auf sein Bett und probte die Ansprache, die er sich für den Zauberer ausgedacht hatte, dann versuchte er einen Plan zu fassen, wie er an der Wache vorbeischlüpfen könnte. Erschöpft von dem langen Ritt war er bald fest eingeschlafen.

Er erwachte mit einem plötzlichen Ruck und dachte zuerst, es hätte ihn jemand geschüttelt, während die letzten Strahlen des Tageslichts durch das kleine Fenster seines Zimmers fielen. Er schlich zur Tür und lauschte erneut. Immer noch war der Korridor still, völlig still. »Es ist Zeit zu gehen«, sagte sich Reinheiser, obwohl er noch keine Strategie festgelegt hatte. In seiner Selbstüberzeugung und Ungeduld entschied er, dass er geistig wendig genug sei, um ein Durchkommen zu improvisieren. Als er jedoch die Tür öffnete, sah er, dass keine Täuschung nötig sein würde, denn der Wächter lag in festem Schlummer zusammengerollt an der gegenüberliegenden Wand des Korridors.

Aus den eindrucksvollen Geschichten, die Ardaz ihm über die Wächter der Weißen Mauern erzählt hatte, wusste Reinheiser, dass diese Pflichtverletzung mehr als untypisch war. Doch da er nicht vorhatte, innezuhalten und sein Glück aufs Spiel zu setzen, schlich er sich still davon und ging den Korridor zum Turm des Magus hinab. Im Schatten neben der eisenbeschlagenen Turmtür blieb er ein paar Sekunden stehen, um sicherzugehen, dass niemand ihm folgte. Zufrieden, weil er allein war, klopfte er dann behutsam an das harte Holz.

Es kam keine Antwort. Er klopfte, so laut er es wagte, aber immer noch antwortete niemand. Reinheiser sah sich einer schwierigen und gefährlichen Entscheidung gegenüber. Er wusste, dass er Scherereien riskierte, vielleicht sogar sein Leben aufs Spiel setzte. Andererseits war ihm klar, dass er Glück gehabt hatte, überhaupt so weit gekommen zu sein, und dass diese

Gelegenheit wahrscheinlich so bald nicht wieder kommen würde. Kühn öffnete er die schwere Tür und betrat das Gemach des Magus.

Es handelte sich um einen kreisförmigen Raum mit einer Steintreppe, die entlang der linken Wand zu einer Öffnung auf der zweiten Ebene hinaufstieg. Es gab nur ein kleines Fenster, kaum mehr als eine Schießscharte, das nur wenig gegen die düsteren Schatten ausrichtete, die wie Flecken mitternächtlichen Schreckens in jedem Winkel des Raums hingen. Reinheiser stand reglos da, von der unlogischen Befürchtung erfasst, eine Störung des tödlichen Schweigens würde einen verborgenen, in Bereitschaft stehenden Dämon zu mörderischen Taten anstiften.

Vorsichtig schlich er zu einem Stuhl an der Wand hinter der offenen Tür und schloss diese leise. Er musste sich eingestehen, dass ihn die geheimnisvolle Magie dieser Welt einschüchterte. Trotzdem überwand der Hunger nach Wissen alle Ängste, denn Reinheiser wünschte – gierte danach –, diese Kunst, die auf gewaltige persönliche Macht hindeutete, zu erlernen und zu meistern.

Als er sich in dem Raum nach Aufschlüssen über dessen Bewohner umschaute, wurde sein Blick von einem großen eichenen Schreibtisch an der gegenüberliegenden Wand angezogen, auf dem sich Schreibfedern, Tintenfässer und verschiedene geheimnisvolle Gegenstände befanden: ein mit Juwelen besetztes Messer, ein Totenschädel und die Augen irgendeiner unglückseligen Kreatur. Aber ob es sich dabei um tatsächliche Hilfsmittel für die Zauberei oder um makabre Abschreckungsmaßnahmen gegen neugierige Unbefugte handelte, konnte der Physiker nur raten. Zwei große, vielarmige Leuchter mit gewundenen Ständern kennzeichneten die hinteren Ecken des Tisches, zwischen ihnen stand aufrecht ein Kasten, der in dutzende von Fächern abgeteilt war, und in den meisten dieser Fächer lagen zusammengerollte Pergamentblätter.

Welche dunklen Geheimnisse müssen darauf niedergeschrieben sein! dachte Reinheiser. Trotz einer so großen Verlockung wagte er nicht, näher an den Tisch heranzutreten und die Auslösung der Zauberbanne zu riskieren, die der Magus bewirkt haben mochte, um seine Werke zu schützen.

Bald darauf kam der Sonnenuntergang und in dem Raum wurde es schnell dunkel. Reinheiser saß sehr still und lautlos da und fühlte sich sehr klein und verwundbar für die verborgenen Dämonen, von denen seine Phantasie ihm sagte, dass sie überall lauerten. Nach und nach wehrte er die Panik ab und fragte sich, ob diese überwältigenden Anfälle nicht ein Trick des Zauberers waren, eine raffinierte Suggestion angedrohter Schrecken, ein mentaler Schutzzauber gegen Diebe.

Eine Ewigkeit schien vergangen zu sein, als die Tür sich knarrend öffnete und der weißgekleidete Magus mit einer Kerze in der Hand eintrat. Ohne von dem im Schatten sitzenden Physiker Notiz zu nehmen, humpelte er durch den Raum, wobei er sich schwer auf seinen kleinen Stock stützte, und murmelte schnell einen Zauberspruch zum Schließen der Tür, dann einen anderen zum Entzünden der Kerzen auf dem Tisch. Reinheiser beobachtete verwundert und belustigt diese kleinen Zaubereien und kniff die Augen zusammen, um in dem schwachen, flackernden Licht alle Bewegungen zu verfolgen, während die knochigen Hände des Zauberers langsam die Kapuze zurückzogen.

»Eigentlich sollte sie schwarz sein, nehme ich an«, sagte Reinheiser schließlich und lächelte befriedigt, weil er einen so weisen Mann überrumpelt hatte. Die Hände bewegten sich ohne innezuhalten und ließen

sich nicht von der Stimme stören, die eigentlich unerwartet hätte kommen sollen. Stattdessen geriet die
Fassung des Physikers ins Wanken.

»Dein Kennzeichen, meine ich«, fuhr er in einem
weniger selbstsicheren, kleinlauteren Ton fort. »Die
Kapuze sollte schwarz sein, da Schwarz die Farbe von
Morgan Thalasi ist, und der bist du, wenn ich mich
nicht täusche.«

Der Zauberer drehte sich langsam zu Reinheiser um
und stieß ein Lachen aus, das mehr wie ein Zischen
klang. »Du treibst gefährliche Spiele, Dr. Martin Reinheiser«, sagte er ruhig und zog seine Kapuze ganz zurück, damit der Eindringling sehen konnte, mit wem
er es zu tun hatte.

Reinheiser schauderte bei dem Anblick, denn der
Mann, der vor ihm stand, war tatsächlich der Schwarze
Hexer, Morgan Thalasi. Er war völlig kahl mit einer
kränklich blassen Haut, die sich über den Schädelkno-
chen spannte. Die schwarzen Augen waren lediglich
als Löcher in tief eingesunkenen Höhlen, die Wangen
eingefallen wie die eines Ausgehungerten, der schon
längst hätte tot sein sollen. Jahrhunderte der Boshaftig-
keit hatten in der Tat einen hohen Zoll von Thalasi gefordert und an seinem körperlichen Sein genagt, nicht
jedoch an seinem bösen Willen, denn dieser dauerte
unaufhörlich weiter. Der reich facettierte schwarze Saphir, das Kennzeichen des Zauberers, glitzerte auf seiner Stirn, als sei er erst kürzlich geschliffen und poliert
worden.

»Ich weiß, dass du es warst«, sagte Reinheiser und
lachte sanft. Er versuchte entspannt zu erscheinen.
Trotz seiner Bemühungen verriet das Zittern in seiner
Stimme seine wahren Gefühle des Schreckens. »Ich
war zu dem Schluß gekommen, dass nur der mächtige
Thalasi der Taten fähig war, die der Magus Ardaz
Istaahl zuschreibt.«

»Also hattest du Recht«, spottete der Schwarze Hexer und seine Stimme blieb entnervend ruhig und selbstsicher. »Ein kleiner Trost angesichts des schrecklichen Todes, der dir bevorsteht.«

Reinheiser strich sich über den Spitzbart und versuchte sich fest an die Selbstbeherrschung und Vernunft zu halten, die er jetzt brauchte, um dies durchzustehen. Etwas lief ganz falsch. Nie, nicht einmal in seinen schlimmsten Gedankenspielen, hatte er sich vorgestellt, dass seine Begegnung mit Thalasi derart verlaufen würde, und seine Phantasiebilder von dem Schwarzen Hexer blieben hinter dem wahren Schrecken zurück, den es bedeutete, diesem leibhaftig gegenüberzustehen. Dieser Mann, der körperlich so gebrechlich wirkte, strahlte eine Aura von überwältigender Bosheit und grenzenloser Macht aus und war wie der Satan persönlich ein schwarzes Loch ohne jede Moral, das – wie Reinheiser wusste – ihn ganz nach Laune in ein ewiges Höllenfeuer wegsaugen konnte.

»Mich töten?«, fragte er ungläubig und versuchte, dem Gedanken etwas Absurdes zu geben. »Warum solltest du mich töten wollen?«

»Weil du meine Identität kennst und in meine Privatsphäre eingedrungen bist, oder weil du mit diesem Hund Glendower gesprochen hast, den du Ardaz nennst«, erwiderte Thalasi. »Das ist sicherlich Grund genug. Oder ich könnte dich einfach aus bloßer Lust am Quälen in Stücke reißen.« Er zischte wieder dieses boshafte Lachen, als gefalle ihm diese Vorstellung.

Und Reinheiser wusste zweifelsfrei, dass diese herzlose Kreatur zu einem solchen willkürlichen Mord durchaus fähig war. »Aber du hast mich gerufen!«, schrie er. »Der Nebel, der uns gestattete zu fliehen – du hast ihn geschickt! Auf diese Weise habe ich schließlich deine wahre Identität erfahren. Istaahls

Magie ist auf die Meeresküste beschränkt; er hätte nicht so weit ins Binnenland hineinreichen können.«

»Ich habe den Nebel hergezaubert.«

»Und was ist mit dem schlafenden Wächter?«

»Eine leichte Aufgabe.«

»Dann hast du mich zu einem bestimmten Zweck hierher gebracht«, schloss Reinheiser.

»Wegen der Landkarte, das ist alles«, sagte Thalasi. »Ich habe meine Fühler ausgestreckt, um deinen Geist zu besetzen, du dachtest, es eröffne sich Wissen vor dir, und so ließest du mich ein. Ich hatte nicht die Zeit, die Herrschaft zu übernehmen, aber ich sah durch deine Augen und nahm wahr, dass du dich unter den Nachttänzern befandest. Doch ich konnte nicht genau erkennen, wo das war. Also brachte ich dich hierher, um die Landkarte zu bekommen, und das ist alles.«

»Aber Mitchell…«, begann Reinheiser, verzweifelt nach allem greifend, was ihn vielleicht retten konnte.

»Mitchell ist ein Narr!«, unterbrach ihn Thalasi. »›Ich habe eine Armee von Millionen befehligt‹, sagte er. Ha! Auch ich habe vor dem Holocaust in den Vereinigten Staaten gelebt, und ich erinnere mich an keinen General Hollis Mitchell. Und ich versichere dir, mein Gedächtnis ist ausgezeichnet. – Allerdings erinnere ich mich an dich«, fuhr Thalasi fort. »Zumindest an deine Arbeit und an die Abfahrt der *Unicorn* aus Woods Hole.«

Die Erinnerungen an jene andere Welt überraschten Reinheiser, aber in ihnen sah er eine Chance, und so zwang er sich kühn zur Beherrschung. »Dann weißt du, dass auch ich eine Kunst gemeistert habe«, stellte er so stolz fest, wie er nur wagte. »Ich war ein Meister der Physik und der Technologie. Ich dachte, deshalb hättest du nach mir geschickt, denn wenn wir unser Wissen vereinen könnten…«

Thalasi brach in ein lautes Gelächter aus, das den erbärmlichen Versuch des Physikers, sein Leben zu retten, verhöhnte.

»Du lachst?«, schrie Reinheiser und sprang zornig von seinem Stuhl hoch. Ihm war klar, dass Thalasi ihn wahrscheinlich auf der Stelle umbringen würde, wenn er es wagte, ihm zu widersprechen, aber er war so wütend und enttäuscht, weil er sich verkalkuliert hatte, und so verwirrt von den Reaktionen und dem Verhalten des Schwarzen Hexers, dass es ihm in diesem Augenblick kaum etwas ausmachte. »Du, der du die Wunder der Welt vor dem Holocaust gekannt hast, zweifelst an der Macht der Wissenschaft?«

»Macht?«, wiederholte Thalasi mit solcher Kraft in der Stimme, dass Reinheiser auf seinem Stuhl zusammenzuckte. »Zerstörerische Macht, ja«, fuhr Thalasi fort. »Das ist bewiesen worden, und zwar treffend. Aber setze nicht die Fähigkeit zur Zerstörung mit Macht gleich. Du bringst da zwei Dinge durcheinander. Eine Bombe macht aus einer Stadt eine Grube mit blubberndem Teer, und du nennst das Macht. Was ist damit gewonnen?«

Reinheiser starrte ihn ausdruckslos an.

»Vernichtung ist nicht Macht«, fuhr Thalasi fort, »sondern die Antithese von wahrer Macht.« Er ballte eine Faust und hob die Augen zur Decke und Reinheiser schauderte ob der puren Bosheit, die sich in diesen glühenden Augäpfeln spiegelte.

»Beherrschung!«, zischte Thalasi. »Den Willen eines anderen zu beugen, damit er tut, was du befiehlst. Jede seiner Bewegungen zu beherrschen. Das ist Macht, du Narr!«

Immer noch erschrocken, aber auch fasziniert, zwang sich Reinheiser, aufrechter zu sitzen. Hier war der Meister, der den Schlüssel zu den Geheimnissen hielt, nach denen er verlangte, und sein Verlangen forderte Aufmerksamkeit selbst im Angesicht einer Bedrohung seines Lebens. »Und was ist mit Wissen?«, fragte er eindringlich. »Spielt Wissen da eine Rolle?«

»Ja, ja, natürlich!«, erwiderte Thalasi und klang plötzlich mehr erregt als zornig. Es kam nicht oft vor, dass der Schwarze Hexer einen Menschen fand, der sich mit ihm auf einem solchen Niveau unterhalten konnte, und sie sprachen jetzt über sein Lieblingsthema. »Wissen über die Geheimnisse des Universums und die absoluten Mächte, die darin existieren, ist die oberste Notwendigkeit.

Der zweite Teil«, fuhr der Schwarze Hexer fort und ballte dabei die Fäuste und kniff die Augen zusammen, um seine Aussage zu betonen, »ist das Verlangen. Verlangen… alles zu besitzen. Der Mut zu wagen, ein Gott zu sein!«, rief er. »Und die unaufhörliche Entschlossenheit, dies bis zum Ende durchzuhalten.«

»Sprechen wir jetzt von der Macht oder vom Bösen?«, fragte Reinheiser.

»Beides ist eins«, entgegnete Thalasi. »Oh, die Mächte des Universums sind absolut und sie sind da für die Guten und für die, die weder gut noch böse sind, aber ihre Stärke wird durch die Beschränkung der einen und durch den Mangel an Zielstrebigkeit der anderen begrenzt. Nur die Macht des Bösen wirkt ungezügelt und unvermindert.«

»Gewiss doch sind Mächte neutral«, widersprach Reinheiser. »Gut und Böse können keine Rolle spielen.«

»Bah! Hier irrst du«, erklärte Thalasi. »Es gibt vier Schulen der Magie, die alle auf der Grundlage derselben absoluten und universellen Wahrheiten arbeiten. Diese Wahrheiten, diese Mächte wirken am reinsten in Brielle, der Smaragd-Zauberin, der Meisterin der ersten Magie. Aber sie ist im Einsatz ihrer Macht beschränkt, da es ihr an Zielstrebigkeit fehlt. Gebunden an ihren Wald und an ihr Versprechen, die natürliche

Ordnung zu bewahren, ist sie zu einer bloßen Wachhündin geworden, die die Natur gegen das Eindringen von Verderbnis mobilisiert. Außerhalb dieses Bereiches ist ihre Magie unzugänglich, und so ist sie nicht mehr als nur eine Dienerin.

Du selbst hast mit Ardaz gesprochen«, fuhr der Schwarze Hexer fort. »Seine Schule ist die zweite Magie, und die Colonnae hatten sie auch für mich bestimmt.«

»Die Wahrheiten des Universums anpassen, damit sie in die Entwicklung der Menschheit passen«, brachte Reinheiser vor. »Zum Besten der Menschheit, wie es durch den Moralkodex definiert ist, den die Colonnae dargelegt haben.«

»Ausgezeichnet!«, lobte Thalasi. Das überraschende Verständnis des Physikers begeisterte ihn. »Dann erkennst du die Falle? Die Beschränkungen?«

»Natürlich«, antwortete Reinheiser selbstbewusst. »Obwohl zugänglicher als die erste Schule, ist die zweite in Ausmaß und Wirkung begrenzter, von einem strikten Kodex einer aufgezwungenen Ethik in Schach gehalten.«

»Genau«, bestätigte der Hexenmeister. »Aber es gibt eine dritte Schule, eine Praxis, welche die Colonnae für sich selbst und für die, denen sie dienen, zurückhielten. Sie hielten sie vor uns verborgen, weil sie uns fürchteten – weil sie fürchteten, wir würden uns über sie erheben und ihnen nicht länger dienen. Ich, Thalasi, habe dieses Geheimnis herausgefunden und meine Macht nimmt täglich zu.«

»Beherrschung?«, fragte Reinheiser.

»Beherrschung«, wiederholte Thalasi. »Ich halte keine Versprechen und diene keinem Kodex. Die Mächte können mir nicht widerstehen. Ich rufe sie nach meinem Belieben und zwinge sie alles zu tun, was ich befehle. Dies ist die schwierigste Magie, eine

Disziplin unaufhörlicher Konzentration. Mit jedem Gedanke und mit jeder Bewegung ringe ich mit den Konstanten der universellen Ordnung.« In seinen Augen glühten Gier und Stolz. »Begreifst du die Folgerungen aus meinen Worten?«, fragte er Reinheiser, der ihn ungläubig anstarrte, verdutzt über das Ausmaß der potenziellen Macht, die der Hexer andeutete. »Sie sind unnachgiebige Feinde, doch das bin auch ich. Und wenn ich gewinne – zu den Zeiten, da ich der Stärkere bin –, dann kann ich mit einem Wort sogar die Ordnung der Natur umkehren und eine Leiche aus den Armen des Todes entreißen, um sie untot unter meiner Kontrolle zu halten. Oder ich kann einen Zauberspruch vom Mund eines Zauberers stehlen, um ihn dann gegen ihn selbst zu richten, wie ich es vor dreißig Jahren mit Istaahl getan habe.«

»Dann warst in Wirklichkeit du die Kraft hinter Ungdens Aufstieg«, sagte Reinheiser mit einem breiter werdenden Lächeln, denn so hatte er sich seine Begegnung mit Thalasi vorgestellt. »Du hast die Wächter in Schach gehalten, bis der Coup vollendet war, da du wusstest, dass ihr Eid sie an Ungden binden und seine Stellung sichern würde. – Aber warum Ungden?«, fragte Reinheiser. »Er scheint kaum ein passender Führer zu sein.«

»Er ist nicht der Führer«, erklärte Thalasi. »Er ist die Schachfigur des Führers. Ein Mann, den man leicht zufriedenstellen und somit leicht beherrschen kann, und er stellt keine Bedrohung für mich dar. Wenige in ganz Calva hätten sich gegen den geliebten Oberherrn aus der alten Familie gewandt, der jämmerliche Ungden war jedoch ganz erpicht darauf, einen Dolch in Ben-galens Herz zu treiben.

Und so ist Ungden der Rauch, der mein Feuer verdeckt. Die Wächter hätten keinem Zauberer gedient, und wenn ich den Thron für mich beansprucht hätte, dann wäre meine wahre Identität bald enthüllt worden. Auf diesen Tag bin ich noch nicht vorbereitet, doch der Zeitpunkt rückt näher. Das Gemetzel an den hilflosen Mutanten wird die Ehre der treuesten Calvaner zerbrechen und ihren Widerstand gegen mich schwächen.«

»Aber was ist mit meinen Kenntnissen der Technologie?«, drängte Reinheiser. »Sicherlich können sie dir nützlich sein.«

»Sprich dieses Wort nicht aus!«, befahl Thalasi mit plötzlich neu aufflammendem Zorn. »Technologie!«, stieß er mit äußerster Verachtung aus. »Die vierte Schule der Magie, ein Fluch für die Weisen und ein Unheil für alle. Was ist die Technologie denn anderes als ein Geschirr, das die universellen Kräfte allen verfügbar macht, und das bei völliger Gleichgültigkeit gegenüber ihrer inneren Stärke? Ein Schwertkämpfer muss seinen Geist jahrelang disziplinieren, um die Waffe richtig zu schwingen, doch jedes Kind kann ein Gewehr nehmen und töten. Nein, die Technologie ist eine unannehmbare Gefahr, die aller Kontrollen entbehrt und nichts anderes verspricht als die letztendliche und totale Vernichtung durch die Hände der Narren.« Er brauchte die in seinen Ausführungen enthaltene Wahrheit nicht zu beweisen, denn Reinheiser hatte die Welt außerhalb des Schutzbereichs von Aielle gesehen.

»Die tiefere Stärke«, fuhr Thalasi fort und seine Stimme war nur noch ein Flüstern, »ist die Kraft des Geistes in Verbindung mit den Mächten des Universums und die Lenkung dieser Mächte durch bloßes Verlangen. Angesichts der Geheimnisse der universellen Wahrheiten würdest du ein einfacher Dr. Faustus bleiben, der mit Feuerwerkskörpern spielt. Aber ich…« Er erhob sich, schrecklich in seinem Zorn, und Reinheiser schaute furchtsam beiseite.

»Schau mich an!«, brüllte Thalasi. Reinheiser spürte, dass er keine Wahl hatte als nachzugeben. »Betrachte Morgan Thalasi und wisse, dass du dem Untergang geweiht bist!«

Reinheiser zitterte unwillkürlich. Er verbarg sein Gesicht in den Armen und krümmte sich zusammen. Verzweifelt suchte er nach einem Versteck, wo es keines gab. Bis jetzt hatte er sich noch nie wirklich gefürchtet; selbst den Tod hatte er als unausweichlichen Teil des Lebens akzeptiert.

Aber jetzt hatte Reinheiser Angst. Er fühlte eine Schwärze in seinem Herzen, eine Empfindung der Hoffnungslosigkeit und Verzweiflung, die an sein innerstes Wesen rührte. Er wartete, er hoffte, der Todesstreich möge schnell kommen.

Doch der kam nicht und allmählich kehrte Hoffnung zurück, obwohl Reinheiser fürchtete, dass dies einfach Thalasis Art war, mit ihm zu spielen, ihm einen letzten Schimmer von Rettung zu gewähren, bevor er ihn endgültig verdammte. Schließlich fasste er den Mut und wagte einen Blick.

Der Hexer saß offensichtlich tief in Gedanken versunken da. Langsam richtete sich Reinheiser auf seinem Stuhl auf und wartete auf das, was kommen mochte.

»Vielleicht gibt es eine Hoffnung für dich«, sagte Thalasi, nachdem einige Minuten vergangen waren. »Du hast gewiss deine Intelligenz bewiesen, und vielleicht wirst du unter meiner Führung ein wertvoller Mitarbeiter für mich.«

Reinheiser lächelte hoffnungsvoll, womit er bei Thalasi jedoch Missbilligung erntete. Der Zauberer blickte ihn so zornig an, dass der Physiker wieder verzweifelt auf seinem Stuhl zusammensackte. Thalasi richtete drohend einen Finger auf ihn und knurrte: »Aber widersetze dich mir nie«, und Reinheiser spürte, wie sich kalte, knochige Finger um seinen Hals schlossen, ein unsichtbares Halsband, das Thalasis Willen entsprach.

Thalasi lachte laut und sorglos, denn er betrachtete den Physiker nicht länger als eine Bedrohung für sich. Sein Vertrauen in das Gebot seiner Macht hatte sich wieder als begründet erwiesen, denn ohne Vernichtung, ohne Tod besaß er jetzt Martin Reinheiser.

KAPITEL 20

Verrat wird offenbar

Früh am Morgen nach Mitchells und Reinheisers Flucht kam Sylvia, um die Männer zu wecken. Der Frühnebel war schon bald nach Sonnenaufgang verschwunden, die Luft war warm und rein. Sylvia wünschte, die drei Gäste sollten so viel wie möglich den Tag im Freien genießen. Unbekümmert und nur von dem Wunsch geleitet, den Aufenthalt der Männer noch angenehmer zu gestalten, hätte sich das Elfenmädchen in diesem Augenblick nicht vorstellen können, dass Mitchell und Reinheiser soeben als Gefangene der calavanischen Kundschafter ihren wilden Ritt über die Ebenen begannen.

Sie spürte, dass etwas nicht stimmte, als sie den Schlüssel ins Schloss der Zimmertür steckte und feststellte, dass schon aufgeschlossen war. Hier lag kein Versäumnis vor, das wusste sie, denn sie hatte persönlich die Tür in der vorausgegangenen Nacht zugesperrt. Die beiden Wächter waren so verdutzt wie sie und versicherten ihr, dass sie die ganze Nacht treulich gewacht hätten und dass sie die letzte Person gewesen sei, die das Zimmer verlassen hatte.

Doch das Zimmer war leer. Sylvia, die immer noch nicht begriff, was wirklich vorgefallen war, ging in das gegenüberliegende Zimmer, um Billy zu wecken. Die bloße Tatsache, dass er da war und auf ihr Klopfen antwortete, gab ihr einen gewissen Trost und veranlasste sie zu der Meinung, es müsse eine einfache Erklärung für die Abwesenheit der anderen beiden geben.

Ihre Erleichterung erwies sich jedoch als kurzlebig. Ihre Fragen nach dem Verschwinden seiner Kameraden vertrieben die Schläfrigkeit so völlig aus Billys Augen, als hätte sie ihn mit eiskaltem Wasser bespritzt.

Denn alles, was Billy Shank von Mitchell wahrgenommen hatte, seit sie in diese neue Welt gelangt waren, führte ihn unausweichlich zu einer erschreckenden Schlussfolgerung. Er blickte Sylvia grimmig an. Ihr unschuldiges und hoffnungsvolles Lächeln verstärkte noch seinen Verdacht und seinen Zorn. »Geh und hole Arien, und zwar schnell«, forderte er sie auf. Sylvia zögerte, denn sie wartete noch auf mehr Einzelheiten, aber Billy konnte es nicht über sich bringen, ihr zu sagen, dass Mitchell und Reinheiser, seine Kameraden, wahrscheinlich unterwegs waren, um ihr Volk zu verraten.

Sylvia wusste, wo ihr Vater sich an einem so schönen Morgen aufhalten würde. Sie bat Billy, sie zu begleiten, und er willigte ein, obwohl er sich davor fürchtete, dem Elfenherrscher eine so bittere Nachricht zu überbringen. Kurze Zeit später trafen sie Arien auf einem Balkon an der Hinterseite des Hauses an, von wo man einen Ausblick auf die große Schlucht hatte. Er und Ryell saßen still dort und genossen die heitere Ruhe des wie immer wunderbaren Schauspiels des Morgenlichts auf den Kristallbergen.

Als Arien seine Tochter sah, erkannte er sofort, dass etwas schrecklich schief gelaufen war. Ihr Gesicht war gerötet und hatte einen schmerzlichen Ausdruck. Er fasste sie an der Hand, um sie zu beruhigen. »Was ist los?«

»Sie sind fort!«, rief Sylvia. »Kapitän Mitchell und Martin Reinheiser sind nicht in ihrem Zimmer!«

»Verrat!«, schrie Ryell. »Ich wusste doch, dass von diesen Männern nichts Gutes kommen würde.« Er ging drohend auf Billy los, doch Arien fing ihn mit dem ausgestreckten Arm ab.

»Hole Erinel«, sagte Arien sehr ruhig und gefasst zu seiner Tochter. »Versammle sofort deine Freunde und durchsuche mit ihnen die Tunnel, die nach Bergtor führen. Bis wir mehr wissen, soll man diese beiden als Gäste und nicht als Feinde betrachten.«

»Sie könnten vielleicht noch in der Stadt sein«, gab Sylvia zu bedenken.

»Das ist zweifelhaft«, erwiderte Arien, »aber lass eine Gruppe zurück. Sage ihn, sie sollen das ganze Tal und sogar Shaithdun-o-Illume absuchen. Jetzt geh und beeile dich. Wir werden hier darauf warten, was du herausfindest.«

Sylvia nickte und eilte fort. Die beiden Wachen blieben an Billys Seite. Sie waren sich nicht sicher, welchen Status er jetzt bei ihren Leuten hatte, und etwas nervös, weil er ihrem Eldar so nahe war. Arien jedoch gab ihnen ein Zeichen, sie sollten von ihm ablassen. Er weigerte sich unerschütterlich, sich von Mitchells und Reinheisers Taten das Vertrauen in diesen Mann rauben zu lassen, denn Billy hatte nichts Unrechtes gegen die Elfen getan.

»Wohin sind sie gegangen?«, versetzte Ryell. Sein Verdacht kochte über und verriet seine feste Überzeugung, dass Billy in eine Verschwörung verstrickt sein musste.

Billy zuckte mit den Schultern und schaute zur Seite. Aus Klugheit behielt er seine Theorie für sich, bis mehr Erkenntnisse gesammelt sein und die ruhigeren Köpfe die Oberhand haben würden.

Ryell erwartete sowieso keine Antwort. Auf der Suche nach jemandem, an dem er seine Wut auslassen konnte, wandte er sich an die Wachen.

»Und was ist mit euch beiden?«, schimpfte er. »Ihr solltet sie doch bewachen!«

»Wir sind die ganze Nacht vor ihrer Tür geblieben«, erwiderte einer der unglücklichen Elfen nicht ganz überzeugend.

»Ha!«, höhnte Ryell. »Wenn ich dahinter komme, dass ihr eingeschlafen sein, dann werde ich…«

»Oh, pst, pst, seid still!«, ertönte eine Stimme hinter den Wachen und Ardaz trat auf die Terrasse. Desdemona, die Katze, hatte sich friedlich schlummernd wie eine Pelzstola um seinen Hals geschlungen. »Auch ich hatte Augen postiert, um die Uralten zu bewachen: diese Desdemona hier.« Er hob die schlaffe Katze von seiner Schulter und hielt sie nahe an sein Gesicht. »Und sie würde mich nicht im Stich lassen, oder? Nein, das würde sie nicht! Sie hat dein Haus von außen bewacht und sah niemanden weggehen, überhaupt niemanden, nicht einen einzigen Menschen«, versicherte Ardaz Arien vertrauensvoll. »Sie schläft auch nie. Auf jeden Fall nicht nachts. Sie schläft bei Tag und stört alle bei Nacht; so ist es bei Katzen die Regel, weißt du.« Er prustete belustigt, wandte seine Aufmerksamkeit wieder der Katze zu und streichelte sie zärtlich, um seine letzte Bemerkung auszugleichen.

»Aber sie sind fort«, beharrte Ryell. Die einfache Tatsache sprach für sich selbst.

»Das weiß ich, natürlich weiß ich das!«, erwiderte Ardaz nervös. »Sylvia hat es mir gerade eben draußen im Gang gesagt.«

Ryell schüttelte sich wütend. »Wenn sie nicht hier sind«, fragte er mit absichtlichem Sarkasmus, »und diese Katze versichert dir, dass sie nicht weggegangen sind, wo sind sie denn dann? Sind sie vielleicht einfach verschwunden?«

»O ja, ich verstehe, was du sagen willst«, erwiderte Ardaz. »Und da hast du ganz Recht!« Wieder holte er die Katze von seiner Schulter und schüttelte sie wach.

»Des, du bist eingeschlafen, du böse kleine Miezekatze!« Er schüttelte sie erneut und beäugte sie misstrauisch, dann äußerte er eine Folge unterschiedlicher »Miaus«, als spräche er mit ihr in ihrer Sprache, und Desdemona antwortete mit einem nachdrücklichen »*Miau!*«

Der Zauberer warf sie sich wieder über die Schulter und schien beschwichtigt zu sein.

»Sie sagt, sie sei nicht eingeschlafen«, erklärte er den verwunderten Zuschauern. »Ich bezweifle auch, dass sie das getan hat.« Sein Blick wanderte geistesabwesend hinaus zu der Schlucht. »Sie können nicht verschwunden sein, nein, nein«, fuhr er fort und sprach dabei mehr zu sich selbst als zu den anderen. »Es gibt natürlich Methoden, aber sie waren ja nur gewöhnliche Menschen. Gewiss keine Zauberer!« Er hielt inne und kratzte sich an seinem bärtigen Kinn. »Es sei denn…«

Arien und Ryell warteten darauf, dass er auch ihnen zuteil werden ließ, was ihm augenscheinlich gerade aufgegangen war, doch als die Sekunden verstrichen und auf dem Gesicht des Zauberers ein Ausdruck dunkler Sorge erschien, ging Ariens Geduld zu Ende.

»Was ist?«, wollte er wissen.

»Ich bin mir nicht sicher«, erwiderte Ardaz mit plötzlich nüchterner Stimme. Aus seiner Versunkenheit gerissen, schaute er den Eldar an. »Ich bin mir nicht sicher. Aber ich werde es herausfinden!«, versprach er und ging zur Tür.

»Warte!«, rief Arien. »Du kannst jetzt nicht gehen.«

Doch Ardaz blieb nicht stehen.

»Ich habe einiges zu tun!«, rief er. »Einiges zu tun!« Und er eilte davon.

»Warum erlaubst du ihm, in Illuma zu bleiben?«, stöhnte Ryell. »Er ist für uns von keinerlei Nutzen.«

Arien wusste es jedoch besser. Er kannte jene Seite von Ardaz, mit der er der weise und hilfsbereite Glendower war, der Retter der Elfen in der Morgendämmerung ihres Volkes, als Ben-rin über Pallendara herrschte und Umpleby sie töten lassen wollte. Arien wusste, dass Mitempfinden und Macht des Zauberers noch vorhanden waren. Sie verbargen sich zwar hinter einer unbedarften Fassade, mochten jedoch in den dunkelsten Augenblicken als leuchtender Hoffnungsstrahl hervortreten.

»Mach nicht Ardaz für unsere Schwierigkeiten verantwortlich«, warnte er Ryell.

»Aber was sollen wir tun?«, fragte Ryell leise. Die Schärfe seines Ärgers ließ nach, je mehr ihm ihre möglicherweise katastrophale Lage klar wurde.

»Wir warten«, erwiderte Arien grimmig. »Und hoffen.«

Der Eldar schickte die Wachen fort; sie sollten sich der Suche anschließen. Nur er, Ryell und Billy blieben auf dem Balkon zurück und schauten auf die hochragenden Berge. Vor ihren weltlichen Sorgen suchten sie Zuflucht in den tiefen Betrachtungen, zu denen eine so herrliche Landschaft anregte. Sie sprachen wenig. Jeder von ihnen fand Trost in seiner stillen Meditation und während die anfängliche Bestürzung über die Flucht der beiden nachließ, keimte bei ihnen so etwas wie Hoffnung auf. Obwohl sie die Zeit nicht gemessen hatten, kam es ihnen vor, als wären Stunden vergangen, als Sylvia und Erinel schließlich zurückkehrten.

Dann wurden ihre Hoffnungen zunichte gemacht.

»Sie sind nicht in der Stadt«, berichtete Sylvia.

»Auch nicht in den Tunneln«, fügte Erinel hinzu. »Ich bin bis hinunter zu den unteren Pfaden oberhalb von Bergtor gegangen.« Er schaute zu Billy hinüber und zuckte mitfühlend mit den Achseln, denn er wusste, dass das, was er jetzt sagen würde, ein ungünstiges Licht auf seinen neuen Freund werfen würde. »Ich habe an verschiedenen Stellen zwei Paar Fußspuren gefunden – weniger als einen Tag alt.«

»Und waren dir diese Spuren bekannt?«, knurrte Ryell. Er wollte Erinel, der zögerte, die Bestätigung entreißen, dass sein eigenes Misstrauen gegenüber den Menschen gerechtfertigt gewesen war.

»Sie passten zu den fremdartigen Stiefeln unserer Besucher«, erwiderte Erinel.

Ryell schaute selbstgefällig auf Arien. Jetzt war er sich sicher, dass der Eldar ihn nicht länger tadeln würde. Dann richtete er seine Wut auf Billy. »Was hast du dazu zu sagen?«, fuhr er ihn an.

»Sie sind nach Calva gegangen«, erklärte Billy ruhig. Nur ein leichtes Beben seiner Stimme verriet, wie peinlich ihm die Sache war.

»Woher weißt du das?«, rief Ryell anklagend, bevor Arien reagieren konnte. »Und warum hast du das vor uns geheim gehalten?«

»Ich habe nichts vor euch geheim gehalten«, erwiderte Billy. »Ich habe es erst jetzt aus Erinels Feststellungen geschlossen.« Er wandte sich betont Arien zu und kehrte sich von Ryell ab. »Ich gebe zu, dass ich es befürchtet habe – befürchtet habe, dass Mitchell das tun würde. Er lebt für Ruhm und Macht und wird alles tun, um sie zu erlangen. In jener Nacht auf der Felsplatte oben am Berg versuchte er dich zu überreden, ihm eine Armee zu übergeben. Du hast es abgelehnt, und so sucht er sie woanders. Ich vermute, er sucht sie am Hof von Ungden.«

»Bah!«, sagte Ryell. »Es scheint mehr der Wahrheit zu entsprechen, dass du an dieser ganzen Täuschung Anteil hast!«

»Du hast Unrecht«, sagte Billy.

»Ich habe Recht!«, beharrte Ryell. »Und was ist

mit DelGiudice? Ein Sendbote, der vorausgeschickt wurde, um den Weg für seinen Kapitän zu bereiten? Und dich hat man zurückgelassen, damit du die Flucht deckst und uns davon abhältst, das Schlimmste zu vermuten, bis es für uns zu spät war, es noch zu verhindern!«

»Nein«, widersprach Billy, doch er merkte, wie die Kraft seiner Argumente schwand. Wie konnte er im Lichte von Mitchells schrecklicher Täuschung für Arien und die anderen weiter glaubwürdig bleiben? Sein Mitgefühl für Ryell und die verzweifelte Situation der Elfen drängten ihn in die Defensive, denn er wusste, Ryells Zorn beruhte auf der sehr plausiblen Befürchtung, dass ganz Illuma in tödliche Gefahr geraten war. »Del und ich hatten keinen Anteil daran.«

»Du lügst!«, schrie Ryell.

»Genug davon«, forderte Arien. Ryell wandte sich ab und schluckte zähneknirschend Flüche und Beschuldigungen hinunter. Jetzt fühlte sich Billy wirklich verletzt, denn der Blick, mit dem Arien ihn musterte, verriet Zweifel und Misstrauen. »Bitte sag uns alles, was du weißt«, bat er. »Es ist wichtig.«

»Es gibt nicht viel, was ich hinzufügen kann«, antwortete Billy. »Mitchell wird tun, was er tun muss, um zu bekommen, was er haben will, und du bist mit Recht besorgt. Aber ich werde alles tun, was ich kann, um euch zu helfen, und ich garantiere euch, dass Del nichts damit zu tun hat. Er hasst Mitchell sogar noch mehr als ich. Die beiden sind einander seit dem ersten Tag ihrer Bekanntschaft an die Gurgel gegangen und dieser Zwist ist nur noch schlimmer geworden, seit wir an den Gestaden von Ynis Aielle gelandet sind.«

»Und was ist mit dem anderen, Martin Reinheiser?«, fragte Arien.

Billy zuckte mit den Achseln und schüttelte den

Kopf. »Das weiß ich wirklich nicht. Er und der Kapitän halten zusammen, aber ich habe keine Ahnung, warum. Sie sind einander nicht ähnlich. Vielleicht liegt es einfach daran, dass sie niemand anderen haben, dem sie näher kommen können, oder vielleicht braucht jeder von ihnen den anderen als Ergänzung für das, was ihm selbst fehlt. So oder so würde ich Reinheiser nicht mehr trauen als Mitchell. Er mag nicht so offen gefährlich sein wie der Kapitän, aber er ist heimlichtuerisch und schlau genug, die Dinge so zu manipulieren, wie er sie haben will.« Dann hielt er inne und alle verstummten, um das Gesagte zu verdauen.

»Ich bin damit zufrieden«, versicherte ihm Arien, aber die Erklärung, dass er aufs Neue Billy vertraue, ließ nicht den schmerzlichen Ausdruck vom Gesicht des Eldars verschwinden.

Erneut nahm die Verzweiflung Ryells Zorn die Schärfe. »Dann sind wir verloren«, stellte er resigniert fest.

»Noch nicht«, erklärte Arien, aber trotz seiner Entschlossenheit klang seine Stimme deutlich angespannt und an seiner Schläfe trat eine Sorgenader hervor. »Caer Tuatha liegt viele Meilen im Süden und die beiden haben keine Pferde. Wir wissen nicht, ob sie jemals die Stadt erreichen werden oder wie Ungden sie aufnehmen wird, falls sie überhaupt dort eintreffen sollten.«

»Aber wenn sie dorthin kommen«, sagte Ryell grimmig, »können die Menschen zehntausend Speere aufbieten.«

»Das würde Wochen, sogar Monate dauern«, erwiderte Arien.

»Wir müssen Gewissheit haben«, warf Erinel ein. »Eldar, gestatte mir, zu den calvanischen Feldern hinabzugehen. Von den Bauern kann ich vielleicht erfahren, wohin die beiden Männer gegangen sind, oder vielleicht sogar, was sie vorhaben. Gewiss wäre es doch närrisch, wenn wir uns blind zurücklehnten und auf das warteten, was immer uns widerfahren wird.«

Arien schaute Ryell fragend an. Er räumte seinem Freund als Erinels Vormund die endgültige Entscheidung darüber ein, den Vorschlag seines Neffen anzunehmen oder abzuweisen. Beide kannten sehr wohl die Gefahr, die Erinel auf sich nehmen würde, wenn er zu den Calvanern ging, denn sie beide hatten dasselbe schon einmal vor vielen, vielen Jahren getan. Damals, als Ben-rins Erben auf dem Thron des Südens saßen, erkannten die Calvaner zwar die Existenz der Elfen nicht öffentlich an, tolerierten sie aber, versprachen mit einem Augenzwinkern Geheimhaltung und erzählten von ihnen nur in märchenhaften Kneipengeschichten. Da jetzt der bösartige Ungden die Macht innehatte und ganz Calva auf der Hut war vor den Mutanten, die sich in den Bergen verbargen, würde Erinels Reise tatsächlich viel gefährlicher werden.

Ryell seufzte hilflos. »Wir haben keine Wahl.«

Arien legte eine Hand tröstend auf die Schulter seines Freundes. »Sei immerzu auf der Hut«, ermahnte er Erinel. »Denk daran, dass die Dunkelheit der Nacht immer ein Freund deines Volkes gewesen ist. Ich erwarte deine sichere Rückkehr.«

Erinel nickte zustimmend und verließ mit Sylvia die Terrasse.

»Ich möchte eine Wache an den Bäumen oberhalb von Bergtor postieren«, sagte Ryell. Arien war damit einverstanden.

In seiner Turmwohnung in Brisen-ballas, hoch über dem Tal von Illuma, saß Ardaz und schaute aus dem höchsten Fenster seines Turms.

»Du wachst über diesen Ort hier, während ich weg bin«, sagte er zu Desdemona, der Katze, die behaglich zusammengerollt auf seinem Schoß lag. »Nicht dass ich wirklich fort will, weißt du. Wer würde das schon wollen?« Ein unwillkürlicher Schauder lief ihm über den Rücken, als er daran dachte, was ihn erwartete: Talas-dun, die Festung, die Morgan Thalasis schwarzes Herz geschaffen hatte. Castel Angfagdul hieß sie in der Sprache der Zauberer, Burg der Völligen Finsternis.

Eine Bezeichnung, von der Ardaz wusste, dass sie wohlverdient war.

Der Zauberer erhob sich, schüttelte sich, um sein Zittern loszuwerden, und machte sich mit fester Entschlossenheit an das Werk, das er zu verrichten hatte. »Doch wir müssen es mit Sicherheit wissen!«, erklärte er Desdemona, hob sie von seinem Schoß und legte sie ebenso zusammengerollt neben sich auf den Boden. »Ich werde zurück sein, sobald ich kann!« Mit einer Grimasse vertrieb er einen zweiten Schauder, stimmte einen tranceartig monotonen Singsang an und tanzte rhythmisch einige Drehungen, dass seine Gewänder um ihn wallten, verwandelte sich in einen Adler und flog davon.

Er stieg aus dem Turm empor, ritt auf den Aufwinden der sonnenwarmen Luft über die Felswände hinaus und glitt bald am südlichen Kamm des Kristallgebirges dahin. Ardaz genoss die mühelose Freiheit dieses Windreitens, aber er wusste, dass die Zeit drängte, und so wandte er sich von den Felsklippen ab, verließ den Bereich der aufsteigenden Luftströmungen und tauchte hinab nach Blackemara, fing sich direkt über dem Sumpf ab und schoss mit dem gesammelten Schwung weit hinaus in das Ödland von Brogg.

Entschlossen flog der Zauberer weiter in Richtung

auf die fernen Bergkette von Kored-dul und die dort lauernde Schwärze von Talas-dun, wo er einige Antworten zu finden hoffte.

Es folgten qualvolle Tage des Wartens für die Elfen und Billy, während sie auf Erinels Rückkehr harrten. Für Arien wurde das Warten noch schlimmer, als er entdeckte, dass auch Ardaz fort war.

KAPITEL 21

Die Stellungen werden bezogen

Als Del Avalon verließ, schlossen sich hinter ihm die Bäume, als hätte Brielle hinter ihm die Tür zugeschlagen. Und obwohl er sich sagte, es mache ihm nichts aus und im Augenblick liege ihm einzig daran, so viel Abstand zwischen sich und Avalon zu bringen wie möglich, so sank ihm doch das Herz tiefer, als er hörte, wie der Wald ihn ausschloss. Er versuchte vergeblich, die Gedanken und Erinnerungen an die Zauberin aus seinem Geist zu löschen, denn er hatte eine schreckliche und unerwartete Seite an Brielle kennengelernt, die seine Phantasien zertrümmert und sein Herz gebrochen hatte. Mit gesenktem Kopf ging er verdrossen langsamen Schrittes über Bergtor dahin.

Er nahm keine Notiz von seiner Umgebung, als er sich am Ende des Feldes den silbernen Telvensils näherte und unter ihnen hindurchschritt. Seine Gedanken blieben nach innen gerichtet, versunken in Erinnerungen an stattliche Gehölze aus schwankenden Kiefern und an sternenbeschienene Felder – und an die Frau, die ihnen Bedeutung gab, und mit einem resignierten Seufzen nahm er es hin, dass er sich von seinen Erinnerungen an die Smaragd-Zauberin nicht so leicht würde trennen können.

Selbst wenn er achtsam und auf bester Hut gewesen wäre, hätte Del nicht die drei Elfen gesehen, die – stumm wie der Tod – aus ihrem Versteck in den Zweigen der gekrümmten Bäume hinter ihm glitten.

Er ging ein paar Schritte weiter, den Berg hinan, dann wurde ihm klar, dass er seinen Weg nicht fortsetzen konnte, bis eine Eskorte eintraf. »Verdammt!«, stieß er hervor. Selbst wenn Ardaz ihn auf der Straße in Avalon gesehen hatte und mit der Nachricht gleich zu Arien gegangen war, dann würde es Stunden dauern, bis Elfen kamen, die ihn zurück nach Illuma begleiten würden. Er stieß wütend die Fäuste in die Luft und wandte sich wieder dem Bogengang zu, um sich dort einen schattigen Sitzplatz zu suchen, wo er warten konnte.

Seine Erleichterung, die Elfen zu sehen, war nur von kurzer Dauer, denn schon nach wenigen Sekunden begriff er, dass die beiden Schützen, die ihre Bögen schussbereit hielten, mit ihren Pfeilen auf sein Herz zielten. Und der dritte Elf, der mit grimmigen Gesicht zwischen ihnen stand, hielt sein schlankes Schwert kampfbereit in der Hand, obwohl er offensichtlich Del erkannte.

»Was ist los?«, fragte Del vorsichtig, doch er konnte immer noch nicht ganz glauben, dass die Elfen vorhatten, ihm etwas anzutun.

»Schweig!«, befahl der Schwertkämpfer. »Wirf deine Waffe zu Boden.«

»Haben wir diese Szene vor ein paar Wochen nicht schon einmal durchgespielt?«, gab Del mit einem verkniffenen Lächeln zu bedenken, eine Einladung an die Elfen, ihrem Spiel ein Ende zu machen und einzuräumen, dass es nur Scherz war.

Auf ein Kopfnicken des Anführers hin schickte einer der Bogenschützen seinen Pfeil ab. Del erbleichte bestürzt, als er das Sirren der Bogensehne hörte, und in der Erwartung, getroffen zu werden, zuckte er unwillkürlich zusammen, als der Pfeil sich zwischen seinen Füßen tief in den Boden bohrte.

»Ich fordere dich ein letztes Mal auf, deine Waffe zu

Boden zu werfen«, sagte der Elf mit dem Schwert ruhig. Der grimmige Ton ließ Del keinen Zweifel, dass der nächste Pfeil tatsächlich sein Herz finden würde.

Zorn stieg in ihm auf, fand aber in dem Wirbel seiner Empfindungen nichts, worauf er sich hätte richten können. Verwirrung beherrschte Del, und er hatte keine Lust zu streiten, viel weniger noch zu kämpfen. Er zog sein Schwert, ließ es zu Boden fallen und senkte dabei auch den Blick, denn er wollte die Elfen in ihrer unversöhnlichen Stimmung nicht sehen. Waren dies die Kinder des Mondes, die gleichen fröhlichen Leute, deren Dasein von Tanz und Gesang, von Gemeinschaft und Freundschaft geprägt war? Oder hatte er, in seiner Sehnsucht nach Utopia, dieses Land und seine Völker falsch wahrgenommen? Seine ganze Vorstellung von Aielle schien plötzlich über ihm zusammenzubrechen und ihn mit den gleichen grimmigen Bildern zu ersticken, von denen er meinte, er hätte sie an den Küsten einer fernen Welt weit hinter sich gelassen.

Er leistete keinen Widerstand, als ein Elf herantrat und seine Hände fesselte.

Erinel trabte durch Bergtor und hielt sich nahe an die östliche Bergwand, die ihm ein wenig Deckung bot. Er bewegte sich nicht gern offen im hellen Tageslicht, aber die Dringlichkeit seiner Nachricht erforderte das Risiko. Er duckte sich jedoch tief und verlangsamte den Schritt, als er sich den Telvensils näherte und Stimmen hörte.

»Verbinde ihm die Augen«, sagte einer der Bogenschützen.

»Das ist nicht notwendig«, erwiderte der Elf, der neben Del stand. »Dadurch würden wir nur langsamer vorankommen, und Ryell ist erpicht darauf, mit dem hier zu reden. Du bleibst hier und hältst Wache«, wies er einen der Bogenschützen an. »Wir bringen den Gefangenen zurück in die Stadt.«

»Bei den Colonnae!«, rief Erinel, als er unter dem Torbogen hindurch trat. »Löst ihm die Fesseln, und zwar schnell!«

»Erinel!«, riefen die Elfen wie aus einem Munde. Der Schwertkämpfer eilte zu ihm und umfasste herzlich Erinels Arm.

»Es ist gut, dass du zurückgekehrt bist, mein Freund«, sagte er. »Die Tage, da wir nach dir Ausschau gehalten haben, wurden uns wirklich lang, und die ganze Stadt wartet schweigend auf das, was du herausgefunden hast.«

»Bindet ihn los!«, forderte Erinel sie auf und lief auf Del zu.

»Aber wir haben ihn auf Befehl deines Onkels gefesselt«, wandte der Schwertkämpfer ein, offensichtlich zwischen zwei Loyalitäten hin und her gerissen. Er fürchtete eine Konfrontation, gehorchte aber doch den Befehlen des Eldars und versuchte Erinel aufzuhalten.

»Dann ist mein Onkel ein Narr!«, versetzte Erinel, stieß ihn beiseite und trat ohne Zögern zu Del.

Die drei Elfen schauten einander unsicher an und näherten sich – die Waffen immer noch kampfbereit – langsam Erinel und Del.

»Es ist schon in Ordnung, Erinel«, sagte Del, um den Zorn seines Freundes zu besänftigen und jede weitere Auseinandersetzung mit den anderen drei zu vermeiden. »Mir macht es wirklich nichts aus. Gehen wir einfach zurück in die Stadt. Und verbindet mir die Augen, egal, was sie denken. Es ist für alle besser, wenn ich den Weg nach Lochsilinilume nicht weiß.«

Erinel zögerte einen Moment. Trotz Dels Beteuerungen hasste er es, seinen Freund gefesselt zu sehen, aber auch er begriff, dass es keinen Sinn hatte zu streiten. Er zog eine Kapuze aus dem Gürtel des Schwertkämpfers und stülpte sie Del über den Kopf. Mit einem Lächeln versicherte er ihm, dass er neben ihm bleiben würde, bei jedem Schritt. »Nun denn«, sagte er zu den anderen Elfen. »Brechen wir sofort auf. Arien muss davon erfahren, was sich im Süden tut.«

Erinel ließ die beiden Bogenschützen zurück, damit sie Wache hielten, und führte Del und den Schwertkämpfer mit schnellem Schritt den Berg hinan. Del, der immer noch mit der Qual wegen Brielles dunkler Seite rang, stellte keine Fragen und schenkte den geheimen Pfaden keine Aufmerksamkeit. Als sie jedoch den Tunnel betreten und Avalon weit hinter sich gelassen hatten, war er schließlich fähig, sich auf die bevorstehenden Ereignisse zu konzentrieren, und ihm wurde klar, dass etwas ungemein Wichtiges und Ernstes im Gange sein musste. Alle Anzeichen lenkten ihn in die Richtung eines schrecklichen Verdachts: Einer seiner Kameraden musste etwas Fürchterliches getan haben, um die Elfen so aufzubringen. Und Del wusste genau, wer das sein konnte.

Als er bald darauf am Ratstisch im Thronsaal von Ariens Haus saß, bemerkte Del die grimmigen Mienen der Elfen, mit denen sie eine unterschwellige Verzweiflung zu verdecken suchten, und das stille, fast eingeschüchterte Gesicht von Billy Shank. Mit großer Sorge und erneuertem Verdacht stellte er auch fest, dass Mitchell und Reinheiser nicht zugegen waren.

»Es ist, wie wir befürchtet haben«, sagte Erinel düster. »Sie haben Caer Tuatha erreicht.«

»Mitchell«, stöhnte Del. Jetzt erkannte er die Hinterlist und die Motive des verhassten Kapitäns, und er ärgerte sich über sich selbst, weil er diese Möglichkeit nicht früher erkannt hatte, als er sie noch hätte verhindern können. »Dieser Narr!«

»Und wie wurden sie aufgenommen?«, fragte Arien ruhig, ohne Dels Ausbruch zu beachten.

»Während wir hier noch beraten, marschiert der Usurpator mit einem Heer von tausend Speeren nach Norden«, erwiderte Erinel. Rings um den Tisch erklangen Laute der Überraschung, in das erschrockene Geflüster hinein fügte er hinzu: »Und ihre Zahl nimmt von Tag zu Tag zu, da immer mehr Menschen an die Seite ihres glorreichen Oberherrn eilen, um am Tag seines Triumphs über die bösen Mutanten dabei zu sein.«

»Welche Barbarei!«, rief Ryell und schlug mit der Faust auf den Tisch. »Wieder erleben wir den Verrat der Menschen.«

»Schweig«, befal Arien, bemüht, bis zuletzt Vernunft zu bewahren. Doch auch der Elfenherrscher hätte am liebsten vor Zorn und Enttäuschung aufgeschrien. Er musste sich jedoch beherrschen, denn er war der Eldar, der Anführer seines Volkes, und er war verpflichtet, ein Beispiel der Stärke zu geben. Ganz Illuma schaute auf ihn und erwartete, von ihm angeführt zu werden. Er fasste sich und fragte mit ruhiger Stimme: »Wie viel Zeit haben wir noch?«

»Ein paar Tage, nicht mehr«, erwiderte Erinel.

Diesmal gab es keine Ausrufe und kein Geflüster. Ein stummer Schleier der Furcht wehte durch den Raum, ließ die Gesichter der Elfen grau werden und trübte das Licht in ihren Augen.

»Bitte, sag uns, Eldar«, knurrte Ryell und machte mit seinem Ton allen Anwesenden deutlich, dass er Arien persönlich die Verantwortung für ihre missliche Lage zurechnete, »was sollen wir jetzt tun? Wäre es dir lieber, wenn wir die Rolle erschrockener Kaninchen spielten, die vor den Zähnen des Wolfes davonlaufen und sich verstecken? Vielleicht könnten wir noch ein anderes Loch finden, tiefer in den Bergen, das in den nächsten paar Jahrhunderten als unser Gefängnis dienen könnte.«

Die Erwähnung von Kaninchen ließ Dels Gedanken nach Avalon zurückschweifen, zu jener friedlichen Mahlzeit, die er am ersten Tag seiner Rückkehr in den Wald eingenommen hatte. Ryells verzerrtes Gesicht zerstörte dieses Phantasiebild schnell und erinnerte Del mit schmerzlicher Klarheit daran, dass seine utopische Vorstellung von Aielle ein Zerrbild war, das gänzlich auf seiner Unwissenheit beruhte.

Ganz recht, Ryell, dachte er, *Kaninchen würden davonrennen. Sie verwechseln Stolz nicht mit Dummheit.*

Ryells Sarkasmus verletzte Arien tief, denn er hatte den Menschen trotz der Risiken vertraut, und jetzt musste er die Verantwortung dafür tragen, dass er keine strengeren Vorsichtsmaßnahmen getroffen hatte. Arien blieb fest bei seiner Überzeugung hinsichtlich Vertrauen und Freundschaft, aber dass ein Heer kam, um sein Volk hinzumetzeln und seine ganze Welt auszulöschen, lastete schwer auf seinen müden Schultern. Er spürte die kritischen Blicke der anderen, die auf seine Antwort auf Ryells Beschuldigungen warteten.

Der Eldar richtete den Blick fest auf seinen Ankläger. »Nein, Ryell«, sagte er bestimmt, »ich werde nicht weggehen.«

»Ihr könnt nicht gewinnen!«, platzte Del verzweifelt heraus, entsetzt über die überraschende Erklärung, einem Gelöbnis, das ihm selbstmörderisch vorkam.

»Das mag sein«, erwiderte Arien, »aber wenn die ganze Stadt weggeht, dann wird die Verfolgung schnell und unbarmherzig sein. Mein Volk muss überleben, und deshalb sollen eine große Gruppe von jungen Frauen und den Jüngeren unseres Volkes und alle, die es wünschen, in die Berge fliehen.

Wir müssen mehr als nur eine symbolische Gruppe

zurücklassen, die der mörderischen Drohung Ungdens die Stirn bietet, und ich zähle mich zu dieser Schar. Hier ist viele, viele Jahre hindurch meine Heimat gewesen, und ich werde sie nicht bereitwillig einem ungesetzlichen König überlassen. Vielleicht kann man noch verhandeln, und wer anderer als ich könnte unter diesen Umständen für Illuma sprechen?«

»Er wird euch alle töten«, erklärte Del kategorisch.

»Dann lass ihn seine Raserei austoben und abreagieren«, antwortete Arien. »Wir sind kein kriegerisches Volk, jedoch haben wir großes Geschick im Umgang mit Schwert und Bogen. Die Calvaner werden einen hohen Preis für ihren Überfall zahlen. Unsere Gefallenen werden ihren Blutdurst stillen, und es kann durchaus sein, dass die Zahl ihrer eigenen Toten alle weiteren Kriegswünsche, die sie hegen, dämpfen wird. Ich betrachte dies als den einzigen Weg, um zu erreichen, dass zumindest ein Teil unseres Volkes wieder in Frieden leben wird.«

Arien sprang auf und erhob sich groß und stolz über die Versammlung. Seine Miene zeigte grimmige Entschlossenheit, die man nicht in Frage stellen konnte. Jetzt war am Eldar keine Schwäche zu sehen, keine Unentschlossenheit, keine Last auf seinen Schultern, und alle, die um den Tisch saßen, schauten auf ihn mit einer Hochachtung, die an Ehrfurcht grenzte.

Alle außer Del.

Er blickte zur Seite und murmelte: »*Et tu*, Arien!« Aufs Neue spürte er den Schmerz der Enttäuschung so scharf wie einen Dolch in seiner Brust.

Arien schenkte ihm keine Beachtung. »Dies sind meine Ratsworte«, erklärte er. »Doch in dieser Angelegenheit, so meine ich, muss jeder von uns seine eigene Wahl treffen – in die Berge zu fliehen oder zu bleiben und Ungdens Wut die Stirn zu bieten.«

Erinel biss die Zähne zusammen und rief aus: »Niemand soll freiwillig weggehen!«

»Nein«, stimmte ihm Sylvia mit gleicher Leidenschaft zu. »Das Volk steht hinter dir, Vater!«

»Dann wollen wir nicht müßig herumstehen«, gebot Ryell. »Es gibt viel zu tun!«

Del spürte eine schwindelerregende Woge von Übelkeit. Er schluckte den galligen Geschmack hinunter, der in seiner Kehle aufstieg, und taumelte in den Korridor hinaus.

Einige Stunden später kehrte Del in den Thronsaal zurück, der jetzt zu einem Bienenkorb der Geschäftigkeit geworden war, wo Elfen kamen und gingen und sich in kleinen Gruppen versammelten, um Pläne zu erörtern. Ryell, der nur wenige Meter entfernt mit dem Rücken zu Del stand, schien der Mittelpunkt des Ganzen zu sein. Aufgeregt, fast hektisch, rief er Befehle und übertrug Pflichten an die jüngeren Elfen.

»Anscheinend begeistert dich das alles, Ryell«, stellte Del vorwurfsvoll fest, als er näher trat. »Bist du so begierig auf Blut?«

Ryell wandte sich verärgert zu ihm um. »Auf Freiheit«, knurrte er. »Ich bin begierig auf Freiheit. Zu lange habe ich mich aus Angst vor den Menschen versteckt. Zu lange habe ich immer dieselben Bergwände betrachtet, die Mauern meines Gefängnisses.«

Er schaute zur gegenüberliegenden Seite des Raums. Del folgte seinem Blick. Billy und einige andere standen vor einer großen Landkarte, die man an der Wand aufgehängt hatte.

Ryell wandte sich wieder Del zu und beäugte ihn listig. »Dein Freund hat seine Hilfe ohne Bedingungen angeboten«, sagte er laut, um absichtlich die Aufmerksamkeit einiger in der Nähe stehender Elfen auf sich zu ziehen. »Wie steht es mit dir?«

Del wusste, dass er soeben in eine Falle gegangen war und dass Ryell ihn vor Zeugen in Verlegenheit gebracht hatte, damit er ihm die gewünschten Antworten abringen konnte. Del erkannte die erwartungsvollen Blicke, die schnell ungeduldig würden. Er senkte den Kopf, um nicht ihrer Enttäuschung ins Auge blicken zu müssen, und blieb stumm.

Denn er konnte die Schlacht, die zu kämpfen die Elfen beschlossen hatten, weder billigen noch unterstützen. Er hatte sich erhofft, in diesem neuen Land etwas anderes zu erleben als die ständigen Kriege und die irrigen Versuche einer Gewaltlösung, welche das besudelte Erbe seiner Welt darstellten – hatte nicht Calae, der Fürst der Colonnae, vom Jericho der Erde und den ersten Schritten auf jener blutigen Straße gesprochen? Nachdem er diesen gleichen dunklen Zorn an der Frau beobachtet hatte, die er als den Inbegriff von Frieden und Schönheit angesehen und geliebt hatte, war jetzt die Abscheu vor Gewalt übermächtig in ihm, und es gab keinen Spielraum mehr für Ausreden oder Kompromisse.

»Ich brauche Zeit«, erwiderte er hinhaltend. »Ich möchte mit Ardaz reden.«

»Dieser Narr ist fort«, entgegnete Ryell. »Beim ersten Anzeichen von Schwierigkeiten ist er geflohen.«

»Dann würde ich gern in mein Zimmer zurückkehren«, sagte Del leise.

»Wache!«, rief Ryell, und Del war dankbar, dass er so einfach fortgehen durfte, begleitet von dem Elf, der an der Tür erschienen war.

Der Kriegsrat tagte bis spät in die Nacht, denn obwohl die Elfen in der Vergangenheit viele Scharmützel mit Banden übelster Sorte ausgefochten hatten, waren sie mit Kämpfen größeren Ausmaßes oder mit Verteidigungsmaßnahmen überhaupt nicht vertraut. Arien und Ryell lauschten aufmerksam, als ihre Leute verschiedene Schlachtpläne vortrugen, und sie versuchten, gemeinsam einen eigenen zu entwickeln. Bald erkannten sie beide, dass ihre einzige Hoffnung auf Billys und Dels Wissen aus einer anderen Welt beruhte. Ryell verabscheute die Vorstellung, erneut den Menschen zu vertrauen, aber selbst er musste zugeben, dass die Elfen im Vergleich zur geübten Armee von Calva nur Anfänger waren.

Billy fühlte sich in der Stellung eines Anführers nicht wohl, aber er war mehr als bereit zu helfen. Er ließ schnell den Plan fallen, den die Elfen als den geeignetsten betrachtet hatten: nämlich sich nach Shaithdun-o-Illume zurückzuziehen, da es nur einen einzigen, sehr leicht zu verteidigenden Eingang hatte. Selbst Arien, der nie einen Krieg erlebt hatte, war sich nicht über die grauenvollen Konsequenzen einer Belagerung im Klaren.

Während der untergehende Mond seine letzten silbrigen Strahlen durch ein westliches Fenster in den Thronsaal schickte, einigte sich der Rat auf seinen endgültigen Beschluss, wonach die Elfen auf dem Feld von Bergtor ihre Stellung beziehen würden. Billy hatte ihnen zwei Alternativen angeboten, eine einmalige Konfrontation auf dem Feld oder einen Krieg aus Stippangriffen, bei denen sie Ungdens Truppen langsam zermürben würden, während sie sich immer höheres, besser zu verteidigendes Gelände tiefer im Gebirge suchten. Billy hatte sich sehr für letztere Möglichkeit eingesetzt, da er glaubte, dass die Elfen wenig Hoffnung in einer offenen Feldschlacht gegen eine so große Streitmacht hätten. Aber die Elfen, besonders Arien, folgten anderen Gedankengängen.

Sie betrachteten ihr Schicksal als besiegelt, den Ausgang der Schlacht als vorherbestimmt und sie sahen im Kampf eher eine Prüfung ihrer Ehre. Arien verschwendete wenig Gedanken darauf, ob sie kurzfristig siegten oder geschlagen würden, und betrachtete das Schicksal derer, die mit ihm zusammen Ungden widerstehen würden, als belanglos. Seine Gedanken konzentrierten sich auf die Nachwirkungen des Zusammenstoßes, auf die Sicherheit jener Illumaner, die in das Kristallgebirge fliehen würden. Der Zweck des Widerstandes gegen die Calvaner bestand für ihn darin, den Respekt der gemeinen Soldaten zu gewinnen und so viel Tapferkeit an den Tag zu legen, dass dadurch Ungdens Darstellungen der Elfen als gefährliche, mörderische Mutanten Lügen gestraft würden. Ein Guerillakrieg, so fürchtete Arien, würde die negativen Vorurteile gegen die Elfen nur noch verstärken. Und er wäre zeitraubend. Mit jedem Tag, der verging, schlossen sich scharenweise neue Rekruten Ungdens Armee an. Am Ende würden Ariens Streitkräfte tot daliegen oder hoffnungslos zerstreut sein, und die Armee, die auf den südlichen Hängen der Kristallberge ihren Sieg feiern würde, hätte dann die zehnfache Stärke der jetzt heranmarschierenden Streitmacht. Immer noch von ihrer Rechtschaffenheit überzeugt und durch die aufreizende Guerilla-Taktik darin noch bestärkt, würden die Calvaner bereitwillig ihre Jagd auf abtrünnige Mutanten fortsetzen.

Und so wanderten am nächsten Morgen Billy und eine Gruppe Elfen, angeführt von Arien und Ryell, hinab nach Bergtor, um ihre Schlachtpläne gründlicher auszuarbeiten. Als sie das Gelände erforschten und nach den vorteilhaftesten Stellungen suchten, bemerkte Billy einen langen Sims, der sich über die steile Wand der Klippe hinzog, die das Feld im Osten begrenzte, etwa sechs Meter über dem Gras und wegen der Färbung der Felsen von unten fast unsichtbar. Gewiss würde ihm eine Armee, die in die Schlacht stürmte, keine Aufmerksamkeit schenken.

»Gibt es einen Weg, wie man dort hinaufgelangen kann?«, fragte Billy Ryell und zeigte auf den Sims.

Ryell nickte. »Hinter dieser Felswand gab es einmal einen niedrigen Tunnel«, bestätigte er. »Ein Spalt im Fels gestattete den Zugang zum Sims. Aus diesem Blickwinkel kann man ihn nicht sehen. Aber ich bin diesen Pfad schon viele Jahre nicht mehr gegangen; vielleicht gibt es ihn gar nicht mehr.«

»O doch«, unterbrach ihn Sylvia. »Erinel und ich sind oft diesem Pfad gefolgt und haben uns auf den Sims gesetzt, um die untergehende Sonne über Clas Braiyelle zu beobachten.«

»Ausgezeichnet«, sagte Billy. »Ein paar Dutzend Bogenschützen dort oben würden die Reihen der Calvaner dezimieren.«

»Du vergisst, wie wenige wir sind«, warf Ryell ein. »Wir können die Krieger nicht erübrigen.«

»Und ich fürchte, die Überraschung wäre nicht ganz so groß, wie du meinst«, gab Arien zu bedenken. »Ich habe den gleichen Plan erwogen, als wir hier herabkamen, aber er hat einen Haken, denn Kapitän Mitchell kennt nicht nur den Weg ins Tal von Illuma, er kennt auch die Zahl unserer Leute. Alle Krieger außer den wenigen, die ich als Eskorte für die Schar der Flüchtenden ausgewählt habe, werden für die Schlacht zurückbleiben, aber wenn viele aus unseren Reihen fehlen, dann kann man einen solchen Hinterhalt erwarten. Und wenn er entdeckt würde, könnten die Calvaner am gegenüberliegenden Rand des Feldes bleiben, um von dort ihren Angriff zu beginnen, und ihre Schilde einsetzen, um die Bogenschützen ziemlich wirkungslos zu machen, und damit wäre die Zahl unserer Leute, die zurückbleiben, um dem Ansturm die Stirn zu bieten, sehr geschwächt.«

»Ich meine immer noch, wir sollten dort oben ein paar Bogenschützen postieren«, widersprach Billy. »Wir müssen die Feinde schwächen, bevor sie auf uns stoßen. Und du hast mir doch gesagt, dass deine Leute ausgezeichnete Bogenschützen sind.«

»Zweifelst du an unseren Fähigkeiten?«, fragte Sylvia lachend. »Das erste, was du von Illuma gesehen hast, war der Pfeil, den ich neben Mitchells Kopf in einen Baum geschossen habe. Ach, hätte ich doch einen tödlichen Schuss abgegeben!«

»Dieser Schuss stammte von dir?« Billy grinste und legte sich schnell einen Plan zurecht.

Sylvia schaute ihn an, als verstünde sie seine Überraschung nicht.

»Sag mir, schießen alle Mädchen von Illuma so gut wie du?«, drang Billy auf sie ein.

»Ein Schlachtfeld ist kein Ort für Frauen«, rief Ryell, der Billys Gedanken erriet und sicherlich nicht billigte.

»Normalerweise würde ich zustimmen«, entgegnete Billy und wandte sich an Arien. »Sollen alle eure Frauen in die Berge fliehen?«

Arien machte ein grimmiges Gesicht. »Das können sie nicht«, räumte er düster ein. »Unsere Aufstellung würde dann gleich als List durchschaut werden.«

»Und wenn wir geschlagen werden, glaubst du wirklich, dass Ungden dann gegenüber den Frauen in eurer Stadt Gnade walten lässt?«, musste Billy fragen. »Keineswegs. Ihre einzige Chance besteht darin, dass wir siegen, und dann können sie ebenso gut helfen, wo sie gebraucht werden. Du hast sogar gesagt, Mitchell kenne die Zahl unserer Krieger. Wie hoch ist sie denn?«

»Dreihundert, vielleicht noch ein halbes Hundert mehr.«

»Gegen tausende«, überlegte Billy. »Wir brauchen jede Hilfe, die wir bekommen können, Arien. Gib einigen deiner Frauen Bögen und postiere sie auf diesem Sims. Wenn die Schlacht verloren geht, dann können sie sich wieder in die Stadt oder zu anderen Bergpässen zurückziehen.«

»Wir werden dann nichts verloren und nichts gewonnen haben. Vielleicht ist es eine Chance«, pflichtete ihm Ryell bei.

Schließlich stimmte auch Arien zu, sehr zu Sylvias Zufriedenheit, in der sich alles dagegen sträubte, in die Berge zu fliehen, die aber ebenso den Gedanken verabscheute, hilflos daneben zu sitzen, wenn Ungden ihre Kameraden hinmetzelte.

Als sie in die Stadt zurückkehrten, war Ariens Gang etwas beschwingter, denn Billys Strategie bot ihnen zumindest einige Hoffnung, um die Ziele ihres Widerstands zu erreichen. Obwohl er keine Alternativen sah, beunruhigte die Entscheidung zu kämpfen den Eldar immer noch zutiefst. Trotz all ihrer Vorbereitungen und Entschlossenheit war er überzeugt, dass er den größten Teil seines Volkes in einer nicht zu gewinnenden Schlacht in den Tod führte.

Während der nächsten paar Tage verließ Del selten sein Zimmer. Er hängte eine Decke vor das einzige Fenster und schuf sich so eine dunkle Zuflucht vor den vertrauten Bildern der Gewalt, die plötzlich überall um ihn herum auftauchten. Er hatte keine Besucher, abgesehen von Sylvia, die ihm seine Mahlzeiten brachte. Da sie seine Qualen nicht verstehen konnte und sein Benehmen als einen Verrat an ihrem Volk ansah, konnte sie sich nicht überwinden, ihn anzusprechen.

Del nahm ihre Kälte stoisch hin, doch sie tat ihm in der Seele weh. Die Elfen wussten nicht, wie die Welt vor dem Holocaust ausgesehen hatte, und so waren sie nicht in der Lage, unter den möglichen Folgen der bevorstehenden Schlacht auch die Erneuerung eines zerstörerischen Kreislaufs zu sehen, für den es nur einen möglichen Schluss gab. Sie waren die Kinder von Tanz und Gesang und Spiel, und in ihrer Unschuld lag die Hoffnung der Welt. Doch Del konnte nicht erwarten, dass sie Lasten schulterten, die sie noch nicht einmal erkannten.

Doch von Billy hatte er wirklich mehr erwartet. Falls Mitchell und Reinheiser die Dämonen sein sollten, die Aielle verdammen würden, dann war Billy Shank unwissentlich ihr Helfer geworden, der die Entschlossenheit der Elfen darin bestärkte, erneut die Flammen des Krieges zu entzünden, indem er die falschen Hoffnungen vergeblicher Pläne nährte.

Und der Anblick dieser dem Untergang geweihten Leute, die mit geschärften Klingen und mit allgemein gnadenlosen Mienen die Szenen ihres bevorstehenden Gemetzels übten, stieß Del ab und ließ ihn in sein Zimmer zurücktaumeln, in die letzte Bastion seiner flüchtigen Hoffnungen. Selbst dieser gemauerte Mutterschoß war für die Angriffe der bösen Wirklichkeit nicht unzugänglich, denn er konnte die Geräusche nicht von Del fernhalten. Immer wieder drang der hohle Klang von Schwert auf Schwert durch die Luft und fuhr Del ins Herz.

Am Nachmittag des dritten Tages seit seiner Rückkehr nach Illuma lag Del ruhig auf seinem Bett und malte sich in seiner Phantasie aus, wie er mit Brielle im Glanz von Luminas ey-n'abraieken tanzte. Ein leises Klopfen an der Tür vertrieb seinen Tagtraum.

»Was ist?«, rief er trotzig.

Billy kam ins Zimmer und überging Dels herausfordernden Ton. »Wie geht es dir?«, fragte er und lächelte gezwungen.

»Mir geht es gut«, erwiderte Del kühl und wandte seinen Blick von Billy ab, um zu zeigen, wie ihm wirklich zumute war.

»Was planst du zu tun?«, fragte Billy ruhig, ging hinüber und setzte sich kühn auf den Bettrand neben seinem Freund.

»Wie, zum Teufel, soll ich das wissen?«, erwiderte Del scharf, und wieder schaute er beiseite.

»Willst du mich nicht ansehen?«, tadelte ihn Billy. »Hör zu, mein Freund, du solltest lieber bald einen Entschluss fassen. Die Calvaner lagern weniger als fünf Kilometer südlich von Bergtor, und diese ganze verdammte Geschichte wird morgen früh explodieren.«

Del setzte sich auf der anderen Bettseite auf, den Blick immer noch abgewandt, und biss sich nach dieser bitteren Nachricht auf die Lippe.

»Die meisten Elfen sind schon drunten auf dem Feld«, fuhr Billy weniger schroff, in einem eher mitfühlenden Ton fort. »Wir übrigen brechen in Kürze auf.«

»Das ist töricht«, murmelte Del.

»Natürlich ist es idiotisch«, stimmte ihm Billy mit einem leisen Lachen zu. »Kennst du einen einzigen Krieg, der nicht idiotisch war?«

Del drehte sich zu ihm um. »Warum dann?«, rief er. »Kannst du mir das sagen? Du gehst dort hinunter, um zu sterben, Billy. Zu sterben! Alle diese wunderbaren Leute werden ihr Leben wegwerfen. Und wofür?«

Billy schüttelte den Kopf und seufzte. »Um ihrer Prinzipien willen, verdammt noch mal«, sagte er und stand vom Bett auf. »Du lebst nach Prinzipien und tust, was richtig ist. Und wenn du nach diesen Prinzipien und für diese Prinzipien stirbst, dann ist dein Tod nicht idiotisch!«

Die beiden Männer schauten einander zornfunkelnd an, zum ersten Mal seit Beginn ihrer Freundschaft lagen sie im Streit miteinander.

»Dann lass die Illumaner«, entgegnete Del. »Denk an

die Calvaner. Dein Schwert wird Menschen treffen, echte Menschen, mit Frauen und Kindern. Nicht böse Monster, sondern gewöhnliche, falsch informierte Menschen, die tun, was ihnen gesagt wurde. Wie kommst du dir da vor?«

»Ich komme mir schrecklich vor«, erwiderter Billy. »Natürlich. Aber ich habe keine Wahl.«

»So, wirklich?«

»Ja, wirklich«, ahmte Billy Del nach. Seine Stimme wurde lauter, während er seinem Ärger Luft machte. »Weißt du, Del, seit wir hierher gekommen sind, lebst du in einer Art kindlicher Phantasiewelt. Es tut mir leid, dass ich es dir sagen muss, aber so läuft es in der Wirklichkeit nicht.«

»Aber so sollte es laufen!«, versetzte Del, und wieder tauschten sie zornig-kalte Blicke aus.

Doch dieser Zwist konnte nicht andauern, nicht zwischen diesen beiden. Als hätten sie sich alle Wut aus dem Leib gebrüllt und in einem einzigen schnellen Anfall von Leidenschaft alle Differenzen geklärt, fanden sie bald zu ihrem vertrauten Lächeln zurück.

»Was ist mit uns los?«, sinnierte Del ruhig. »Was ist in unserem Charakter, das die Menschen – und jetzt auch die Elfen – einen idiotischen Krieg nach dem anderen führen lässt?«

»Ich weiß es nicht«, erwiderte Billy mit einem Achselzucken. »Ich mag diesen Krieg genauso wenig wie du, aber er wird beginnen und wir müssen ihn durchkämpfen. Was können wir sonst tun?«

»Wir können fliehen«, entgegnete Del ohne das geringste Zögern. »Ich wundere mich, dass Arien das nicht von Anfang an getan hat. In diesem Gebirge muss es unzählige Orte geben, wo man sich verstecken kann. Diese Schlacht, diese Tragödie, muss nicht morgen ausgefochten werden.«

Billy schwieg einen Moment lang und blickte Del

prüfend an. »Vor ein paar Wochen sagte Reinheiser oben auf der Felsplatte, vielleicht seien wir hierher gebracht worden, nicht um diesen Kampf zu verhindern, sondern um sicherzustellen, dass die richtige Seite gewinnt. Denk darüber nach; da steckt ein tiefer Sinn darin. Du hast Recht, dieser ganze Schlamassel kann aufgeschoben werden. Aber nicht aufgehoben. Ungden weiß jetzt sicher, dass die Elfen sich hier befinden, und er wird nicht ruhen, bis er sie erledigt hat. Das ist Arien klar. Warum sonst, glaubst du, würde er sich noch hier aufhalten?«

Del biss sich wieder in die Lippe und kreuzte die Arme vor der Brust. Sein Gesichtsausdruck zeigte eine Mischung aus Verachtung und Enttäuschung, aber Billy war nicht bereit nachzugeben.

»Du musst dich der Realität stellen«, drängte er. »Vergiss die Elfen und die Calvaner und denke nur an dies eine: Wir haben keine Zeit mehr, um wegzulaufen. Wenn Mitchell und Reinheiser nicht hier und jetzt aufgehalten werden, dann werden sie all die wundervollen Waffen aus unserer Welt auf Aielle einführen. Daran kannst du nicht eine Minute lang zweifeln. Wo wird deine Phantasiewelt dann sein?«

Del sackte verdutzt zusammen. So überwältigt von der gegenwärtigen Gefahr, hatte er nicht viele Gedanken darauf verschwendet, was für einen Schaden Mitchell und Reinheiser in der Zukunft anrichten könnten.

Billy ging zur Tür, schaute jedoch ein letztes Mal über die Schulter zurück. »Denk darüber nach, Del. In einer halben Stunde gehen wir los.«

Als die Tür zugeschlagen wurde, ließ sich Del tiefer in die Sicherheit seiner weichen Bettdecken sinken. Er spürte die Gespenster von Schmerz und Elend, Bilder des Krieges und der Armut aus seiner eigenen Welt, die sich um ihn drängten und seine hoffnungslosen

Träume von wahrem Frieden und von Brüderlichkeit verhöhnten. Er besaß keine Argumente, um Billys Warnung vor Mitchell und Reinheiser zu widersprechen; er war in diesem Konflikt gefangen und steckte darin so sicher fest wie seine Vorfahren in dem unaufhörlichen Kreislauf des Kampfes.

Abscheu überflutete ihn, und er lag viele Minuten wie gelähmt auf seinem Bett, wobei er unterbewusst hoffte, die letzte Schar, die nach Bergtor unterwegs war, würde ohne ihn losgehen und ihn von seiner unerwünschten Verantwortung entbinden.

Dann durchfuhr ihn eine lebhafte Erinnerung. Er sah Kapitän Mitchell, wie dieser mit einem automatischen Gewehr am Strand stand, hunderte von eingeschüchterten Talons in Schach hielt und sich für einen Gott erklärte.

Del waren die Argumente ausgegangen.

Ist die letzte Schar schon aufgebrochen? fragte er sich. Er sprang aus dem Bett und stürmte zur Tür hinaus.

Er hatte einen eigenen Plan.

KAPITEL 22

Unter einem sternenübersäten Himmel

Del holte die letzte Schar gerade noch ein, als sie den Tunnel am anderen Ende des Illuma-Tals betraten. Bei der Ankunft seines Freundes hatte Billy gemischte Gefühle. Er war grimmig befriedigt, dass Del offensichtlich seine Verantwortung erkannt und akzeptiert hatte, doch er empfand so etwas wie ein Gefühl des Verlusts in Bezug auf Dels unschuldige, wenn auch unrealistische Art, sich mit dieser neuen Welt auseinanderzusetzen. Billy hatte gehofft, dass Del ihn widerlegen würde und ihn und alle anderen überzeugen könnte, dass Utopia sich in ihrer Reichweite befände, wenn sie nur danach langten.

Del trat zu Billy und drückte ihm fest die Hand. Die beiden Männer schauten sich lange eindringlich an, tauschten stumme, aber unmissverständliche Zeichen gegenseitiger Hochachtung und wahrer Freundschaft und besiegelten einen unauflöslichen Bund, der selbst dann weiterbestehen würde, wenn sie beide auf dem Schlachtfeld getötet würden.

»Du schließt dich uns also in der Zeit unserer Verzweiflung an?«, fragte Arien hoffnungsvoll. Auf seinem Gesicht war tiefe Erleichterung zu lesen. Dels Abneigung, die bevorstehende Schlacht als die richtige Entscheidung gutzuheißen, hatte dem Eldar die ganze Zeit die Sorge bereitet, dieser Mann, dessen Einsichten die bittere Frucht eines anderen Zeitalters waren, beurteilte die Lagen vielleicht mit mehr Durchblick als er selbst.

»Ich bin bei euch«, versicherte ihm Del. »Aber zuerst habe ich noch etwas zu erledigen. Lasst ihr mich nach Avalon zurückkehren?«

»Was für eine Gaunerei ist das?«, warf Ryell ein. »Er wird nicht mit uns kämpfen. Er wird davonlaufen und sich verstecken und erst zurückkehren, wenn die Geier an unseren hingemetzelten Knochen herumhacken.«

»Ich werde in der Schlacht an eurer Seite sein«, versprach Del. »Ich muss am Kampf teilnehmen.« Er schaute Billy an, und sein ernstes Gesicht zerstreute alle Zweifel, die Billy oder einer der anderen gehabt haben mochte, ob Del wirklich entschlossen war, seine neu erkannten Pflichten zu erfüllen. »Das weiß ich jetzt.«

»Er sagt die Wahrheit«, bestätigte Billy Arien ohne Zögern.

»Aber zuerst muss ich nach Avalon gehen«, sagte Del mit einem breiten Grinsen. »Ich habe einen Plan.«

Arien erwiderte das Lächeln nicht, obwohl er Del schon vertraut hatte, bevor noch Billy für ihn eingetreten war. »Unser Problem betrifft nicht Avalon«, erklärte der Elfenherrscher mit ruhiger Gewissheit. Er ahnte, was Del vorhatte. Arien wusste, dass Brielles Kräfte ihnen in ihrem Kampf mit Calva nicht helfen konnten, aber ihm war klar, dass seine Worte nicht die Überzeugungskraft hatten, um Del wirklich von seinem Vorhaben abzubringen. Es war Dels Recht, das wusste Arien, den wahren Charakter der Zauberin selbst zu entdecken, doch er als Eldar würde den Preis für Dels Lektion zahlen müssen. Schon spürte er den Ärger in Ryells Blick, der ihn durchbohrte. *Du traust mir mehr zu, als ich verdiene, Ryell*, dachte er bitter, doch aus Ryells Erwartungen an seinen Mut bezog er die Stärke, seinen Prinzipien treu zu sein. Angesichts der Ironie der ganzen Lage musste er fast laut auflachen, als er mit unnachgiebiger Endgültigkeit zu Del sagte: »Du kannst gehen.«

»Eldar!«, protestierte Ryell, aber Arien fiel ihm ins Wort, bevor er weiterreden konnte.

»DelGiudice hat uns keinen Grund gegeben, an seinen Worten zu zweifeln.«

»Es gibt viele, die da anderer Meinung wären als du«, widersprach Ryell.

»Dann sind sie fehlgeleitet«, erwiderte Arien in einem bewusst ruhigen und beherrschten Ton, der sein Vertrauen in seine eigene Autorität bekräftigte. »Ich möchte nichts mehr dazu hören, Ryell. Wir haben nicht die Zeit, um eine Ratssitzung einzuberufen, und solange kein Ratsbeschluss vorliegt, gilt mein Wort als Eldar.«

Ryell bebte sichtlich vor Wut. »Deine Macht über die Bewohner von Illuma ist vielleicht nicht so groß, wie du glaubst, Arien Silberblatt«, sagte er und biss die Zähne zusammen. »Es gibt viele, die deine Entscheidung hinsichtlich der Uralten in Frage stellen. Sie stellen auch deine Absichten in Frage.«

Arien überhörte Ryells Gerede – zu diesem kritischen Zeitpunkt konnten sich die Elfen keine Konfrontation zwischen ihrem Eldar und seinem engsten Berater leisten – und wandte sich an seine Tochter.

»Geh mit DelGiudice«, wies er sie an. »Sorge dafür, dass ihm Zutritt zu Clas Braiyelle gestattet wird.«

Del war überrascht, dass die Bäume ihn nicht daran hinderten, den Wald von Avalon zu betreten. Obwohl sein hartnäckiger Groll es nicht zuließ, dass er es sich bewusst eingestand, war es doch für ihn tröstlich, dass Brielle ihn nicht ausschloss. Er pfiff, während er auf dem Pfad entlangtrabte, seine Sinne badeten in den zahllosen Reizen des voll erblühten Waldes und er konnte für eine Weile die Wolken des Elends vergessen, die sich über Bergtor sammelten, und auch die grimmige Absicht, mit der er nach der schönen Zauberin suchte.

Bald jedoch, als die Sonne am westlichen Horizont verschwand und die Farben des Waldes im Zwielicht stumpf wurden, wurde Del klar, dass ihm die Zeit davonlief.

»Brielle!«, rief er, doch die einzige Antwort, die er erhielt, war der traurige Schrei eines Seetauchers, der den Beginn der geheimen Welt der Waldnacht ankündigte.

Eigensinnig lief Del weiter und rief dabei erneut nach der Zauberin.

Wieder antwortete der Seetaucher und diesmal lockte seine Wehklage Del wie ein verlorener Geist, der seinem Jammer verwandt war. Del folgte dem Schrei, verließ den Pfad und stolperte blind durch dunkles Gebüsch und Dickicht hinter den letzten nachklingenden Tönen her. Und als sie erstarben, rief er erneut und bekam wieder Antwort.

Bald stieß er auf ein Gehölz aus dicht stehenden Kiefern, eine wahre Mauer aus ineinander verschlungenen, unnachgiebigen Zweigen. Unverzagt ließ er sich flach auf den Bauch fallen und kroch unter den niedrigsten Ästen hindurch, und als er schließlich auf der anderen Seite war, hob er den Kopf und es stockte ihm der Atem.

Vor ihm lag am Fuße eines kurzen, mit dichtem Gras bewachsenen Hanges eine kleine Lichtung, die mit einem weichen Teppich aus schwankenden weißen Kleeblüten bedeckt war. Und hinter der Wiese war ein lauschiger Teich. Da und dort ragten Schilfstengel und Rohrkolben aus der glatten, stillen Wasserfläche, die so ruhig war, als wäre sie unter der dunklen Spiegelung des frühabendlichen Himmels in Meditation versunken. Doch Del bemerkte die mystische Umgebung kaum, denn auf einer Kuppe, die sich aus dem grünen Meer der Lichtung erhob, ruhte die sanfte Brielle, überschattet von den Mysterien der zunehmenden Düsternis.

Es schmerzte Del, ihre Schönheit zu schauen, obwohl er sie ja gesucht hatte. Jetzt wollte er nur noch von diesem Ort und aus diesem Wald fliehen und allen Gedanken an die Smaragd-Zauberin entkommen. Er wusste, dass das unmöglich war. Avalon hatte der Herrscherin des Waldes schon seine Ankunft gemeldet.

Der Seetaucher, den er nie erblickt hatte, stieß einen letzten Schrei aus.

Sofort erhob sich Del und lief den Hang hinab. Zweifellos wusste Brielle von seiner Ankunft und er würde ihr nicht die Genugtuung gewähren, dass sie ihn dabei ertappte, wie er sich vor ihr im Gras versteckte. Er rief sich die Erinnerung an das Blutbad, das Brielles Zorn auf der Straße angerichtet hatte, ins Gedächtnis und er machte sich immer wieder den einzigen Zweck seiner Rückkehr nach Avalon bewusst und dabei verschanzte er seine Gefühle in einer Festung aus Zorn, um sich vor den aufkommenden Leidenschaften zu schützen, die ihn hinwegzufegen drohten. Starr vor Ärger näherte er sich ihr.

Doch dann war er bei ihr, und das Eis schmolz dahin.

»Hallo«, sagte er leise.

Ihre Antwort war ein Lächeln.

Bewusst verbarg sich Del wieder hinter der frostigen Fassade. »Ich bin nicht gekommen, um dich zu belästigen«, sagte er mit schroffem Sarkasmus.

Eine dunkle Wolke zog über Brielles Miene dahin, denn ihr war schon klar, was Del im Schilde führte, und sie wusste, dass sie ihn erneut enttäuschen musste.

»Ich brauche deine Hilfe«, fuhr Del fort und klammerte sich dabei an seinen barschen Ton. »Eine Schlacht steht bevor.«

Brielle wandte den Blick ab. »Das ist mir bekannt«,

sagte sie traurig. »Und mein Herz weint wahrhaft über das Elend des morgigen Tages.« Sie hielt inne und rang – wie Del – mit einem persönlichen Konflikt zwischen Emotionen und Prinzipien. Die Regeln ihrer Stellung waren klar und unveränderlich; Hunderte von Jahren hatte sie nach ihnen und für sie gelebt. Als sie sich Del wieder zuwandte, war ihr Gesicht kühl und teilnahmslos, und sie antwortete mit resignierter Endgültigkeit: »Doch es geht mich nichts an.«

»Wie kannst du das sagen?«, schalt Del sie. »Hunderte von unschuldigen Menschen werden auf dem Feld sterben. Und du meinst, das gehe dich nichts an?«

»Es bedrückt mich ebenso wie dich«, erwiderte Brielle fast entschuldigend. »Aber ich habe keine Macht in einem Krieg zwischen Menschen.«

Seine Enttäuschung grenzte an Raserei. Del wollte gleichzeitig schreien und weinen. »Unsinn!«, brüllte er. »Ich habe dich gesehen, Brielle. Ich habe gesehen, wie du mit diesen Talons verfahren bist.«

Jetzt begriff Brielle deutlicher, dass Dels Zorn einen tieferen Ursprung hatte als nur in ihrer Zurückweisung seiner Person. »Ich wünschte, du hättest das nicht gesehen«, sagte sie leise und senkte den Blick, um die aufkommenden Tränen vor ihm zu verbergen. »Das ist eine Seite und Pflicht meines Lebens, die mir keine Freude macht.« Sie holte tief Atem und erinnerte sich daran, dass sie nur getan hatte, was sie tun musste.

»Aber Avalon ist mein Bereich und meine Pflicht, und ich bin dazu da, den Wald zu schützen«, bekräftigte sie. »Ich schaffe nicht die Stürme, ich zeige ihnen nur das Übel, das über das Land herfällt. Pures Übel sind die Talons, die nur leben, um zu zerstören. Sie kennen keine Gnade und verdienen kein Erbarmen.

Sollte ich deiner Meinung nach zulassen, dass sie meinen Wald zerstören?«

Gegen ihre Logik konnte Del nichts einwenden.

»Aber die morgige Schlacht«, fuhr Brielle – wieder leise – fort, »geht Menschen und Elfen an, und ich habe keine Pflichten in einem solchen Krieg, und da dem so ist, entzieht er sich auch meiner Macht.«

Del ließ sich in den Klee sinken und seufzte. Mit ihrem unschuldigen Bekenntnis der Notwendigkeiten hatte Brielle ihm eine Lektion in Demut erteilt. In diesem Augenblick rückten für Del eine Menge Dinge in die richtige Perspektive. Er erinnerte sich an den Vortrag, den Billy ihm zuvor an diesem Tag gehalten hatte.

Pflicht.

Utopia musste verdient werden.

Als er sich von seiner Verlegenheit erholt hatte, lachte Del laut über seine überhebliche Selbstgerechtigkeit. Dann schaute er auf die Zauberin und verstummte, denn er fürchtete, sie könnte meinen, dass er sie verspottete.

Brielle saß ruhig da, hielt ihre Knie umschlungen und schaute über den melancholischen Teich hinweg.

Wer bin ich, dass ich über dich urteile?, fragte sich Del. Er schuldete ihr eine Erklärung. So viele Dinge wollte er ihr sagen und das Dringendste ging ihm immer wieder durch den Kopf. Er schob sich in die Richtung ihres geistesabwesenden Blickes, fing ihn mit seinen Augen auf und riskierte etwas, das zu riskieren er nie zuvor in seinem Leben fähig gewesen war. »Ich liebe dich.«

Brielle errötete, aber sie wandte die Augen nicht ab. »Mein Herz sagt mir dasselbe.«

»Aber du hast deinen Wald und deine Aufgaben, und ich habe meine Schlacht und meine Verpflichtung. Meine Brielle«, stöhnte Del und streichelte sanft ihr Gesicht, »sollen wir nie Zeit für uns gemeinsam haben?« Als er sich abwenden wollte, fasste Brielle ihn an den Schultern und drückte ihn wieder auf den weichen Teppich aus Klee.

Sie stand vor ihm auf, beunruhigt, ja sogar erschreckt über die Entscheidung, die sie getroffen hatte. Aber ihr Herz kannte wenig Zweifel an ihrer Liebe zu Del. »Das Feld von Bergtor ist nur eine Stunde Weges entfernt, und deine Schlacht wird erst beim Licht des Tagesanbruchs beginnen«, hörte sie sich sagen. »Wir haben die heutige Nacht für uns.«

Del sagte nichts. Er starrte Brielle versunken an, verdutzt darüber, dass sich etwas so Vollkommenes zwischen ihnen ereignen konnte. Dann schaute er an ihr vorbei zum Himmel empor, wo die ersten Sterne aufleuchteten, während jeder verstreichende Augenblick die Schwärze des abendlichen Firmaments vertiefte.

»Schön sind sie«, war sich Brielle mit Dels verzücktem Blick einig. »Betrachte die ersten Sommersterne, denn heute ist Sonnwende. Wieder ist ein Frühling zu Ende. Dies ist eine besondere Nacht.«

»Sie ist wirklich besonders«, flüsterte Del.

Nervös löste Brielle die Schnürbänder an der Vorderseite ihres Gewandes. Mit einem leichten Schulterzucken streifte sie den zarten Stoff ab und stand nackt vor Del. Das Sternenlicht schien von ihr auszustrahlen, als wäre sie sein Ursprung, und brachte ihre geschmeidigen Kurven zur Geltung. Wie gerufen, kräuselte eine kaum merkliche Welle den Teich und ließ sich von einer kühlen Sommerbrise zum Ufer wehen.

Brielle bebte, aber sie kannte wahrhaft ihr Herz und zögerte nicht. Sie beugte sich zu Del hinab und küsste ihn. Leidenschaften, die sie vor langer Zeit verbannt hatte, regten sich aufs Neue in ihr.

Und dort, in einem wogenden Meer aus weichen

Klee, unter dem zustimmenden Gefunkel zahlloser Sterne, vollzogen sie ihre Liebe.

In jener Nacht weinte Brielle. Sie weinte, weil sie sich an Gefühle erinnerte, die Jahrhunderte lang geschlafen hatten, und sie weinte, weil sie wusste, dass sie beim ernüchternden Anbruch des nächsten Tages diese Gefühle erneut würde in Schlaf versetzen müssen. Del hielt sie zärtlich und wiegte ihren Kopf an seiner Brust. Und obwohl die Zauberin es nicht sehen konnte, weinte auch er.

KAPITEL 23

Der Zauberer zeigt
sich unverhüllt

Kurz vor Tagesanbruch ließ Del Brielle im weichen Klee schlafend zurück und begann seinen langen und mutlosen Rückweg nach Bergtor. Während der Nacht war ein sanfter Regen aufgekommen und fiel immer noch, klopfte rhythmisch auf das Blätterdach und nieselte durch den Nebel, der vom Teich her waberte. Als Del oben am Hang angekommen war, blickte er vor der Durchquerung des Kieferngehölzes auf die Kuppe und die schöne Zauberin zurück, und trotz seiner Liebe zu ihr überkam ihn Bestürzung. Zwar würde er an diesem Tag Erinnerungen an Brielle mit in die Schlacht nehmen und danach auf immer bei sich tragen, aber sein Herz sagte ihm, dass er sie niemals wiedersehen würde. Und doch verließ er sie aus eigenem Antrieb, gezwungen von einer Verantwortung, die er nicht übernehmen wollte, der er sich aber auch nicht entziehen konnte.

Bald darauf erwachte Brielle aus einem lebhaften Albtraum. Kalter Schweiß trat ihr auf die Stirn, als sie sich mit erschreckender Deutlichkeit an ein Bild erinnerte, wie Del auf einem verkohlten und blutigen Feld starb, die Brust tief durchbohrt von der Spitze eines grausamen Speers. »Das darf nicht sein!«, schrie sie verzweifelt und hilflos zum Himmel empor. Als handelte es sich dabei um eine Antwort, erschien ihr eine Vision: ein kleiner schwarzer Stab, an beiden Enden mit Eisen beschlagen, wirbelte in der Luft herum. Die pure Verderbtheit dieses Dings beleidigte Brielles Sinne, war eine Perversion gegen die Natur selbst. Es erschreckte und schmerzte sie, aber sie fasste sich in zorniger Entschlossenheit und wusste, dass sie eine Verbindung zu den Ereignissen des Tages gefunden hatte.

Der Morgen tauchte als stumpfer, rosenfarbiger Fleck hinter dem durchgehenden Vorhang aus traurigen grauen Wolken auf. Passendes Wetter, stellte Del fest, für einen Tag wie diesen. Der Regen hatte aufgehört, aber die Luft war drückend schwül.

Del fand das Elfenlager im Norden in reger Geschäftigkeit vor, obwohl im Süden noch keine Anzeichen für die calvanische Streitmacht zu sehen waren. Langsam ging er mit gesenktem Kopf über das Feld und gab sich dabei einer letzten Phantasievorstellung davon hin, wie die Dinge nach seinen Wünschen laufen sollten.

Der klare Ton des Horns des Wächters, der seine Ankunft verkündete, legte wieder das Gewicht der Wirklichkeit auf seine Schultern.

Zwei Reiter trabten ihm aus dem geschäftigen Lager entgegen. Vorn ritt Billy Shank, ausgestattet mit einem Kettenhemd, einem schimmernden Schild und einem Schwert, aber der andere Reiter zog Dels Blick auf sich. Arien Silberblatt, unverkennbar der Elfenherrscher von ganz Illuma, hielt sein Tier in leichter Gangart. Er trug einen waldgrünen Mantel, der auf den Schultern nach hinten gerafft war, eine hellgrüne Tunika aus einem feinen Stoff und darunter ein schimmerndes Kettenhemd, dessen Glieder viel feiner ineinander verflochten waren als die schweren Ringe von Billys Rüstung. Arien trug keinen Helm, sondern eine silberne, mit Juwelen besetzte Krone, in die eine goldene Mondsichel, das Symbol von Lochsilinilume, eingearbeitet war. An seinen linken Arm hatte er einen blank polierten Schild gegurtet, der dasselbe Emblem zeigte, und in einer mit Gemmen verzierten Scheide an seiner Hüfte hing ein Breitschwert, ein Meisterwerk, dem selbst die Waffe, die Calae Del gegeben hatte, nicht gleichkam. Sein Heft schimmerte silbern, der Knauf war zu einem Drachenkopf geformt, dessen goldener Hals – eine Einlegearbeit – bis hinunter zur Parierstange der Waffe reichte.

»Ich wusste nicht, dass dein Volk solche Waffen besitzt«, bemerkte Del.

»Zumeist Geschenke von Ardaz«, erklärte Arien und verstärkte den Druck seiner Hacken, um sein feuriges Pferd zu beruhigen, einen muskelstarken Hengst, dessen pechschwarzes Fell von der Feuchtigkeit des Morgennebels schimmerte. »Und einige haben wir selber hergestellt.« Er lächelte Del an. »Die Berge sind selbst jetzt wild und gefährlich, Freund DelGiudice. Ich wünschte mir, wir könnten diese Gerätschaften über einen Kaminsims hängen und sie nur benutzen, um damit phantasievolle Geschichten auszuschmücken!«

Das Gesicht des Eldars wurde wieder ernst, als er nach dem Heft seines Schwertes griff. »Das ist Fahwayn«, sagte er zu Del. »Der Silberne Tod.« Er zog das Schwert langsam, fast ehrfürchtig aus der Scheide und hob es hoch über den Kopf. Trotz des trüben Lichts schimmerte es hell und scharf. »Es wurde vor vielen Jahren, als Aielle noch jung war, mit großer Sorgfalt geschmiedet«, sagte er, senkte die Waffe und fuhr mit der Hand an ihrer polierten Klinge entlang. Die unvergleichliche Handwerkskunst und die Magie, die er fühlte, sollten in ihm Bilder der Vergangenheit wachrufen und ihn in die Sicherheit seiner Erinnerungen an die frühen Tage von Illuma zurückschweifen lassen.

Plötzlich stieß Arien das Schwert mit schreckenerregender Schnelligkeit in die Luft. Es schimmerte machtvoll, als bildete es den Brennpunkt von Arien Silberblatts Kraft. Der große Hengst wurde vom Zorn des Elfenherrschers gepackt und bäumte sich auf. *»Bayr imine eyberg ai'l anais I Sylv Fate-aval!«*, rief Arien laut. Er schaute auf die überraschten Männer und rief erneut mit gleicher Inbrunst: »Mit ihrer eigenen Bosheit bringen sie den Silbernen Tod über sich herab!«

Nach diesem Energieausbruch warf Arien Billy und Del, die ihn verdutzt anstarrten, ein beruhigendes Lächeln zu und schwang Fahwayn in einem langsamen Bogen an seiner Seite herab. »Zu Zeiten, als Talons unterwegs waren, war sein Hieb geschmeidig und sicher«, bemerkte er. »Aber jetzt liegt es schwer in meiner Hand. Ich habe kein Verlangen nach dem Blut, das Fahywayn an diesem Morgen vergießen wird.« Er steckte das Schwert seufzend in die Scheide und wandte sein Ross wieder dem Lager zu.

»Ich bin froh, dass du zurück bist«, sagte Billy zu Del. »Ich wünsche mir nur, dass Ardaz auch hier wäre. Mit seinen Tricks hätten wir eine Chance, glaube ich.«

»Ardaz ist noch nicht zurück?«, fragte Del überrascht.

»Nein«, erwiderte Billy. »Aber Arien ist sich sicher, dass er hier sein wird, wenn wir ihn brauchen.«

Arien ließ sein Ross kehrtmachen und schaute sie an. »Selbst wenn der Zauberer nicht kommt«, knurrte der Eldar, und sein Gesicht war streng und unnachgiebig, »werden wir den Menschen Respekt für unser Volk beibringen. Die Macht der Gerechtigkeit fließt in unseren Adern.«

»Ein tröstlicher Gedanke«, sagte Del ein bisschen traurig. »Aber ich würde lieber auf dem Shaithdun tanzen.«

Der Eldar konnte das Lächeln nicht unterdrücken,

das seine grimmigen Züge milderte. »Komm«, sagte er, »wir müssen ein Pferd für dich finden.«

Arien führte sie zum Fuß der Klippe am Westrand des Feldes, wo Erinel stand, die Hände in die Hüften gestemmt und herausfordernd eine Schimmelstute begutachtete. Als sie näher kamen, wandte er sich um und lächelte breit.

»DelGiudice!«, rief er erfreut. »Deine Rückkehr erhellt diesen verfluchten Morgen!«

»Hast du ein Pferd für unseren Freund?«

Erinels Lächeln verschwand. »Es tut mir wirklich leid, aber ich habe vergessen, eins für ihn zurückzuhalten. Wir haben die übrigen Pferde in die Vorberge geschickt, nachdem die letzten unserer Leute versorgt waren. Vielleicht haben wir noch Zeit, ein anderes zu finden.«

»Was ist mit dem hier?«, fragte Del verdutzt. Seine Aufmerksamkeit wurde von der puren Schönheit der kleinen Stute gefesselt.

»Die da?« Erinel lachte. »Die duldet keinen Reiter. Einige andere hatten schon dieselbe Idee, aber sie hat sie schnell eines Besseren belehrt.« Er zeigte einen blauen Fleck an seinem Arm und lachte erneut. »So hat sie meine Versuche belohnt, ihr Zügel anzulegen.«

»Wem gehört sie denn?«, fragte Del.

»Ich weiß es nicht«, erwiderte Erinel. »Ich habe sie heute Morgen zum ersten Mal gesehen. Sie muss vom calvanischen Lager entlaufen sein, denn für ein wildes Pferd ist sie zu gut gepflegt.«

»Sie wird mich reiten lassen«, erklärte Del und ging auf die Stute zu.

»Sei vorsichtig!«, rief Erinel hinter ihm her. Doch während er noch sprach, drückte die Stute ihre Nase an Dels Hals. Mit gleicher Zuneigung streichelte er ihr rein weißes Fell.

»Wie hat er das gemacht?«, fragte Erinel erstaunt. Etliche andere Elfen, die die Widerspenstigkeit der kleinen Stute beobachtet hatten, blickten ungläubig drein.

»Sie wird keinen Sattel annehmen!«, rief Erinel Del zu.

»Sie braucht auch keinen«, erwiderte Del und sprang auf den Rücken der Stute. »Du wirst mich nicht herunterfallen lassen, was, mein Mädchen?«, fragte er leise und tätschelte den starken Hals.

Einige der Elfen glucksten. Erinel errötete. »Und auch keine Zügel!«, beharrte er hartnäckig.

Als Antwort griff Del in die schneeweiße Mähne der Stute.

»Wirst du das zulassen?«, fragte Erinel Arien. »Er ist ein unerfahrener Reiter, und sie ist offensichtlich unberechenbar.«

Arien beobachtete die Reaktionen der Stute auf Dels Liebkosungen. »Er soll sie reiten«, erwiderte er. »Es ist nicht an uns, ihre Liebe zu stören.« Mit einem wissenden Lachen wendete Arien sein großes Ross und ritt davon, um sich um andere Angelegenheiten zu kümmern.

Wenige Minuten später erklang wieder das Horn des Wächters, alle Elfen und die beiden Menschen wandten die Augen nach Süden.

Wie ein endloser Insektenschwarm ergoss sich die calvanische Armee in voller Breite auf das Feld. Sie formierte sich einige Reihen tief, während immer mehr Soldaten durch den Bergpass nachrückten.

»Wir werden sterben«, stellte Del fest.

»Immer mit der Ruhe, mein Freund«, sagte Billy, um ihn zu trösten, doch er selbst war auch der Panik nahe. Die Streitmacht in den schwarz-silbernen Uniformen marschierte präzis und diszipliniert, war komplett beritten und schon jetzt zehnmal so groß wie das Heer der Elfen.

Schließlich endete der Zug gnädigerweise, und die

Calvaner hielten ihre Stellungen in geduldigem Schweigen. Tausende von Speerspitzen ragten reglos in die Luft.

Ryell ritt zu Arien hinüber. »Fünftausend?«, flüsterte er.

»Vielleicht«, antwortete der Eldar. Er schaute sich nach seinen entmutigten Kriegern um. Sie hatten von Anfang an gewusst, dass sie dem Untergang geweiht waren, aber sie hatten doch auf eine Art Wunder gehofft. Der Anblick dieser gewaltigen gegen sie aufgebotenen Streitmacht machte ihnen das volle Ausmaß ihrer Hoffnungslosigkeit bewusst. Und doch hatten sie eine Mission zu erfüllen, eine Pflicht gegenüber den Ihren, die ins Gebirge geflohen waren, und die Erfüllung dieser Pflicht würde ihrem Tod einen Sinn geben. Kühn übernahm Arien den Befehl. »Bildet eine Linie!«, rief er.

Kaum dreihundert Mann stark, gehorchten die Elfen dem Befehl ihres Eldars. Und als sie ihre Formation gebildet hatten, zog Arien Fahwayn aus der Scheide und ritt die Reihe ab, um jeden Einzelnen anzusprechen und sie an ihr Ziel und an das grundlegende Gebot der Gerechtigkeit zu erinnern, das ihnen den Widerstand auf diesem Feld befohlen hatte. Del bemerkte hoffnungsvoll, dass das Gesicht eines jeden Elfen aufleuchtete, als Arien vorüberritt.

Doch er fragte sich, wie das angesichts der überwältigenden Übermacht, der sie sich gegenüber sahen, etwas an der Lage ändern sollte. Er nahm seinen Platz neben Arien und Ryell in der Mitte der illumanischen Linie ein und schwieg über seine Vorahnungen.

Aber er hörte deutlich, wie Ryell murmelte: »Zwanzig zu eins«. Arien, der mit seinen eigenen Vorbereitungen für das Bevorstehende beschäftigt war, antwortete nicht.

Dann ertönte eine Trompetenfanfare aus den calvanischen Reihen. Ungden, Oberherr von Pallendara und

Befehlshaber des Calvanischen Reiches, erschien in seiner ganzen Pracht auf dem Feld. Er trug eine vergoldete Rüstung, die im trüben Licht des bewölkten Tages schimmerte, und einen großen, mit Edelsteinen und einem Federbusch verzierten Helm. Sein Reittier, ein schöner Schimmelwallach, tänzelte anmutig in weißpelzigen Hufstiefeln und trug eine ähnlich schimmernde Rüstung.

Zwanzig Wächter der Weißen Mauern umgaben Ungden schützend auf ihren eigenen Schlachtrossen, gut gebauten edlen Schimmelhengsten, die speziell für die Elitegarde des Oberherrn ausgebildet worden waren. Die Wächter trugen ihre traditionellen weißen Uniformen und himmelblauen Mäntel, dazu Helme mit weißen Federbuschen und Schilde mit dem Emblem einer Faust im Panzerhandschuh, die über vier Brücken und vier Perlen ein Schwert hielt. Dies war das ursprüngliche Wappen von Pallendara gewesen. Einige Traditionen wagte nicht einmal der arrogante Ungden in Frage zu stellen.

Del verzog das Gesicht, als er die beiden Reiter in Ungdens schützendem Kreis erkannte. Mitchell ritt mit stolzgeschwellter Brust zur Rechten des Usurpators. Reinheiser folgte und blickte dabei ständig hin und her, als suche er jemanden.

Auf dem Felssims, der die Aussicht über das Feld gewährte, legte Sylvia einen Pfeil an den Bogen, als Ungdens Gefolge in die Mitte des Feldes vor der ersten Reihe der Calvaner vorrückte. Der Usurpator befand sich in ihrer Schussweite, doch seine Rüstung hätte wahrscheinlich jeden Pfeil aus dieser Entfernung abgelenkt. Ihr Schuss würde eine Meisterleistung sein müssen, um durch den Harnisch zu dringen. Und wenn sie ihr Ziel verfehlte, dann wären die Pläne für einen Hinterhalt zunichte gemacht.

»Halte dich zurück«, ertönte eine Stimme hinter ihr. »Ungden ist zu gut geschützt für solche Versuche.«

Überrascht drehte sich Sylvia um. Als sie den Sprecher sah, senkte sie folgsam ihren Bogen und duckte sich wieder in die Sicherheit der Felswand.

Ungden winkte geistesabwesend mit einer behandschuhten Hand. Aus den Reihen der Calvaner ritt ein Standartenträger auf die Linie der Elfen zu. Er durchquerte das schmale Feld in einem Galopp und als er Ariens Stellung entdeckte, hielt er sein Pferd wenige Meter vor dem Eldar an.

Der Calvaner betrachtete einen Moment lang prüfend die Elfenstreitmacht, merkte sich ihre Anzahl und redete dann Arien mit überheblicher Selbstsicherheit an: »Sprichst du als Führer deines Volkes?«

Arien machte ein grimmiges Gesicht und antwortete nicht.

Unbeeindruckt vom Blick des Eldars fuhr der Soldat fort und wandte sich an alle. »Nachttänzer, hört meine Worte!«, rief er. »Obwohl es für die Armee von Pallendara eine Kleinigkeit wäre, euch mit dem Schwert zu besiegen – ihr könnt sichtlich nicht hoffen, dass ihr gewinnt –, ist es nicht der Wunsch des Oberherrn, euch vernichtet zu sehen. Legt eure Waffen nieder und nehmt Ungden als den wahren und einzigen König von Ynis Aielle an, dann wird euer Leben verschont werden.«

Kein Elf rührte sich. Auf keinem einzigen Elfengesicht zeigte sich Bereitschaft zu einem Kompromiss, wie Arien stolz bemerkte. Sie waren ein freies Volk und mehr als bereit, bei der Verteidigung dieser Freiheit zu sterben. Ungden und seine anmaßenden Gefolgsleute schienen die Entschlossenheit der Elfen nicht richtig einzuschätzen.

Sie würden die Calvaner eines Besseren belehren, so

glaubte Arien, allerdings würde dabei ihr Tod sicher Teil des Dramas werden.

»Was sagt ihr?«, forderte der Bote sie heraus. »Werdet ihr euch dem Willen des wahren Königs ergeben?«

Ryell, der neben Arien stand, spuckte vor dem Calvaner auf den Boden. Zum ersten Mal seit langer Zeit befanden sich er und Arien in völligem Einverständnis.

Arien ließ sein Pferd einige Schritte aus der Linie der Elfen vortreten. Trotz seiner zur Schau getragenen Arroganz wich der Calvaner in vorsichtigem Respekt ebenso viele Schritte zurück.

»Warum bist du hier, du Schlange?«, fragte Arien. »Du hast keinen Streit mit uns, noch hast du einen Anspruch gegen uns. Wir sind frei, unser Land gehört uns und wir erkennen keinen selbsternannten Herrscher an. Jetzt hebe dich hinweg, sonst wirst du als erster die kalte Schärfe meiner Klinge spüren.« Im Nu hatte er Fahwayn gezogen. Die Klinge schimmerte magisch.

Erschrocken über die ruhige Selbstsicherheit, mit welcher der Elfenherrscher ihm den Tod androhte, ließ der Bote sein Pferd kehrtmachen und floh zurück über das Feld.

Ungden lachte, als man ihn über den Trotz der Elfen unterrichtete. Mit einer Handbewegung schickte er den Boten zurück auf seinen Platz in der Mannschaft und setzte seine Kriegsmaschinerie in Gang.

Ein Horn blies. Auf dieses Zeichen hin zog der Feldwebel der Elitegarde sein Schwert und hob es hoch über den Kopf. Menschen und Elfen strafften sich.

Ein zweiter Hornstoß. Die Befehlshaber der calvanischen Streitkräfte ließen ihre Gruppen Stellungen vor und neben Ungdens Gefolge einnehmen.

Del schwitzte und hatte Mühe zu atmen.

Zum dritten Mal blies ein Horn. Ungden ließ noch einige quälende Minuten verstreichen, dann winkte er seinem Feldwebel. Die Klinge sank und der Donner von zwanzigtausend stampfenden Hufen ließ das Feld von Bergtor erbeben. Schlachtrufe ausstoßend und mit den Waffen gegen die Schilde schlagend, steigerte die calvanische Armee im Ansturm ihre Raserei.

Unter Sylvias Führung warteten die Bogenschützen geduldig auf den günstigsten Augenblick, um aus dem Hinterhalt zuzuschlagen. Als die Calvaner die Mitte des Feldes passierten und so die dem Felssims am nächsten liegende Stelle erreichten, sprangen die Elfen aus ihrem Versteck hervor und schickten einen Pfeilhagel los, wobei sie ihre Geschosse auf die vordersten Reiter konzentrierten. Pferde und Reiter stürzten zu Boden und die direkt dahinter Folgenden trampelten über sie hinweg oder wurden zu Fall gebracht. Die calvanische Front wankte und brach in der Verwirrung fast ganz zusammen. Ihre Schlachtformationen waren durch den tödlichen Überraschungsangriff erschüttert worden.

Arien erkannte sicherlich die vorzügliche Gelegenheit, seine Krieger loszuschicken, aber aus irgendeinem Grund, fast als zwinge sich ihm ein fremder Wille auf, konnte er den Befehl zum Angriff nicht aussprechen.

Die calvanischen Anführer, tüchtige Berufssoldaten, ließen die Armee umschwenken und einen kurzen Rückzug antreten, um die Schlachtordnung neu zu bilden und die Fassung wiederzugewinnen. Viele Calvaner waren in dem Pfeilhagel zu Boden gegangen, doch es waren auch nicht annähernd genug, um den Illumanern Hoffnung auf einen Sieg zu machen.

»Wir hätten angreifen sollen!«, beharrte Ryell.

Arien musste den Tadel hinnehmen. Immer noch begriff er nicht, was seinen Befehl zurückhielt. Er konnte nicht glauben, dass er unter dem Druck erstarrt sei.

»Ihre Reihen wirken überhaupt nicht dezimiert. Falls wir je eine geringe Chance hatten, so ist sie jetzt verstrichen«, stöhnte Ryell.

Die Calvaner bereiteten sich auf die Wiederholung ihres Angriffs vor. Da sie jetzt die Gefahr kannten, die ihnen von der Felsklippe her drohte, schlugen sie sich auf die westliche Seite des Feldes und deckten ihre Flanke mit ihren Schilden. Diesmal würden die Pfeile sie nicht hindern.

Doch noch während sie ihren Pferden die Sporen gaben, trat zwischen den Bogenschützen ein alter Mann in einem hellblauen Gewand und einem spitzen Hut hervor. Sylvia und die anderen senkten ihre Bögen.

»Ardaz!«, schrie Del, als er den Zauberer bemerkte. »Dort auf dem Sims, Arien!«

Es stimmte: der Silber-Magus von Lochsilinilume war gekommen. Er hielt die Arme ausgestreckt, die eine Hand umklammerte den Eichenstab, die andere langte nach der Macht des Himmels, und er sang in der Zauberersprache die Anrufung des Feuers.

»Jetzt bekommen wir unseren Kampf!«, schrie Ryell seinen Kameraden zu.

»Halt ein, mein Freund«, befahl Arien mit einem wissenden Lächeln. Jetzt verstand er, welcher Wille seinen Befehl zum Angriff zurückgehalten hatte. »Ardaz ist gekommen. Er wird den einen oder anderen Trick für Ungden bereithalten.«

»Wieder spielst du den Narren, Arien«, entgegnete Ryell. »Die Possen dieses Hanswursts werden die Calvaner nicht aufhalten. Wir müssen ihrem Ansturm begegnen.«

Die calvanische Streitmacht kam schnell näher, doch Arien setzte sein volles Vertrauen auf den Zauberer und hielt seine Truppen zurück.

Ardaz Anrufung erreichte einen fieberhaften Gipfel. Eine rote Flamme entsprang der Spitze seines Stabes und flackerte, ohne das Holz zu verzehren. Er richtete den Stab auf das Feld und sprach den abschließenden Zauberspruch. Auf der Stelle loderte vor den anstürmenden Reitern in der ganzen Breite des Feldes eine Flammenwand auf. Diejenigen, die ihre Reittiere nicht mehr anhalten konnten, zerstoben in einer weißen Lohe und fielen auf den anderen Seite als verkohlte Leichen zu Boden.

Diesmal konnten Ausbildung und Erfahrung der calvanischen Befehlshaber eine Panik nicht mehr verhindern. Entsetzt über die Macht, die der Zauberer offenbart hatte, schwenkten die überlebenden Calvaner herum und stürmten in einen planlosen Rückzug.

Doch Ardaz war noch nicht fertig.

»Diese Geschichte muss hier und jetzt ein Ende haben«, erklärte er Sylvia, fast als müsste er sich für seine nächste Handlung entschuldigen. »Ungden, Usurpator! Zu lange hast du die Völker dieses Landes unter deiner ungesetzlichen Herrschaft gefangen gehalten! Beim Feuer der Sonne am Himmel reinige ich heute Aielle von deinem bösen Schandfleck!« Er zielte erneut mit seinem Stab, eine zweite Flammenbarriere loderte auf, diesmal direkt hinter Ungden und seiner Garde, und so wurde die gesamte calvanische Heerschar vom Feuer eingeschlossen.

Mit einer Träne der Trauer im Auge sprach Ardaz einen Befehl, und die tödlichen Feuerwände näherten sich einander.

Calvanische Reiter, in die Falle geraten, machten ungestüm kehrt und prallten gegeneinander, einige stürzten von ihren Rössern und wurden in den Staub gestampft. Scheuende Pferde missachteten die Befehle ihrer Herren und stürmten auf dem einzigen Fluchtweg auf die Felsbank im Westen zu und stürzten hundert Meter und mehr hinab nach Blackemara.

Gnadenlos rückten die Feuerwände aufeinander zu.

Trotz ihres Entsetzens beobachteten Sylvia und die anderen Bogenschützen das grässliche Schauspiel, glaubten sie doch, es sei ihre Verantwortung, Zeugen der folgenschweren Tragödie dieses Tages zu sein, und ihnen war klar, dass Ardaz bald ihre Unterstützung brauchen würde, da er von dem Gemetzel, das er angerichtet hatte, fast erschöpft war.

In der Reihe der Elfenreiter außerhalb der Feuermauer konnten Del und die anderen nicht sehen, was mit den Calvanern geschah. Aber die Schreie und Klagerufe ihrer sterbenden Feinde sagten ihnen alles, was sie wissen mussten.

»Die Possen eines Hanswursts«, wiederholte Del düster und sah Ryell an.

»Ich bitte um Entschuldigung«, erwiderte Ryell. In seinen Worten klang Achtung für den Magus an, aber auch Mitleid mit den gequälten Calvanern zwischen den Feuern. »In Ardaz ist vielleicht mehr, als ich geglaubt habe.«

»Nenne ihn nicht Ardaz«, sagte Arien. »Rufe ihn bei seinem wahren Namen.« Er streckte die Hand in Richtung auf die gebeugte Gestalt aus, die sich jetzt schwer auf den Stab stützte. »Seht Glendower! Wehe denen, die den Zorn des Silbernen Magus auf sich herabrufen.«

Hunderte von Calvanern starben in der Panik. Die einen wurden vom Feuer des Zauberers erfasst, andere niedergestampft, und noch mehr sprangen in den Sumpf hinab. Dann ertönte ein kaum hörbares Summen, und so schnell, wie er begonnen hatte, endete der Tumult. Aller Emotionen ledig, wie es schien, fast wie Zombies, stellte sich der Rest der calvanischen Armee wieder in Schlachtgruppen auf.

Immer noch rückten die Feuerwände aufeinander zu.

Doch niemand schrie.

Kein Pferd bäumte sich auf oder schnaubte erschrocken.

Nur das Knistern der vorrückenden Feuerwände, die Gras und Fleisch verzehrten, durchbrach die unheimliche Stille.

Ardaz begriff und erschrak.

Aus der calvanischen Linie erhob sich eine wirbelnde Wolke roten Rauchs und in ihrer Bewegung nahm sie Gestalt an. Bald glich sie einem Reiter und einem Pferd: es war ein Mann in einem roten Mantel, die Kapuze tief herabgezogen, um das Gesicht zu verbergen, auf einem mageren Rapphengst, der rauchige Flammen aus den geweiteten Nüstern schnob und auf dem Boden scharrte, als hasste er das lebendige Gras.

»Istaahl?«, fragte Sylvia, doch Ardaz war abgelenkt und antwortete nicht.

Der Reiter im roten Mantel richtete seinen knochigen Arm gen Westen und schloss und öffnete dabei die Faust, als holte er Luft aus der Ferne. Dann schwang er den Arm in Richtung der Felsklippe, als werfe er etwas, ein mächtiger Windstoß traf Ardaz und löschte die Flamme an der Spitze seines Eichenstabes.

Und die Feuerwände waren verschwunden.

»Der Zauberer von Caer Tuatha?«, schrie Ryell, als er den Magus im roten Mantel erblickte.

»Das kann nicht sein«, erwiderte Arien überrascht. »Istaahl sammelt seine Macht aus dem Meer. Dieser Magus befindet sich zu weit im Binnenland.«

»Der Meister ist gekommen«, zischte eine böse Stimme unter der roten Kapuze.

Aus Ardaz' Gesicht wich das Blut.

Der rot gekleidete Zauberer zog die Kapuze zurück und enthüllte seinen bleichen, kahlen Kopf und den facettierten schwarzen Saphir auf der Stirn, der sein Kennzeichen war.

Ardaz stöhnte hörbar, obwohl er schon vermutet hatte, dass Thalasi eingetroffen war.

»Mögen die Colonnae uns beistehen!«, keuchte Arien, denn auch er erkannte das Zeichen des Schwarzen Hexers. »Angfagdul, die tiefste Finsternis, ist wieder erschienen!«

KAPITEL 24

Jericho

Verborgen in einem Winkel seines Unterbewusstseins, an einem Ort, der kindischen, vermutlich irrationalen Ängsten vorbehalten war, trug Del ein Bild in sich, das Morgan Thalasi sehr ähnelte, ein Bild des fleischgewordenen Bösen, eines Dämons in Menschengestalt. Thalasis verwelkter Körper wirkte höchst gebrechlich und kränklich, doch die Lebensenergie des Schwarzen Hexers strahlte eine erschreckend und lähmend böse Aura aus – und eine Kraft, die ausreichte, um zwei Heere in Schach zu halten.

Auf dem Felssims drehte sich Ardaz herum, schwang wild die Arme und gebot all seine Stärke auf. Die Luft um ihn herum knisterte, als seine Kraft zunahm. Sylvia, die neben ihm stand, spürte, wie ihre Haare prickelten und durch die zunehmende Aufladung in Richtung des Zauberers gezogen wurden. Als er wusste, dass er seine Grenze erreicht hatte und nicht mehr Energie bei sich halten konnte, stieß Ardaz eine Beschwörung aus, stampfte mit seinem Stock auf dem Fels auf und schickte einen blauen Blitzstrahl los. Dessen Aufleuchten blendete alle Schauenden, einige Sekunden lang; das entsprechende Donnergrollen dröhnte meilenweit im Umkreis durch die Berge.

Doch Thalasi hatte sich gegen solche offensichtlichen Attacken gewappnet. Eine schützende Kugel abwehrender Energie umgab ihn und ließ den Blitzstrahl in einer Schauer bunter, harmloser Funken zerstieben, bevor er überhaupt sein Ziel erreichte.

Thalasi schürzte verächtlich die dünnen Lippen über den verrotteten Zähnen zu einem Lächeln, das mehr einer Grimasse glich, und holte einen dünnen, mit Eisen beschlagenen Stab hervor. Er richtete ihn auf den Felssims und demonstrierte seine Meisterschaft. Er beherrschte elementare Kräfte, die Ardaz nur um Beistand bitten konnte. Indem er nur zwei einfache Zauberworte aussprach, gab er Ardaz' Attacke mit einem gewaltigen weißen Blitzstrahl zehnfach zurück.

Als Ardaz sah, wie Thalasi seinen Stab hervorholte, arbeitete er hektisch an seinem eigenen Schutzschirm, aber er wurde überwältigt. Die Heftigkeit des weißen Lichtstrahls erschütterte den ganzen Berg, riss tiefe Spalten in den Fels, vom Gesims bis hinunter zum Feld, und warf die Bogenschützen zu Boden. Die Wucht seiner Bosheit konzentrierte sich auf Ardaz, durchbrach dessen Verteidigung, verkohlte und zersplitterte den schönen Eichenstab und schleuderte den Silber-Magus gegen die Felswand. Ardaz sank am Felsen zusammen, Fetzen seiner Kleidung waren geschwärzt und rauchten noch, sein neu gewachsenes Haar war versengt und die Finger der Hand, die den Stab gehalten hatte, waren verbrannt und von Blasen überzogen.

Sylvia kam wieder auf die Beine und eilte an seine Seite. Blut rann von den Lippen des Zauberers, als er den Namen des Schwarzen Hexers aussprach. Dann verstummte er.

Halb aus Zorn, halb aus Angst und Verzweiflung begannen die Bogenschützen auf Thalasi zu feuern. Er lachte sie aus, richtete seine Aufmerksamkeit anderswohin und beachtete sie nicht, denn ihre Versuche erwiesen sich als erbärmlich unwirksam gegen seine Abschirmung; die Pfeile wurden in vom Wind verwehte Asche verwandelt, sobald sie auf die schützende Kugel trafen.

Entschlossen, sich auch am Ende nicht dem Schrecken zu unterwerfen, rief Arien seinen Kriegern zu, sie sollten mit ihm ihren Mut zusammennehmen und angreifen.

Auch dies erwies sich als vergeblich.

Breit grinsend bot Thalasi der Front der Elfen die Stirn und wirbelte den Stab wie einen Schlagstock herum. Von seinem beherrschenden Willen gezwungen, gehorchten ihm die Pferde der Illumaner und drehten sich im Kreis, ohne auf die Befehle ihrer Reiter zu achten. Ungden und seine Truppen brachen in aufreizendes Gelächter aus, als sie sahen, wie die hilflosen Elfen vergeblich versuchten, ihre Reittiere zu lenken. Alle Pferde tanzten.

Alle außer einem.

Die Schimmelstute schnaubte wütend und widerstand Thalasis bösartiger Attacke. Sie bot jeden Funken Willenskraft auf, sperrte ihr Bewusstsein gegen Thalasis Einflüsterung und ging langsam auf den Urheber der Verwirrung zu, den verwirrten und erschrockenen Del auf dem Rücken.

Sie schritt voran und überquerte jetzt das Gras, das durch Ardaz' Feuer geschwärzt war. Während ihre Sicherheit, dass sie dem Schwarzen Hexer widerstehen konnte, wuchs, wurde ihr Schritt kühner. Del, jetzt als hilflose Schachfigur in dem Kampf zwischen zwei Mächten gefangen, die weit über ihn hinausgingen, hielt sich mit beiden Händen an der Mähne der Stute fest und hoffte, dass Arien oder jemand anderer ihm zu Hilfe käme.

Thalasi wurde getäuscht. Da er annahm, die Stute werde von dem starken Willen ihres Reiters gelenkt, richtete er seinen nächsten Angriff auf Del. Er streckte eine knochige Hand aus, sprach einen Fluch und ballte seine Finger heftig zu einer Faust.

Del schrie in Qualen auf, als er spürte, wie eine eisige Hand sein Herz packte und quetschte. Entsetzt ließ er die Mähne los und fasste sich an die Brust.

Er spürte eine Ausbuchtung in seiner Hemdtasche.

Nur dem Überlebensinstinkt folgend, riss er sein Hemd auf und holte die kleine Derringer heraus. Der innere Druck ließ seine Augen hervortreten, sein Atem stockte und sein Bewusstsein begann zu schwinden, aber irgendwie gelang es ihm, die silberne Kugel in die Kammer zu stecken und die Pistole auf Thalasi zu richten.

Der Anblick der Waffe erstaunte Thalasi. In seiner Überraschung lockerte der Schwarze Hexer einen Moment lang den tödlichen Griff. Dels Lungen weiteten sich sofort und taten einen tiefen, belebenden Atemzug, aber er vergeudete keine Zeit mit dem Genuss der Empfindung. In Erwartung der Explosion und des Rückstoßes schloss er die Augen und legte den Finger an den Abzug.

Doch er brachte es nicht fertig.

In den Reihen hinter Thalasi lachten die Calvaner nicht mehr, statt dessen starrten sie neugierig auf Del, der ihrem Zauberer widerstanden hatte und jetzt dieses seltsam geformte Stück Metall in der Hand hielt. Mitchell grunzte wütend, als er die Pistole sah, empört über die Möglichkeit, dass ausgerechnet sein verhasstester Feind seine Eroberungspläne durchkreuzte. Doch da er sich sicher war, dass Del sofort auf ihn zielen würde, wenn er sich in den Vordergrund schob, unternahm der Kapitän nichts, um Thalasi zu Hilfe zu eilen.

Reinheiser jedoch erkannte die Gefahr für seinen Meister. Er reagierte schnell und ohne Rücksicht auf seine persönliche Sicherheit. Obwohl er kaum reiten konnte und bei jedem Schritt fast aus dem Sattel fiel, durchbrach er die Reihe der Wächter der Weißen Mauern und galoppierte direkt quer über das Feld.

Del starrte hilflos auf die Derringer. Er fühlte sich von seinem Gewissen getäuscht und angewidert von seinem emotionalen Unvermögen in diesem Augenblick der Not. Dann kam erneut der lähmende Schmerz, da Thalasi, der jetzt das volle Ausmaß von Dels Bedrohung erfasste, seine magische Attacke noch wütender erneuerte. Dels Arm zitterte und ermattete, der Rand seines Blickfeldes füllte sich mit Schwärze und er hätte die Waffe ganz fallen lassen, wenn nicht eine Stimme der Vernunft seine Ohren erreicht hätte.

»Tu's!«, schrie Billy Shank ihm zu.

Doch Del brachte es nicht fertig, sich zu bewegen. Er schaute auf seine Hand und versuchte gegen seine eigene Abscheu und gegen Thalasis tückische Angriffe anzukämpfen. Der bloße Anblick seines Arms, wo der ungeheure Druck die Adern hervortreten ließ und sich am Unterarm dort Blutergüsse zeigten, wo Äderchen platzten, entsetzte ihn. Er begriff, dass er geschlagen war, dass er der Macht, der er sich gegenüber sah, nicht gewachsen war, und er wusste mit tiefstem Abscheu und Schrecken, dass er bald regelrecht platzen würde.

Reinheiser entspannte sich beträchtlich, als er neben Thalasi ankam und feststellte, dass sein Meister die Lage anscheinend vollkommen beherrschte.

Hoch auf dem Felssims sah Sylvia: Die schwarze Wolke, die Morgan Thalasi darstellte, würde bald Del verschlingen und dann würde das Unheil über den Rest ihres Volkes herabkommen. Verzweifelt klammerte sie sich an die eine schwache Hoffnung, die sie noch sah, und eilte an die Seite des gestürzten Zauberers. »Bitte, Ardaz«, bat sie und wiegte sein Haupt. »Du musst uns helfen. Angfagdul wird uns alle vernichten!«

Ardaz öffnete ein Auge. »Ein schlimmer Treffer,

weißt du«, sagte er hustend – und mit dem Husten quoll Blut aus seinem Mund. »Wirklich über meine Kräfte.« Er begann wieder in Ohnmacht zu gleiten, doch Sylvia schüttelte ihn rauh. »Natürlich, natürlich«, stöhnte er. »Wir müssen etwas tun. Vielleicht...« Er formte stumm einige Worte und versuchte sich an einen Zauberspruch zu erinnern.

»Bring mir einen Pfeil«, wies er sie an. Schnell reichte ihm Sylvia den schönsten Pfeil, den sie noch in ihrem Köcher hatte. Ardaz streichelte den hölzernen Schaft und sang einen Suchzauber. Die Anstrengung kostete ihn den letzten Rest seiner Kraft, er verstummte und schloss erneut die Augen.

Sylvia nahm den Pfeil aus der Hand des Zauberers und legte ihn an den Bogen, während sie zum Sims zurücklief. Sie hoffte, dass der Zauber vollendet war und dass er ausreichen würde, um den Pfeil in Thalasis Körper zu jagen. Sie atmete tief, um ihre zitternden Arme zu beruhigen, zielte auf den Schwarzen Hexer und schoss.

Del hätte inzwischen eigentlich schon tot sein müssen, doch Thalasi ließ sich Zeit und genoss die Folterung dieses Mannes, der es gewagt hatte, sich ihm zu widersetzen.

Funken flogen auf, als die steinerne Spitze des Pfeils die magische Barriere durchschlug. Er wich leicht ab, wurde jedoch nicht zerstört, und obwohl er sein Ziel nicht traf, kam er ihm doch so nahe, dass Thalasi überrascht war und sich ablenken ließ.

Ein zweites Mal war Del frei.

Wütend wandte sich Thalasi dem Felssims zu und schickte einen zweiten weißen Blitzstrahl der Zerstörung los.

Anstatt zu warten, ob ihr Pfeil sein Ziel getroffen hatte, hatte sich Sylvia jedoch klugerweise schon in Bewegung gesetzt. Sie tauchte genau in dem Augenblick in die Sicherheit der Bergwand, als der Blitzschlag den Rand des Simses zerschmetterte und in herumfliegendes Geröll verwandelte.

Reinheiser, der neben seinem Meister saß, hatte nicht so schnell reagiert. Der Blitz schoss direkt an seinem Gesicht vorbei, das grelle Licht betäubte und blendete ihn.

»Sylvia!«, schrie Del wütend und stieß die Pistole in die Richtung des Schwarzen Hexers. Der konterte, indem er seinen Stab mit beiden Händen waagerecht vor sich hielt und an den Eisenspitzen umklammerte. Wie die geschärfte Klinge eines Schwertes hieben Wellen von Energie auf Del ein, zerrissen sein Hemd und zogen einen blutigen Strich über seine Brust.

Doch diesmal ließ Del sich nicht aufhalten. Er dachte an Ardaz und Sylvia und glaubte, beide seien von Thalasis Blitzen getötet worden; wieder sah er das Bild von Kapitän Mitchell am Strand vor sich, wie der sich Gott erklärte. In seinem Zorn fand Del die Stärke, dem Schmerz zu trotzen und dem Willen seines Feindes zu widerstehen.

Als Reinheiser wieder sehen konnte, erblickte er den Ausdruck unverkennbarer Entschlossenheit auf Dels Gesicht und wusste, dass sein Meister sich in tödlicher Gefahr befand. »Nein!«, schrie er und sprang auf Thalasi zu.

Zu spät. Del feuerte, und die Kugel, ein Zauber der vierten Magie, der Technik, durchschnitt mit einem leuchtend grünen Blitz Thalasis schwarzen Stab in der Mitte und bohrte sich mit einer bislang auf Ynis Aielle unbekannten Heftigkeit in den Körper des Schwarzen Hexers. Reinheiser hechtete über den Rücken des Hengstes und fiel kopfüber zu Boden. In seinen Händen hielt er einen leeren Mantel, denn außer diesem blieb nichts von Thalasi zurück, kein Anzeichen, dass der Hexer jemals dagewesen war, außer einem zerbro-

chenen Stab und einem roten Mantel mit einem Schuss-
loch darin.

Reinheiser überdachte einen Moment lang diese
Wendung der Ereignisse, bis er warmes Blut zwischen
seinen Augenbrauen und über seinen Nasenrücken si-
ckern spürte. »Ich muss auf einen Stein gestürzt sein«,
murmelte er und verlor das Bewusstsein.

Die Schimmelstute schrak bei dem Pistolenschuss
zusammen. In seinem geschwächten Zustand fiel Del
von ihrem Rücken auf den Boden. Der Schmerz in seiner Brust hatte nachgelassen, aber aus vielen Wunden
floss Blut. Er bemerkte es jedoch nicht, denn er war
zu sehr damit beschäftigt, auf die kleine Pistole zu
starren.

Und auf das Blut an seinen Händen.

Reinheisers Pferd legte die Ohren an und wich
zurück, als die Schimmelstute und Thalasis magerer
Hengst in Kampfstellung gingen. Auf Vernichtung
des Gegners erpicht, bäumte sich der Rappe auf und
schnaubte hitzig. Doch dann ließ er den Kopf unter-
würfig sinken, als erkenne er plötzlich die wahre
Natur und die Macht des Wesens, das ihm gegenüberstand, löste sich in Rauch auf und war verschwunden.

Am Nordende des Feldes hörten die Pferde der
Elfen zu tanzen auf. Auf dem Felssims griffen die Bogenschützen nach ihren verbliebenen Pfeilen.

Die Schlacht der Magier war beendet.

Die Schlacht der Schwerter sollte beginnen.

Ein einzelner Reiter brach durch die calvanischen
Reihen und schob in seiner blinden Wut alle zur Seite.
Mitchell stürmte über das Feld. Um sich vor Angriffen vom Felssims her zu schützen, hob er den großen
Schild hoch und hielt den Speer waagerecht. Pfeile
bohrten sich in den Schild und zischten an ihm vorbei,
aber er ließ sich nicht abschrecken. In seinem Zorn sah

er nichts anderes als den Mann, der all seine Pläne zunichte gemacht hatte.

Als Arien die Identität und die Absicht des Reiters erkannte, wusste er, dass es zu spät war, Del zu retten. Erzürnt über sein Versagen, rechtzeitig zu reagieren, gab er seinem Hengst die Sporen, und der Angriff der Elfen begann.

Die calvanische Armee erwiderte nur zögernd und unsicher den Ansturm ihrer Gegner.

Mitchell baute sich neben seinem hilflosen Feind auf und zielte mit der Spitze seines Speers direkt auf Dels Kopf. »Jetzt werden Sie sterben«, stellte er ruhig und gefühllos fest. Ein triumphierendes Grinsen verzerrte sein Gesicht. Er hob die Waffe zum tödlichen Stoß.

Dels Augen waren auf die tückische Speerspitze geheftet. Deren Bild trat in seinem verschwommenen Sichtfeld unnatürlich klar hervor, als wäre sie der Mittelpunkt seines Bewusstseins. Benommen und der Ohnmacht nahe, war er sich nicht wirklich bewusst, dass ihm der Tod bevorstand.

Doch noch während ihn die Sinne verließen, empfand er in seinem Innern ein Gefühl der Erleichterung, als er sah, wie der Hinterhuf der Schimmelstute Mitchell in die Seite schmetterte.

Sylvia verfolgte die ganze Szene vom Felssims aus. Da sie die wahre Natur der Schimmelstute nicht kannte, konnte sie kaum glauben, dass dieses Tier Del zur Hilfe gekommen war.

Dann begann die Schlacht und ihre Freude verflog, denn selbst nach allem, was geschehen war, waren die Calvaner den Elfen immer noch haushoch überlegen. Die Zaubereien waren ausgespielt worden; bei dem folgenden Zusammenprall zählte ausschließlich Schwert gegen Schwert. Unter diesen Umständen erschien die Sache der Elfen hoffnungslos.

»Zielt eure Schüsse sorgfältig«, sagte Sylvia zu ihren Kameraden. »Wir haben keinen Pfeil mehr zu verschwenden.«

Eine Bogenschützin, ein junges Mädchen mit Augen, die zu unschuldig waren, um ein solches Blutbad zu beobachten, trat an Sylvia heran. »Lady Sylvia«, sagte sie. »Arien hat mich als Botin für diejenigen bestimmt, die die Stadt verlassen haben. Ich warte auf dein Wort, wie ich weiter vorgehen soll.«

Sylvia wandte sich wieder dem Feld zu. Schon hatte die bloße Überzahl den Calvanern einen deutlichen Vorteil eingebracht. Ein Teil von Ungdens Armee war um die Elfenfront herumgeschwenkt, Ariens Krieger fanden sich jetzt an drei Seiten flankiert und wurden in Richtung auf den Abgrund nach Blackemara abgedrängt.

»Dann geh jetzt«, wies Sylvia das Mädchen an. »Such unsere Brüder und Schwestern im Gebirge und sag ihnen, sie sollen uns nicht vergessen, noch die edle Sache, die wir auf uns nahmen, damit sie in Freiheit leben können.«

Das Mädchen begann zu weinen.

»Beruhige dich«, redete ihr Sylvia zu. »Tröste dich mit dem Wissen, dass alle, die heute hier sterben, ihr Schicksal freiwillig angenommen haben.«

Dann wandte sich Sylvia an alle anderen auf dem Sims: »Wer gehen will, mag jetzt gehen. Diejenigen von uns, die zurückbleiben, werden über euch kein Urteil fällen und von euch erbitten wir nur, dass ihr uns nicht vergesst.«

Doch die Elfen glaubten wahrhaft an ihre Sache, und das Mädchen, das Arien zur Botin bestimmt hatte, brach allein auf.

In eine Ecke gedrängt, kämpften die Elfen mit unglaublicher Wildheit, und viele Calvaner wurden niedergehauen. Immer wieder schlug Fahwayn zu und bald wichen die calvanischen Soldaten zurück, wann immer Arien – Todbringer nannten sie ihn – sich auf sie zubewegte.

Inmitten all dieses Durcheinanders bäumte sich die Schimmelstute über Dels Körper auf und stieß einen unirdischen Schrei aus, der selbst dem standhaftesten Krieger bis ins Mark drang, und von diesem Augenblick an wagte weder Mensch noch Elf, sich ihr oder dem Mann, den sie beschützte, zu nähern.

Noch mehr calvanische Krieger fielen, doch Erschöpfung und die bloße Überzahl der Gegner machten sich immer mehr gegen die Elfen bemerkbar, während die Minuten der unbarmherzigen Schlacht verstrichen. Frische Calvaner drängten gegen ihre müden Feinde an, auf dem verbrannten Gras von Bergtor mischte sich Elfenblut mit dem Blut von Menschen, und die Schmerzensschreie der Elfen kamen bald denen der Menschen gleich.

Die Bogenschützen auf dem Sims hatten ihren Brüdern auf dem Feld jetzt nicht mehr viel Hilfe anzubieten und Arien war klar, dass die Schlacht sich einem jähen Ende näherte. Die Calvaner wichen ihm auch weiterhin aus, wo sie nur konnten, und gestatteten ihm praktisch, sich frei auf dem Feld zu bewegen, und diese Beweglichkeit bot ihm einen verzweifelten Hoffnungsfunken. Am anderen Ende des Feldes saß Ungden auf seinem Ross, umgeben von zwei anscheinend undurchdringlichen Ringen seiner Garde. Jetzt, wo Thalasi fort und Mitchell und Reinheiser außer Gefecht gesetzt waren, hielt nur die Angst vor dem Zorn des Oberherrn viele calvanische Soldaten bei der Stange.

Nahezu blind vor Raserei, stürmte Arien auf den

Usurpator zu und wurde prompt von zwei Männern aus Ungdens äußerem Verteidigungsring abgefangen. Und hinter ihnen standen zwei andere vom inneren Ring bereit, falls Arien wider Erwarten sich den Weg zu Ungden hindurch erzwingen sollte. Die restliche Elitegarde behielt – auf der Hut vor weiteren Angriffen – ihre Posten bei.

Zorn vertrieb alle Müdigkeit aus Ariens Muskeln. Sein Schwertkampf war großartig. Doch er sah sich den Wächtern der Weißen Mauern gegenüber, den besten Kriegern, die Calva aufbieten konnte, und obwohl allein keiner von ihnen seinem Angriff hätte widerstehen können, erwiesen sich zwei zusammen mehr als ebenbürtig. Jedes Mal, wenn er mit Fahwayn zum tödlichen Stoß gegen einen seiner Gegner ansetzte, zwang ihn eine wohlgezielte Konterparade, zurückzuweichen und abzuwehren. Da die Wächter sich an die Finten und Kniffe des Eldars gewöhnten, war es für sie nicht schwierig, ihn fast ausschließlich in der Defensive zu halten.

Bald dämpfte die Enttäuschung über seine Wirkungslosigkeit die Raserei, die Arien Stärke verliehen hatte. Er wurde jetzt müde und machte Fehler, von denen er wusste, dass sie ihn am Ende das Leben kosten würden.

Er unternahm verzweifelte Ausfälle, aber die Blitzesschnelle war nicht mehr da, und das angestrebte Ziel lenkte Fahwayn ab, während der andere Wächter sein Schwert in die Blöße von Ariens Verteidigung stieß. Der Eldar spürte, wie sich die kalte Spitze in seine Brust bohrte, und er zuckte instinktiv zurück, obwohl er wusste, dass es zu spät war.

Doch er lebte noch.

Blut sickerte aus einer Wunde in seiner Brust, aber das Schwert hatte ihn nicht tief verletzt, als hätte etwas die Hand des Wächters zurückgehalten. Fahwayn jetzt als Deckung vor sich haltend, musterte Arien seine Gegner und sah in ihren Augen eher Respekt als Blutgier. »Du hättest mich erledigen können«, sagte er zu dem Wächter.

»Nein, du warst schneller«, lautete die Antwort.

»Du hättest mich töten können«, beharrte Arien. »Doch du hast dich zurückgehalten. Du hast kein Herz für diesen Kampf.«

Als Erwiderung schwang der Wächter mächtig sein Schwert. Arien lenkte den Hieb leicht ab. »Ich werde mir den unwürdigen Kopf des Usurpators holen!«, verkündete der Elfenherrscher.

»Das können wir nicht zulassen«, sagte der Wächter, doch seine Stimme klang nicht überzeugend. Arien fühlte sich in seinem Glauben bestätigt, dass die Wächter Ungden verachteten.

Dann blies ein Horn einen so klaren und starken Ton, dass für einen Augenblick der Kampf innehielt und alle Köpfe sich Avalon zuwandten. Dort, am Rande des Feldes zum Zauberwald hin, schwebte Calamus heran, der geflügelte Herr der Pferde, und auf ihm saß in schimmerndem Kettenpanzer Belexus, ein Horn aus Elfenbein an den Lippen und ein riesiges Schwert triumphierend erhoben. Aufrecht und stolz auf mächtigen Rössern drangen Waldwächter aus dem Wald hervor. Mit grimmigen Gesichtern hielten sie die Schwerter gezückt.

Kaum vierzig Mann waren es, doch ihnen eilte ein Ruf von Wildheit voraus, Gegenstand vieler Heldengeschichten in den Tavernen von ganz Aielle, und so weckten sie Furcht in den Herzen von Calvanern und Illumanern gleicherweise.

Denn keiner der beiden Seiten war klar, was die Waldwächter veranlasste, an diesem Tag auf dem Schlachtfeld zu erscheinen, und niemand wusste, auf wessen Seite sich diese sagenumwobene Gemeinschaft schlagen würde.

»Was für Verbrechen hast du den Kindern des Mondes angetan?«, schrie Belexus und beantwortete diese Frage sofort selbst. »Fürchte mein Schwert, Ungden. Thronräuberischer Mörder, jetzt bekommst du, was du verdienst!« Und die Waldwächter stürmten voran.

Calamus erhob sich auf mächtigen Schwingen und ließ schnell die anderen Pferde hinter sich. Aus seinem Blickwinkel in der Höhe entdeckte Belexus Arien und verstand sofort den verzweifelten Versuch des Elfenherrschers.

Diese beiden Krieger waren sich noch nie begegnet, doch sie hatten viel gemeinsam. Als Kämpfer von ähnlicher Tüchtigkeit und einer gemeinsamen Auffassung von Moral und Gerechtigkeit verpflichtet, die einen Mann wie Ungden den Usurpator nicht dulden mochte, erkannten der Elfenherrscher und der Prinz der Waldwächter sofort, dass zwischen ihnen eine Seelenverwandtschaft bestand.

Während er bemerkte, wie einige der Wächter der Weißen Mauern, die Ungden am nächsten waren, Langschwerter zogen, um sich gegen einen Angriff aus der Luft zu schützen, war Arien zweifelsfrei klar, welches Vorgehen der mächtige Waldwächter wählen würde.

Ausnützung des richtigen Zeitpunkts war der Schlüssel zum Erfolg.

Als Belexus auf den Oberherrn von Pallendara hinabstieß, sprang Ariens Feuer auf ihn über und das Blut floss ihm zornesheiß durch die Adern.

Arien bewegte sich jetzt nur noch schwerfällig. Er mäßigte absichtlich das Tempo seines Kampfes, um seine Feinde in ihrer Achtsamkeit einzulullen. Dabei durfte er keinen Fehler begehen, denn eine zweite Chance würde es nicht geben.

Ein flüchtiger Schatten zog vorüber, als Calamus herabstieß, und wie Arien gehofft hatte, lenkte dies die Blicke seiner Gegner ab.

Jetzt bewegte sich der Arm des Eldars wieder blitzschnell. Fahwayn fuhr über die Brust eines Wächters dahin, und mit einer leichten Drehung seines Handgelenks setzte Arien die Bewegung der Klinge fort und stieß ihre Spitze unter die Brustplatte des anderen. Er führte keine der beiden Attacken zu Ende, da er weder die Zeit hatte noch den Willen besaß, einen dieser würdigen Gegner zu töten. Doch sein Angriff erwies sich als erfolgreich, da beide Wächter zurückwichen, um Fahwayns Hieb auszuweichen. Sie stolperten zur Seite und gaben den Weg zu Ungden für Arien frei.

Denn jetzt übernahm Belexus seine Rolle in dem Angriff. Er war, wie vorauszusehen, auf Ungden losgestürmt und eine Mauer aus Schwertarmen hatte seine Attacke pariert. Doch dann schwenkte er mit Calamus zur Seite, und als Arien die erste Linie durchbrach und die Aufmerksamkeit der zwei Wächter des zweiten Rings auf sich lenkte, ging Belexus auf sie los.

Wie ein Rammbock aus Fleisch und Muskeln prallten der Waldwächter und sein geflügeltes Ross gegen den ersten Reiter und schoben ihn und sein Pferd gegen den zweiten und noch weiter. Belexus hatte seine Rolle meisterlich gespielt und der Dämon in seinem Blut war befriedigt, als er am Luftzug spürte, wie Arien hinter ihm durch die Bresche stürmte.

Verzweifelt versuchten die Wächter, die dem Usurpator am nächsten waren, ihre unhandlichen Waffen herumzudrehen. Doch zu ihrem Entsetzen war Arien schon an ihnen vorbei, und einen Augenblick lang schien es dem Eldar und dem Usurpator, als wären sie beide auf dem ganzen Feld allein. Alles andere wurde bedeutungslos und verschwamm angesichts zweier alles verzehrender Empfindungen: Ariens Zorn und Ungdens Schrecken.

Auf Mitleid erregende Weise zog Ungden sein verziertes Schwert. Er war kaum fähig, die schwere Klinge mit seinen schwachen Armen gerade zu halten. Fahwayn wirbelte einmal über Ariens Kopf und schmetterte dann gegen Ungdens Schwert und schlug es dem Usurpator aus der Hand. Ariens Raserei wurde nicht von Gnade gehemmt; der Elfenherrscher wurde nicht einmal gewahr, dass sein wimmernder Gegner jetzt unbewaffnet war, als er erneut Fahwayn über seinem Kopf wirbeln ließ. Ohne das geringste Zögern legte er seinen ganzen Zorn in einen einzigen mächtigen Hieb und schlug dem Usurpator den Kopf ab.

Ungdens Körper behielt einen Moment lang seine Haltung bei, als wäre er ungläubig erstarrt, dann sackte er auf den Rücken seines Pferdes. Arien beobachtete mit grimmiger Genugtuung, wie der Kopf durch den Dreck rollte. Er erwartete, dass die Wächter der Weißen Mauern jetzt herbeistürmen und ihn töten würden, aber der einzige Reiter, der sich ihm näherte, war Belexus, der sich tief über Calamus' Flanke beugte, um den Kopf des Getöteten aufzuheben.

Zu Ariens Überraschung salutierten die Wächter der Weißen Mauern vor ihm als Sieger und zogen sich, die Köpfe in Scham gesenkt, quer über das Feld zurück. Jetzt schaute der Eldar voller Mitgefühl auf sie: ehrbare Männer, gebrochen durch die Verpflichtungen eines Schwurs, der sie in den Dienst eines Tyrannen gezwungen hatte. Nur dadurch, dass sie die Wächter der Weißen Mauern im Kampf besiegten, hatten Arien und Belexus die Männer von ihrer Verantwortung befreit.

Als die Calvaner sahen, wie ihre eigenen Kämpen das Schlachtfeld verließen und wie der großartige Waldwächter – dessen vierzig grausame Gefährten auf sie einhieben – den abgeschlagenen Kopf ihres Oberherrn hielt, da verließ sie der Kampfesmut. Einige kämpften noch weiter, mehr aus Angst als aus Wut, doch die meisten ritten in wilder Hast quer über das Feld von Bergtor zurück und flohen in den Schutz von Avalon. Viele ließen einfach ihre Waffen fallen und baten um Gnade.

Die Schlacht von Bergtor war zu Ende.

KAPITEL 25

Dem Sieger

»Tanz mit mir«, neckte sie ihn und wirbelte über das mondbeschienene Feld. Während sie lief, flatterte der kurze Umhang um ihre nackte Gestalt und verstärkte sein Verlangen. Er konnte ihr nicht widerstehen, war schutzlos gegen ihr unschuldiges Lächeln, ihre bezaubernden Augen und ihre schlichte Reinheit. Sie konnte ihn mit einem Wort zerbrechen.

Und doch kannte er in ihrer Gegenwart nur Geborgenheit.

Der Umhang flog hoch, als sie sich mit einem sorglosen Lachen herumdrehte, und ihre Schenkel fingen die stillen Strahlen des Mondlichts ein. Das sanfte, verlockende Glühen hielt seinen verlangenden Blick gefangen.

Es verging ein langer Augenblick, und immer noch fesselte das Licht seine ganze Aufmerksamkeit. Das Licht veränderte sich, wurde stärker, stand jetzt für sich allein.

Es hätte verschwinden sollen... der Umhang würde wieder herabfallen... gewiss musste sie sich doch wieder bewegt haben.

Doch es blieb.

Und sie war fort, und das Feld auch. Er versuchte den Augenblick, das Gefühl wieder einzufangen, aber es gab sie nicht mehr. Nur das Licht blieb.

Das Licht.

Er nahm etwas Kaltes und Feuchtes an seiner Wange wahr. Allmählich wurde ihm bewusst, dass er mit dem Gesicht nach unten lag.

Hartnäckig zwang Del eines seiner Augen, sich zu öffnen. Die Helligkeit erwies sich bald als taufeuchtes Gras, in dem etwas kristallgleich funkelte, was nur das Licht des Morgens sein konnte. Dahinter standen die gekrümmten silbrigen Telvensils, die den Torweg zu den Pfaden hinauf in die Berge bildeten.

Er befand sich auf Bergtor, erkannte er, und der Name löste eine weitere Erinnerung aus. Langsam rollte er sich auf die Seite und stützte sich auf den Ellbogen auf, um das Feld zu überblicken. Dort erwartete ihn eine rauhe Wirklichkeit.

Bergtor, einst der stolze und geziemende Eingang zum großen Kristallgebirge, bot ein Bild der Verwüstung. Unter dem rasenden Ansturm der Heere war sein schwankendes Gras niedergetrampelt und zu einer zerfetzten Grasnarbe zerstampft worden, die jetzt mit dem Blut der Gefallenen getränkt war. Zusammengebrochene und schwer verwundete Gestalten, Elfen wie Menschen, bedeckten das Feld; reiterlose Pferde wanderten ziellos und verwirrt umher. Fäden grauen Rauchs stiegen noch von den Stellen auf, die das Feuer des Zauberers verkohlt und geschwärzt hatte, wodurch der ganze Anblick Del irgendwie traumhaft erschien.

Doch er erfasste die Realität. Eine bittere Mischung aus Abscheu und Zorn stieg in ihm auf, als er auf den Schauplatz des Blutbads blickte. Er dachte an die Schönheit und den Zauber dieses Landes, den Menschen als ein Geschenk der Götter gegeben, und nur ein einziges Wort entrang sich seinem Mund: »Frevel.«

Er wandte sich ab, unfähig, Billy und Sylvia ins Gesicht zu schauen, als sie näher kamen, und er sah ein weiteres Zerrbild.

Am westlichen Rand von Bergtor saßen am Abgrund nach Blackemara die calvanischen Gefangenen kläglich zusammengedrängt unter der grausamen Bewachung mitleidloser Elfen. Die armseligen Menschen durften sich weder bewegen noch sprechen und die Strafe für jede Ungehorsamkeit erfolgte schnell und hart in Form eines Stosses mit dem Speerschaft oder eines wohlgezielten Fußtritts.

»Ihr Hass sitzt tief«, sagte Billy, als er bemerkte, dass Del die Szene beobachtete.

Hilflos schüttelte Del den Kopf. Er wünschte sich verzweifelt, all die Grässlichkeiten, die sich da vor ihm abspielten, nicht sehen zu müssen. »Was ist mit Ardaz?«, fragte er plötzlich, als er sich an Thalasis Attacke auf den Felssims erinnerte.

»Ihm geht es gut«, antwortete Sylvia. »Angfagduls Angriff hat ihn verwundet.« Sie ahmte unbeschwert Ardaz' Stimme nach. »›Aber wir Zauberer sind robuste Leute, wisst ihr, härtere Brocken als die Felsen an einem Berg, allerdings auch etwas verrückter, jawohl!‹« Doch selbst Sylvia konnte ihr Lächeln nicht durchhalten. »Jetzt ist er im Rat, zusammen mit Ryell und Arien und den anderen Ältesten«, erklärte sie.

»Und Erinel?«

Billy und Sylvia schauten einander hilfesuchend an.

»Er ist gefallen, Del«, erwiderte Billy grimmig. Er schaute verzweifelt auf das Schlachtfeld. »Wie so viele andere.«

Während der nächsten paar Minuten musste sich Del zwingen, ruhig zu atmen.

»Ist die Ratssitzung gut verlaufen, Vater?«, wagte Sylvia zu fragen, als Arien später zu ihnen stieß.

»Lauter Hass«, erwiderte Arien traurig. »Ich glaube, die Vernichtung von Ungden und Morgan Thalasi hat diesen Krieg beendet und könnte vielleicht ein neues und besseres Zeitalter einleiten. Caer Tuatha wird uns hoffentlich nicht wieder angreifen.«

»Warum sollten sie das wollen?«, überlegte Billy.

»Das war auch meine Überlegung«, sagte Arien. »Aber der Tod von Verwandten und Feinden brütet Rachegefühle aus.«

»Oh, verdammt«, stöhnte Del. Er schaute wieder zu den elenden calvanischen Gefangenen und den unverändert grimmig dreinblickenden Elfen hinüber. »Und was ist mit denen?«, fragte er düster und fürchtete zugleich die Antwort.

Arien zögerte und zuckte mit den Achseln. »Die calvanischen Toten sollen auf dem Feld zurückbleiben für die Aasgeier und die Gefangenen sollen vor dem Rat einen Prozess wegen ihrer Verbrechen gegen Illuma bekommen. Einige werden vielleicht freigelassen, um den Anschein von Gerechtigkeit zu erwecken, aber ich fürchte, die meisten sind schon verdammt.«

Del zitterte so sehr, dass er sich kaum beherrschen konnte. »Und diejenigen, die geflohen sind?«

»Die werden zur Strecke gebracht und bestraft.«

»Du musst dem ein Ende setzen!«

»Ich bin hilflos!«, rief Arien. Der Eldar beruhigte sich sofort wieder, echte Trauer zeigte sich in seinen Augen. »Nie habe ich mich unter meinen Leuten so allein gefühlt. Niemand außer Ardaz hat mir im Rat beigestanden.«

Wie auf ein Stichwort hin kam in diesem Augenblick Ardaz zu ihnen, doch offenbar schenkte er seinen Freunden keine Beachtung. »Schrecklich«, murmelte er vor sich hin und wanderte weiter auf die Felswand zu. »Einfach schrecklich!«

Der Zauberer nahm die schwarze Katze von seiner Schulter und blies ihr sanft ins Gesicht, um sie aufzuwecken. »Des«, sagte er, »ich brauche dich jetzt, mein Schatz. Geh nach Avalon und hole uns Hilfe!« Und auf sein Wort hin verwandelte Desdemona sich in einen Raben und flog in den Nachmittagshimmel davon.

Später kamen die Sucher, die Arien losgeschickt hatte, mit der Schar Elfen zurück, die in das Gebirge geflohen war. Alle waren überglücklich über die unerwartete Rückkehr in ihre Heimat, doch vor ihnen lag noch eine bittere Aufgabe, und die Siegesfeier würde warten müssen.

Die Achtung vor den Toten und das Werk ihrer Bestattung dienten den Elfen als Schutzschild gegen die Trauer, und sie arbeiteten unermüdlich bis lange nach Sonnenuntergang, um den riesigen Scheiterhaufen zu vollenden. Und als der vielstöckige hölzerne Turm, ein schön gearbeitetes, passendes Denkmal für die heldenhaften Toten, endlich vollendet war, schaute ganz Illuma feierlich zu, wie fast achtzig Kinder des Mondes – Freunde, die noch Jahrhunderte hätten leben sollen – sanft auf seine Plattformen gelegt wurden.

Dann kam die Stunde der Mitternacht, die orangefarbenen Flammen loderten empor, verzehrten die sterblichen Hüllen der Gefallenen und schickten ihre Geister hinauf in den Himmel.

Und der Wind trug auch die Schreie und Wehklagen der Sterblichen mit sich. Der Tod war ein seltener Besucher im Land der alterslosen Elfen und einen Kummer solchen Ausmaßes hatten sie bisher nicht gekannt.

Während der ganzen schmerzlichen Totenfeier wirkte Ryell wie ein Phantom einzigartiger Zielstrebigkeit. Mit grenzenloser Energie schien er überall gleichzeitig zu sein, tröstete Trauernde und teilte ihren Schmerz um die Gefallenen. Doch obwohl sein Kummer echt war, war sein Verhalten wohlüberlegt und säte in seinen Leuten geschickt den Samen eben jener Rachsucht, die ihn antrieb. Er sprach von den Toten immerzu in Begriffen von Ruhm und Ehre und beendete jede Begegnung damit, daran zu erinnern, dass die Calvaner dies Unheil über sie gebracht hatten.

Da sie um ihre Sicherheit fürchteten, weil immer häufiger zornige Blicke sich ihnen zuwandten, drängten sich die calvanischen Gefangenen eng aneinander.

»Eure Leute werden sich ihm anschließen«, bemerkte Del zu Arien.

Arien war die schreckliche Wahrheit dieser Worte klar. Ein Elf zog sogar einen kleinen Stock aus dem Scheiterhaufen und schleuderte ihn auf die Gefangenen. Das Wurfgeschoss verfehlte zwar sein Ziel, erntete aber Beifallsrufe von einigen anderen aus Ariens Volk.

Unnachgiebig verstärkte Ryell seine Aufwiegelei. Er rannte um das Feuer herum und zog erregte und wütende Anhänger hinter sich her. Bald hatte die ganze Schar sich um ihn versammelt und er hob die Arme, um Schweigen zu fordern.

»Das ist überhaupt nicht gut, nein, nein«, murmelte Ardaz. »Arien, gebiete ihm Einhalt! Wer wird das Blut von unseren Händen waschen?«

Arien zuckte hilflos mit den Achseln und ließ den Blick sinken.

»Es scheint, als hätte der Prozess schon begonnen«, bemerkte Del.

Sylvia warf ihm einen ungehaltenen Blick zu. Sie mochte es nicht, dass er so sarkastisch zu ihrem Vater sprach.

»Freunde! Verwandte!«, rief Ryell laut. »Dies ist eine Nacht der Trauer, des Abschiednehmens von unseren tapferen Brüdern. Aber verweilt nicht im Kummer um sie, denn sie sind in dem Wissen gestorben, dass ihr Opfer helfen würde, uns aus den Fesseln der Gefangenschaft zu befreien. Ich hoffe nur, dass auch mein eigener Tod einst so ruhmreich und sinnvoll sein wird!

Wie viele Ungerechtigkeiten haben wir von den Händen der Menschen erduldet? Gibt es unter uns welche, die in der heutigen Schlacht keine Verwandten verloren haben? Und habt ihr nicht auch die Erniedrigung empfunden, wenn ihr auf die Felder im Süden schautet und wusstet, dass ihr nie über sie hinweg reisen durftet, selbst wenn ihr das wolltet, nur weil ihr nicht von der richtigen Abstammung seid?

Diese Entwürdigung ist zu Ende!«, verkündete Ryell. »Das Heer von Caer Tuatha ist zerschlagen, und ganz Calva steht uns offen!«

Arien zuckte zusammen und ließ die Schultern noch tiefer sinken, als sich ein Chor wilder Rufe erhob, um Ryell zu unterstützen.

Seine Tochter trat ihm gegenüber und zwang ihn, ihr in die Augen zu schauen. »Als Ungdens Heer uns bedrohte, hast du gekämpft, obwohl du keine Hoffnung hattest zu gewinnen«, sagte Sylvia scharf. »Aus der Rechtmäßigkeit deiner Sache und aus der Ungerechtigkeit deiner Feinde hast du deine Kraft bezogen. Schau Ryell an! Hass treibt ihn. Ist er auch nur einen Deut besser als Ungden?«

»Mit unserem Sieg in der Schlacht von Bergtor haben wir das Zeitalter von Illuma eingeleitet!«, verkündete Ryell über die hysterischen Beifallsrufe hinweg. »Lasst uns noch in dieser Nacht mit den Lektionen anfangen, die wir ganz Calva lehren werden.« Er zeigte mit seinem drohenden Schwert auf die hilflosen Gefangenen, während um ihn herum Elfen Stöcke aufhoben oder ebenfalls ihre Schwerter zogen.

»Sie haben diesen Schmerz über uns gebracht«, schrie Ryell. »Lasst sie den Schmerz ihrer eigenen Torheit spüren!« Mit grimmigem Gesicht führte er die Menge in Richtung der Gefangenen.

Arien biss die Zähne zusammen, ihn durchloderte erneuter Zorn und er lief los, um den Zug abzufangen.

»Geh zur Seite«, knurrte Ryell ihm zu und hob drohend die Schwertspitze.

Arien fasste Fahwayns Heft und wich nicht zurück.

»Das ist unrecht«, erklärte er kategorisch. »Das ist nicht die Art unseres Volkes.«

»Deine Zeit ist vorbei, Arien Silberblatt«, versetzte Ryell, doch er ließ seine Schwertspitze sinken und trat einen Schritt zurück. »Das Volk wird dir nicht zuhören.«

»Derselbe Dämon, der dich besessen hält, macht auch sie verrückt«, entgegnete Arien. »Hört mich an!«, rief er, doch die Menge schrie ihn ohne jeden Verstand nieder.

»Geh zur Seite«, sagte Ryell erneut. »Du kannst nicht gewinnen.«

Plötzlich flammte hinter dem Eldar ein Blitz auf und aus dem nachfolgenden Rauch trat hustend der Zauberer Ardaz hervor, mit seinem Raben Desdemona auf der Schulter. »Wartet!«, schrie er. »Ein Reiter kommt! Aus dem Süden, aus dem Süden!«

Die Menge verstummte, und alle blickten nach Süden.

»Ich sehe keinen Reiter!«, versetzte Ryell.

»Pst!«, schalt ihn Ardaz. »Gib acht, Ryell. Deine Ungeduld stellt meine Geduld auf die Probe!«

Ryell funkelte ihn zornig an, doch da er Ardaz' Macht erlebt hatte, forderte er ihn nicht weiter heraus.

Es wäre sowieso sinnlos gewesen, denn inzwischen konnte man schon ein Pferd galoppieren hören. Einen Moment später erschien vor dem Feuerschein die Silhouette eines Waldwächters. Er hielt inne, um einen Augenblick lang die Versammlung zu betrachten, dann lenkte er sein Pferd zu Arien.

»Lord Silberblatt«, sagte er respektvoll, während er abstieg, und verneigte sich tief.

Arien nickte.

»Ich bin Andovar, ein Kurier aus Avalon«, sagte der Waldwächter. »Bellerian, der Lord der Waldwächter, entbietet dir seinen Gruß.«

»Und wir ihm den unseren«, erwiderte Arien. »Eure Namen sind willkommen in Illuma. Unsere Schuld gegenüber eurem Volk ist groß.«

Andovar blickte prüfend auf die Menge und die zusammengedrängten Gefangenen. »Rache?«, fragte er.

»Gerechtigkeit«, stieß Ryell hervor.

»Wie ihr wünscht«, gab der Waldwächter ruhig nach. »Es scheint also, dass ich gerade rechtzeitig gekommen bin, denn Bellerian bittet euch, nichts vor dem morgigen Tag zu unternehmen.«

»Aus welchem Grund?«, wollte Ryell wissen.

»Es ist nicht an mir, euch dies mitzuteilen. Wisst, dass das Morgenlicht neue Nachrichten bringen wird.«

Ryell setzte an zu widersprechen, doch Arien schnitt ihm das Wort ab und beendete das Raunen der Menge. »Schweig!«, befahl er. »Gibt es denn keine Grenze für deinen Hass? Wenn nicht die Waldwächter von Avalon gewesen wären, dann würde man auch uns beide zu den Toten zählen. Gewiss schulden wir ihnen doch die Hochachtung, ihrer Bitte fraglos zu vertrauen.«

Da er nichts zu erwidern wusste, schüttelte Ryell den Kopf und ging davon. Die Menge ließ sich ebenfalls – wenn auch mit Unbehagen – beschwichtigen und Arien und Andovar konnten aufatmen.

»Ich würde gern mit den Gefangenen reden«, sagte Andovar.

Die meisten Calvaner standen auf, als der Waldwächter sich näherte, und einige grüßten sogar. Andovars Augen begegneten jedoch dem Blick eines Mannes, der weder aufstand noch grüßte. Aus der Entfernung sahen ihn Billy und Del auch.

»Mitchell!«, rief Del.

»Und der hinter ihm ist Reinheiser«, fügte Billy hinzu.

Der Kapitän und der Waldwächter starrten einander an.

»Ich habe dich gewarnt«, knurrte Andovar.

Mitchell spuckte ihn an.

»Lord Arien«, rief Andovar, »ich erbitte mir einen Gefallen von dir. Wirst du ihn mir gewähren?«

»Wenn ich kann«, erwiderte Arien vorsichtig.

»Ein Schwert für diesen Mann«, bat Andovar. »Ich muss eine Schuld begleichen.«

Mitchell baute sich vor dem Waldwächter auf. »Das ist eine Waffe aus deiner Welt, nicht aus der meinen«, sagte er knurrend. »Du hast mich herausgefordert, deshalb wähle ich die Waffen.«

Ohne Zögern reichte Andovar sein Schwert einem Elfen, der neben ihm stand.

»Fäuste«, sagte Mitchell tückisch. »Und sonst nichts. Ich möchte dich mit bloßen Händen töten.«

»Gewiss wirst du dann langsamer sterben«, erwiderte Andovar im gleichen ruhigen Ton. »Aber am Ende wirst du genauso tot sein.«

»Wartet!«, rief Del und rannte zu ihnen.

»Du siehst besser aus als gestern, als ich dich verließ«, begrüßte ihn der Waldwächter, doch Del, der jetzt keinen Sinn für Höflichkeiten hatte, tat dies mit einer Handbewegung ab.

»Das ist mein Kampf, Andovar«, sagte er, als sich sein Blick mit dem des Kapitäns traf. »Das ist schon seit langer, langer Zeit mein Kampf.«

Andovar musterte die beiden Männer. Er fürchtete um seinen Freund, da er Mitchell für den Stärkeren hielt, aber ihm war klar, dass er kein Recht hatte, Del diesen Kampf wegzunehmen. Widerstrebend trat er beiseite.

Del wusste, was er zu tun hatte. »Gewalt ist nicht die Antwort«, rief er sich leise ins Gedächtnis und tat einen tiefen Atemzug, um seine Nerven zu beruhigen.

Dann spürte er zwar, dass er sich gefasst hatte, aber auf die Tücke von Mitchells erstem Angriff war er nicht vorbereitet. Der Kapitän stürmte auf ihn los wie ein wütender Stier und ließ Schlag auf Schlag auf seinen verdutzten Gegner niederprasseln.

Unbemerkt hielt Martin Reinheiser im Hintergrund einen einzelnen Grashalm in der Hand, streichelte ihn sanft und flüsterte unbekannte Worte.

Del gelang es irgendwie, sich taumelnd von Mitchell zu lösen. Er war benommen, hatte den Geschmack von Blut im Mund und wäre unter den brutalen Schlägen fast zu Boden gegangen. »Ich werde nicht gegen Sie kämpfen, Mitchell«, sagte er. »Ich werde mich nicht erniedrigen.«

Mitchell verstand Dels Haltung nicht, er kam wieder angestürmt. Und Del mußte sich fragen, ob er hier irgendetwas bewies oder sich einfach als Narr aufführte.

Dann fielen ihm Belexus' Worte ein, ein Rat, den der große Krieger ihm vor einigen Wochen gegeben hatte: ›Der größte Vorteil eines wahren Kriegers ist nicht Stärke oder Schnelligkeit, sondern Mut‹, hatte Belexus zu ihm gesagt.

Del biss die Zähne zusammen und stellte sich aufrecht den Hieben entgegen. Er hatte Recht; so musste es funktionieren!

Reinheiser staunte, wie leicht ihm der Verwandlungszauber gelungen war. Ungläubig schaute er auf sein eigenes Werk und tastete vorsichtig an den rasiermesserscharfen Schneiden des kleinen Dolchs herum, den er jetzt in der Hand hielt.

Mitchells Hände fanden Dels Kehle. Vor mörderischer Schadenfreude grinsend, zwang der Kapitän Del auf die Knie. Doch Andovar, der genug gesehen hatte, eilte herbei, packte Mitchell und riss ihn von Del los. Dann schleuderte ihn der Waldwächter mit einer Wucht, die den Kapitän erschreckte, von sich, dass er auf allen Vieren zwischen die calvanischen Gefangenen fiel.

Die Elfen standen stumm, verwirrt und bestürzt, als hätte Del ihnen einen Spiegel vorgehalten und ihnen ihr dunkles Spiegelbild gezeigt.

Reinheiser trat zu Mitchell und zog ihn grob auf die Beine, »Töten Sie DelGiudice«, wies er ihn an und steckte Mitchell den Dolch zu. »Töten Sie ihn unbedingt!«

Mitchell schauderte angesichts der plötzlichen Kälte in den Augen des Physikers und kam taumelnd wieder aus der Menge hervor.

Andovar trat schützend dazwischen, um dem Kapitän den Weg zu versperren, doch Del rappelt sich wieder auf und stieß den Waldwächter beiseite. Andovar schaute ihn ungläubig an.

»Ich muss«, sagte Del zu ihm. »Die müssen es lernen.«

»Du bist wirklich mutig, Jeffrey DelGiudice«, sagte Andovar, faßte Del an der Schulter und trat beiseite.

»Es ist vorbei«, sagte Del zu Mitchell.

Mitchell schüttelte den Kopf und schlug zu. Die Spitze des verborgenen Dolches lugte zwischen seinen Fingern hervor. Del lenkte den Hieb seitwärts ab, dann spürte er einen brennenden Schmerz. Erstaunt schaute er auf die blutende Schnittwunde an seiner Hand.

Mitchell grinste boshaft und schlug wieder zu, aber Del, der die Gefahr erkannte, wich schnell dem Schlag aus.

Er rief sich erneut Belexus' Rat in den Sinn, um nicht in Panik zu geraten, während er vor dem sich heranpirschenden Kapitän zurückwich.

»Sie sind bald in der Enge«, höhnte Mitchell, als sie sich dem Felsrand oberhalb von Blackemara näherten.

Während er sprach, gerieten Dels Absätze über den Rand. Er hoffte, sein Tod würde sein Prinzip deutlich machen.

Mitchell ließ jetzt seinen Dolch offen sehen. Für ihn zählte nichts mehr außer seiner Gier nach Dels Blut. Er hob den Arm, um zuzuschlagen.

Doch ein Pfeil traf sein Handgelenk.

Verdutzt blickten Mitchell und Del zur Seite, wo Ryell mit grimmigem Gesicht und einem Bogen in der Hand stand.

Mitchell ließ das Messer fallen, sackte zu Boden und fasste schmerzverzerrt nach seinem Handgelenk.

Instinktiv hob Del die Klinge auf, stellte sich breitbeinig über Mitchells Brust und setzte die Spitze an die Kehle des Kapitäns. Mitgerissen von dem wilden Beifall, der plötzlich um ihn herum aufbrandete, hätte er fast zugestochen. Als ihm klar wurde, was er da im Begriff war zu tun, und als er die Elfen sah, die sich herandrängten und mit wilder Schadenfreude Mitchells Tod forderten, schwappte eine Welle des Ekels über ihn hinweg.

»Hört auf!«, schrie Del sie an und sprang zurück. Er warf den Dolch über die Felsklippe hinaus weit in die Nacht und stürmte durch die verwirrte Menge davon. Er wollte nur noch vor dem ansteckenden Irrsinn fliehen.

Billy und Sylvia liefen zu ihm hinüber, um ihn zu beruhigen, doch sie wussten keine Antwort, als Del ihnen in die Augen schaute und sagte: »Seid ihr so sicher, dass die richtige Seite gewonnen hat?« Dann rannte er über das Feld und durch den silbernen Bogengang, auf der Suche nach der Zuflucht der Bergpfade.

Da die Aufmerksamkeit der Elfen abgelenkt war, ging Reinheiser gelassen zu Mitchell hinüber. »Machen Sie sich keine Sorgen«, sagte er. »Unsere Flucht ist nahe.« Er zeigte über den Felsrand hinunter.

Mitchell, der immer noch sein verletztes Handgelenk hielt, spähte in die Finsternis und versuchte zu verstehen, wovon Reinheiser redete.

Er spürte, wie eine eiskalte, unglaublich starke Hand ihn nach hinten schob, und dann fiel er schon.

Einige der Elfen bemerkten die Bewegung, als Mitchell über den Klippenrand stürzte. Reinheiser antwortete auf ihre verdutzten Blicke mit einem Achselzucken, dann lachte er bloß und sprang hinterher.

Andovar eilte hinüber, aber die beiden Männer waren schon in der dunklen Nacht verschwunden. »Es ist gut, dass sie tot sind«, sagte der Waldwächter. »Bestimmt hätten sie nur Unheil über unser Aielle gebracht.«

Das Schweigen, das auf diese Worte folgte, stachelte Ryell an. Er lief in den Lichtschein des Scheiterhaufens. »Lasst uns unseren großen Sieg nicht vergessen!«, rief er, da er fürchtete, die Verwirrung der Menge würde ihm den Schwung rauben. »Dies ist eine Nacht der Feier!« Die meisten Elfen gaben sich gern Gefühlen hin, die Dels beunruhigende Anklagen verdrängten, und so reagierten sie auf Ryells Ruf mit neuer und verstärkter Begeisterung.

Arien konnte sich nur mit einem hilflosen Kopfschütteln bei Andovar entschuldigen.

Reinheiser war nicht tot.

Während er fiel, sprach er einen einfachen Zauber und beeinflusste die Luftströmungen, sodass sie seinen Absturz verlangsamten und seine Landung abpolsterten. Nur wenige Schritte von der Stelle entfernt, wo Kapitän Mitchells zusammengesackter und verdrehter

Körper lag, setzte er sanft auf dem Boden von Blackemara auf.

Erstaunlicherweise gelang es dem Kapitän noch, ein Auge halb zu öffnen.

»Sie werden bald tot sein«, versicherte ihm Reinheiser.

Mitchell wusste, dass der Physiker die Wahrheit sagte, denn seine Lunge war zerfetzt und er konnte nicht mehr einatmen.

»Vorher waren Sie lediglich lästig«, erklärte Reinheiser. »Aber jetzt, mit Ihrem Wissen über Waffen und mit Ihrer Machtbesessenheit, sind Sie für mich zu einer Gefahr geworden.« Mit einer mächtigen Stimme, die nicht seine eigene war, fügte er hinzu: »Du wirst immer nur ein einfacher Faustus bleiben!«

Mitchells Augen weiteten sich vor Schrecken über die Aura des Bösen, die ihn plötzlich umgab. Er fühlte, wie sein Blick über die Spur aus getrocknetem Blut auf Reinheisers Gesicht zur Stirn des Physikers gezogen wurde, wo sich gerade die geschliffene Spitze eines schimmernden schwarzen Saphirs durch die Haut zu bohren begann.

»Deine Seele gehört mir«, verkündete Reinheiser.

Blut und Galle kamen in Mitchells Kehle hoch, als ihm seine ewige Verdammnis klar wurde.

Er starb ohne jede Hoffnung.

Del rannte auf den dunklen, sich schlängelnden Pfaden dahin, verzweifelt bemüht, außer Hörweite der wiederaufgenommenen Feier drunten am Feld zu gelangen. Schließlich sank er erschöpft gegen einen Felsbrocken. Große Fetzen dunkler Wolken jagten wild am Himmel dahin, getrieben von einem heftigen Wind, der von den nördlichen Gipfeln her zwischen den Bergen hindurchwehte.

Immer noch konnte Del das Feld sehen. Man hatte

dem Feuer neue Nahrung gegeben, die wilden Flammen loderten hoch in die Nacht. Vor ihnen tanzten die Silhouetten der Elfen in orgiastischer Raserei.

Del konnte die Tränen nicht zurückhalten, als er sah, wie seine utopischen Phantasien zerstoben. Er hatte zu glauben gewagt, er könne etwas in der Zukunft von Aielle ändern, und er hatte sich dem naiven Optimismus hingegeben, dass die Entwicklung der Zivilisation hier anders verlaufen könnte als in seiner eigenen, von Kriegen geplagten Zeit.

Lange saß er da, gequält von den grausamen Bildern, bis schließlich der Schlaf ihn gnädig übermannte.

Auf Bergtor tobte die wilde Feier weiter.

KAPITEL 26

Die Herausforderung

Del dachte, es sei die Sonne, die ihm seine unruhigen Träume stahl, doch dem war nicht so. Calae stand vor ihm, hell und herrlich wie der junge Morgen.

»Du erwartest zu viel von uns«, sagte Del zu dem Fürsten der Colonnae.

»Wir erwarten nichts und erbitten nichts«, erwiderte Calae.

»Und ihr gebt nichts«, spöttelte Del. Kaum hatte er den Vorwurf ausgesprochen, da wollte er ihn schon wieder zurücknehmen. Die Colonnae, die seine Spezies in ihrer dunkelsten Stunde gerettet hatten, verdienten gewiss solche Worte nicht.

Er kam sich noch lächerlicher vor, als Calae leise lachte und den Sarkasmus mit gutmütigem Verständnis für die ihm zugrunde liegende Enttäuschung hinnahm.

»Kannst du mir nicht helfen?«, bat Del. »Kannst du sie nicht aufhalten und ihnen vor Augen führen, was sie tun?«

»Was wäre damit gewonnen?«, erwiderte Calae. »Das Geschick der Menschheit liegt in den Händen der Menschen. Wenn es anders wäre, hätte es keinen Sinn. Deine Spezies ist frei, Jeffrey DelGiudice, und du würdest es nicht anders wollen. Die Menschheit muss ihre eigenen Lasten tragen und die Verantwortung des Vertrauens zu sich selbst lernen.«

Del ließ den Blick sinken, als das Gewicht der Erlösung mit schwerer Endgültigkeit auf seine Schultern fiel.

»Vielleicht entdeckst du, dass du die Kraft hast, deinen Kampf zu gewinnen«, tröstete ihn Calae. »In Avalon bewegt sich etwas, das Anlass zur Hoffnung gibt.« Seine Worte verloren sich.

Del schaute ihn wieder an, doch er musste seine Augen abschirmen, da das Licht greller wurde und das Bild des Fürsten der Colonnae verschwamm. Die ersten Strahlen des neuen Tages hatten ihren Weg über die Kristallberge gefunden und Calae war verschwunden.

Del überdachte die Worte und schaute auf das Feld weit drunten. Im Schatten der hohen Klippen an seiner Ostseite liegend, hatte Bergtor das Morgenlicht noch nicht gesehen. Die Feuer waren heruntergebrannt, und die meisten Elfen schliefen. Körperliche und emotionale Erschöpfung hatten ihre Feier unterbrochen.

Angespornt von der unleugbaren Wahrheit von Calaes Beobachtungen und entschlossen, sich tapfer seiner Verantwortung zu stellen und hartnäckig aufrecht die Last seiner Pflichten zu tragen, eilte Del die Pfade hingab.

»Du bist zu einem bemitleidenswerten Anblick geworden, Arien Silberblatt«, höhnte eine kleine Weile später Ryell. Er hatte die Menge im Rücken, fast alle Einwohner von Illuma, die jedem seiner Worte zustimmten. »Verschworen dem Dienst deines Volkes, doch du stehst gegen deine Leute. Was für eine Art Unbeirrbarkeit ist das?«

»Wir haben dem Waldwächter versprochen, dass wir auf die Nachricht von Bellerian warten«, erinnerte ihn Arien.

»Wir haben zugestimmt, bis zum Morgen zu warten«, entgegnete Ryell. »Der Tagesanbruch ist gekommen; ich habe keine Botschaften aus dem verfluchten Wald vernommen.«

»Ich halte mich an den rechten Weg«, stellte Arien fest.

»Du bist in deiner Narrheit allein.«

»Das ist nicht wahr. Ich stehe allein vor dir, weil die anderen, die das Übel wahrnehmen können, das unser Volk befallen hat, Furcht haben, sich dir zu widersetzen. Du nährst dich von der Trauer vieler, Ryell. Sie folgen dir, damit sie ihren Kummer mit Zorn und Hass verdrängen können, mit schwarzen Gedanken, die leicht durch Rache befriedigt werden. Gilt nicht das Gleiche für dich und deinen Verlust von Erinel?«

»Du hättest länger wegbleiben sollen«, sagte Billy grimmig, als er sah, wie Del aus den Schatten der Telvensils hervortrat. »Ryell hat soeben den Beschluss des Rates verkündet.«

»Unschuld wird die Gefangenen nicht vor seiner erbarmungslosen Klinge retten«, stammelte Sylvia und wandte sich ab. Offensichtlich schämte sie sich in diesem Augenblick, dass sie zum Volk von Lochsilinilume gehörte. »Er wird sie alle töten.«

»Den Teufel wird er«, knurrte Del und wollte losrennen.

Billy packte ihn am Arm.

»Das kannst du nicht tun«, sagte er.

»Lass mich los«, befahl Del und blickte seinen Freund unnachgiebig an. »Vor ein paar Tagen hast du mich überzeugt, dass wir hierher gebracht wurden, um der richtigen Seite zum Sieg zu verhelfen. Dieser Kampf ist noch nicht vorbei.«

»Geh uns aus dem Weg, Arien«, drohte Ryell, nachdem er nach Ariens Hinweis auf Erinel seine Fassung wiedergewonnen hatte. »Oder sollen wir dich als Verräter niederhauen?«

Entsetzt darüber, dass der Dämon, der seinen einstigen Freund besetzt hielt, eine solche Herrschaft über ihn gewonnen hatte, griff Arien nach dem Heft seines Schwertes. Aber Del trat vor ihn, Auge in Auge mit Ryell.

»Diese Angelegenheit geht dich nichts an, Mensch«, herrschte Ryell ihn an.

»O doch«, entgegnete Del. »Ich werde nicht dabeistehen und zulassen, dass du unschuldige Leute mordest.«

»Unschuldig?«, versetzte Ryell. »Sie sind gegen unsere Heimat aufmarschiert! Hätten sie gesiegt, hätten sie uns dann Gnade gewährt?«

»Ich weiß es nicht«, antwortete Del aufrichtig. »Aber das gibt dir nicht das Recht, so zu verfahren. Kannst du nicht verstehen, dass diese Männer hierher kamen, weil sie ehrlich an ihre Sache glaubten? Sie waren von bösen Menschen falsch unterrichtet worden und wir können nur vermuten, welche magischen Einflüsse Thalasi auf sie ausgeübt hat.

Der Schwarze Hexer ist tot, Ryell«, fuhr Del fort. »Ungden ist erledigt und kann deinem Volk keinen Schaden mehr zufügen. Glaubst du wirklich, dass diese Männer hier für dich noch eine Bedrohung darstellen? Oder möchtest du einfach Rache üben?«

»Ich möchte Calva eine Lektion erteilen«, sagte Ryell – jetzt ebenso sehr an die Menge gerichtet wie an Del –, »welche die Menschen nicht vergessen werden.«

»Du brütest nur Hass aus!«, rief Del ihm ins Gesicht. »Du kennst die Schrecken der Welt vor Aielle nicht.« Er trat seitwärts heraus, damit die ganze Menge ihn sehen konnte. »Hört mir gut zu!«, schrie er. »Denn jetzt ist es an mir, den Zweck meiner Rückkehr aus jenem vergangenen Zeitalter zu erfüllen.« Er blickte Ryell direkt ins Auge. »Kriege bringen nur Kriege hervor; Töten bringt nur Töten hervor. Wenn man diesen Teufelskreis einmal begonnen hat, dann kann es nur ein einziges Ende geben. – Als meine Welt verbrannte, Ryell«, sagte er ruhig, »sind fünf Milliarden Menschen mit ihr gestorben. Fünf Milliarden. Kannst du dir diese Zahl überhaupt vorstellen? Fünf Milliarden Hoffnungen, fünf Milliarden Herzen.« Del bedauerte es wirklich, die nächsten Worte aussprechen zu müssen, aber ihm war klar, dass der Schock vielleicht seine einzige Waffe war. »Fünf Millionen Erinels. Bei dem Grauen, das du heute beginnst, wird es keine Atempause geben.«

In Ryells Augen loderte es, und er zog sein Schwert aus der Scheide. »Geh beiseite, Mensch«, knurrte er. »Oder meine Klinge wird dein Herz finden.«

Dels Lächeln zeigte die Gelassenheit der Wahrheit. Er streckte die Arme aus, eine Haltung reiner Schutzlosigkeit. »Dann tu es«, sagte er gleichmütig. »Mein Vertrauen zu deinem Volk ist ungebrochen und anscheinend größer als dein eigenes. Wenn deine Gehässigkeit sich ausgetobt hat, werden deine Leute mit Schrecken auf ihre blutbefleckten Hände blicken. Sie werden sich an diesen Augenblick erinnern, Ryell. Was wird aus dir werden, wenn sie erkennen, welchen Weges du sie geführt hast?«

Ryell ließ die Spitze seines Schwertes sinken. Er dachte an Dels Kampf mit Mitchell am Vorabend. Wie konnte dieser Mann so bereitwillig den Tod annehmen?

Bevor er eine Antwort fand, ertönte ein Alarmruf. »Schaut nach Süden!«, schrie einer der Elfen, und die anderen verstanden bald seine Angst.

Mit Speerspitzen und Helmen, die im Frühlicht schimmerten, strömten die neu gruppierten Reste des calvanischen Heeres aus dem Wald Avalon heraus über Bergtor hinweg nach Norden, selbst jetzt noch mehr als tausend Mann stark. Allen Elfen war sofort klar, dass sie überrumpelt worden waren, da sie sich nicht hatten vorstellen können, dass die zerstreute und führerlose Armee so schnell wieder gegen sie gekehrt werden könnte.

»Betrüger!«, schrie Ryell in hoffnungsloser Wut, drehte sich um und schwang sein Schwert in einem tödlichen Bogen nach Dels Hals.

Ardaz war jedoch schneller und bewirkte mit einer flinken Handbewegung einen Zauber, der die Klinge aufhielt und Ryell mitten im Schwung erstarren ließ.

»Bewahrt Ruhe!«, befahl Arien seinen Leuten, als die Calvaner, die immer noch ihre Pferde im Schritt gehen ließen und keine Anstalten machten, in einen Sturmangriff zu fallen, die Mitte des Feldes passierten. »Die Waldwächter von Avalon sind bei ihnen.«

Das Heer hielt in kurzer Entfernung vor den bestürzten Elfen an, drei Männer ritten aus ihren Reihen hervor. In der Mitte kam auf einem Rotschimmelhengst ein blonder junger Mann, der wie ein König in ein wallendes weißes Gewand mit goldenen Borten gekleidet war. Belexus flankierte ihn zur Rechten auf Calamus, dem Pegasus, zu seiner Linken ritt Bellerian, der Lord der Waldwächter. In seinem Arm hielt Bellerian eine korallenrote Krone, die mit zahlreichen schimmernden Perlen besetzt war.

Dicht hinter ihnen folgten elf Reiter: zehn Wächter der Weißen Mauern und in ihrer Mitte Andovar, der eine zusammengerollte Standarte trug.

Arien entspannte sich, als er die Aufrichtigkeit in den lebhaften, dunklen Augen des jungen Mannes erkannte. Der Jüngling war von edlem Blut und dem Anschein nach den mächtigen Waldwächtern, die ihn flankierten, mehr als ebenbürtig.

Er betrachtete Arien mehrere Herzschläge lang, dann hob er die geballte Faust über den Kopf.

Die Calvaner waren zu nahe gekommen, falls sie einen Sturmangriff planten, doch Arien zuckte abwehrend zusammen, als der Jüngling den Arm in einer schnellen Bewegung fallen ließ.

Zur völligen Überraschung der Elfen warfen das gesamte calvanische Heer und die Waldwächter ihre Waffen zu Boden und verharrten in einer stummen Habachtstellung. Gleichzeitig entrollte Andovar die Standarte – vier weiße Brücken und vier Perlen auf einem blauen Feld.

Das Banner von Pallendara aus der Zeit vor Ungdens Herrschaft.

»Ich bin Benador«, verkündete der junge Mann mit starker, klarer Stimme, die seinem Rang gemäß war. »Erbe aus dem Stamme Ben-rins und rechtmäßiger Herrscher von Pallendara. Ich war noch ein kleines Kind, als Ben-galen, mein Vater, und Darwinia, meine Mutter, von Ungden dem Usurpator ermordet wurden, und ich verdanke mein Leben dem ehrwürdigen Bellerian sowie dem Zauberer, den ihr Ardaz nennt.«

Ardaz errötete und senkte den Blick, da so viele ihn anschauten.

»Denn sie haben mich vor Ungdens tückischem Dolch versteckt«, fuhr Benador fort. »Und dreißig Jahre lang habe ich als Sohn eines Bauern gelebt. Vor einigen Monaten kam ich in den Norden in den schönen Wald von Avalon, damit Bellerian mich auf den Tag vorbereiten könne, an dem ich den Thron beanspruchen würde, der mir von Rechts wegen zusteht. Dieser Tag ist jetzt gekommen«, verkündete er ernst, mit ausgestreckten Armen und zum Himmel gerichtetem Blick. »Hier und jetzt sei es kund und werde allen in ganz Aielle verkündet, dass der Stamm Ben-rins wieder auf den Thron von Pallendara zurückgekehrt ist!«

Als er wieder auf Arien blickte, war sein freundliches und bescheidenes Lächeln zurückgekehrt. »Und in dem wahren Geist meines Vorfahren Ben-rin«, sagte er leise zu dem Eldar, »ist meine erste Handlung, dass ich mein Heer den Nachttänzern ausliefere.«

Die erstaunten Elfen wussten nicht, was sie sagen sollten.

»Mein Volk hat viele Sünden gegen dich und die Deinen begangen, Lord Eldar Arien Silberblatt, und die schlimmste war die Schlacht, die am gestrigen Tag ausgefochten wurde«, fuhr Benador fort. »Ich kann dieses Unrecht nicht mehr ungeschehen machen, aber ich wünsche, dass die Fehde zwischen Calva und Illuma jetzt endet.« Er ließ die Arme fallen und senkte demütig den Blick. »Wir vertrauen auf deine Gnade.«

Sofort richteten sich aller Augen auf Ryell.

»Entlass ihn aus dem Bann, Ardaz«, forderte Del. Als er von dem Zauber befreit war, zögerte Ryell verwirrt.

»Hier ist die Chance für deine Welt«, sagte Del ruhig zu ihm. »Der Frieden ist dein, wenn du nur danach greifen möchtest.«

Er legte die Hand auf Ryells Schultern. »Erinel ist tot; der Preis war hoch – zu hoch. Aber wenn das jetzt nicht endet, dann hat Erinels Tod keinen Sinn. Dann wird alles von Neuem geschehen.«

Ryell schaute auf Benador und die calvanische Armee, die geduldig auf seine Entscheidung warteten.

Unbewaffnet.

»Es gibt keine Tricks«, versicherte ihm Del. »Das verspreche ich.«

»Was sagst du, Ryell?«, fragte Arien. »Ich kenne meine Antwort an den rechtmäßigen Herrscher von Pallendara. Es ist eine Antwort, die ich bereitwillig von ganzem Herzen gebe. Doch viele aus unserem Volk schätzen deine Worte jetzt mehr als die meinen und es ist wichtig, dass wir in dieser Angelegenheit einmütig Stellung beziehen. Also, was sagst du?«

»Die ganze Zukunft von Aielle hängt von deiner

Entscheidung ab«, fügte Del hinzu. »Wird deine Welt den gleichen blutigen Weg einschlagen, der meine Welt in die Vernichtung geführt hat? Oder wirst du dich über diese törichte Gewalt erheben?«

Ryell senkte den Blick und versuchte die plötzliche Verwirrung zu klären, die dieser Tag gebracht hatte. Wie konnte man erwarten, dass er den Frieden mit den verhassten Calvanern akzeptierte, nachdem die Illumaner doch einen Sieg errungen hatten?

Sein Blick wanderte zu den Scheiterhaufen seiner toten Kameraden, zum Scheiterhaufen Erinels, der Freude seines Lebens.

Er blickte auf die Leichen der gefallenen Calvaner, die über das Feld verstreut lagen und von Aasvögeln heimgesucht wurden, und er dachte an die Kinder im fernen Calva, die an den Haustüren standen und um ihre Väter weinten, die niemals zurückkehren würden.

Dies waren die Schrecken des Krieges.

Demütig geworden und verlegen kehrte Ryell Arien das Gesicht zu. Tränen flossen über seine Wangen. »Es ist schon zu viel Blut vergossen worden«, sagte er leise.

Er warf sein Schwert zu Boden.

»Wir nehmen eure Übergabe nicht an, Herrscher von Caer Tuatha«, sagte Arien zu Benador. »Nur eure Freundschaft.«

Benador stieg vom Pferd und reichte dem Eldar die Hand. Arien löste die Klammer seiner Scheide und ließ Fahwayn neben Benadors Schwert zur Erde fallen. In diesem Augenblick der Freundschaft zwischen dem Eldar von Lochsilinilume und dem Oberherrn von Pallendara ging Dels Hoffnung für die Zukunft von Ynis Aielle auf viele Elfen und Menschen über.

»Du bist jetzt frei«, sagte Del leise zu Ryell. »Frei von dem Hass, der so lange dein Leben verdunkelt hat.«

Ryell brachte auf seinem tränenüberströmten Gesicht kein Lächeln zustande.

Aber er reichte Del die Hand.

Erneut erhellten die Totenfeuer den Abendhimmel über Bergtor. Doch in dieser Nacht verbarg sich die Trauer der Überlebenden nicht hinter Schreien des Hasses oder falschen Ruhms. Menschen wie Elfen nahmen ihre Verluste als eine tragische Lektion an und schworen, den schmerzlichen Fehler, den sie gemacht hatten, nie zu wiederholen.

In einem Akt höchsten Glaubens und Vertrauens offenbarte Arien ohne Widerspruch von Seiten seines Volkes die einst geheimen Pfade und führte seine menschlichen Gäste zur Silbernen Stadt. Dort wurde ein großes Festmahl zubereitet, viele Beziehungen wurden angeknüpft und Eide gesprochen. Die Feierlichkeiten dauerten eine ganze Woche, und ihr Höhepunkt wurde erreicht, als Benador die Elfen und Waldwächter für den Frühling des nächsten Jahres zu seiner Krönung in Pallendara einlud.

An dem Morgen, an dem die Calvaner abreisen sollten, ging Del früh in Billys Zimmer, um seinen Freund zu wecken.

»Wir haben es geschafft«, sagte er fröhlich in einer Mischung aus Begeisterung und Stolz. »Wir wurden hierher gebracht, um die Dinge wieder auf die rechte Bahn zu bringen, und verdammt, wir haben es wirklich geschafft.«

»Ich würde nicht so weit gehen«, erwiderte Billy, während er sich aus dem Bett rollte und die Glieder dehnte. »Du hast dein eigenes Wort vergessen. Hunderte Jahre Vorurteile und Hass verschwinden nicht über Nacht.«

Del blickte seinen schwarzen Freund an und musste

ihm beistimmen. Er trat ans Fenster und zog die Vorhänge zur Seite.

Und dann geriet er in Verzückung, als er in das magische Tal hinausschaute und sah, wie Elfen und Menschen freundlich von einander Abschied nahmen und sich aufrichtig die Hände schüttelten und umarmten. Heiterkeit überkam Del; in diesem Augenblick schienen alle Sorgen von ihm zu fliehen, denn er wusste, dass er hier ehrliche Visionen der Zukunft Aielles sah.

»Es wird Zeit brauchen«, sagte er und lächelte hoffnungsvoll, dann wandte er sich wieder Billy zu. »Aber sie sind auf dem richtigen Weg.«

Billy hob den Kopf und betrachtete nachdenklich das plötzlich so überwältigend ruhige Gesicht seines Freundes.

Wieder war ein Sommer in den Herbst übergegangen, doch der Mann wusste es nicht. Er hatte alle Hoffnung aufgegeben; sie würde nur Qual bedeuten in einem zeitlosen Dilemma, für das es keine Lösung gab.

Rettung lag nur in der Meditation, und so hatte er nach dem einen Zauberspruch gegriffen, der ihm verfügbar war, und hatte sich nach innen gewandt und dabei – abgesehen von seinen Gedanken – alles außer Kraft gesetzt. Wie viele Jahre waren vergangen? Wie viele würden noch vergehen?

Er wusste es nicht und es kümmerte ihn nicht. So wie die körperliche Außerkraftsetzung seine Bedürfnisse beseitigt und seinen Körper bewahrt hatte, so bewahrte die Betrachtung der tieferen universellen Wahrheiten seinen Geist.

Doch was hatte seinen Zauber gebrochen? Welche körperliche Veränderung hatte sich im Gleichbleibenden ereignet, um ihn in seinem verzauberten Schlaf zu stören?

Das Schloss klirrte wieder, und die winzige Zellentür

ging auf. Das Licht aus dem Korridor wurde zum größten Teil von der Silhouette eines Mannes verdeckt, der den Kopf duckte und eintrat, doch dem Bewohner der Zelle, der drei Jahrzehnte lang nur die Finsternis des Verlieses gekannt hatte, kam es schmerzlich hell vor.

»Der Segen der Colonnae möge für immer auf dem Haupt von Ardaz ruhen!«, rief Benador, als er den Gefangenen entdeckte. »Er hat richtig vermutet, denn Istaahl der Weiße wird an die Seite des Throns von Pallendara zurückkehren!«

EPILOG

Die Klänge des Tanzes von Tivriasis weckten Dels Wahrnehmung für seine Umgebung. Er war nach Shaithdun-o-Illume gewandert, zu der Felsplatte inmitten der kristallinen Spiegelungen. Die betörende Schönheit des Ortes nahm ihn sofort gefangen und er verstand plötzlich Ariens Bedürfnis, dieses Reich zu beschützen, und ihm wurde klar, wieviel auf dem Spiel stand.

In diesem Augenblick der Erleuchtung begriff er auch, warum Brielle ihn ausgeschlossen hatte.

Del blickte auf den Tunnel zurück, durch den er gerade gekommen war. Seine persönlichen Bedürfnisse erschienen ihm in diesem Moment unbedeutend und selbstsüchtig; aus ihrem Griff befreit, hatte er einen neuen Schimmer in den Augen, während er beobachtete, wie der Mondschein auf den Glimmerfelsen zunahm.

Der erste Mond des Frühlings, der letzte Mond des Winters.

Wenn der Mond unter den westlichen Horizont gesunken ist und die Sterne am nun dunkleren Himmel heller funkeln, wenn die letzten Laute der Stimmen des Abends aus den Gedanken verklungen sind und die ersten Klänge der Musik der Morgendämmerung erst noch ertönen müssen, dann kann ein Mensch wahrhaft das Gemurmel seiner Seele ergründen. So war es in jener Nacht für Del auf Shaithdun-o-Illume. Er fand eine Gegenwart, wo er sich unbeeinflusst von den Geräuschen der Welt seinen inneren Betrachtungen hingeben konnte.

Immer noch versunken in sein Nachsinnen über die unglaubliche Reise, die ihn über Zeit und Raum hinweg an diesen Ort geführt hatte, dem sein Herz gehörte und der doch nicht seine Heimat war, bemerkte Del den unirdischen Nebel nicht, der eine Weile später vom Teich herauf schwebte und nicht weit entfernt von dem Felssims verharrte, und er sah auch nicht den Geist, der in den wolkigen Dünsten erschien.

»DelGiudice«, sagte die Gestalt, und die engelhaften Töne erfüllten Del mit Freude.

»Calae!«, rief er überrascht aus.

»Du machst dir Sorgen, mein Freund.«

»Eine Frau«, erklärte Del. »Und eine Welt. Eine Liebe, die ich nicht haben kann.«

Drunten, fern der Berge, in der ruhigen Magie von Avalon, lehnte sich die Frau schwer an einen Baumstamm.

»O Rudy«, rief sie. »Ich habe mein Gelübde gebrochen!«

»Das ist ganz offensichtlich, liebe Schwester«, erwiderte Ardaz und lachte leise. »Ja, ja, ganz offensichtlich.« Er wurde ernster, als er erkannte, dass Brielle wirklich betrübt war.

»Kein Grund, dir Sorgen zu machen«, sagte er. »Die Colonnae freuen sich über die Nachricht! Sie selbst haben mich zu dir geschickt.«

»Hilf mir«, bat sie ihn und fand Trost in seinen Worten, obwohl sie nur wenig bewirkten, um den stechenden Schmerz zu lindern. »Bitte, du musst mir helfen. Noch nie habe ich eine solche Angst gekannt.«

»Ich fürchte mich auch, Calae«, fuhr Del fort. »Ich fürchte mich selbst und die Dinge, die ich vielleicht tun könnte.«

»Hast du einen Grund dafür?«, fragte Calae.

»Nach der Schlacht von Bergtor dachte ich, ich könnte die Geschichte der Welt niederschreiben«, erklärte Del. »Der Welt vor der Vernichtung.«

»Ein ehrgeiziges Unterfangen«, sagte Calae.

»Und ein törichtes«, fügte Del hinzu. »Denn dieses Buch würde Wissen enthalten, welches diese Leute hier nicht zu erfahren brauchen, Wissen, das ihnen durchaus zum Verhängnis werden könnte.«

Calae antwortete nicht, aber der Ausdruck in seinem Gesicht zeigte Del, dass er ihn völlig verstand. Jede Nacherzählung der Welt vor der Vernichtung mochte durchaus Wissen über Methoden und Waffen einschließen, über die vierte Magie, die Technologie, die einen verfrühten Fortschritt nach Aielle bringen und das Feuer der Eroberungslust in den Augen einiger Menschen entzünden könnte.

»Dies hier ist die Welt, von der ich immer geträumt habe«, erklärte Del. »Die Welt all meiner Phantasien, und ich kann hier nicht bleiben wegen der Dinge, die ich in der Welt gelernt habe, die ich verachtete. Meine Kenntnisse, meine Methoden könnten Aielle den Untergang bringen. Das könnte ich nicht ertragen.«

»Könntest du dieses gefährliche Wissen nicht für dich behalten?«

»Vielleicht«, erwiderte Del. »Aber ich glaube nicht, dass ich dieses Risiko auf mich nehmen möchte. Ich bin nicht wie Billy. Er kann alles mit einem Achselzucken und einem Lächeln hinnehmen, während ich immerzu versuche, die Dinge zu verbessern.«

»Verbessern«, wiederholte Calae. »Ein gefährlicher Gedanke.«

»Aielle braucht das nicht«, sagte Del aufrichtig, und er blickte tief in die blauen Flammen von Calaes allwissenden Augen. »Sie haben ihr Jericho überlebt; ihre Schlacht ist gewonnen. Ich bin jetzt die einzige Gefahr.«

»Deine Befürchtungen sind berechtigt, mein Freund«, erwiderte Calae. »Es war notwendig, dass du selbst zu dieser Erkenntnis gelangt bist. Ich sehe deinen Schmerz und wünschte, dass ich dir etwas anders sagen könnte.«

»Es ist nicht gerecht«, sagte Del ruhig. »Dass ich meinen Himmel gefunden habe, damit er mir gleich wieder unter den Füßen weggezogen wird.«

»Es tut mir wirklich leid.«

Del drängte seine Tränen zurück. »Was also dann?«, fragte er mit scheinbar stoischer Gleichmut. »Wirst du mich in meine eigene Zeit zurückschicken, wo ich mein Leben zu Ende leben könnte?«

»Das kann ich nicht«, erwiderte Calae. »Die Flüsse der Zeit fließen mit unterschiedlichen Geschwindigkeiten, aber ihre Wasser bewegen sich immer in dieselbe Richtung. Der Augenblick deiner Existenz auf der Erde, die du kanntest, ist vergangen. Selbst wenn dem nicht so wäre, würde die Erfahrung deiner Welt neben der Schönheit von Ynis Aielle verblassen. Du wärest dort nicht glücklich.«

Der Fürst der Colonnae hielt Del den Arm hin. »Komm mit mir, Jeffrey DelGiudice«, sagte er. »Komm, damit wir zusammen die Sterne bereisen können.«

Del schaute auf den Eingang des Tunnels zur Elfenstadt, dann fühlte sein Blick sich nach Süden gezogen, durch den Spalt in der Bergwand zu dem undurchdringlichen schwarzen Schleier, der Avalon verhüllte. »Wie kann ich Avalon loslassen?«, fragte er. »Oder sie?« Er schaute wieder Calae an. In der Feuchtigkeit auf seinen Wangen funkelte das Sternenlicht. »Ist alles vorbei?«, murmelte er. Er dachte an Billy und wie er seinen zufriedenen Freund beneidete und es beruhigte sein Herz, dass Billy tatsächlich für ihn die Krönungszeremonie beobachten und über diese Welt und die Arbeit, die sie geleistet hatten, wachen würde.

Del schaute wieder auf den engelhaften Geist. Calae nahm dieselbe Haltung ein wie zuvor. Er hatte den Arm ausgestreckt, und sein Gesichtsausdruck war einladend.

Del schüttelte den Kopf und lächelte. Er nahm sein Schicksal aus den Händen Calaes an, dem er vertraute. Er warf einen letzten träumerischen Blick hinab auf den verzauberten Wald.

Dann trat er über den Rand des Felssimses.

Vielleicht waren es nur die Winde in der Stille der Nacht, aber wahrscheinlicher war es die Magie Calaes oder Ardaz' oder Brielles, die dem Mann aus dem Gestern, der ihr Leben so berührt hatte, einen letzten Trost zutrugen, denn die letzten Laute von Ynis Aielle, die an Dels Ohr drangen, waren die Schreie eines Neugeborenen. Denn in diesem Augenblick gebar Brielle ein Kind, ein schönes Mädchen.

Rhiannon würde man sie nennen, ihr den Namen einer Frau geben, die jene lang vergangene Welt mit einem Hauch von Geheimnis und Verzauberung geschmückt hatte.

Auch fiel in diesem Augenblick auf ganz Aielle Schnee. Vom Seewind getrieben, peitschte er mit der Wut eines Wirbelsturms gegen die schwarzen Mauern von Talas-dun, wo Reinheiser, der neue Schwarze Hexer, auf seinem dunklen Thron saß und auf den Tag wartete, an dem er sich wieder erheben würde. Der Schnee fiel gleichmütig auf Pallendara, wo er vor der Weiße der frisch gereinigten Mauern kaum zu sehen war. Er hüllte das schlafende Illuma ein und sank sanft auf Avalon hernieder, wo eine junge Mutter ihr Kind stillte.

Das war der letzte Schnee des Winters, denn mit dem Licht des Morgens kam hell und klar der erste Tag des Frühlings.

ANMERKUNGEN
ZUR SPRACHE VON AIELLE

Englisch ist die allgemein verbreitete Sprache aller Völker von Aielle; selbst die wilden Talons der östlichen Ödlande sprechen es, wenn auch in einer gebrochenen Form. Dies ist ein Erbe aus den Zeiten vor dem Holocaust, da Englisch die vorherrschende Sprache der Kinder auf jenen Schiffen war, welche die Colonnae an die Küsten von Aielle brachten.

Der gälische Anflug in der Sprechweise der Waldwächter entspringt dem Einfluss von Jennifer Glendower (Brielle). Viele Jahrhunderte hindurch allein in ihrem Waldreich, spann die Zauberin oft Zaubersprüche aus dem Gedächtnis ihrer Zellen und suchte dabei mittels ihres genetischen Erbes Kontakt zu ihren Vorfahren. Aus diesen Begegnungen gewann sie die farbigeren Redewendungen und Rhythmen der Sprache ihrer schottischen Ahnen aus den Highlands. Diese gab sie an Bellerian weiter, als er nach Norden kam, um unter den Zweigen ihres Waldes zu wohnen, und er seinerseits vererbte sie an die Kinder, die zu den Waldwächtern von Avalon wurden.

Zauberisch ist die Sprache der Zauberer, deren rollende vielsilbige Worte ein integraler Bestandteil der Kunst der Zaubersprüche darstellen. In Aielle ist diese Sprache unter den Elfen am weitesten verbreitet, die sie wegen ihrer engen Beziehungen zu dem Zauberer Ardaz ihrer alltäglichen Sprechweise einverleibt haben. Auch das Zauberische hat einen gälischen Anklang, denn die Sprache der alten Inselkelten spiegelte deren Symbiose mit dem Land und den Naturgewalten wider, und aus diesen Gewalten beziehen die Zauberer ihre Macht.

GLOSSAR

(Z) = dieser Name entstammt dem Zauberischen (der Sprache der Zauberer)

Aielle – das Land der Wiedergeburt

Andovar – ein Waldwächter, Freund von Belexus

Angfagdul (Z) – »Tiefste Finsternis«, Beiname vom Morgan Thalasi

Ardaz – der Silber-Magus von Illuma; einer der vier Zauberer, die am Beginn von Aielle von den Colonnae ausgebildet wurden

Arien Silberblatt – Eldar der Elfen von Illuma, der erste von Elfeneltern geborene Elf

Avalon – ein magischer Wald südwestlich der Kristallberge, grenzt an das Feld von Bergtor an

Backavar (Z) – ›Eisenarm‹, Beiname von Belexus

Belexus – ein Waldwächter, Sohn von Bellerian, seinem Ruf nach der mächtigste Krieger von ganz Aielle

Bellerian – der Lord der Waldwächter von Avalon, Vater von Belexus

Benador – Erbe des Hauses von Ben-rin und rechtmäßiger Oberherr von Pallendara

Ben-galen – Vater von Benador, wurde von Ungden dem Usurpator getötet

Blackemara (Z) – ›Schwarzer Teich‹, ein fauliger Sumpf in einer Schlucht direkt nördlich von Avalon

Brady, Doc – Schiffsarzt der *Unicorn*

Brielle – Meisterin der Ersten Magie, die Smaragd-Zauberin von Avalon und eine der Vier

Brisen-Ballas – das Turmhaus von Ardaz auf der Felsenklippe oberhalb des Illuma-Tals

Brogg – ›Braunen Ödlande‹, eine Landschaft, die Thalasi verwüstet hat, um Eindringlinge zu entmutigen, nach seinem Bollwerk zu suchen

Caer Tuatha (Z) – ›Stadt der Menschen‹, Beiname von Pallendara

Calae – engelhafter Fürst der Colonnae

Calamus – ein Pegasus, den Belexus aus einem Drachenhorst gerettet hat und der ihm dafür als Reittier dient

Calva – das Grasland im Süden und in der Mitte Aielles, steht unter der Herrschaft des Oberherrn von Pallendara

Castel Angfagdul (Z) – ›Burg der Finsternis‹, Beiname von Talas-dun

Clas Braiyelle (Z) – ›Heim der Brielle‹, Beiname von Avalon

Colonnae – engelhafte Wesen, die unmittelbar nach dem Holocaust dem zweiten Menschengeschlecht als Hüter dienten

Corbin, Ray – Erster Offizier der *Unicorn*

Darwinia – Frau von Ben-galen, wurde von Ungden dem Usurpator ermordet

DelGiudice, Jeffrey – Zweiter Offizier auf der *Unicorn*

Desdemona – Ardaz' gestaltwechselnder Schutzgeist, gewöhnlich in Gestalt einer schwarzen Katze

e-Belvin Fehte (Z) – ›Tötende Feuer‹, der Holocaust, der das ursprüngliche Menschengeschlecht vernichtete

Elfen – die zweite Mutation der Menschen, von den Calvanern ins Exil getrieben

Erinel – ein Elf, Neffe von Ryell

Fahwayn – Arien Silberblatts magisches Schwert

Glendower, Jennifer – Brielles Name vor dem Holocaust

Glendower, Rudy – Ardaz' Name vor dem Holocaust

Holocaust – Vernichtung der ersten Menschheit in einem globalen Atomkrieg (nicht zu verwechseln mit dem Holocaust der Nazis an den Juden!)

Illuma – die geheime Zuflucht der Elfen im Gebirge

Illuma-Tal – das magische Tal, in dem Illuma liegt

Istaahl – der Weiße Zauberer von Pallendara, einer der Vier

Kored-dul (Z) – ›Berge des Schattens‹, im nordwestlichen Aielle gelegen, beherbergen Talas-dun

Kristallberge – zwei große, von Glimmer überzogene Bergketten; sie bilden die Nordgrenze der Ebenen von Calva

Loch-sh'Illume (Z) – ›Mondteich‹, der Bergteich am Fuße von Shaithdun-o-Illume

Lochsilinilume (Z) – ›Land des verzauberten Mondlichts‹, anderer Name von Illuma

Luminas ey-n'abraieken (Z) – »Tanz des hellsten Mondes«, eine Feier, die Arien Silberblatt zu Ehren der Schönheit des Lichtes des Vollmonds auf Shaithdun-Illume begründete

Mitchell, Hollis – Kapitän der *Unicorn*

Morgan, Thomas – Morgan Thalasis Name vor dem Holocaust

NUSET – National Undersea Exploration Team (Nationales Untersee-Erforschungsteam), Schwesterorganisation der NASA

Pallendara – größte Stadt auf Aielle, liegt an der Südküste

Perrault – Istaahls Name vor dem Holocaust

Prophezeiungen der Zauberin – eine Reihe von Prophezeiungen, in denen Brielle die Ankunft der Uralten vorhersagte

Reinheiser, Martin – Physiker, ziviler Wissenschaftler an Bord der *Unicorn*

Ryell – ein Elf, Freund und Berater von Arien Silberblatt, Onkel von Erinel

Shaithdun-o-Illume (Z) – ›Felsplatte des Mondlichts‹, der besondere Festplatz der Elfen von Illuma

Shank, Billy – Navigator der *Unicorn*

Silberne Stadt – Stadt der Elfen, Illuma

Stein der Gerechtigkeit – Ort von Ardaz' Täuschung gegen Umpleby, wo der Zauberer vorgab, die Elfen zu töten, während er sie in Wirklichkeit nach Illuma in Sicherheit brachte

Sylvia – eine Elfe, Tochter von Arien Silberblatt

Talas-dun – Morgan Thalasis düstere Festung

Talons – die erste Mutation der Menschen, eine bösartige Spezies, die Morgan Thalasi in seinen Machtplänen als Schachfiguren dient

Telvensil – ein Baum mit silbrig-weißen Blättern, der an den südlichen Hängen der Kristallberge wächst

Thalasi, Morgan – der Schwarze Hexer, einer der Vier, praktiziert die Dritte Magie: Beherrschung und Macht

Thompson, Michael – ein Ingenieur an Bord der *Unicorn*

Tivriasis – der singende Bergbach von Shaithdun-o-Illume, von Arien Silberblatt zum Gedächtnis seiner verstorbenen Frau so genannt

Umpleby – Vorfahr von Ungden, ein skrupelloser Landbaron, der sich Ben-rin, dem damaligen Oberherrn von Pallendara widersetzte

Ungden – ›Der Usurpator‹, selbsternannter Oberherr von Pallendara; errang die Macht in einem blutigen Putsch, bei dem er Ben-galen und Darwinia umbrachte

Unicorn – ein Tiefsee-Unterboot der NUSET, das die ›Uralten‹ in die Tiefen des Atlantiks und schließlich in die Gewässer einer neuen Welt brachte

Uralten, die – die Überlebenden der *Unicorn*, sie wurden in das zukünftige Land Aielle gebracht, um die neue Menschheit die Lektionen der Vergangenheit zu lehren

Vier, die – die vier Erwachsenen, die von den Colonnae aus dem Holocaust der Vernichtung gerettet und als Zauberer ausgebildet wurden: Ardaz/Rudy Glendower, Brielle/Jennifer Glendower, Istaahl/Perrault, Morgan Thalasi/Thomas Morgan

Vier Brücken – sie führen im südlichen Aielle über den Fluss Nimmerend, Schauplatz einer sagenhaften Schlacht zwischen den Talons und den Calvanern

Wächter der Weißen Mauern – ein Ritterorden, der durch einen absoluten Eid an den Oberherrn von Pallendara gebunden ist

Waldwächter von Avalon – die Kinder der Adeligen am Hof von Ben-galen zu der Zeit, als Ungden den Thron usurpierte; sie wurden von Bellerian in Sicherheit gebracht und zu Kriegern ausgebildet

Ynis Aielle (Z) – ›Insel der Wiedergeburt‹

HEYNE BÜCHER

Das Rad der Zeit

Robert Jordans großartiger
Fantasy-Zyklus!

06/5531

HEYNE-TASCHENBÜCHER